U0115359

語言文字叢書

香港白話漁村語音研究

馮國強　著

推薦序
讀《香港白話漁村語音研究》

　　以「蜑家」為主的海上水上人家分布在中國東海到南海的廣大區域，形成了一個獨特的民系；對於水上人家的研究，是一個多學科交叉的領域，包括語言、民俗、文化、音樂藝術等多個方面。然而就研究的成果而言，各學科的研究不夠平衡，以「水上人家」為主題的研究，多集中在民俗、歌謠，以「蜑民」為主題的研究較多，也集中在文化、民俗等方面。相對來說，從語言學、方言學專業的角度對於「水上人家」語言研究的成果較少，而國強先生的研究成果最為豐富、全面。國強先生對於遍布嶺南、南海的數十個水上人家的方言，做了超過四十年的深度田野調查，這種對於方言的熱忱，對於研究的執著，是常人難以企及的。我讀了先生四本相關的研究，這是第五本，深深被他深入的調查研究、豐富的調查材料所吸引。

　　國強先生的《香港白話漁村語音研究》是一部多年研究的彙集。全書分為八章，涉及十個方言點，詳細展示了這十個方言點的語音系統，還列出了十個方言點的同音字彙，這些都是方言語音研究最為基礎、最耗費心力的研究，也反映了作為常年奔波在田野調查一線的語言學工作者堅實的研究功力。國強先生仔細爬梳，謹慎梳理，對於這十個點的語音特點的展示極為精到細緻，是不可多得的珍貴語料。

　　除了音系的描寫，國強先生還將語音現象至於具體的語境中進行研究，列出了「石排灣水上人家話詞彙」，除了詞彙對照，還詳細用音標注明了各類語音的實際讀音；書中還對香港仔石排灣漁村音節表、文白異讀、變調做了深入的分析研究；討論了這些音變的條件，

這些特點也是粵語的一個重要的特色。

國強先生的《香港白話漁村語音研究》對於香港白話漁村語音與其他地點的粵方言進行了系統的比較。以聲調為例,作者通過詳細的對照發現,香港白話漁村主要有九調和八調兩個類型的聲調系統,其中八調聲調系統與廣州話差異之處是廣州話陽上13,沙頭角、吉澳、布袋澳、糧船灣、滘西等地讀作33,「與陰去相合」。

這些研究及其發現,都是對於粵語研究的深化和拓展,很有意義。

除了對語言本體進行深入研究,國強先生還對香港漁村的地理分佈、水上人家的來源,做了較為可靠的考證,對於瞭解水上人家的來源、香港社會的變遷,都有很高的參考價值,這些社會歷史材料,也可以為語言的特點給出合理的解釋。

除了國強先生的研究,近年來廣東、海南、廣西水上人家的研究也不斷有了新的成果,我衷心希望這些研究,對於深入瞭解水上人家的語言、文化,保護傳承優秀的文化傳統起到積極的作用,也期待國強先生有更多的力作問世。

暨南大學漢語方言研究中心

目次

第一章
緒言

第一節　前人研究

　　關於香港白話漁村的語言研究，現在所知，最早的是 John McCoy:
The Dialects of Hong Kong Boat People: Kau Sai，這一篇是 John McCoy
於一九六五年發表的一篇論文，描寫香港新界離島滘西的水上話，此
文只是簡單表述一下聲韻調，加點例字而已。第二篇是 K. L. Kiu: *On
Some phonetic charateristics of the Cantonese sub-dialect spoken by the
boat people from Pu Tai island*，這一篇是 K. L. Kiu 於一九八四年發表
的一篇論文，是描寫香港離島蒲臺島的水上話，是通過淺談蒲臺島船
民所說的粵語次方言的一些簡單語音特徵。第三篇是張雙慶、莊初升
《香港新界方言》，此書其中一個方言點是介紹了新界大埔水上話
語。[1]第四篇是莊初升把《香港新界方言》的大埔白話水上話獨立出
來而發表，該論文是《嶺南地區水上居民（疍家）的方言》。第五、

1　廖迪生、張兆和、黃永豪、蕭麗娟編：《大埔傳統與文物》（香港：大埔區議會，
　　2008年），頁102，談到大埔白話漁民：「一些講廣東話的漁民住在索罟船上，視塔
　　門為家鄉。他們在塔門的涌尾灘燂船，島上設有曬魚場，漁民把尚未出售的魚曬
　　乾，或製成鹹魚，然後賣到大埔的魚欄。」從香港科技大學幾位學者的調查，知道
　　大埔白話漁民是來自塔門，大埔土著漁民只是使用鶴佬話的。筆者也在塔門調查
　　過，也得知數十年前的塔門水上人是有不少遷到大埔。經過數十年在外，筆者認為
　　這位大埔老人家的口音已不是塔門口音，也不算是大埔口音。由於大埔白話水上人
　　不是當地土著，也沒有三代或以上在大埔打魚的白話水上人，筆者也不去那邊調
　　查。否則筆者於八十年代初在大埔工作時，便已經在那邊調查了當地的白話舡語。

六篇同時發表於《南方語言學》（第四期），一篇是筆者〈廣州黃埔大沙鎮九沙村蜑語音系特點〉，另一篇是陳永豐〈香港大澳水上方言語音說略〉。第七篇是筆者〈香港石排灣蜑民來源及其方言特點〉。第八，筆者《珠三角水上族群的語言承傳和文化變遷》，此書也涉及香港十條漁村方言。

學位論文方面，有周佩敏《大澳話語音調查及其與香港粵方言比較》（香港樹仁大學學位論文，2003年）、吳穎欣《綜論大澳水上方言的地域性特徵》（香港樹仁大學學位論文，2007年），兩篇論文的指導老師為陳永豐。駱嘉禧《長洲蜑民粵方言的聲韻調探討》（香港樹仁大學學位論文，2010年）、羅佩珊《香港筲箕灣與周邊水上話差異的比較研究》（香港樹仁大學學位論文，2015年），筆者為這兩位學生論文指導導師。

由此觀之，研究香港漁村水上話的人還是不多的。

第二節　香港漁村的地理分布和漁船數量

香港位於中國的南部，北面為廣東省深圳市，西面是珠江口，而南面則是南海及珠海市的萬山群島。香港介乎北緯22°08'至22°35'及東經113°49'至114°31'之間。截至二〇一〇年二月，香港境內陸地面積為1104.43 km²，連同水域總面積為2755.03km²。[2]香港一般會細分為香港島、九龍及新界（包括離島）三大區域。

一九一五年，香港漁船共有兩萬艘以上。[3]一九六九年，香港經濟還是落後，漁業為香港原始經濟活動之一，當時有漁船一萬三千餘艘，

2　取自香港地政總署測繪處，網址：http://www.landsd.gov.hk/mapping/tc/publications/map.htm，檢索時間：2013年6月25日。

3　李史翼、陳湜：《香港：東方的馬爾太》（上海：華通書局，1930年），頁214。

漁民達十萬兩千五百人，其中以香港仔最多漁船，有漁船三千五百艘；
其次為維多利亞港內的油麻地、銅鑼灣、鯉魚門和筲箕灣區，各有漁
船一千七百餘艘，漁民也占一萬三千人；長洲是最大漁業島，漁船九
百餘艘，漁民近七千人；西貢所占的數字與長洲相近；而其餘的漁船
及漁民分別散布於吐露港區，青山灣、大嶼山及南丫島等地。[4]一九六
二年，深水埗漁民有八萬人，漁船一萬艘。[5]一九八六年，香港漁民有
二點四萬人，漁船四千七百七十三艘。[6]到了現在，香港的水上人少了
很多，跟漁民上岸，香港政府收回牛頭角、油麻地、銅鑼灣漁村進行
發展有關。二〇一三年，全港漁船的數目約有四千艘，漁民只有八千
八百多人。[7]

　　香港漁業發達的原因很多，重要原因是港灣甚多。彎曲的海岸線
是香港地貌的特徵之一，屬沉降式的海岸線，曲折而水深，宜於漁船
的停泊，這是促成漁業的興盛。另一個原因是漁場廣闊。香港位於華
南大陸棚的邊緣，水深不超過一百噚（即兩百公尺），故魚類和魚量
均多。

　　香港漁村的地理分布。香港的的漁村的分布很廣，舉凡有海的地
方就有漁村。香港島方面，有石排灣、赤柱、柴灣、筲箕灣、雞籠
灣。港島的銅鑼灣曾是漁村，部分漁村因為要進行地區發展，改變了
土地用途，最明顯的是銅鑼灣，今成香港最繁榮的地方，地價也十分
昂貴；赤柱方面，成為高尚住宅區和旅遊勝地。

4　潘桂成：《香港地理圖集》（香港：地人社，1969年），頁18。

5　香港經濟年鑑社編：〈第一篇　香港經濟趨勢〉，《香港經濟年鑑　1963》（香港：經
　　濟導報社，1963年），頁274。

6　深圳農業科學研究中心農牧漁業部深圳辦事組編：《香港漁農處和香港漁農業》（深
　　圳：農業科學研究中心農牧漁業部深圳辦事組，1987年），頁9。

7　漁農自然護理署：《漁農自然護理署年報》（香港：漁農自然護理署，2014年）。

香港新界方面，有大尾篤、荃灣、青衣島、長洲、南丫島、塔門、大澳、（屯門）青山灣、將軍澳、汲水門、大埔墟（鶴佬漁民漁村）、元洲仔（鶴佬漁民漁村）、三門仔（鶴佬漁民漁村）、馬屎灣、西流灣（在吉澳印洲堂附近）、馬灣、高流灣、蛋家灣、蒲臺島、坪洲、深井、青龍頭、沙頭角、錦田山貝村涌口、元朗下十八鄉大旗嶺大樹下[8]、新田下灣村、流浮山、（大嶼山南區）拾塱、（大嶼山南區）大鴉洲等。至於大嶼山的梅窩，已不再是漁村了。西貢一地，地域很廣，有不少漁村分布，如西貢墟、糧船灣洲、布袋澳、涌尾篤、魷魚灣村、白沙灣、海下村、東龍洲、滘西。

香港九龍方面，昔日九龍的九龍灣、牛頭角、油麻地是漁村，現在已不存在了，跟港府先後進行地區發展，改變了土地用途有關。現在九龍只餘下鯉魚門還有些漁民在捕魚。

上世紀四、五十年代，香港四大漁港是香港仔石排灣、筲箕灣、大澳、及屯門。今天，大澳的漁船只有十數艘。

第三節　香港漁村方言研究的意義和價值

本文主要研究珠三角舡語的語言面貌，旨在透過系統性的調查和分析，深入了解舡語在方言體系中的地位、特點以及歷史和文化背景。由於舡語的研究文獻相對稀少，更不要說專書。此外，白話舡語是一種少數族群的語言，主要分布在中國的廣東、廣西和海南島等地。這種語言的研究相對較少，因此人們對它的語言面貌和特點了解不多。

筆者的調查方法包括對舡語使用者的訪談、實地觀察和錄音等多種方式，以收集最全面和準確的數據。在數據分析方面，我們將採用

8　大樹下天后廟四週本是一片澤國，西面是蜑家灣，東面是蜑家埔。

香港重要漁村的分布圖

來源：盧玉山繪

多種技術和工具，如語音分析、文本分析以深入挖掘舡語的語言特點和規律，以為舡語言學的發展提供更為全面和深入的參考依據。

最終，本書的研究成果將對白話舡語在方言體系中的地位使用情況進行全面評估和分析。這些結果將有助於我們更好地了解白話舡語的語音、詞彙等方面的特點，進而促進語言學研究和方言保護的發展。

語言是一個國家、一個民族的文化載體，也是人類認識世界和表達自我的重要工具。每一種語言都代表著特定的文化和價值觀念，反映著不同族群對世界的認知和理解方式。因此，保護和保存瀕危語言不僅是文化傳承的需要，也是人類思想多樣性的重要保障。瀕危語言的消失，不僅對相應族群的文化遺產造成損失，更是人類對世界某些獨特認知和理解方式的缺失。這些語言中所包含的歷史、文化和價值觀念，有助於人類更好地了解不同族群的生活方式和信仰，促進各種文化之間的交流和相互理解，從而實現世界和平和文明進步的目標。保護和保存瀕危語言需要我們每一個人的努力和責任，無論是通過教育、文化活動還是研究，都可以為瀕危語言的保護和保存作出貢獻。讓這些語言得以延續和傳承，同時也讓人類的思想基因庫變得更加豐富和多元。所以在眾多的瀕危語言消亡之前盡可能作詳細的記錄，將有助於科學家更深入地認識人類的思想世界。這正是筆者撰寫此書的原因，也是此書的微量價值。

第四節　香港水上族群的來源略說

銘文方面，在香港島石排灣旁的鴨脷洲，有一座洪聖古廟，廟內有一個古鐘，鐘文顯示此廟建於乾隆三十八年（1773），鐘銘寫著是由「順德陳村罟棚」的水上族群所籌建。筆者於二〇〇二年曾前後兩次帶領二十多名學生到陳村考察，個人也曾在此考察一次。現在珠三

角的河涌的捕魚方式是「流刺作業」的，並不是「罟棚作業」，昔日
與今天的順德陳村河涌還是通過「流刺作業」來捕捉魚類，[9]與其他
內河河涌作業方式一致。因此這個乾隆年間建的洪聖爺廟所稱順德陳
村人，是這群已落戶石排灣的順德陳村人指稱其原來祖籍，不是指順
德陳村漁民千里迢迢到此捐錢建廟。[10]又這群人來了石排灣後，把流
刺作業捕魚的操作方式轉成罟棚進行作業，[11]所以他們捐錢建廟時便
稱「順德陳村罟棚眾信弟子」，也算是交代他們的始遷祖從何地遷
來，這種敘述，一如寫族譜一樣交代始遷祖從哪裡來的。這個鐘銘明
顯交代今天石排灣水上族群當中一個歷史源流。[12]

9　調查時，順德陳村水上人稱他們過去到現在都是採用流刺作業。流刺作業是指船將
　　很長的長條狀刺網放置海中，等待魚群自行刺入網目或纏入漁網。參見臺灣漁業資
　　源現況。

10　梁炳華：《南區風物志》（香港：南區區議會出版，1996年），頁94。

11　筆者在石排灣調查時，當地漁民都說在上世紀八〇年代以前，石排灣以拖網、罟網
　　為主，兩者又以罟網（罟棚是罟網當中的一種捕魚法）為主。可參看一八五一年六
　　月之《漢會眾兄弟宣道行為》，頁62，便提到石排灣有大拖船數十艘。大拖船就是
　　拖網漁船，不是以流刺操作。這本是香港收藏家林學圖林先生從英國商人手中得到
　　一冊《漢會眾兄弟宣道行為》，原本在二〇〇三年香港在首屆民辦「書節二〇〇三」
　　打算以港幣五十萬元出售其收藏的華人傳教士傳教的手卷《漢會眾兄弟宣道行
　　為》，出售不果，便把一八五一年記錄本港華人傳教士傳教的手卷《漢會眾兄弟宣
　　道行為》彩色掃描送給港大馮平山圖書館。此手卷極其大本，要動用特大的複印機
　　複印。

12　蕭鳳霞、劉志偉（1955-　）：〈宗族、市場、盜寇與蛋民──明以後珠江三角洲的族
　　群與社會〉《中國社會經濟史研究》（廈門：廈門大學，2004年）第三期，頁7：「據
　　當地一些年老蛋民的回憶，他們多來自江門市和順德縣的陳村、四邑的三埠。」由
　　此可知香港島的石排灣陳村漁民也是移民來港，不是來此拜神和作出一些捐獻。試
　　看中山，操沙田話的原是漁民，來自南番順，主要是來自順德為主。如橫欄鎮的四
　　沙貼邊，以從順德陳村遷來為主。

洪聖廟的古鐘。銘文顯示鴨脷洲的漁民來自順德陳村的罟棚漁民

來源：筆者攝於二〇〇一年三月八日

　　口述方面，石排灣黎金喜稱其祖先受張保仔搶劫東莞太平鎮便轉到香港仔石排灣。黎氏又補充說他所知的漁民朋友，有不少自東莞遷來，東莞中又以太平最多。此外，黎氏也表示從番禺遷來的也不少，他說全港和全國著名人物霍英東先生也是香港仔漁民，在香港仔出生，他的祖先從番禺新造鎮練溪村[13]遷來香港仔。沙頭角陳志明稱其

---

13 練溪村被稱為前國家領導人之一霍英東的家鄉。筆者希望探討練溪村水上話與香港
　　仔石排灣水上話之間的方言的傳承。霍英東先生稱自己是香港仔石排灣水上人，也
　　生於石排灣，坊間稱霍英東是番禺練溪村人（現在還存在許多爭議），原因是廣東
　　省一些語言學者（不知道是誰）通過語音決定霍英東是練溪村人，這是我前往調查
　　原因。調查了，發現霍英東的口音與練溪村完全不同；第二，練溪村霍氏的人七成
　　務農，三成人從事工商行業，從來沒有人從事打魚和水上運輸工作。練溪村確實有
　　水上人，他們還有打魚的，他們卻是姓陳的，不是姓霍的，前村書記霍煥然稱一九
　　七三年這些陳姓水上人全部遷調到新墾鎮紅海村（現在已劃歸南沙區萬頃沙鎮），
　　我猜是所謂專家是找到練溪村姓陳的水上人對口音而已。雖然對上，但不是霍氏村
　　民口音。第三點，霍英東說祖家附近有條鐵路，但霍書記稱練溪村遷村行動之前
　　（因建大學城），是在一個孤島上建村，沒有鐵路經過。我的調查合作人是練溪村
　　前村書記霍煥然（1941-　），他的口音根本與霍英東不同。霍英東先生先前在香港
　　無線電視一次訪問中強調自己是水上人，更以水上話說了幾句，當中說了洗腳上床
　　四字。霍英東說「洗腳上床」時，是講成「洗角爽床」。練溪村前書記在我們一起
　　吃午飯時便說起曾跑到香港仔漁村，發現漁村的人說話跟他們不同，練溪村說「香
　　港」二字，是說成「糠港」（[hœŋ⁵⁵ kɔŋ³⁵]），就是跟香港岸上人說成一樣，沒有特

先世自深圳葵涌鎮鯊魚涌遷來沙頭角。吉澳石氏兩族，一族九代來自番禺；一族七代，來自惠州（足見惠州是有白話水上人）。陳氏兩族，一族八代，來自廣州；一族五代，來自東莞太平。何氏兩族，一族十代，來自番禺沙灣；一族七代，亦來自番禺沙灣。張氏一族，七代來自惠陽（足見惠州是有白話水上人）。[14]塔門方譚生稱其先祖從東莞厚街遷來塔門兩百多年，而黎連壽則稱其先輩是從東莞黃涌遷來塔門。布袋澳張廣坤稱其先祖自廣西遷來到他已歷十四代。糧船灣洲鄭帶有村長稱其祖先從深圳南頭遷來。大埔三門仔白話水上人除了部分來自塔門，前文已述。大埔白話水上人也有部分在文革期間從深圳龍崗區南澳南漁村遷來，這是二○○一年調查時，南漁村村委會陳文輝主任和第一任書記李容根跟筆者表示。又大埔白話水上人部分是於解放後從惠州飛帆漁村偷渡來大埔。因此，新界大埔的白話水上人是從別處遷來，歷史很短暫，哪裡是沒有土著的白話水上人，大埔水上人

點，但他說到香港仔漁村的人是說「香港」說成「糠港」（[hɔŋ⁵⁵ kɔŋ³⁵]），竟成了他們口中的趣事，很新鮮，很好笑。這一笑，便表明練溪村村話不是霍英東的家鄉母語了。

霍英東生前稱其父說老家附近是有鐵路的，練溪村從來沒有鐵路經過，那麼只有佛山三水西南董營村可能是霍氏家鄉。筆者稱可能，這個與筆者前於二○一四年八月底前往董營村進行過方言調查，得到區、鎮政府協助，陪同一起調查。調查時，發現當地上霍村和下霍村霍氏村民，操的是流利廣州話，不是水上話。有火車經過此村，確是實事。董營村的村民很強調祖先是從珠璣巷而來，不是水上人，是從來操白話。筆者猜霍英東的父輩是三水董營霍家的人，來了香港，為了生計，只能跑到石排灣跟水上人一起過水上生活，方習得水上話，霍英東也因此認為自己的家族是水上人。「董」的原字寫法，參看廣東省三水縣地名委員會編：《三水縣地名志》（廣州：廣東高等教育出版社，1988年），頁62，「董」原字是一個造字，寫法就是上從甫，中從人，下從水。入村口時，村口就寫著很大的董營村三字，其董字是上從甫，中從人，下從水。

14 游運明、吉澳村公所值理會、旅歐吉澳同鄉會編：《大鵬明珠吉澳：滄海遺珠三百年》（香港：吉澳村公所值理會、旅歐吉澳同鄉會，2001年），頁54。（以下出註僅記書名與出處頁碼）

實際是鶴佬話，即是閩語的。[15]

志書方面。「近年捕魚之船悉集於香港、澳門，各欄營業日形衰落，惟鮮魚欄以淡水魚之關係，尚捕至為其所奪耳。」[16]這裡記錄了鴉片戰爭之後番禺漁民去了香港、澳門發展。

---

15 有些學者考察不清，誤把從西貢遷來的白話水上人當作大埔白話水上人。一九八四年，筆者在那邊教學，便用下課時間進行當地調查，就找到這種居民。當時他是開一間小雜貨店經營，他稱因西貢部分鄉郊要開發萬宜水庫，需要遷拆大量小村落，建造過程會淹沒不少村落。政府因遷拆，便安排了他遷來大埔。既然不是大埔人，筆者便不再與他接觸下去（跟此人調查，是需要支付調查費的）。更奇怪的是，有一本《香港新界方言》的著作，此書出版短短數天，在坊間完全購買不到一本，該書還是香港商務印書館出版的。跟商務印書館店員留言幫我找此書，結果也是沒有。店員說，這是非一般學術刊物，是一本方言的書，是數百頁的，不可能一出版便沒有，他還強調倉庫也沒有，筆者能看到這本書，是從劉鎮發那裡借來閱讀。劉鎮發得該書，是曾協助該本書筆者之一，劉先生當時協助安排大量新界人以便他們去調查。該大埔白話水上漁民話，聲母竟然出現一個聲母[b-]，這是嚴重的錯誤，或許他們是福建人，調查時，一時不察，便把閩語的成分弄到粵語去。再舉一書說明，廖迪生、張兆和、黃永豪、蕭麗娟《大埔傳統與文物》（香港：大埔區議會，2008年）頁102有談到大埔白話漁民：「一些講廣東話的漁民住在索罟上，祖塔門為家鄉。他們在塔門的涌尾灘燈船，島上設有曬魚場，漁民把尚未出售的魚曬乾，或製成鹹魚，然後賣到大埔的魚欄。」從這幾位學者的調查，便知道大埔白話漁民是來自塔門。既然來自塔門，就不應找他們當作大埔說漁民，所以筆者便到塔門去進行方言調查。

16 梁鼎芬等修、丁仁長等纂：《番禺縣續誌（民國版）》卷十二〈實業志‧漁業〉（臺北：成文出版社，1967年），頁26下-27。

第二章
香港漁村音系特點

第一節　香港石排灣舡語音系特點

　　珠三角舡語音系最有特色是香港石排灣，本文調查合作人分別來自石排灣的黎金喜（1925-？）[1]、黎炳剛（1955-　）、盧健業（1990-　），本文反映的石排灣舡語音系，是以黎金喜作代表。黎金喜稱其祖輩自東莞太平鎮遷來香港仔，到他最少已六代。[2]是金喜叔長期在石排灣附近一帶打魚，也在香港仔漁民互助社當理事。筆者在香港仔石排灣漁村進行調查，只有黎金喜先祖是遷港最早的漁民，再者，其音系完整，極少受到粵語的粵化影響。

1　賀喜、科大衛編：《浮生：水上人的歷史人類學研究》（上海：中西書局，2021年6月），第二節〈「游動的漁民」和「固定的漁民」〉，頁284。黎金喜是石排灣是固定居住的漁民，不是水上人自稱的水流柴那類游動漁民，所以筆者便以他為石排灣漁民話的合作人。

2　筆者曾前往東莞太平進行調查，發現當地已沒有數代居於太平的水上人，筆者接觸的全是一九四九年從別處漁村遷調到虎門。那次調查，鎮政府安排了四個人，一個是之後從太平威遠島九門寨遷來；一個是在沙葛村遷來（非數代於太平沙葛漁村，父輩也是從別處遷到沙葛漁村）；一個是從廣州南沙黃閣鎮小虎村遷來；一個是廣州市南沙南沙街鹿頸村遷來。由於這些居民皆是外來移入人口，筆者二話不說，便離開了東莞太平，前往番禺進行調查。

一　聲韻調系統

（一）聲母十六個，零聲母包括在內

p　包必步白　pʰ　批匹朋抱　m　媽莫文吻

　　　　　　　　　　　　　　　　　　　f　法翻苦火

t　刀答道敵　tʰ　梯湯亭弟　　　l　來列李年

t∫　展站租就　t∫ʰ　拆雌初車　　　∫　小緒水舌

　　　　　　　　　　　　　　　　　　　j　人妖又羊

k　高官舊瓜　kʰ　抗曲窮群

　　　　　　　　　　　　　　　　　　　w　和橫汪永

　　　　　　　　　　　　　　　　　　　h　海血河空

ø　壓哀丫牛

（二）韻母

韻母表（韻母三十六個，包括一個鼻韻韻母）

單元音	複元音	鼻尾韻	塞尾韻
a 把知亞花	ai 排佳大敗　　au 包抄交牟	an 炭山奸三　　aŋ 坑橙橫省	at 辣八刷答　　ak 拆或擲實
(ᵊ)	ɐi 例西吹撐　　ɐu 某浮九幽	ɐn 吞燈信林　　ɐŋ	ʊt 筆漆出得
ɛ 些多車野		ɛŋ 餅鏡鄭頸	ɛk 劃隻笛吃
e 知私子豬	ei 皮是己女	eŋ 升亨兄擎	ek 碧的役式
i	iu 苗少挑搲	in 篇天卷尖	it 熱別帖缺
ɔ 多波科靴	oi 代猜開疆	ɔn 竿看蔡安　　ɔŋ 旁床王香	ɔt 葛割渴喝　　ɔk 莫縛確腳
o 部無毛好	ou 部無毛好	oŋ 東公椿種	ok 木篤菊局
u 姑虎符附	ui 姝回會灰	un 段官碗本	ut 潑末活沒
ɵ	ey 吹退徐取		

鼻韻 m̩ 唔五午吳

說明：

an at 很不穩定，黎金喜常常讀成 aŋ ak，但不構成意義上對立。

（三）聲調九個

調類		調值	例字
陰平		55	知商超專
陰上		35	古走口比
陰去		33	變醉蓋唱
陽平		21	文雲陳床
陽上		13	女努距婢
陽去		22	字爛備代
上	陰入	5	一筆曲竹
下		3	答說鐵刷
陽入		2	局集合讀

二 語音特點

（一）聲母方面

1 無舌尖鼻音n，古泥母、來母字今音聲母均讀作l

　　古泥（娘）母字廣州話基本n、l不混，古泥母字，一概讀n；古來母字，一概讀l。石排灣舡語，老中青把n、l相混，結果南藍不分，諾落不分。

	南（泥）		藍（來）	諾（泥）		落（來）
廣　州	nam^{21}	≠	lam^{21}	nok^2	≠	lok^2
石排灣	lan^{21}	=	lan^{21}	lok^2	=	lok^2

2　中古疑母洪音 ŋ- 聲母合併到中古影母 ø- 裡去

古疑母字遇上洪音韻母時，廣州話一律讀成 ŋ-，石排灣舡民把 ŋ 聲母的字讀作 ø 聲母。

	眼	危	硬	偶
廣　州	ŋan¹³	ŋei²¹	ŋaŋ²²	ŋeu¹³
石排灣	an¹³	ei²¹	aŋ²²	eu¹³

3　沒有兩個舌根唇音聲母 kw、kwʰ，出現 kw、kwʰ 與 k、kʰ 不分

	過果合一		個果開一	瓜假合二		加假開二
廣　州	kwɔ³³	≠	kɔ³³	kwa⁵⁵	≠	ka⁵⁵
石排灣	kɔ³³	=	kɔ³³	ka⁵⁵	=	ka⁵⁵

	乖蟹合二		佳蟹開二	規止合三		溪蟹開四
廣　州	kwai⁵⁵	≠	kai⁵⁵	kwʰei⁵⁵	≠	kʰei⁵⁵
石排灣	kai⁵⁵	=	kai⁵⁵	kʰei⁵⁵	=	kʰei⁵⁵

（二）韻母方面

1　沒有舌面前圓唇閉元音 y 系韻母

廣州話有舌面前圓唇閉元音 y 系韻母字，石排灣白話舡語一律讀作 i。

	豬遇合三	緣山合三	臀臻合一	血山合四
廣　州	tʃy⁵⁵	jyn²¹	tʰyn²¹	hyt³
石排灣	tʃi⁵⁵	jin²¹	tʰin²¹	hit³

2 古咸攝開口各等，深攝三等尾韻的變異

石排灣舡語在古咸攝各等、深攝三等尾韻m、p，讀成舌尖鼻音尾韻n和舌尖塞音尾韻t。

	潭咸開一	減咸開二	尖咸開三	點咸開四	心深開三
廣　州	tʰam²¹	kam³⁵	tʃim⁵⁵	tim³⁵	ʃɐm⁵⁵
石排灣	tʰan²¹	kan³⁵	tʃin⁵⁵	tin³⁵	ʃɐn⁵⁵

	答咸開一	甲咸開二	葉咸開三	帖咸開四	立深開三
廣　州	tap³	kap³	jip²	tʰip³	lɐp²
石排灣	tat³	kat³⁵	jit²	tʰit³	lɐt²

3 古曾攝開口一三等，合口一等，梗攝開口二三等、梗攝合二等的舌根鼻

音尾韻ŋ和舌根塞尾韻k，讀成舌尖鼻音尾韻ɐn和舌尖塞音尾韻ɐt。

	燈曾開一	行梗開二	牲梗開二	轟梗合二
廣　州	tɐŋ⁵⁵	hɐŋ²¹	ʃɐŋ⁵⁵	kwɐŋ⁵⁵
石排灣	tɐn⁵⁵	hɐn²¹	ʃɐn⁵⁵	kɐn⁵⁵

	北曾開一	黑曾開一	陌梗開二	扼梗開二
廣　州	pɐk⁵	hɐk⁵	mɐk²	ɐk⁵
石排灣	pɐt⁵	hɐt⁵	mɐt²	ɐt⁵

4 差不多沒有舌面前圓唇半開元音œ（ɵ）為主要元音一系列韻母

這類韻母多屬中古音裡的三等韻。廣州話的œ系韻母œ、œŋ、œk、ɵn、ɵt、ɵy在石排灣舡語中分別歸入ɔ、ɔŋ、ɔk、ɐn、ɐt、ei。

沒有圓唇韻母œ、œŋ、œk，歸入ɔ、ɔŋ、ɔk。

	靴果合三	娘宕開三	香宕開三	雀宕開三	腳宕開三
廣　州	hœ⁵⁵	nœŋ²¹	hœŋ⁵⁵	tʃœk³	kœk³
石排灣	hɔ⁵⁵	lɔŋ²¹	hɔŋ⁵⁵	tʃɔk³	kɔk³

沒有ɵn、ɵt韻母，分別讀成ɐn、ɐt。

	鱗臻開三	准臻合三	栗臻開三	蟀臻合三
廣　州	lɵn²¹	tʃɵn³⁵	lɵt²	ʃɵt⁵
石排灣	lɐn²¹	tʃɐn³⁵	lɐt²	ʃɐt⁵

只保留ɵy韻母。

　　石排灣舡語ɵy韻母與k kʰ hl聲母搭配，則讀成ei。「女」字，合作人一時讀lɵy¹³，一時讀lei¹³，很不穩定，但不構成意義上的對立。其餘讀音與廣州話相同。

	序遇合三	對蟹合一	醉止合三	水止合三
廣　州	tʃɵy²²	tɵy³³	tʃɵy³³	ʃɵy³⁵
石排灣	tʃɵy²²	tɵy³³	tʃɵy³³	ʃɵy³⁵

當遇上古遇合三時，與見系、泥、來母搭配時，便讀成ei。

	舉遇合三見	佢遇合三群	墟遇合三溪	女遇合三泥	呂遇合三來
廣　州	kɵy³⁵	kʰɵy³⁵	hɵy⁵⁵	nɵy¹³	lɵy¹³
石排灣	kei³⁵	kʰei³⁵	hei⁵⁵	lei¹³	lei¹³

5　聲化韻ŋ多歸併入m̩

　　「吳、蜈、吾、梧、五、伍、午、誤、悟」九個字，廣州話為

[ŋ]，石排灣舡語把這類聲化韻[ŋ]字已歸併入[m]。

	吳遇合一	五遇合一	午遇合一	誤遇合一
廣　州	$ŋ^{21}$	$ŋ^{13}$	$ŋ^{13}$	$ŋ^{22}$
石排灣	m^{21}	m^{13}	m^{13}	m^{22}

（三）聲調方面

香港石排灣舡語聲調共九個，入聲有三個，分別是上陰入、下陰入、陽入。陰入按元音長短分成兩個，下陰入字的主要元音是長元音。

第二節　香港新界沙頭角舡語音系特點

本文調查合作人分別是陳志明（1956-　）[3]、馮志康（1963-　）。本音系主要合作人是陳志明，其先世自深圳葵涌鎮鯊魚涌遷來沙頭角，卻不清楚何時遷來。筆者曾跟陳志明前往其家鄉鯊魚涌進行調查，發現今已無水上人，主要原因是當地漁民已遷來沙頭角，還在沙頭角建起鯊魚涌村。

3　賀喜、科大衛編：《浮生：水上人的歷史人類學研究》（上海：中西書局，2021年6月），第二節〈「游動的漁民」和「固定的漁民」〉，頁284。陳志明是沙頭角的固定居住的漁民，不是水上人自稱的水流柴那類游動漁民，所以筆者便以他為沙頭角漁話民的合作人。

一　聲韻調系統

（一）聲母十六個，零聲母包括在內

p　跛薄怖閉　　pʰ　普排鄙片　　m　模巫味媽

f　婚苦非肥

t　度店豆定　　tʰ　太替投填　　　　　　　l　路離靈那

tʃ　醉寨再張　　tʃʰ　秋廁串陳　　　　　　　ʃ　私所水樹

j　已音入月

k　該已極跪　　kʰ　卻級拒群

w　回話蛙圍

h　看坑喜效

ø　哀安丫外

(二) 韻母

韻母表（韻母三十七個，包括一個鼻韻韻母）

單元音	複元音	鼻尾韻	塞尾韻
a 把炸嫁化	ai 乃介儥淮　au 胞找教孝	an 坦扮還三　aŋ 挺盲冷橫	at 八達刷搭　ak 百格革或
(e)	ei 例米危鬼　eu 某夠浮幽	en 賓混合燈	et 吉勿急得
ε 姐車夜野		eŋ 餅鄭病頸	εk 劈吃踢吃
e	ei 疲飢氣巴	eŋ 稱皿定永	ek 力借寂役
i 宜自詞注	iu 苗少要了	in 顛仙染短	it 哲切接缺
ɔ 個糯禾助	oi 待采蔡內	on 竿看岸竿　ɔŋ 方港香彊	ɔt 割喝葛渴　ɔk 作角腳割
o	ou 普肚毛好	oŋ 董中酸風	ok 速竹月律
u 孤戶付負	ui 培枚會貝	un 半規碗門	ut 末闊活沒
œ 靴朵			
ə	ey 呂居睡水		

鼻韻 m 唔啱五梧

（三）聲調八個

調類		調值	例字
陰平		55	剛邊商開
陰上		35	古手口紙
陰去		33	蓋怕愛女
陽平		21	文娘詳床
陽去		22	弄怒備在
上	陰入	5	曲七竹惜
下		3	割各桌答
陽入		2	落物白宅

二　語音特點

（一）聲母方面

1　無舌尖鼻音n，古泥母、來母字今音聲母均讀作l

　　古泥（娘）母字廣州話基本n、l不混，沙頭角舡語n、l相混，結果女呂不分，諾落不分。

	女（泥）		呂（來）	諾（泥）		落（來）
廣　州	nɵy¹³	≠	lɵy¹³	nɔk²	≠	lɔk²
沙頭角	lɵy³³	=	lɵy³³	lɔk²	=	lɔk²

2　中古疑母洪音ŋ-聲母合併到中古影母ø-裡去

　　古疑母字遇上洪音韻母時，廣州話一律讀成ŋ-，沙頭角舡民把ŋ聲母的字讀作ø聲母。

	眼	咬	硬	偶
廣　州	ŋan¹³	ŋau¹³	ŋaŋ²²	ŋɐu¹³
沙頭角	an³³	au³³	aŋ²²	ɐu³³

3　kw、kwʰ與k、kʰ不分

唇化音聲母kw、kwʰ與ɔ系韻母相拼，沙頭角舡語便消失圓唇w，讀成k、kʰ，因此是「過個」不分，「國角」不分。

	過果合一		個果開一	國曾合一		角江開二
廣　州	kwɔ³³	≠	kɔ³³	kwɔk³	≠	kɔk³
石排灣	kɔ³³	=	kɔ³³	kɔk³	=	kɔk³

	乖蟹合二		佳蟹開二	規止合三		溪蟹開四
廣　州	kwai⁵⁵	≠	kai⁵⁵	kwʰɐi⁵⁵	≠	kʰɐi⁵⁵
沙頭角	kai⁵⁵	=	kai⁵⁵	kʰɐi⁵⁵	=	kʰɐi⁵⁵

（二）韻母方面

1　沒有舌面前圓唇閉元音y系韻母。

廣州話y韻母字，沙頭角舡語一律讀作i；廣州話yn韻母字，沙頭角舡語絕大部分讀作oŋ，少部分讀作in；廣州話yt韻母字，沙頭角舡語大部分讀作ok，少部分讀作it，基本沒有一定規律，也不構成意義上的對立。附近水域的吉澳、塔門舡語也如此。[4]

4　沙頭角、吉澳、塔門三地舡語比較接近，西貢布袋澳水上人張廣坤跟筆者說，他聽不明白那邊的舡語，這是可以解釋何以陳志明會把oŋ、ok轉成in、it，說成別處的舡語。

	煮遇合三	遇遇合三	沿山合三	穴山合四
廣　州	tʃy³⁵	jy²²	jyn²¹	jyt²
沙頭角	tʃi³⁵	ji²²	jin²¹	jit²

	酸山合一	全山合三	脫山合一	月山合三
廣　州	ʃyn⁵⁵	tʃʰyn²¹	tʃʰyt³	jyt²
沙頭角	ʃoŋ⁵⁵	tʃʰoŋ²¹	tʃʰok³	jok²

oŋ、ok基本是沙頭角舡語的土語，oŋ、ok又讀成in、it，不構成對立。in、it這種讀音，是合作人經常出入新界各區漁村辦理業務和做漁會工作有關，便不自覺習得了別處漁村的讀音，這是語言接觸的變異。

2　古咸攝開口各等，深攝三等尾韻的變異

　　沙頭角舡語在古咸攝各等、深攝三等尾韻m、p，讀成舌尖鼻音尾韻n和舌尖塞音尾韻t。

	貪咸開一	減咸開二	廉咸開三	添咸開四	吟深開三
廣　州	tʰam⁵⁵	kam³⁵	lim²¹	tʰim⁵⁵	jɐm²¹
沙頭角	tʰan⁵⁵	kan³⁵	lin²¹	tʰin⁵⁵	jɐn²¹

	搭咸開一	夾咸開二	頁咸開三	貼咸開四	入深開三
廣　州	tap³	kap³	jip²	tʰip³	jɐp²
沙頭角	tat³	kat³⁵	jit²	tʰit³	jɐt²

3 古曾攝開口一三等，合口一等，梗攝開口二三等、梗攝合二等
的舌根鼻音尾韻ŋ和舌根塞尾韻k，讀成舌尖鼻音尾韻ɐn和舌
尖塞音尾韻ɐt

	等曾開一	贈曾開一	爭梗開二	宏梗合二
廣　州	tɐŋ^{35}	tʃɐŋ^{22}	tʃɐŋ^{55}	wɐŋ^{21}
沙頭角	tɐn^{35}	tʃɐn^{22}	tʃɐn^{55}	wɐn^{21}

	得曾開一	克曾開一	麥梗開二	扼梗開二
廣　州	tɐk^5	ɐk^5	mɐk^2	ɐk^5
沙頭角	tɐt^5	ɐt^5	mɐt^2	ɐt^5

4 差不多沒有舌面前圓唇半開元音œ（ɵ）為主要元音一系列韻母

　　這類韻母多屬中古音裡的三等韻。廣州話的œ系韻母œŋ、œk、
ɵn、ɵt在沙頭角舡語分別歸入ɔŋ、ɔk、ɔn、ɔk。沒有圓唇韻母œŋ、
œk，歸入ɔŋ、ɔk。

	良宕開三	強宕開三	略宕開三	弱宕開三
廣　州	lœŋ^{21}	kʰœŋ^{55}	lœk^2	jœk^2
沙頭角	lɔŋ^{21}	kʰɔŋ^{55}	lɔk^2	jɔk^2

沒有ɵn、ɵt韻母，歸入ɔn、ɔk。

	信臻開三	論臻合一	栗臻開三	術臻合三
廣　州	ʃɵn^{33}	lɵn^{22}	lɵt^2	ʃɵt^2
沙頭角	ʃɔŋ^{33}	lɔŋ^{22}	lɔk^2	ʃɔk^2

5　聲化韻ŋ̩多歸併入m̩

「吳、蜈、吾、梧、五、伍、午、誤、悟」九個字，廣州話為
[ŋ̩]，沙頭角舡語把這類聲化韻[ŋ̩]歸入[m̩]。

	吳遇合一	五遇合一	午遇合一	誤遇合一
廣　　州	ŋ̩²¹	ŋ̩¹³	ŋ̩¹³	ŋ̩²²
沙頭角	m̩²¹	m̩³³	m̩³³	m̩²²

（三）聲調方面

新界沙頭角舡語聲調共八個，差異之處是廣州話陽上13，沙頭
角讀作33，與陰去相合。陳志明稱這點與自從做漁民代表，常要到市
區工作開會，也許是這樣子，所以其陽上讀成13出現較多，33方是其
原調。

	婦	市	舅	你
廣　　州	fu¹³	ʃi¹³	kʰɐu¹³	nei¹³
沙頭角	fu³³	ʃi³³	kʰɐu³³	lei³³

第三節　香港離島吉澳舡語音系特點

石喜章（1924-　），初等小學程度，為前村長，遷來九代；張二有
（1946-　），祖輩遷來到他已五代；石房福（1952-　），現任村長；
石煌根（1959-　），生長於吉澳，高中畢業，現旅居英國。調查之
日，是他回港參加送喪，筆者剛好遇上，便在橫水道的「送殯船」
（船裡前端有一副靈柩）上跟他進行調查。他留港數天，筆者也與他
進行調查。石氏三人中受廣州話影響較大的是石房福，影響最少的則

是旅居英國的石煌根，滿口三十多年前的吉澳舡語，真沒想到移居外地的人的方言保留得這麼好。本節所描寫的語音系統以石煌根的語音為準，其餘三位只作參考之用。

吉澳島位於香港新界東北，大鵬灣西，沙頭角之東，與大陸鹽田、梅沙相對。島面積二點三六平方公里⋯⋯海岸曲折，風高浪急之時，大鵬灣的漁船均停泊於吉澳灣以避風浪，稱該島為吉澳，取自吉祥之意。吉澳在明代仍是荒蕪之地。明末民生疾苦，流寇竄起，百姓為逃避苛政，大量南遷，甚至冒險渡海逃生而至吉澳島，在此定居建村⋯⋯水上人分別姓何、陳、張、石、郭、方、杜、李、廖、梁、冼⋯⋯一九五六年人口統計，吉澳全島水陸居民四千餘。岸上房屋鱗次櫛比，海面船隻千帆並舉，相當熱鬧。其後，年輕一輩為改善生活，到海外謀生，繼而家人陸續前往團聚，而留港村民亦因工作關係，或遷就子女求學，紛紛遷居市區，於是吉澳現在連漁民新村三百餘戶，十室九空。在三百年前⋯⋯最先抵達（吉澳）應是漁民，他們以海為家，泛舟漂泊，漂到哪裡就居住哪裡，漁民最早到吉漁島扎根生活應是石氏家族，然後陸續遷到來有何氏家族、陳氏家族、張氏家族等。[5]

據各姓族譜記載：石氏兩族，一族九代來自番禺；一族七代，來自惠州。陳氏兩族，一族八代，來自廣州；一族五代，來自東莞太平。何氏兩族，一族十代，來自番禺沙灣；一族七代，亦來自番禺沙灣。張氏一族，七代來自惠陽。[6]

據石氏漁民所言，一九九七年人口不到三百人，現在只有一百人左右。

5　《大鵬明珠吉澳：滄海遺珠三百年》，頁22-23。
6　《大鵬明珠吉澳：滄海遺珠三百年》，頁54。

一　聲韻調系統

（一）聲母十八個，零聲母包括在內

p 跛步怖邊	pʰ 普排編片	m 暮務文慢
		f 婚苦非肥
t 都帝豆定	tʰ 他天投條	l 羅例靈你
tʃ 姐炸支竹	tʃʰ 雌瘡吹陳	ʃ 些所世市
		j 已音入月
k 歌已共江	kʰ 卻拘期強	
kw 瓜貴軍郡	kwʰ 誇困葵規	w 回宏蛙詠
		h 可腔兄下
ø 阿哀鴨我		

（二）韻母

韻母表（韻母三十六個，包括一個鼻韻韻母）

	單元音	複元音	鼻尾韻	塞尾韻
a	a 把炸架架華	ai 介買猜壞　au 包抄膠餃	an 丹山奸三　aŋ 彭省楂程橫	at 擦殺刮夾　ak 百摘冊或
(ɐ)		ɐi 例迷危圍　ɐu 貿口酒幼	ɐn 根民心燈	ɐt 匹乞拾得
ε	ε 且遮舍夜		εŋ 病餅頸鄭	εk 劇赤石笛
e		ei 披器祈飛	eŋ 承平定永	ek 力跡的激
i	i 宜自司樹	iu 表燒姚了	in 面然顛染	it 別折敲接
ɔ	ɔ 左坡禾靴	ɔi 代才袋外	ɔn 肝刊汗案　ɔŋ 幫慌住陽	ɔt 割喝竭渴　ɔk 昨角獲桌
o		ou 普土毛好	oŋ 董末閘船	ok 木屋出月
u	u 古互府父	ui 杯每回會	un 半管碗門	ut 撥末活勃
ə		əy 居取退帥		

鼻韻 m 唔午吳梧

（三）聲調八個

調類		調值	例字
陰平		55	開初三知
陰上		35	口手紙古
陰去		33	怕對帳老
陽平		21	人文床扶
陽去		22	浪閏大戶
上	陰入	5	竹惜福曲
下		3	答說各刷
陽入		2	六藥食服

二　語音特點

（一）聲母方面

1　無舌尖鼻音n，古泥母、來母字今音聲母均讀作l

古泥（娘）母字廣州話基本n、l不混，吉澳舡語n、l相混，結果女呂不分，諾落不分。

	女（泥）		呂（來）	諾（泥）		落（來）
廣　州	nɵy¹³	≠	lɵy¹³	nɔk²	≠	lɔk²
吉　澳	lɵy¹³	=	lɵy³³	lɔk²	=	lɔk²

2　中古疑母洪音ŋ-聲母合併到中古影母ø-裡去

古疑母字遇上洪音韻母時，廣州話一律讀成ŋ-，吉澳舡語這個ŋ聲母消失而合併到零聲母ø當中。

		眼	艾	硬	牛
廣	州	ŋan¹³	ŋai²²	ŋaŋ²²	ŋɐu²¹
吉	澳	an¹³	ai²²	aŋ²²	ɐu²¹

（二）韻母方面

1　沒有舌面前圓唇閉元音 y 系韻母

　　廣州話 y 韻母字，吉澳舡語一律讀作 i；廣州話 yn、yt 韻母字，吉澳舡語讀作 oŋ、ok，這部分沙頭角舡語少部分讀作 in、it，讀作 in、it 不見於吉澳石煌根、石喜章，卻出現於石房福。這個現象，塔門舡語也像沙頭角。

		煮遇合三	算山合一	泉山合三	奪山合一	月山合三
廣	州	tʃy³⁵	ʃyn³³	tʃʰyn²¹	tʃyt²	jyt²
吉	澳	tʃi³⁵	ʃoŋ³³	tʃʰoŋ²¹	tʃok²	jok²

2　古咸攝開口各等，深攝三等尾韻的變異

　　吉澳舡語在古咸攝各等、深攝三等尾韻 m、p，讀成舌尖鼻音尾韻 n 和舌尖塞音尾韻 t。例如：

		探咸開一	鹹咸開二	簾咸開三	甜咸開四	音深開三
廣	州	tʰam³³	ham²¹	lim²¹	tʰim²¹	jɐm⁵⁵
吉	澳	tʰan³³	han²¹	lin²¹	tʰin²¹	jɐn⁵⁵

		踏咸開一	聞咸開二	葉咸開三	帖咸開四	急深開三
廣	州	tap²	tʃap³	jip²	tʰip³	kɐp²
吉	澳	tat²	tʃat³⁵	jit²	tʰit³	kɐt²

3 古曾攝開口一三等，合口一等，梗攝開口二三等、梗攝合二等
的舌根鼻音尾韻ŋ和舌根塞尾韻k，讀成舌尖鼻音尾韻ɐn和舌
尖塞音尾ɐt

	登曾開一	增曾開一	箏梗開二	宏梗合二
廣　　州	tɐŋ⁵⁵	tʃɐŋ⁵⁵	tʃɐŋ⁵⁵	wɐŋ²¹
吉　　澳	tɐn⁵⁵	tʃɐn⁵⁵	tʃɐn⁵⁵	wɐn²¹

	德曾開一	黑曾開一	脈梗開二	扼梗開二
廣　　州	tɐk⁵	hɐk⁵	mɐk²	ɐk⁵
吉　　澳	tɐt⁵	hɐt⁵	mɐt²	ɐt⁵

4 沒有舌面前圓唇半開元音œ（ɵ）為主要元音一系列韻母。這
類韻母多屬中古音裡的三等韻

　　廣州話的œ系韻母œ、œŋ、œk、ɵn、ɵt在吉澳舡語分別歸入ɔ、
ɔŋ、ɔk、oŋ、ok。沒有圓唇韻母œ，œŋ，œk，歸入ɔ、ɔŋ、ɔk。

	靴果合三	亮宕開三	姜宕開三	掠宕開三
廣　　州	hœ⁵⁵	lœŋ²²	kœŋ⁵⁵	lœk²
吉　　澳	hɔ⁵⁵	lɔŋ²²	kɔŋ⁵⁵	lɔk²

沒有ɵn、ɵt韻母，分別讀成oŋ、ok。

	訊臻開三	崙臻合一	律臻合三	述臻合三
廣　　州	ʃɵn³³	lɵn²¹	lɵt²	ʃɵt²
吉　　澳	ʃoŋ³³	loŋ²¹	lok²	ʃok²

5 聲化韻ŋ̩多歸併入m̩

「吳、蜈、吾、梧、五、伍、午、誤、悟」九個字，廣州話為[ŋ̩]，吉澳舡語把這類聲化韻[ŋ̩]歸入[m̩]。

	吳遇合一	五遇合一	午遇合一	誤遇合一
廣　州	ŋ̩²¹	ŋ̩¹³	ŋ̩¹³	ŋ̩²²
吉　澳	m̩²¹	m̩¹³	m̩¹³	m̩²²

（三）聲調方面

聲調絕大部分跟廣州話一樣，變調也一致的。差異之處是廣州話陽上13，吉澳讀作33，與陰去相合。

	也	拒	武	你
廣　州	ja¹³	kʰɵy¹³	mou¹³	nei¹³
吉　澳	ja³³	kʰɵy³³	mou³³	lei³³

第四節　香港離島塔門舡語音系特點

方譚生（1930-　），先祖從東莞厚街遷來塔門兩百多年；黎連壽（1930-　），稱從他打上十三代，先輩是從東莞黃涌遷來塔門。[7]二人都有族譜，筆者也看過和拍照。筆者對於水上人有族譜這方面是存疑的，不在這裡分析。[8]

7　賀喜、科大衛編：《浮生：水上人的歷史人類學研究》（上海：中西書局，2021年6月），第二節〈「游動的漁民」和「固定的漁民」〉，頁284。二人同是塔門的固定居住的漁民，不是水上人自稱的水流柴那類游動漁民，所以筆者便以方譚生作為塔門合漁民話的作人。

8　廣東省民族研究所編：《廣東蜑民社會調查》（廣州：中山大學出版社，2001年）。此書便提出對於水上人有族譜的存疑。

　　塔門是香港的一個的島嶼，位於大灘海、大赤門及大鵬灣之間，行政區劃上屬於大埔區，面積達一點六九平方公里。島上居民主要由塔門原居民和遷上陸地的水上人組成，高峰時有兩千人居住，後來大部分漁民遷到大埔或市區謀生。隨著捕魚業式微，青年人更跑到市區找工作。筆者學生裡有一位姓石的水上人子弟，是塔門人，已遷出塔門，只有祖父留居塔門。

一　聲韻調系統

（一）聲母十七個，零聲母包括在內

p	波薄品邊	pʰ	普排編批	m	摩無味媽		
						f	火貨非肥
t	多釘代電	tʰ	拖梯投挺			l	羅離了泥
tʃ	祭閘支竹	tʃʰ	此初處陳			ʃ	修所世社
						j	由於仁月
k	歌九具掛	kʰ	卻襟拒誇	ŋ	我顏牛外		
						w	和話蛙位
						h	可開戲下
ø	哀安鴨握						

（二）韻母

韻母表（韻母三十三個，包括一個鼻韻韻母）

	單元音	複元音	鼻尾韻	塞尾韻
a	巴查下話 a	ai 大界街快 ／ au 包找數孝	aŋ 澎坑辦男	ak 或百押集
(ɐ)		ɐi 祭迷脆揮 ／ ɐu 剖夠否幼	ɐn 跟民燈金	ɐt 筆失得吸
ɛ	多車耶社 ɛ		ɛŋ 病餅鏡鄭	ɛk 屐吃尺攞
e		ei 皮你氣尾	eŋ 冰兵定永	ek 力碧的析
i	是姊思雨 i	iu 表燒要調	in 面然田點	it 別舌揭接
ɔ	多果和靴 ɔ	ɔi 抬在海外	ɔn 竿看早鞍 ／ ɔŋ 菁黃防窗	ɔt 喝割渴葛 ／ ɔk 博角國腳
o		ou 布土刀好	oŋ 東洞船圍	ok 木屋月出
u	古胡付附 u	ui 胚煨妹匯	un 般官玩本	ut 末括闊沒
ø		øy 女聚推水		

鼻韻 m̩ 唔吾五梧

（三）聲調九個

調類		調值	例字
陰平		55	知邊初商
陰上		35	古紙比口
陰去		33	帳正對抗
陽平		21	人文唐時
陽上		13	女老柱舅
陽去		22	巨望用助
上	陰入	5	竹出即曲
下		3	甲接百刷
陽入		2	六藥食服

二　語音特點

（一）聲母方面

1　古泥（娘）母字廣州話基本n、l不混，塔門舡語把n、l相混，結果南藍不分，諾落不分

	南（泥）		藍（來）	諾（泥）		落（來）
廣　州	nam²¹	≠	lam²¹	nɔk²	≠	lɔk²
塔　門	laŋ²¹	=	laŋ²¹	lɔk²	=	lɔk²

2 沒有兩個舌根唇音聲母kw、kwʰ，出現kw、kwʰ與k、kʰ不分的現象

	過果合一		個果開一	瓜假合二		加假開二
廣　州	kwɔ³³	≠	kɔ³³	kwa⁵⁵	≠	ka⁵⁵
塔　門	kɔ³³	=	kɔ³³	ka⁵⁵	=	ka⁵⁵

	乖蟹合二		佳蟹開二	規止合三		溪蟹開四
廣　州	kwai⁵⁵	≠	kai⁵⁵	kwʰɐi⁵⁵	≠	kʰɐi⁵⁵
塔　門	kai⁵⁵	=	kai⁵⁵	kʰɐi⁵⁵	=	kʰɐi⁵⁵

（二）韻母方面

1 沒有舌面前圓唇閉元音y系韻母

　　廣州話 y 韻母字，塔門舡語讀作 i；廣州話 yn 韻母字，塔門舡語讀作 oŋ，但有時讀作 in，相信受了別處舡語影響。廣州話 yt 韻母字，塔門舡語讀作 ok，但兩位合作人不少時候也讀作 it，這個跟市區的漁民接觸而影響得來。塔門水道與吉澳、沙頭角接近，所以也有這個特點。

	漁遇合三	亂山合一	全山合三	奪山合一	月山合三
廣　州	jy²¹	lyn²²	tʃʰyn²¹	tʃyt²	jyt²
塔　門	ji²¹	loŋ²²	tʃʰoŋ²¹	tʃok²	jok²

2 古咸攝開口一、二等，深攝開口三等字尾韻的變異

　　塔門舡語在古咸攝開口一、二等，深攝開口三等字的am、ap韻尾，讀成舌根鼻音韻尾aŋ和舌根塞音韻尾ak。

	南咸開一	擔咸開一	衫咸開二	簪深開三
廣　州	nam⁵⁵	tam⁵⁵	ʃam⁵⁵	tʃam⁵⁵
塔　門	laŋ⁵⁵	taŋ⁵⁵	ʃaŋ⁵⁵	tʃaŋ⁵⁵

	答咸開一	閘咸開二	甲咸開二	集深開三
廣　州	tap³	tʃap²	kap³	tʃap²
塔　門	tak³	tʃak²	kak³	tʃak²

3 古咸攝開口一、二等，深攝開口三等字尾韻的變異

古咸攝開口一、二等，深攝開口三等字的尾韻ɐm、ɐp，讀成舌尖鼻音尾韻ɐn和舌尖塞音尾韻ɐt。

	敢咸開一	暗咸開一	嵌咸開二	嬸深開三
廣　州	kɐm³⁵	ɐm³³	hɐm³³	ʃɐm³⁵
塔　門	kɐn³⁵	ɐn³³	hɐn³³	ʃɐn³⁵

	合咸開一	蛤咸開一	恰咸開二	泣深開三
廣　州	hɐp²	kɐp³	hɐp⁵	jɐp⁵
塔　門	hɐt²	kɐt³	hɐt⁵	jɐt⁵

4 古山攝開口一、二等，合口一、二、三等字尾韻的變異

古山攝開口一、二等，合口一、二、三等字的an、at韻尾，讀成舌根鼻音韻尾aŋ和舌根塞音韻尾ak。

	丹山開一	辦山開二	饅山合一	煩山合三
廣　州	tan⁵⁵	pan²²	man²²	fan²¹
塔　門	taŋ⁵⁵	paŋ²²	maŋ²²	faŋ²¹

	辣山開一	紮山開二	刷山合二	髮山合三
廣　州	lat²	tʃat³	tʃʰat³	fat³
塔　門	lak²	tʃak³	tʃʰak³	fak³

5　古曾攝開口一三等，合口一等，梗攝開口二三等、梗攝合二等的舌根鼻音尾韻ŋ和舌根塞尾韻k，讀成舌尖鼻音尾韻ɐn和舌尖塞音尾韻ɐt

	等曾開一	更梗開二	盟梗開三	轟梗合二
廣　州	teŋ⁵⁵	keŋ³³	mɐŋ²¹	kweŋ⁵⁵
塔　門	ten⁵⁵	ken³³	men²¹	ken⁵⁵

	墨曾開一	刻曾開一	陌梗開二	扼梗開二
廣　州	mɐk²	hɐk⁵	mɐk²	ɐk⁵
塔　門	met²	het⁵	met²	et⁵

6　古咸攝開口三、四等im、ip，讀成舌尖鼻音尾韻in和舌尖塞音尾韻it

	閃咸開三	鹽咸開三	兼咸開四	嫌咸開四
廣　州	ʃim³⁵	jim²¹	kim⁵⁵	jim²¹
塔　門	ʃin³⁵	jin²¹	kin⁵⁵	jin²¹

	摺咸開三	業咸開三	帖咸開四	疊咸開四
廣　州	tʃip³	jip²	tʰip³	tip²
塔　門	tʃit³	jit²	tʰit³	tit²

7 沒有舌面前圓唇半開元音œ（ɵ）為主要元音一系列韻母，這類韻母多屬中古音裡的三等韻

廣州話的œ系韻母œ、œŋ、œk、ɵn、ɵt在塔門舡語分別歸入ɔ、ɔŋ、ɔk、oŋ、ok。沒有圓唇韻母œ、œŋ、œk，歸入ɔ、ɔŋ、ɔk。

	靴果合三	香宕開三	陽宕開三	腳宕開三
廣　州	hœ^{55}	hœŋ^{55}	jœŋ^{21}	kœk^{2}
塔　門	hɔ^{55}	hɔŋ^{55}	jɔŋ^{21}	kɔk^{2}

沒有ɵn、ɵt韻母，分別讀成oŋ、ok。

	盡臻開三	倫臻合三	恤臻開三	出臻合三
廣　州	tʃɵn^{22}	lɵn^{21}	ʃɵt^{5}	tʃʰɵt^{5}
塔　門	tʃoŋ^{22}	loŋ^{21}	ʃok^{5}	tʃʰok^{5}

8 聲化韻ŋ̩歸併入m̩

「吳、蜈、吾、梧、五、伍、午、誤、悟」九個字，廣州話為[ŋ̩]，塔門舡語把這類聲化韻[ŋ̩]字歸併入[m̩]。

	吳遇合一	五遇合一	午遇合一	誤遇合一
廣　州	ŋ̩^{21}	ŋ̩^{13}	ŋ̩^{13}	ŋ̩^{22}
塔　門	m̩^{21}	m̩^{33}	m̩^{33}	m̩^{22}

（三）聲調方面

塔門舡語與老廣州白話沒有差異，聲調共九個，入聲有三個，分別是上陰入、下陰入、陽入。陰入按元音長短分成兩個，下陰入字的主要元音是長元音。

第五節　香港西貢布袋澳舡語音系特點

　　張廣坤（1945-　），從廣西遷來，到他已歷十四代。[9]梁連生（1951-　），只知居此已打魚多代。本文以張廣坤為主要合作人，梁連生只作參考。

　　布袋澳地勢是三面環山，北西出海口較窄，像一個布袋一樣，布袋澳因而得名。布袋澳位於清水灣半島的南部，在田下山及清水灣郊野公園的東面，在大廟灣及佛堂門大廟的北面，清水灣的南面，清水灣鄉村俱樂部高爾夫球場的西面。此村村民多以高、張、劉、鄧氏客家原居民和舡民為主。

　　這條漁村應該建於嘉慶二十二年（1818）以前，村裡有重修洪聖古廟碑記一塊。[10]

9　賀喜、科大衛編：《浮生：水上人的歷史人類學研究》（上海：中西書局，2021年6月），第二節〈「游動的漁民」和「固定的漁民」〉，頁284。張廣坤是布袋澳的固定居住的漁民，不是水上人自稱的水流柴那類游動漁民，所以筆者便以張廣坤為布袋澳漁民話的合作人。

10　科大衛、陸鴻基、吳倫霓霞合編：《香港碑銘彙編》（香港：香港博物館編製，香港市政局出版，1986年3月），第一冊，頁67-69。

（三）聲調八個

調類		調值	例字
陰平		55	剛開丁三
陰上		35	古走楚走
陰去		33	正變唱女
陽平		21	娘文才扶
陽去		22	閏望助大
上	陰入	5	竹一惜曲
下		3	答接百刷
陽入		2	入物白俗

二　語音特點

（一）聲母方面

　　kw、kwʰ 與 k、kʰ 不分。唇化音聲母 kw、kwʰ 與 ɔ 系韻母相拼，布袋澳舡語便消失圓唇 w，讀成 k、kʰ，因此是「過個」不分，「國角」不分。

	過_{果合一}		個_{果開一}	國_{曾合一}		角_{江開二}
廣　州	kwɔ³³	≠	kɔ³³	kwɔk³	≠	kɔk³
布袋澳	kɔ³³	=	kɔ³³	kɔk³	=	kɔk³

	乖_{蟹合二}		佳_{蟹開二}	規_{止合三}		溪_{蟹開四}
廣　州	kwai⁵⁵	≠	kai⁵⁵	kwʰɐi⁵⁵	≠	kʰɐi⁵⁵
布袋澳	kai⁵⁵	=	kai⁵⁵	kʰɐi⁵⁵	=	kʰɐi⁵⁵

（二）韻母方面

1 沒有舌面前圓唇閉元音 y 系韻母

廣州話有舌面前圓唇閉元音 y 系韻母字，布袋澳舡語一律讀作 i。

	豬遇合三	園山合三	臀臻合一	穴山合四
廣　州	tʃy⁵⁵	jyn²¹	tʰyn²¹	jyt²
布袋澳	tʃi⁵⁵	jin²¹	tʰin²¹	jit²

2 古咸攝開口一、二等，深攝開口三等字尾韻的變異

布袋澳舡語在古咸攝開口一、二等，深攝開口三等字的 am、ap 韻尾，讀成舌根鼻音韻尾 aŋ 和舌根塞音韻尾 ak。

	男咸開一	擔咸開一	監咸開二	簪深開三
廣　州	nam²¹	tam⁵⁵	kam⁵⁵	tʃam⁵⁵
布袋澳	naŋ²¹	taŋ⁵⁵	kaŋ⁵⁵	tʃaŋ⁵⁵

	踏咸開一	閘咸開二	胛咸開二	襲深開三
廣　州	tap²	tʃap²	kap³	tʃap²
布袋澳	tak²	tʃak²	kak³	tʃak²

3 古咸攝開口一、二等，深攝開口三等字的尾韻的變異

古咸攝開口一、二等，深攝開口三等字的尾韻 ɛm、ɛp，讀成舌尖鼻音尾韻 ɛn 和舌尖塞音尾韻 ɛt。

	感咸開一	敢咸開一	嵌咸開二	森深開三
廣　州	kɛm³⁵	kɛm³⁵	hɛm³³	ʃɛm⁵⁵
布袋澳	kɛn³⁵	kɛn³⁵	hɛn³³	ʃɛn⁵⁵

	盒咸開一	蛤咸開一	洽咸開二	揖深開三
廣　州	hɐp²	kɐp³	hɐp⁵	jɐp⁵
布袋澳	hɐt²	kɐt³	hɐt⁵	jɐt⁵

4　古山攝開口一、二等，合口一、二、三等字尾韻的變異

古山攝開口一、二等，合口一、二、三等字的an、at韻尾，讀成舌根鼻音韻尾aŋ和舌根塞音韻尾ak。

	旦山開一	山山開二	饅山合一	彎山合二
廣　州	tan³³	ʃan⁵⁵	man²²	wan⁵⁵
布袋澳	taŋ³³	ʃaŋ⁵⁵	maŋ²²	waŋ⁵⁵

	達山開一	八山開二	刷山合二	發山合三
廣　州	tat²	pat³	tʃʰat³	fat³
布袋澳	tak²	pak³	tʃʰak³	fak³

5　古曾攝開口一三等，合口一等，梗攝開口二三等、梗攝合二等的舌根鼻音尾韻ŋ和舌根塞尾韻k，讀成舌尖鼻音尾韻ɐn和舌尖塞音尾韻ɐt

	燈曾開一	衡梗開二	盟梗開三	宏梗合二
廣　州	tɐŋ⁵⁵	hɐŋ²¹	mɐŋ²¹	wɐŋ²¹
布袋澳	tɐn⁵⁵	hɐn²¹	mɐn²¹	wɐn²¹

	默曾開一	塞曾開一	麥梗開二	扼梗開二
廣　州	mɐk²	ʃɐk⁵	mɐk²	ɐk⁵
布袋澳	mɐt²	ʃɐt⁵	mɐt²	ɐt⁵

6 古咸攝開口三、四等im、ip，讀成舌尖鼻音尾韻in和舌尖塞音尾韻it

	陝咸開三	嚴咸開三	謙咸開四	嫌咸開四
廣　　州	ʃim³⁵	jim²¹	him⁵⁵	jim²¹
布袋澳	ʃin³⁵	jin²¹	hin⁵⁵	jin²¹

	接咸開三	葉咸開三	歉咸開四	蝶咸開四
廣　　州	tʃip³	jip²	hip³	tip²
布袋澳	tʃit³	jit²	hit³	tit²

7 沒有舌面前圓唇半開元音œ（ɵ）為主要元音一系列韻母，廣州話的œ系韻母œ、œŋ、œk在布袋澳舡語中分別歸入ɛ、ɔŋ、ɔk

	靴果合三	釀宕開三	香宕開三	弱宕開三	腳宕開三
廣　　州	hœ⁵⁵	jœŋ²²	hœŋ⁵⁵	jœk²	kœk³
布袋澳	hɛ⁵⁵	jɔŋ²²	hɔŋ⁵⁵	jɔk²	kɔk³

（三）聲調方面

　　聲調絕大部分跟廣州話一樣，變調也一致的。差異之處是廣州話陽上13，布袋澳讀作33，與陰去相合。

	女	拒	買	尾
廣　　州	nɵy¹³	kʰɵy¹³	mai¹³	mei¹³
布袋澳	nɵy³³	kʰɵy³³	mai³³	mei³³

第六節　香港西貢糧船灣洲舡語音系特點

　　合作人為鄭帶有（1933- ），生於糧船灣，到他已是最少三代人於糧船灣生活，[11]祖先從深圳南頭遷來。其女兒鄭美娟（1969- ），高中畢業，長大於糧船灣，也曾跟父母打魚，於一九九六年結婚方居於沙田。她能說滿口糧船灣洲舡語，如此年齡能說一口好舡語，跟這裡是一個島嶼有關。糧船灣洲為香港第四大島嶼，行政上屬西貢區，位於萬宜水庫西南面，糧船灣海以東，滘西洲以西。

一　聲韻調系統

（一）聲母十六個，零聲母包括在內

p	波薄玻閉	pʰ	鋪琵編批	m 摩無未慢	
					f 火苦飛煩
t	多低誕弟	tʰ	拖體逃挺	l 羅例靈泥	
tʃ	借閘支張	tʃʰ	且楚昌陳		ʃ 修所水市
					j 由醫入月
k	歌幾極貴	kʰ	驅襟拒跪		
					w 和話蛙韻
ø	哀愛握牛				h 可腔戲下

---

11 賀喜、科大衛編：《浮生：水上人的歷史人類學研究》（上海：中西書局，2021年6月），第二節〈「游動的漁民」和「固定的漁民」〉，頁284。鄭帶有是糧船灣的固定居住的漁民，不是水上人自稱的水流柴那類游動漁民，所以筆者便以鄭帶有為糧船灣漁民話的合作人。

（二）韻母

韻母表（韻母三十四個，包括一個鼻韻韻母）

	單元音	複元音		鼻尾韻		塞尾韻	
a	a 巴查鞭娃	ai 態介罅快	au 拋爪搞孝		aŋ 坑夯蘭三		ak 伯合八納
（ɐ）		ei 例咪肺危	eu 頭購留幼	en 跟新鄰燈		et 筆七出得	
ε	ε 姐者聲靴				εŋ 病頸鄭鏡		εk 劇赤踢吃
e		ei 碑四幾肥			eŋ 乘平亭永		ek 力屐敵役
i	i 是次寺注		iu 表韶搖跳	in 面扁染卷		it 別熱接缺	
ɔ	ɔ 拖果嗰助	ɔi 招彩哀外		ɔn 刊罕看安	ɔŋ 旁荒王傷	ɔt 喝割葛渴	ɔk 作角確桌
o			ou 布土抱告		oŋ 宗冬同容		ok 木督六浴
u	u 古夫付富	ui 陪梅回稅		un 段官玩肝		ut 末括活潑	
ɵ		ɵy 舉聚推水					

鼻韻 m̩ 唔伍午吳

（三）聲調八個

調類		調值	例字
陰平		55	知丁超三
陰上		35	古紙比楚
陰去		33	蓋醉抗老
陽平		21	鵝難床時
陽去		22	漏浪助弟
上	陰入	5	急出惜筆
下		3	答接鐵割
陽入		2	入物食舌

二　語音特點

（一）聲母方面

1　無舌尖鼻音n，古泥母、來母字今音聲母均讀作l

　　古泥（娘）母字廣州話基本n、l不混，凡古泥母字，一概讀n；凡古來母字，一概讀l。糧船灣洲（以下簡稱糧船灣，香港人一般也稱糧船灣）舡語，父女二人也把n、l相混，結果南藍不分，諾落不分。

	南（泥）		藍（來）	諾（泥）		落（來）
廣　　州	nam^{21}	≠	lam^{21}	nɔk^2	≠	lɔk^2
糧船灣	laŋ^{21}	=	laŋ^{21}	lɔk^2	=	lɔk^2

2 中古疑母洪音ŋ-聲母合併到中古影母ø-裡去

古疑母字遇上洪音韻母時，廣州話一律讀成ŋ-，事實上，珠三角舡語古疑母字的讀法已不太一致。糧船灣舡語這個ŋ聲母早已消失而合併到零聲母ø當中。

	眼	艾	硬	牛
廣　州	ŋan^{13}	ŋai^{22}	ŋaŋ^{22}	ŋɐu^{21}
糧船灣	an^{13}	ai^{22}	aŋ^{22}	ɐu^{21}

3 沒有兩個舌根唇音聲母 kw、kwʰ，出現 kw、kwʰ 與 k、kʰ 不分

	過果合一		個果開一	瓜假合二		加假開二
廣　州	kwɔ^{33}	≠	kɔ^{33}	kwa^{55}	≠	ka^{55}
糧船灣	kɔ^{33}	=	kɔ^{33}	ka^{55}	=	ka^{55}

	乖蟹合二		佳蟹開二	規止合三		溪蟹開四
廣　州	kwai^{55}	≠	kai^{55}	kwʰɐi^{55}	≠	kʰɐi^{55}
糧船灣	kai^{55}	=	kai^{55}	kʰɐi^{55}	=	kʰɐi^{55}

（二）韻母方面

1 沒有舌面前圓唇閉元音y系韻母

廣州話有舌面前圓唇閉元音y系韻母字，糧船灣舡語一律讀作i。

	注遇合三	員山合三	團山合一	月山合三
廣　州	tʃy^{33}	jyn^{21}	tʰyn^{21}	jyt^{2}
糧船灣	tʃi^{33}	jin^{21}	tʰin^{21}	jit^{2}

2　古咸攝開口一、二等，深攝開口三等字尾韻的變異

糧船灣舡語在古咸攝開口一、二等，深攝開口三等字的am、ap韻尾讀成舌根鼻音韻尾aŋ和舌根塞音韻尾ak。

	南咸開一	膽咸開一	鑑咸開二	簪深開三
廣　州	nam²¹	tam³⁵	kam³³	tʃam⁵⁵
糧船灣	laŋ²¹	taŋ³⁵	kaŋ³³	tʃaŋ⁵⁵

	搭咸開一	夾咸開二	鴨咸開二	襲深開三
廣　州	tap³	tʃap²	ap³	tʃap²
糧船灣	tak³	tʃak²	ak³	tʃak²

3　古咸攝開口一、二等，深攝開口三等字的尾韻的變異

古咸攝開口一、二等，深攝開口三等字的尾韻ɐm、ɐp，讀成舌根鼻音韻尾aŋ和舌根塞音韻尾ak。

	含咸開一	柑咸開一	嵌咸開二	心深開三
廣　州	hɐm²¹	kɐm⁵⁵	hɐm³³	ʃɐm⁵⁵
糧船灣	haŋ²¹	kaŋ⁵⁵	haŋ³³	ʃaŋ⁵⁵

	合咸開一	蛤咸開一	恰咸開二	吸深開三
廣　州	hɐp²	kɐp³	hɐp⁵	kʰɐp⁵
糧船灣	hak²	kak³	hak⁵	kʰak⁵

4　古曾攝開口一三等，合口一等，梗攝開口二三等、梗攝合二等的舌根鼻音尾韻ŋ和舌根塞尾韻k，讀成舌尖鼻音尾韻ɐn和舌尖塞音尾ɐt

	登曾開一	更梗開二	盟梗開三	轟梗合二
廣　州	teŋ⁵⁵	keŋ³³	meŋ²¹	keŋ²¹
糧船灣	ten⁵⁵	ken³³	men²¹	ken²¹

	北曾開一	塞曾開一	陌梗開二	扼梗開二
廣　州	pɐk⁵	ʃɛk⁵	mɛk²	ɐk⁵
糧船灣	pɐt⁵	ʃɛt⁵	mɛt²	ɐt⁵

5　古山攝開合口各等字尾韻的變異

古山攝開口一、二等，合口一、二、三等字的尾韻an、at，讀成舌根鼻音韻尾aŋ和舌根塞音韻尾ak。

	丹山開一	盼山開二	饅山合一	頑山合二	飯山合三
廣　州	tan⁵⁵	pʰan³³	man²²	wan²¹	fan²²
糧船灣	taŋ⁵⁵	pʰaŋ³³	maŋ²²	waŋ²¹	faŋ²²

	達山開一	察山開二	滑山合二	刷山合二	髮山合三
廣　州	tat²	tʃʰat³	wat²	tʃʰat³	fat³
糧船灣	tak²	tʃʰak³	wak²	tʃʰak³	fak³

6　古咸攝開口三、四等im、ip，讀成舌尖鼻音尾韻in和舌尖塞音尾韻it

	閃咸開三	掩咸開三	謙咸開四	念咸開四
廣　州	ʃim³⁵	jim³⁵	him⁵⁵	nim²²
糧船灣	ʃin³⁵	jin³⁵	hin⁵⁵	lin²²

	妾咸開三	業咸開三	疊咸開四	協咸開四
廣　州	tʃʰip³	jip²	tip²	hip²
糧船灣	tʃʰit³	jit²	tit²	hit²

7　沒有舌面前圓唇半開元音œ（ɵ）為主要元音一系列韻母，廣州話的œ系韻母œ、œŋ、œk、ɵn、ɵt、ɵy在糧船灣舡語中分別歸入ɛ、ɔŋ、ɔk、ɐn、ɐt、ui

沒有圓唇韻母œ、沒有œŋ、œk，分別讀成ɔŋ、ɔk。

	靴果合三	釀宕開三	香宕開三	弱宕開三	腳宕開三
廣　州	hœ⁵⁵	jœŋ²²	hœŋ⁵⁵	jœk²	kœk³
糧船灣	hɛ⁵⁵	jɔŋ²²	hɔŋ⁵⁵	jɔk²	kɔk³

沒有ɵn、ɵt，分別讀成ɐn、ɐt。

	鱗臻開三	崙臻合一	俊臻合三	準臻合三
廣　州	lɵn²¹	lɵn²²	tʃɵn³³	tʃɵn³⁵
糧船灣	lɐn²¹	lɐn²²	tʃɐn³³	tʃɐn³⁵

	栗臻開三	率臻合三	尤臻合三	出臻合三
廣　州	lɵt²	ʃɵt⁵	ʃɵt²	tʃʰɵt⁵
糧船灣	lɐt²	ʃɐt⁵	ʃɐt²	tʃʰɐt⁵

沒有ɵy，一律讀成ui。

	徐遇合三	拒遇合三	需遇合三	醉止合三
廣　州	tʃʰɵy²¹	kʰɵy³⁵	ʃɵy⁵⁵	tʃɵy³⁵
糧船灣	tʃʰui²¹	kʰui³⁵	ʃui⁵⁵	tʃui³⁵

8　聲化韻ŋ̩歸併入m̩。

「吳、蜈、吾、梧、五、伍、午、誤、悟」九個字，廣州話為[ŋ̩]，糧船灣舡語把這類聲化韻[ŋ̩]字歸併入[m̩]。

	吳_{遇合一}	五_{遇合一}	午_{遇合一}	誤_{遇合一}
廣　州	ŋ̩²¹	ŋ̩¹³	ŋ̩¹³	ŋ̩²²
糧船灣	m̩²¹	m̩³³	m̩³³	m̩²²

（三）聲調方面

聲調絕大部分跟廣州話一樣，變調也一致的。差異之處是廣州話陽上13，糧船灣則讀作33，與陰去相合。

	馬	語	每	允
廣　州	ma¹³	jy¹³	mui¹³	wen¹³
糧船灣	ma³³	ji³³	mui³³	wen³³

第七節　香港西貢將軍澳坑口水邊村舡語音系特點

合作人是張勝（1945-　）。水邊村以前就是位於鴨仔灣旁，位置大約於今天坑口村一帶。這漁村今已填成陸地。

一　聲韻調系統

（一）聲母十七個，零聲母包括在內

p	貝部品閉	pʰ	頗爬編片	m 模美文麥

f 火苦飛煩

t	都低代敵	tʰ	土體投挺	l 來例另你
tʃ	姐爪注張	tʃʰ	此楚尺程	ʃ 私色水市

j 已於入月

k	古居具瓜	kʰ	卻襟拒誇	ŋ 呆牙牛外

w 回話蛙詠

ø	二圍現吳			h 可坑許械

（二）韻母

韻母表（韻母三十四個，包括一個鼻韻韻母）

	單元音	複元音	鼻尾韻	塞尾韻
a	他家亞蛙	ai 界奶太快　au 拋爪搞孝	aŋ 橙彭淡散	ak 伯佰搭萊
(ɐ)		ɐi 例提危揮　ɐu 頭購留幼	ɐn 吞心燈閩	ɐt 失拾得出
ɛ	姐車社夜		ɛŋ 病鏡鄭頸	ɛk 劇尺笛劈
e		ei 皮葉幾非	eŋ 勝評停冰	ek 力壁識役
i	兒師似樹	iu 表韶搖跳	in 面戰兼玄	it 別揭接缺
ɔ	多火初靴	ɔi 代再海外　ou 布土抱告	ɔn 肝看漢安　ɔŋ 幫賣蚌香	ɔt 喝割渴葛　ɔk 托樸濮腳
o			oŋ 董宋中容	ok 木督俗浴
u	姑夫付副	ui 貝媒回會	un 半觀本門	ut 撥末括沒
ə		əy 舉聚推水		

鼻韻 m 唔五午嘸

（二）聲調九個

調類		調值	例字
陰平		55	剛專開初
陰上		35	古展口手
陰去		33	正醉愛抗
陽平		21	鵝人陳唐
陽上		13	老暖距舅
陽去		22	岸共樹巨
上	陰入	5	竹出即曲
下		3	答接鐵割
陽入		2	入藥局白

二　語音特點

（一）聲母方面

1　無舌尖鼻音n，古泥母、來母字今音聲母均讀作l。

　　古泥（娘）母字廣州話基本n、l不混，凡古泥母字，一概讀n；凡古來母字，一概讀l。水邊村舡語 n、l 相混，結果南藍不分，諾落不分。

	南（泥）		藍（來）	諾（泥）		落（來）
廣　州	nam²¹	≠	lam²¹	nɔk²	≠	lɔk²
水邊村	laŋ²¹	=	laŋ²¹	lɔk²	=	lɔk²

2 沒有兩個舌根唇音聲母kw、kwʰ，出現kw、kwʰ與k、kʰ不分

	過果合一		個果開一	瓜假合二		加假開二
廣　　州	kwɔ³³	≠	kɔ³³	kwa⁵⁵	≠	ka⁵⁵
水邊村	kɔ³³	=	kɔ³³	ka⁵⁵	=	ka⁵⁵

	乖蟹合二		佳蟹開二	規止合三		溪蟹開四
廣　　州	kwai⁵⁵	≠	kai⁵⁵	kwʰɐi⁵⁵	≠	kʰɐi⁵⁵
水邊村	kai⁵⁵	=	kai⁵⁵	kʰɐi⁵⁵	=	kʰɐi⁵⁵

（二）韻母方面

1 沒有舌面前圓唇閉元音y系韻母

廣州話有舌面前圓唇閉元音y系韻母字，糧船灣舡語一律讀作i。

	豬遇合三	算山合一	全山合三	越山合三
廣　　州	tʃy⁵⁵	ʃyn³³	tʃʰyn²¹	jyt²
水邊村	tʃi⁵⁵	ʃin³³	tʃʰin²¹	jit²

2 古咸攝開口一、二等，深攝開口三等字尾韻的變異

古咸攝開口一、二等，深攝開口三等字的am、ap韻尾，讀成舌根鼻音韻尾aŋ和舌根塞音韻尾ak。

	函咸開一	藍咸開一	站咸開二	簪深開三
廣　　州	ham²¹	lam²¹	tʃam²²	tʃam⁵⁵
水邊村	haŋ²¹	laŋ²¹	tʃaŋ²²	tʃaŋ⁵⁵

	塔咸開一	蠟咸開一	鴨咸開二	習深開三
廣　州	tʰap³	lap²	ap³	tʃap²
水邊村	tʰak³	lak²	ak³	tʃak²

3　古山攝開合口各等字尾韻的變異

古山攝開口一、二等，合口一、二、三等字的尾韻an、at，讀成舌根鼻音韻尾aŋ和舌根塞音韻尾ak。

	旦山開一	扮山開二	漫山合一	彎山合二	飯山合三
廣　州	tan³³	pan²²	man²²	wan⁵⁵	fan²²
水邊村	taŋ³³	paŋ²²	maŋ²²	waŋ⁵⁵	faŋ²²

	辣山開一	紮山開二	滑山合二	刷山合二	發山合三
廣　州	lat²	tʃat³	wat²	tʃʰat³	fat³
水邊村	lak²	tʃak³	wak²	tʃʰak³	fak³

4　古咸攝開口一、二等，深攝開口三等字的尾韻的變異

古咸攝開口一、二等，深攝開口三等字的尾韻ɐm、ɐp，讀成舌尖鼻音尾韻ɐn和舌尖塞音尾韻ɐt。

	含咸開一	甘咸開一	嵌咸開二	岑深開三
廣　州	hɐm²¹	kɐm⁵⁵	hɐm³³	ʃɐm²¹
水邊村	hɐn²¹	kɐn⁵⁵	hɐn³³	ʃɐn²¹

	盒咸開一	蛤咸開一	恰咸開二	及深開三
廣　州	hɐp²	kɐp³	hɐp⁵	kʰɐp⁵
水邊村	hɐt²	kɐt³	hɐt⁵	kʰɐt⁵

5 古曾攝開口一三等，合口一等，梗攝開口二三等、梗攝合二等
的舌根鼻音尾韻ŋ和舌根塞尾韻k，讀成舌尖鼻音尾韻ɐn和舌
尖塞音尾韻ɐt

	藤曾開一	杏梗開二	盟梗開三	宏梗合二
廣　　州	tʰɐŋ²¹	hɐŋ²²	mɐŋ²¹	wɐŋ²¹
水邊村	tʰɐn²¹	hɐn²²	mɐn²¹	wɐn²¹

	墨曾開一	則曾開一	陌梗開二	扼梗開二
廣　　州	mɐk²	tʃɐk⁵	mɐk²	ɐk⁵
水邊村	mɐt²	tʃɐt⁵	mɐt²	ɐt⁵

6 沒有舌面前圓唇半開元音œ（ɵ）為主要元音一系列韻母，廣
州話的œ系韻母œ、œŋ、œk、ɵn、ɵt在水邊村舡語中部分歸
入ɔ、ɔŋ、ɔk、ɐn、ɐt

　　沒有圓唇韻母œ，少部分œŋ、œk韻母保留ɔŋ、ɔk的特點，是受
廣州話影響而來沒有圓唇韻母œ、œŋ、œk，歸入ɔ、ɔŋ、ɔk。

	靴果合三	昌宕開三	香宕開三	約宕開三	腳宕開三
廣　　州	hœ⁵⁵	tʃʰœŋ⁵⁵	hœŋ⁵⁵	jœk²	kœk³
水邊村	hɔ⁵⁵	tʃʰɔŋ⁵⁵	hɔŋ⁵⁵	jɔk²	kɔk³

沒有ɵn、ɵt，分別讀成ɐn、ɐt。

	津臻開三	論臻合一	筍臻合三	潤臻合三
廣　　州	tʃɵn⁵⁵	lɵn²²	ʃɵn³⁵	jɵn²²
水邊村	tʃɐn⁵⁵	lɐn²²	ʃɐn³⁵	jɐn²²

	栗臻開三	律臻合三	蟀臻合三	術臻合三
廣　州	$l\theta t^2$	$l\theta t^2$	$\int\theta t^5$	$\int\theta t^2$
水邊村	$l \text254 t^2$	$l \text255 t^2$	$\int \text256 t^5$	$\int \text3 t^2$

7 聲化韻ŋ̩歸併入m̩

「吳、蜈、吾、梧、五、伍、午、誤、悟」九個字，廣州話為[ŋ̩]，水邊村舡語把這類聲化韻[ŋ̩]字歸併入[m]。

	吳遇合一	五遇合一	午遇合一	誤遇合一
廣　州	$\dot{ŋ}^{21}$	$\dot{ŋ}^{13}$	$\dot{ŋ}^{13}$	$\dot{ŋ}^{22}$
水邊村	$m̩^{21}$	$m̩^{13}$	$m̩^{13}$	$m̩^{22}$

（三）聲調方面

聲調方面，水邊村舡語與老廣州白話沒有差異，聲調共九個，入聲有三個，分別是上陰入、下陰入、陽入。陰入按元音長短分成兩個，下陰入字的主要元音是長元音。

第八節　香港西貢離島滘西舡語音系特點

合作人是何觀發（1937-　），不知先輩從何處遷到滘西；石火娣（1941-　），何觀發之妻，知道祖父是生長於滘西，卻不知道先輩從何處遷來。本文主要合作人是石火娣。

一九六五年，John McCoy 發表了 "The Dialects of Hong Kong Boat People: Kau Sai"，[12]此文稍稍粗糙，韻母系統有些地方沒友交代

---

12 McCoy, J. (1965). "The Dialects of Hongkong Boat People: Kau Sai. " *Journal of the*

清楚，也沒有跟中古音進行比較；音系跟本文有出入。本文取石火娣
口音為標準，係其先輩多代居於此，[13]而筆者不知道 John McCoy 所
找的合作人是滘西出生或是從別處漁村跑到滘西打魚的漁民，內文也
沒有交代。這也歸因於水上人特點是水流柴，到處漂泊，少有像石火
娣一族於一處漁村生活數代。

　　滘西洲是香港的一個島嶼，地區行政上屬於西貢區。島嶼面積六
點六九平方公里，為香港境內第六大島，位於西貢市以東，萬宜水庫
以西。滘西現在人煙漸稀。

一　聲韻調系統

（一）聲母十七個，零聲母包括在內

p	波步品邊	p^h	頗排編批	m 魔務味慢		
						f 火苦飛俸
t	多典豆定	t^h	拖替投填	n 那泥你念	l 羅呂了歷	
tʃ	姐閘支竹	$tʃ^h$	此初吹陳		ʃ 些所水甚	
						j 由央入元
k	歌九共瓜	k^h	卻級期群			
						w 和環溫旺
					h 可恰許效	
ø	奧安丫握					

Hong Kong Branch of the Royal Asiatic Society, 5, pp.46-64.

13 賀喜、科大衛編：《浮生：水上人的歷史人類學研究》（上海：中西書局，2021年6
　月），第二節〈「游動的漁民」和「固定的漁民」〉，頁284。石火娣是滘西的固定漁
　民，不是水上人自稱的「水流柴」那類游動漁民，所以筆者便以石火娣為滘西漁民
　話的合作人。

（二）韻母

韻母表（韻母三十六個，包括兩個鼻韻韻母）

	單元音	複元音		鼻尾韻		塞尾韻	
a	他媽價化	ai 大眾柴快	au 考交跑溝	an 巨燈合筍	aŋ 硬棚晚限三	at 日得濕出	ak 筝客八搭
（ɐ）		ɐi 例蒂睏駛	ɐu 向口秀舅				
ɛ	蔗蛇夜靴				ɛŋ 病井頸鄭		ɛk 劇尺踢吃
e		ei 你幾起未			eŋ 水明另泳		ek 力積的曆
i	師自二注	iu 表少俏叫		in 瞞全存估	iŋ 便善田先	it 脫說越接	ik 別舌熱結
ɔ	羅破鍋所	ɔi 胎代改害		ɔn 肝岸汗案	ɔŋ 當光放香	ɔt 喝割渴葛	ɔk 博角國腳
o		ou 都數帽曹			oŋ 東送中用		ok 木屋六局
u	胡孤付當	ui 妹背再恢		un 半官換門		ut 撥括活沒	
ɵ		ɵy 推嘴蕊去					

鼻韻 m　唔姆五梧午

（二）聲調八個

調類		調值	例字
陰平		55	專開三商
陰上		35	古手口走
陰去		33	帳對怕舅
陽平		21	娘文床時
陽去		22	岸用大自
上	陰入	5	急一出曲
下		3	答甲鐵割
陽入		2	局食合服

二　語音特點

（一）聲母方面

1　中古疑母洪音ŋ- 聲母合併到中古影母ø- 裡去

　　古疑母字遇上洪音韻母時，廣州話一律讀成ŋ-，事實上，珠三角
疍語古疑母字的讀法已不太一致。滘西疍語這個ŋ聲母早已消失而合
併到零聲母ø當中。

	我	芽	毅	咬
廣　州	ŋɔ¹³	ŋa²¹	ŋɐi²²	ŋɐu¹³
滘　西	ɔ³³	a²¹	ɐi²²	ɐu³³

2 kw、kwʰ與k、kʰ不分

唇化音聲母kw、kwʰ與ɔ系韻母相拼，滘西艔語消失圓唇w，讀成k、kʰ，因此是「過個」不分，「國角」不分。

		過果合一		個果開一	國曾合一		角江開二
廣	州	kwɔ³³	≠	kɔ³³	kwɔk³	≠	kɔk³
滘	西	kɔ³³	=	kɔ³³	kɔk³	=	kɔk³

		乖蟹合二		佳蟹開二	規止合三		溪蟹開四
廣	州	kwai⁵⁵	≠	kai⁵⁵	kwʰɐi⁵⁵	≠	kʰɐi⁵⁵
滘	西	kai⁵⁵	=	kai⁵⁵	kʰɐi⁵⁵	=	kʰɐi⁵⁵

（二）韻母方面

1 沒有舌面前圓唇閉元音y系韻母

廣州話有舌面前圓唇閉元音y系韻母字，滘西艔語一律讀作i。

		書遇合三	糰山合一	圓山合三	粵山合三
廣	州	ʃy⁵⁵	tʰyn²	jyn²¹	jyt²
滘	西	ʃi⁵⁵	tʰin²¹	jin²¹	jit²

2 古咸攝開口一、二等，深攝開口三等字尾韻的變異

滘西艔語在古咸攝開口一、二等，深攝開口三等字的am、ap韻尾，讀成舌根鼻音韻尾aŋ和舌根塞音韻尾ak。

		耽咸開一	欖咸開一	站咸開二	簪深開三
廣	州	tam⁵⁵	lam³⁵	tʃam²²	tʃam⁵⁵
滘	西	taŋ⁵⁵	laŋ³⁵	tʃaŋ²²	tʃaŋ⁵⁵

		踏咸開一	甲咸開二	鴨咸開二	襲深開三
廣 州		tʃap²	kap³	ap³	tʃap²
滘 西		tʃak²	kak³	ak³	tʃak²

3 古咸攝開口一、二等，深攝開口三等字尾韻的變異

古咸攝開口一、二等，深攝開口三等字的尾韻em、ep，讀成舌尖鼻音尾韻eŋ和舌尖塞音尾韻et。

		含咸開一	柑咸開一	嵌咸開二	林深開三
廣 州		hem²¹	kem⁵⁵	hem³³	lem²¹
滘 西		hen²¹	ken⁵⁵	hen³³	len²¹

		合咸開一	鴿咸開一	恰咸開二	拾深開三
廣 州		hep²	kep³	hep⁵	ʃep²
滘 西		het²	ket³	het⁵	ʃet²

4 古山攝開口一、二等，合口一、二、三等字尾韻的變異

古山攝開口一、二等，合口一、二、三等字的an、at韻尾，讀成舌根鼻音韻尾aŋ和舌根塞音韻尾ak。

		丹山開一	間山開二	漫山合一	灣山合二
廣 州		tan⁵⁵	kan⁵⁵	man²²	wan⁵⁵
滘 西		taŋ⁵⁵	kaŋ⁵⁵	maŋ²²	waŋ⁵⁵

		辣山開一	薩山開一	刮山合二	髮山合三
廣 州		lat²	ʃat³	kwat³	fat³
滘 西		lak²	ʃak³	kak³	fak³

5　古曾攝開口一三等，合口一等，梗攝開口二三等、梗攝合二等
　　的舌根鼻音尾韻ŋ和舌根塞尾韻k，讀成舌尖鼻音尾韻ɐn和舌
　　尖塞音尾韻ɐt

	等曾開一	庚梗開二	盟梗開三	轟梗合二
廣　　州	tɐŋ³⁵	kɐŋ⁵⁵	mɐŋ²¹	kwɐŋ⁵⁵
滘　　西	tɐn³⁵	kɐn⁵⁵	mɐn²¹	kɐn⁵⁵

	北曾開一	刻曾開一	脈梗開二	扼梗開二
廣　　州	pɐk²	hɐk⁵	mɐk²	ɐk⁵
滘　　西	pɐt²	hɐt⁵	mɐt²	ɐt⁵

6　古咸攝開口三、四等im、ip，讀成舌尖鼻音尾韻in和舌尖塞音
　　尾韻it

	鐮咸開三	險咸開三	點咸開四	兼咸開四
廣　　州	lim³⁵	him²¹	tim³⁵	kim²¹
滘　　西	lin³⁵	hin²¹	tin³⁵	kin²¹

	攝咸開三	頁咸開三	貼咸開四	歉咸開四
廣　　州	ʃip³	jip²	tʰip³	hip²
滘　　西	ʃit³	jit²	tʰit³	hit²

7　大部分舌面前圓唇半開元音œ（ɵ）沒有保留，廣州話的œ系
　　韻母œ、œŋ、œk、ɵn、ɵt在滘西舡語歸入ɛ、ɪŋ、ɔk、ɐn、
　　ɐt。沒有圓唇韻母œ，沒有œŋ、œk韻母。舌面前圓唇半開元
　　音œ（ɵ）只保留ɵy

	靴果合三	涼宕開三	香宕開三	桌江開二	腳宕開三
廣州	hœ⁵⁵	lœŋ²¹	hœŋ⁵⁵	tʃʰœk²	kœk³
滘西	hɛ⁵⁵	lɔŋ²¹	hɔŋ⁵⁵	tʃʰɔk²	kɔk³

沒有ɵn、ɵt，分別讀成ɛn、ɛt。

	晉臻開三	鈍臻合一	循臻合三	醇臻合三
廣　州	tʃɵn³³	tɵn²²	tʃʰɵn²¹	ʃɵn²¹
滘　西	tʃɛn³³	tɛn²²	tʃʰɛn²¹	ʃɛn²¹

	栗臻開三	律臻合三	蟀臻合三	術臻合三
廣　州	lɵt²	lɵt²	ʃɵt⁵	ʃɵt²
滘　西	lɛt²	lɛt²	ʃɛt⁵	ʃɛt²

8 古山攝開口三、四等in、it，讀成舌根鼻音韻尾iŋ和舌根塞音韻尾ik

	變山開三	塡山開四	別山開三	屑山開四
廣　州	pin³³	tʰin²¹	pit²	ʃit³
滘　西	piŋ³³	tʰiŋ²¹	pik³	ʃik³

這一個特點與廣州黃埔大沙鎮九沙舡語一樣

9 聲化韻ŋ歸併入m

　　「吳、蜈、吾、梧、五、伍、午、誤、悟」九個字，廣州話為[ŋ̩]，滘西舡語把這類聲化韻 [ŋ̩] 歸入 [m̩]。

	吳遇合一	五遇合一	午遇合一	誤遇合一
廣　州	ŋ̩²¹	ŋ̩¹³	ŋ̩¹³	ŋ̩²²
滘　西	m̩²¹	m̩³³	m̩³³	m̩²²

（三）聲調方面

　　聲調絕大部分跟廣州話一樣，變調也一致的。差異之處是廣州話陽上13，滘西讀作33，與陰去相合。

	社	羽	美	李
廣　州	ʃɛ¹³	jy¹³	mei¹³	lei¹³
滘　西	ʃɛ³³	ji³³	mei³³	lei³³

第九節　香港離島蒲臺島舡語音系特點

　　合作人是郭有順（1932-　）[14]、鄭帶福（1933-　），島上漁民五十歲以上的全是沒有機會接受過教育，因此島與市區相隔很遠，出入不方便。本文以郭有順為主要合作人，鄭帶福只作參考。

　　K. L. Kiu 曾於一九八四年在香港大學發表 "On Some phonetic characteristics of the Cantonese sub-dialect spoken by the boat people from Pu Tai island."，[15]音系與本人的調查有少許出入，基本是一致的。

　　蒲臺島是蒲臺群島的主要島嶼，面積達三點六九平方公里。蒲臺位處香港的最南端，這個寧靜小島，現在只有約二十個居民依舊在此居住。島上有史前摩崖石刻，還有棺材石、佛手巖、靈龜上山、響螺石等奇異風化奇石。

---

14 賀喜、科大衛編：《浮生：水上人的歷史人類學研究》（上海：中西書局，2021年6月），第二節〈「游動的漁民」和「固定的漁民」〉，頁284。郭有順是蒲臺島的固定居住的漁民，不是水上人自稱的水流柴那類游動漁民，所以筆者便以郭有順作為蒲臺島漁民話的合作人。

15 K.L. Kiu (1984). "On Some phonetic charateristics of the Cantonese sub-dialect spoken by the boat people from Pu Tai island." *Journal of the International Phonetic Association.* Volume 14 / Issue 01. pp.35-37.

　　郭有順稱上世紀六〇年代，蒲臺島有近一千人居住，七〇年代魚獲減少，漁業出現式微，加上交通不便，島民和漁民都出外打工，不少跑到香港仔石排灣工作，現在只剩退休的老一輩在此生活。

一　聲韻調系統

（一）聲母十六個，零聲母包括在內

p	跛簿品壁	pʰ	普排編批	m 暮美微慢		
					f	謊苦法俸
t	到店洞狄	tʰ	土替投挺	l 路李禮你		
tʃ	醉責支逐	tʃʰ	秋楚串陳		ʃ	四色試甚
					j	姚影肉元
k	該幾極瓜	kʰ	頃級期菌			
					w	和話蛙詠
ø	奧安丫外				h	看坑兄咸

(二) 韻母

韻母表(韻母三十八個,包括一個鼻韻韻母)

單元音	複元音	鼻尾韻	塞尾韻
a 他沙嫁炸	ai 界擇買快　au 抛爪茅郊	an 班山扮三　aŋ 橙棚橫便	at 法蔡滑插　ak 伯咨格隔
(ɐ)	ɐi 例低偽輝　ɐu 頭購紐幼	ɐn 昏臣心準　ɐŋ 鄧更幸宏	ɐt 拔室濕筆　ɐk 得克(則)麥
ɛ 姐者捨夜		ɛŋ 病頸井鄭	ɛk 劇赤吃笛
e	ei 皮棄幾己	eŋ 勝鳴庭永	ek 力食的職
i 兒師司書	iu 表少耀調	in 面阈店園	it 別設接血
ɔ 多科阻靴	ɔi 代海再外	ɔn 肝旱汗寒　ɔŋ 當方蚌香	ɔt 割喝渴葛　ɔk 托確國脚
o	ou 布無抱曹	oŋ 童宗風容	ok 木谷各督
u 姑虎付副	ui 賈妹回會	un 半管碗門	ut 撥末活没
ɵ	ɵy 吹許最去		

鼻韻 m̩ 唔伍誤梧午

（三）聲調九個

調類		調值	例字
陰平		55	丁邊超三
陰上		35	紙走短手
陰去		33	帳醉變抗
陽平		21	娘文陳時
陽上		13	老有距柱
陽去		22	用望助杜
上	陰入	5	急出即福
下		3	甲接桌各
陽入		2	六藥宅讀

二　語音特點

（一）聲母方面

1　無舌尖鼻音n，古泥母、來母字今音聲母均讀作l。

　　古泥（娘）母字廣州話基本 n、l 不混，凡古泥母字，一概讀 n；凡古來母字，一概讀 l。蒲臺島舡語 n、l 相混，結果南藍不分，諾落不分。

	南（泥）		藍（來）	諾（泥）		落（來）
廣　州	nam^{21}	≠	lam^{21}	nɔk^{2}	≠	lɔk^{2}
蒲臺島	lan^{21}	=	lan^{21}	lɔk^{2}	=	lɔk^{2}

2 中古疑母洪音ŋ-聲母合併到中古影母ø-裡去

古疑母字遇上洪音韻母時，廣州話一律讀成ŋ-，蒲臺島舡語這個ŋ聲母早已消失而合併到零聲母ø當中。

	眼	艾	硬	牛
廣 州	ŋan¹³	ŋai²²	ŋaŋ²²	ŋɐu²¹
蒲臺島	an¹³	ai²²	aŋ²²	ɐu²¹

3 沒有兩個舌根唇音聲母kw、kwʰ，出現kw、kwʰ與k、kʰ不分

	過果合一		個果開一	瓜假合二		加假開二
廣 州	kwɔ³³	≠	kɔ³³	kwa⁵⁵	≠	ka⁵⁵
蒲臺島	kɔ³³	=	kɔ³³	ka⁵⁵	=	ka⁵⁵

	乖蟹合二		佳蟹開二	規止合三		溪蟹開四
廣 州	kwai⁵⁵	≠	kai⁵⁵	kwʰɐi⁵⁵	≠	kʰɐi⁵⁵
蒲臺島	kai⁵⁵	=	kai⁵⁵	kʰɐi⁵⁵	=	kʰɐi⁵⁵

（二）韻母方面

1 沒有舌面前圓唇閉元音y系韻母

廣州話有舌面前圓唇閉元音y系韻母字，蒲臺島舡語一律讀作i。

	魚遇合三	緣山合三	豚臻合一	缺山合四
廣 州	jy²¹	jyn²¹	tʰyn²¹	kʰyt³
蒲臺島	ji²¹	jin²¹	tʰin²¹	kʰit³

2 古咸攝開口各等，深攝三等尾韻的變異

蒲臺島舡語在古咸攝各等、深攝三等尾韻m、p，讀成舌尖鼻音尾韻n和舌尖塞音尾韻t。

	貪咸開一	衫咸開二	漸咸開三	點咸開四	臨深開三
廣　州	tʰam⁵⁵	ʃam⁵⁵	tʃim²²	tim³³	lɐm²¹
蒲臺島	tʰan⁵⁵	ʃan⁵⁵	tʃin²²	tin³³	lɐn²¹

	答咸開一	夾咸開二	頁咸開三	碟咸開四	汁深開三
廣　州	tap³	kap³	jip²	tip³	tʃɐp⁵
蒲臺島	tat³	kat³	jit²	tit³	tʃɐt⁵

3 廣州話的œŋ、œk二韻母在蒲臺島舡語中部分歸入ɔŋ、ɔk。合作人偶然也會說成œŋ、œk，這是受廣州話影響而來

	雙江開二	香宕開三	約宕開三	腳宕開三
廣　州	ʃœŋ⁵⁵	hœŋ⁵⁵	jœk²	kœk³
蒲臺島	ʃɔŋ⁵⁵	hɔŋ⁵⁵	jɔk²	kɔk³

4 聲化韻ŋ̩歸併入m̩

「吳、蜈、吾、梧、五、伍、午、誤、悟」九個字，廣州話為[ŋ̩]，蒲臺島舡語把這類聲化韻[ŋ̩]歸入[m̩]。

	吳遇合一	五遇合一	午遇合一	誤遇合一
廣　州	ŋ̩²¹	ŋ̩¹³	ŋ̩¹³	ŋ̩²²
蒲臺島	m̩²¹	m̩¹³	m̩¹³	m̩²²

（三）聲調方面

　　蒲臺島舡語聲調共九個，入聲有三個，分別是上陰入、下陰入、陽入。陰入按元音長短分成兩個，下陰入字的主要元音是長元音。

第十節　香港離島大澳舡語音系特點

　　大澳是一個歷史悠久的古老漁村，位於大嶼山西北面。在一千年前的宋朝時代，這裡鹽業生產已甚具規模，是漁鹽業重地。漁業方面，曾經是香港海魚供應的主要基地。

　　樊竹生（1935-　），不知祖輩從何遷來，但他與父親都是生於大澳，至今（2014）還出海打魚；另一位合作人是梁偉英（1942-　），也不知道先輩從何遷來，只知到他這一代已是第四代了。[16]本節報告所描寫的語音系統，以樊竹生為準，梁偉英的語音也與樊竹生相同，不同之處是在調值上。樊竹生共有九個調，梁偉英在調查時，有些緊張，故陽平字有時讀作21，有時讀作33，這一點與香港樹仁大學吳穎欣所寫畢業論文一致。本文最後決定以樊竹生為主，這與他未離開過大澳有關，且他還在從事捕魚工作；梁偉英於一九八九年調到香港仔石排灣漁會工作，當上主席，熱心服務漁民，由於與市區接觸，所以其音系出現了點點變異。關於調值，香港樹仁大學周佩敏的畢業論文是《大澳話語音調查及其與香港粵方言比較》，與其師陳永豐和筆者調查都是九個調，從這個角度來看，便決定以樊竹生為主，梁偉英為輔。

---

16 賀喜、科大衛編：《浮生：水上人的歷史人類學研究》（上海：中西書局，2021年6月），第二節〈「游動的漁民」和「固定的漁民」〉，頁284。樊竹生是大澳的固定居住漁民，不是水上人自稱的「水流柴」那類游動漁民，所以筆者便以他作為大澳漁民話的合作人。

一　聲韻調系統

（一）聲母十七個，零聲母包括在內

p	補步品閉	pʰ	普排編拼	m 模美文麥	
					f 火苦飛煩
t	都低洞定	tʰ	討聽投挺	l 來例另你	
tʃ	寺責證竹	tʃʰ	次楚尺程		ʃ 私色水市
					j 姚因仁月
k	歌幾共廣	kʰ	卻襟拒誇	ŋ 呆牙牛外	
					w 黃宏蛙永
ø	哀安鴨晏				h 可坑許械

（二）韻　母

韻母表（韻母三十六個，包括一個鼻韻韻母）

韻母	單元音	複元音		鼻尾韻		塞尾韻	
a	a 把查嫁蛙快	ai 大介買賣快	au 爆茅爪郊	an 班單扮賣	aŋ 橙硬棚橫	at 泛扎挖踏	ak 或伯格隔
(ɐ)		ɐi 幣米偽貴	ɐu 偷夠紐幼	ɐn 吞柑春朋		ɐt 筆粒術北	
ɛ	ɛ 姐者借夜				ɛŋ 病頸井平		ɛk 劇尺吃劈
e		ei 卑器氣肥			eŋ 升兵庭永		ek 力積的域
i	i 兒次司雨		iu 表少尿挑	in 面善黏短		it 別設接脫	
ɔ	ɔ 多果助靴	ɔi 代再海外		ɔn 肝看汗安	ɔŋ 缸光往香	ɔt 割喝渴喝	ɔk 作角國腳
o			ou 布吐抱告		oŋ 東宗風窮		ok 獨屋俗合
u	u 古烏付父	ui 杯枚回會		un 般罐碗門		ut 潑末活沒	
ɵ			ɵy 車須推水				

鼻韻 m 唔五午嘸

（三）聲調九個

調類		調值	例字
陰平		55	開三超知
陰上		35	古手楚短
陰去		33	正愛唱蓋
陽平		21	娘文陳時
陽上		13	五野距舅
陽去		22	用大自弟
上	陰入	5	一出即曲
下		3	答接鐵割
陽入		2	六落食白

二 語音特點

（一）聲母方面

1 無舌尖鼻音 n，古泥母、來母字今音聲母均讀作 l

古泥（娘）母字廣州話基本 n、l 不混，大澳舡語 n、l 相混，結果女呂不分，諾落不分。

	女（泥）		呂（來）	諾（泥）		落（來）
廣　州	nɵy¹³	≠	lɵy¹³	nɔk²	≠	lɔk²
大　澳	lɵy¹³	=	lɵy³³	lɔk²	=	lɔk²

2　kw、kw^h 與 k、k^h 不分

唇化音聲母 kw、kw^h 與 ɔ 系韻母相拼，大澳舡語便消失圓唇 w，讀成 k、k^h，因此是「過個」不分，「國角」不分。

	過果合一		個果開一	國曾合一		角江開二
廣　州	kwɔ^{33}	≠	kɔ^{33}	kwɔk^3	≠	kɔk^3
大　澳	kɔ^{33}	=	kɔ^{33}	kɔk^3	=	kɔk^3

	乖蟹合二		佳蟹開二	規止合三		溪蟹開四
廣　州	kwai^{55}	≠	kai^{55}	kw^{h}ɐi^{55}	≠	k^{h}ɐi^{55}
大　澳	kai^{55}	=	kai^{55}	k^{h}ɐi^{55}	=	k^{h}ɐi^{55}

（二）韻母方面

1　沒有舌面前圓唇閉元音 y 系韻母

廣州話有舌面前圓唇閉元音 y 系韻母字，大澳舡語一律讀作 i。

	薯遇合三	團山合一	旋山合三	月山合三
廣　州	ʃy^{21}	tʃ^{h}yn^{33}	ʃyn^{21}	jyt^2
大　澳	tʃi^{21}	tʃ^{h}in^{33}	ʃin^{21}	jit^2

2　古咸攝開口各等，深攝三等尾韻的變異

大澳舡語在古咸攝各等、深攝開口三等尾韻 m、p，讀成舌尖鼻音尾韻 n 和舌尖塞音尾韻 t。

	蠶咸開一	站咸開二	尖咸開三	店咸開四	林深開三
廣　州	tʃ am^{21}	tʃam^{22}	tʃim^{55}	tim^{33}	lɐm^{21}
大　澳	tʃ an^{21}	tʃan^{22}	tʃin^{55}	tin^{33}	lɐn^{21}

		踏咸開一	鴨咸開二	葉咸開三	疊咸開四	級深開三
廣	州	tap^2	ap^3	jip^2	tip^2	k ɐp^5
大	澳	tat^2	at^3	jit^2	tit^2	k ɐt^5

3 古曾攝開口一三等，合口一等，梗攝開口二三等、梗攝合二等的舌根鼻音尾韻ŋ和舌根塞尾韻k，讀成舌尖鼻音尾韻ɐn和舌尖塞音尾韻ɐt

		鄧曾開一	亨梗開二	箏梗開二	宏梗合二
廣	州	tɐŋ^{22}	hɐŋ^{55}	tʃɐŋ^{55}	wɐŋ^{21}
大	澳	tɐn^{22}	hɐn^{55}	tʃɐn^{55}	wɐn^{21}

		塞曾開一	得曾開一	脈梗開二	扼梗開二
廣	州	ʃɐk^5	tɐk^5	mɐk^2	ɐk^5
大	澳	ʃɐt^5	tɐt^5	mɐt^2	ɐt^5

4 沒有舌面前圓唇半開元音œ（ɵ）為主要元音一系列韻母

這類韻母多屬中古音裡三等韻。廣州話的œ系韻母œ、œŋ、œk、ɵn、ɵt在大澳舡語中分別歸入ɔ、ɔŋ、ɔk、ɐn、ɐt。沒有圓唇韻母œ，œŋ、œk，歸入ɔ、ɔŋ、ɔk。

		靴果合三	糧宕開三	香宕開三	約宕開三	腳宕開三
廣	州	hœ^{55}	lœŋ^{21}	hœŋ^{55}	jœk^3	kœk^3
大	澳	hɔ^{55}	lɔŋ^{21}	hɔŋ^{55}	jɔk^3	kɔk^3

沒有ɵn、ɵt韻母，分別讀成ɐn、ɐt。

	秦臻開三	殉臻合三	律臻合三	術臻合三
廣　州	tʃʰɵn²¹	ʃɵn⁵⁵	lɵt²	ʃɵt²
大　澳	tʃʰɐn²¹	ʃɐn⁵⁵	lɐt²	ʃɐt²

5　聲化韻ŋ̩歸併入m̩

「吳、蜈、吾、梧、五、伍、午、誤、悟」九個字，廣州話為[ŋ̩]，大澳舡語把這類聲化韻[ŋ̩]歸入[m̩]。

	吳遇合一	五遇合一	午遇合一	誤遇合一
廣　州	ŋ̩²¹	ŋ̩¹³	ŋ̩¹³	ŋ̩²²
大　澳	m̩²¹	m̩¹³	m̩¹³	m̩²²

（三）聲調方面

大澳舡語聲調共九個，入聲有三個，分別是上陰入、下陰入、陽入。陰入按元音長短分成兩個，下陰入字的主要元音是長元音。

第三章
香港舡語內部的一致性和差異性

第一節　香港漁村舡語的一致性

一　聲母方面

（一）粵語中古日母、影母、云母、以母字及疑母細音字的聲母，多讀成半元音性的濁擦音聲母 j，香港的舡語也是如此。

	擾（效開三日）	揖（深開三影）	炎（咸開三云）	容（通合三以）	逆（梗開三疑）
廣　州	jiu^{13}	$jɐp^5$	jim^{21}	$joŋ^{21}$	jek^2
石排灣	jiu^{13}	$jɐt^5$	jin^{21}	$joŋ^{21}$	jek^2
沙頭角	jiu^{13}	$jɐt^5$	jin^{21}	$joŋ^{21}$	jek^2
吉　澳	jiu^{13}	$jɐt^5$	jin^{21}	$joŋ^{21}$	jek^2
塔　門	jiu^{13}	$jɐt^5$	jin^{21}	$joŋ^{21}$	jek^2
布袋澳	jiu^{13}	$jɐt^5$	jin^{21}	$joŋ^{21}$	jek^2
糧船灣	jiu^{13}	$jɐt^5$	jin^{21}	$joŋ^{21}$	jek^2
坑　口	jiu^{13}	$jɐt^5$	jin^{21}	$joŋ^{21}$	jek^2
滘　西	jiu^{13}	$jɐt^5$	jin^{21}	$joŋ^{21}$	jek^2
蒲臺島	jiu^{13}	$jɐt^5$	jin^{21}	$joŋ^{21}$	jek^2
大　澳	jiu^{13}	$jɐt^5$	jin^{21}	$joŋ^{21}$	jek^2

（二）粵語中古次濁微、明母字的聲母讀 m，香港舡語也是如此。

	萬（山合三微）	霧（遇合三微）	悶（臻合一明）	馬（假開二明）
廣　州	man²²⁾	mou²²	mun²²	ma¹³
石排灣	maŋ²²	mou²²	mun²²	ma¹³
沙頭角	man²²	mou²²	mun²²	ma¹³
吉　澳	man²²	mou²²	mun²²	ma¹³
塔　門	maŋ²²	mou²²	mun²²	ma¹³
布袋澳	maŋ²²	mou²²	mun²²	ma¹³
糧船灣	maŋ²²	mou²²	mun²²	ma¹³
坑　口	maŋ²²	mou²²	mun²²	ma¹³
滘　西	maŋ²²	mou²²	mun²²	ma¹³
蒲臺島	man²²	mou²²	mun²²	ma¹³
大　澳	maŋ²²	mou²²	mun²²	ma¹³

（三）粵語特點之一是古精、莊、知、章四組聲母合流，都讀舌葉音 tʃ、tʃʰ、ʃ，香港舡語也是如此。

	左（精母）	猜（清母）	寫（心母）
廣　州	tʃɔ³⁵	tʃʰai⁵⁵	ʃɛ³⁵
石排灣	tʃɔ³⁵	tʃʰai⁵⁵	ʃɛ³⁵
沙頭角	tʃɔ³⁵	tʃʰai⁵⁵	ʃɛ³⁵
吉　澳	tʃɔ³⁵	tʃʰai⁵⁵	ʃɛ³⁵
塔　門	tʃɔ³⁵	tʃʰai⁵⁵	ʃɛ³⁵
布袋澳	tʃɔ³⁵	tʃʰai⁵⁵	ʃɛ³⁵
糧船灣	tʃɔ³⁵	tʃʰai⁵⁵	ʃɛ³⁵
坑　口	tʃɔ³⁵	tʃʰai⁵⁵	ʃɛ³⁵
滘　西	tʃɔ³⁵	tʃʰai⁵⁵	ʃɛ³⁵

	左 (精母)	猜 (清母)	寫 (心母)
蒲臺島	tʃɔ³⁵	tʃʰai⁵⁵	ʃɛ³⁵
大　澳	tʃɔ³⁵	tʃʰai⁵⁵	ʃɛ³⁵

	齋 (莊母)	巢 (崇母)	紗 (生母)
廣　州	tʃai⁵⁵	tʃʰau²¹	ʃa⁵⁵
石排灣	tʃai⁵⁵	tʃʰau²¹	ʃa⁵⁵
沙頭角	tʃai⁵⁵	tʃʰau²¹	ʃa⁵⁵
吉　澳	tʃai⁵⁵	tʃʰau²¹	ʃa⁵⁵
塔　門	tʃai⁵⁵	tʃʰau²¹	ʃa⁵⁵
布袋澳	tʃai⁵⁵	tʃʰau²¹	ʃa⁵⁵
糧船灣	tʃai⁵⁵	tʃʰau²¹	ʃa⁵⁵
坑　口	tʃai⁵⁵	tʃʰau²¹	ʃa⁵⁵
滘　西	tʃai⁵⁵	tʃʰau²¹	ʃa⁵⁵
蒲臺島	tʃai⁵⁵	tʃʰau²¹	ʃa⁵⁵
大　澳	tʃai⁵⁵	tʃʰau²¹	ʃa⁵⁵

	正 (章母)	扯 (昌母)	身 (書母)
廣　州	tʃeŋ³³	tʃʰɛ³⁵	ʃɐn⁵⁵
石排灣	tʃeŋ³³	tʃʰɛ³⁵	ʃɐn⁵⁵
沙頭角	tʃeŋ³³	tʃʰɛ³⁵	ʃɐn⁵⁵
吉　澳	tʃeŋ³³	tʃʰɛ³⁵	ʃɐn⁵⁵
塔　門	tʃeŋ³³	tʃʰɛ³⁵	ʃɐn⁵⁵
布袋澳	tʃeŋ³³	tʃʰɛ³⁵	ʃɐn⁵⁵
糧船灣	tʃeŋ³³	tʃʰɛ³⁵	ʃɐn⁵⁵
坑　口	tʃeŋ³³	tʃʰɛ³⁵	ʃɐn⁵⁵
滘　西	tʃeŋ³³	tʃʰɛ³⁵	ʃɐn⁵⁵

	正 (章母)	扯 (昌母)	身 (書母)
蒲臺島	tʃɛŋ³³	tʃʰɛ³⁵	ʃɐn⁵⁵
大　澳	tʃɛŋ³³	tʃʰɛ³⁵	ʃɐn⁵⁵

（四）粵語無濁塞音聲母、濁塞擦音聲母，塞音聲母和塞擦音聲母只有清音不送氣和清音不送氣之分而無清音和濁音之分。如有 p、pʰ 而無 b，有 t、tʰ 而無 d，有 k、kʰ 而無 g，有 tʃ、tʃʰ 而無 dʒ。粵海片粵語裡的古濁聲母大部分轉成相應的清聲母字，於是平聲送氣，仄聲不送氣。香港的舡語也體現了這個特點。

	婆 (並母)	部 (並母)	途 (定母)	代 (定母)
廣　州	pʰɔ²¹	pou²²	tʰou²¹	tɔi²²
石排灣	pʰɔ²¹	pou²²	tʰou²¹	tɔi²²
沙頭角	pʰɔ²¹	pou²²	tʰou²¹	tɔi²²
吉　澳	pʰɔ²¹	pou²²	tʰou²¹	tɔi²²
塔　門	pʰɔ²¹	pou²²	tʰou²¹	tɔi²²
布袋澳	pʰɔ²¹	pou²²	tʰou²¹	tɔi²²
糧船灣	pʰɔ²¹	pou²²	tʰou²¹	tɔi²²
坑　口	pʰɔ²¹	pou²²	tʰou²¹	tɔi²²
滘　西	pʰɔ²¹	pou²²	tʰou²¹	tɔi²²
蒲臺島	pʰɔ²¹	pou²²	tʰou²¹	tɔi²²
大　澳	pʰɔ²¹	pou²²	tʰou²¹	tɔi²²

	虔 (群母)	共 (群母)	財 (從母)	靜 (從母上聲)
廣　州	kʰin²¹	koŋ²²	tʃʰɔi²¹	tʃɛŋ²²
石排灣	kʰin²¹	koŋ²²	tʃʰɔi²¹	tʃɛŋ²²
沙頭角	kʰin²¹	koŋ²²	tʃʰɔi²¹	tʃɛŋ²²

	虔（群母）	共（群母）	財（從母）	靜（從母上聲）
吉　澳	k^hin^{21}	kon^{22}	$t\int^h \jmath i^{21}$	$t\int e\eta^{22}$
塔　門	k^hin^{21}	kon^{22}	$t\int^h \jmath i^{21}$	$t\int e\eta^{22}$
布袋澳	k^hin^{21}	kon^{22}	$t\int^h \jmath i^{21}$	$t\int e\eta^{22}$
糧船灣	k^hin^{21}	kon^{22}	$t\int^h \jmath i^{21}$	$t\int e\eta^{22}$
坑　口	k^hin^{21}	kon^{22}	$t\int^h \jmath i^{21}$	$t\int e\eta^{22}$
滘　西	k^hin^{21}	kon^{22}	$t\int^h \jmath i^{21}$	$t\int e\eta^{22}$
蒲臺島	k^hin^{21}	kon^{22}	$t\int^h \jmath i^{21}$	$t\int e\eta^{22}$
大　澳	k^hin^{21}	kon^{22}	$t\int^h \jmath i^{21}$	$t\int e\eta^{22}$

	鋤（崇母）	助（崇母）	茶（澄母）	紵（澄母上聲）
廣　州	$t\int^h \jmath i^{21}$	$t\int \jmath^{22}$	$t\int^h a^{21}$	$t\int \mathrm{e} u^{22}$
石排灣	$t\int^h \jmath i^{21}$	$t\int \jmath^{22}$	$t\int^h a^{21}$	$t\int \mathrm{e} u^{22}$
沙頭角	$t\int^h \jmath i^{21}$	$t\int \jmath^{22}$	$t\int^h a^{21}$	$t\int \mathrm{e} u^{22}$
吉　澳	$t\int^h \jmath i^{21}$	$t\int \jmath^{22}$	$t\int^h a^{21}$	$t\int \mathrm{e} u^{22}$
塔　門	$t\int^h \jmath i^{21}$	$t\int \jmath^{22}$	$t\int^h a^{21}$	$t\int \mathrm{e} u^{22}$
布袋澳	$t\int^h \jmath i^{21}$	$t\int \jmath^{22}$	$t\int^h a^{21}$	$t\int \mathrm{e} u^{22}$
糧船灣	$t\int^h \jmath i^{21}$	$t\int \jmath^{22}$	$t\int^h a^{21}$	$t\int \mathrm{e} u^{22}$
坑　口	$t\int^h \jmath i^{21}$	$t\int \jmath^{22}$	$t\int^h a^{21}$	$t\int \mathrm{e} u^{22}$
滘　西	$t\int^h \jmath i^{21}$	$t\int \jmath^{22}$	$t\int^h a^{21}$	$t\int \mathrm{e} u^{22}$
蒲臺島	$t\int^h \jmath i^{21}$	$t\int \jmath^{22}$	$t\int^h a^{21}$	$t\int \mathrm{e} u^{22}$
大　澳	$t\int^h \jmath i^{21}$	$t\int \jmath^{22}$	$t\int^h a^{21}$	$t\int \mathrm{e} u^{22}$

（五）粵語一部分古溪母開口字讀作清喉擦音 h 聲母，古溪母合口字一部分讀作 f 聲母。香港的舡語也體現了這個特點。

	可（溪開）	器（溪開）	慶（溪開）
廣　州	hɔ³⁵	hei³³	heŋ³³
石排灣	hɔ³⁵	hei³³	heŋ³³
沙頭角	hɔ³⁵	hei³³	heŋ³³
吉　澳	hɔ³⁵	hei³³	heŋ³³
塔　門	hɔ³⁵	hei³³	heŋ³³
布袋澳	hɔ³⁵	hei³³	heŋ³³
糧船灣	hɔ³⁵	hei³³	heŋ³³
坑　口	hɔ³⁵	hei³³	heŋ³³
滘　西	hɔ³⁵	hei³³	heŋ³³
蒲臺島	hɔ³⁵	hei³³	heŋ³³
大　澳	hɔ³⁵	hei³³	heŋ³³

	科（溪合）	褲（溪合）	快（溪合）
廣　州	fɔ⁵⁵	fu³³	fai³³
石排灣	fɔ⁵⁵	fu³³	fai³³
沙頭角	fɔ⁵⁵	fu³³	fai³³
吉　澳	fɔ⁵⁵	fu³³	fai³³
塔　門	fɔ⁵⁵	fu³³	fai³³
布袋澳	fɔ⁵⁵	fu³³	fai³³
糧船灣	fɔ⁵⁵	fu³³	fai³³
坑　口	fɔ⁵⁵	fu³³	fai³³
滘　西	fɔ⁵⁵	fu³³	fai³³
蒲臺島	fɔ⁵⁵	fu³³	fai³³
大　澳	fɔ⁵⁵	fu³³	fai³³

（六）粵語的古敷、奉母字讀作 f，香港的舡語也體現了這個特點。

	翻（山合三敷）	覆（通合三敷）	父（遇合三奉）	罰（山合三奉）
廣　州	fan⁵⁵	fok⁵	fu²²	fɐt⁵
石排灣	fan⁵⁵	fok⁵	fu²²	fɐt⁵
沙頭角	fan⁵⁵	fok⁵	fu²²	fɐt⁵
吉　澳	fan⁵⁵	fok⁵	fu²²	fɐt⁵
塔　門	faŋ⁵⁵	fok⁵	fu²²	fɐt⁵
布袋澳	faŋ⁵⁵	fok⁵	fu²²	fɐt⁵
糧船灣	faŋ⁵⁵	fok⁵	fu²²	fɐt⁵
坑　口	faŋ⁵⁵	fok⁵	fu²²	fɐt⁵
滘　西	faŋ⁵⁵	fok⁵	fu²²	fɐt⁵
蒲臺島	fan⁵⁵	fok⁵	fu²²	fɐt⁵
大　澳	fan⁵⁵	fok⁵	fu²²	fɐt⁵

二　韻母方面

（一）粵語在複合元音韻母、陽聲韻尾、入聲韻尾裡，有長元音 a 跟短元音 ɐ 對立，這是粵語最大特點。香港舡語也體現了這個特點，因舡族族群本是古越人之後。

	街	雞	三	心
廣　州	kai⁵⁵	kɐi⁵⁵	ʃam⁵⁵	ʃɐm⁵⁵
石排灣	kai⁵⁵	kɐi⁵⁵	ʃan⁵⁵	ʃɐn⁵⁵
沙頭角	kai⁵⁵	kɐi⁵⁵	ʃan⁵⁵	ʃɐn⁵⁵
吉　澳	kai⁵⁵	kɐi⁵⁵	ʃan⁵⁵	ʃɐn⁵⁵

	街	— 雞	三	— 心
塔　門	kai⁵⁵	kɐi⁵⁵	ʃaŋ⁵⁵	ʃɐn⁵⁵
布袋澳	kai⁵⁵	kɐi⁵⁵	ʃaŋ⁵⁵	ʃɐn⁵⁵
糧船灣	kai⁵⁵	kɐi⁵⁵	ʃaŋ⁵⁵	ʃɐŋ⁵⁵
坑　口	kai⁵⁵	kɐi⁵⁵	ʃaŋ⁵⁵	ʃɐn⁵⁵
滘　西	kai⁵⁵	kɐi⁵⁵	ʃaŋ⁵⁵	ʃɐn⁵⁵
蒲臺島	kai⁵⁵	kɐi⁵⁵	ʃan⁵⁵	ʃɐn⁵⁵
大　澳	kai⁵⁵	kɐi⁵⁵	ʃan⁵⁵	ʃɐn⁵⁵

	蠻	— 民	彭	— 朋
廣　州	man²¹	mɐn²¹	pʰaŋ²¹	pʰɐŋ²¹
石排灣	man²¹	mɐn²¹	pʰaŋ²¹	pʰɐŋ²¹
沙頭角	man²¹	mɐn²¹	pʰaŋ²¹	pʰɐŋ²¹
吉　澳	man²¹	mɐn²¹	pʰaŋ²¹	pʰɐŋ²¹
塔　門	man²¹	mɐn²¹	pʰaŋ²¹	pʰɐŋ²¹
布袋澳	man²¹	mɐn²¹	pʰaŋ²¹	pʰɐŋ²¹
糧船灣	man²¹	mɐn²¹	pʰaŋ²¹	pʰɐŋ²¹
坑　口	man²¹	mɐn²¹	pʰaŋ²¹	pʰɐŋ²¹
滘　西	man²¹	mɐn²¹	pʰaŋ²¹	pʰɐŋ²¹
蒲臺島	man²¹	mɐn²¹	pʰaŋ²¹	pʰɐŋ²¹
大　澳	man²¹	mɐn²¹	pʰaŋ²¹	pʰɐŋ²¹

	納	— 立	甲	— 蛤
廣　州	nap²	lɐp²	kap³	kɐp³
石排灣	lat²	lɐt²	kat³	kɐt³
沙頭角	lat²	lɐt²	kat³	kɐt³
吉　澳	lat²	lɐt²	kat³	kɐt³

	納 ― 立		甲 ― 蛤	
塔　門	lak²	lɐt²	kak³	kɐt³
布袋澳	lak²	lɐt²	kak³	kɐt³
糧船灣	lat²	lɐt²	kat³	kɐt³
坑　口	lat²	lɐt²	kat³	kɐt³
滘　西	lak²	lɐt²	kak³	kɐt³
蒲臺島	lat²	lɐt²	kat³	kɐt³
大　澳	lat²	lɐt²	kat³	kɐt³

（二）粵語古蟹攝開口三四等、止攝合口三等字多讀作 ɐi。香港舡語也體現了這個特點。

	例（蟹開三來）	洗（蟹開四心）	揮（止合三曉）
廣　州	lɐi²²	ʃɐi³⁵	fɐi⁵⁵
石排灣	lɐi²²	ʃɐi³⁵	fɐi⁵⁵
沙頭角	lɐi²²	ʃɐi³⁵	fɐi⁵⁵
吉　澳	lɐi²²	ʃɐi³⁵	fɐi⁵⁵
塔　門	lɐi²²	ʃɐi³⁵	fɐi⁵⁵
布袋澳	lɐi²²	ʃɐi³⁵	fɐi⁵⁵
糧船灣	lɐi²²	ʃɐi³⁵	fɐi⁵⁵
坑　口	lɐi²²	ʃɐi³⁵	fɐi⁵⁵
滘　西	lɐi²²	ʃɐi³⁵	fɐi⁵⁵
蒲臺島	lɐi²²	ʃɐi³⁵	fɐi⁵⁵
大　澳	lɐi²²	ʃɐi³⁵	fɐi⁵⁵

（三）粵語古流攝韻母多讀成 ɐu，香港疍語也體現了這個特點。

	某（流開一明）	藕（流開一疑）	留（流開三來）	籌（流開三澄）
廣　州	mɐu13	ŋɐu13	lɐu21	tʃʰɐu21
石排灣	mɐu13	ŋɐu13	lɐu21	tʃʰɐu21
沙頭角	mɐu13	ŋɐu33	lɐu21	tʃʰɐu21
吉　澳	mɐu13	ŋɐu33	lɐu21	tʃʰɐu21
塔　門	mɐu13	ŋɐu13	lɐu21	tʃʰɐu21
布袋澳	mɐu13	ŋɐu33	lɐu21	tʃʰɐu21
糧船灣	mɐu13	ŋɐu33	lɐu21	tʃʰɐu21
坑　口	mɐu13	ŋɐu13	lɐu21	tʃʰɐu21
滘　西	mɐu13	ŋɐu33	lɐu21	tʃʰɐu21
蒲臺島	mɐu13	ŋɐu13	lɐu21	tʃʰɐu21
大　澳	mɐu13	ŋɐu13	lɐu21	tʃʰɐu21

（四）粵語裡有 œŋ、œk，香港的疍語則唸作 ɔŋ、ɔk。

	娘宕開三	香宕開三	雀宕開三	腳宕開三
廣　州	nœŋ21	hœŋ55	tʃœk3	kœk3
石排灣	lɔŋ21	hɔŋ55	tʃɔk3	kɔk3
沙　田	lɔŋ21	hɔŋ55	tʃɔk3	kɔk3
沙頭角	lɔŋ21	hɔŋ55	tʃɔk3	kɔk3
吉　澳	lɔŋ21	hɔŋ55	tʃɔk3	kɔk3
塔　門	lɔŋ21	hɔŋ55	tʃɔk3	kɔk3
布袋澳	nɔŋ21	hɔŋ55	tʃɔk3	kɔk3
糧船灣	lɔŋ21	hɔŋ55	tʃɔk3	kɔk3
澳水邊	lɔŋ21	hɔŋ55	tʃɔk3	kɔk3
滘　西	nɔŋ21	hɔŋ55	tʃɔk3	kɔk3

	娘宕開三	香宕開三	雀宕開三	腳宕開三
蒲臺島	lɔŋ²¹	hɔŋ⁵⁵	tʃɔk³	kɔk³
大　澳	lɔŋ²¹	hɔŋ⁵⁵	tʃɔk³	kɔk³
高流灣	lɔŋ²¹	hɔŋ⁵⁵	tʃɔk³	kɔk³
長　洲[1]	lɔŋ²¹	hɔŋ⁵⁵	tʃɔk³	kɔk³
筲箕灣[2]	lɔŋ²¹	hɔŋ⁵⁵	tʃɔk³	kɔk³
甩　洲	lɔŋ²¹	hɔŋ⁵⁵	tʃɔk³	kɔk³

（五）粵海片粵語完整保留了鼻音韻尾 -m -n -ŋ 和塞音韻尾 -p -t -k，香港舡語也是粵海片，卻出現了合併的趨勢，只有 -n -ŋ 和 -t -k。例如：

地區	-m	-n	-ŋ	-p	-t	-k
廣　州	+	+	+	+	+	+
石排灣		+	+		+	+
沙頭角		+	+		+	+
吉　澳		+	+		+	+
塔　門		+	+		+	+
布袋澳		+	+		+	+
糧船灣		+	+		+	+
水邊村		+	+		+	+
滘　西		+	+		+	+
蒲臺島		+	+		+	+
大　澳		+	+		+	+

---

[1]　駱嘉禧：《長洲蜑民粵方言的聲韻調探討》（香港樹仁大學學位論文，2010年）。

[2]　羅佩珊：《香港筲箕灣與周邊水上話差異的比較研究》（香港樹仁大學學位論文，2015年）。

第二節　香港漁村疍語的差異性

一　聲母方面

粵語中有以圓唇y為主要元音韻母，如 y、yn、yt，這是粵語特點，香港是沒有 y 系的韻母，這 y 系的韻母已演化讀作 i 系韻母。而沙頭角、吉澳、塔門 yn、yt 讀作 oŋ、ok

	豬（遇合三知）	煮（遇合三章）	磚（山合三章）	月（山合三疑）
廣　州	tʃy⁵⁵	tʃy³⁵	tʃyn⁵⁵	jyt²
石排灣	tʃi⁵⁵	tʃi³⁵	tʃin⁵⁵	jit²
沙頭角	tʃi⁵⁵	tʃi³⁵	tʃoŋ⁵⁵	jok²
吉　澳	tʃi⁵⁵	tʃi³⁵	tʃoŋ⁵⁵	jok²
塔　門	tʃi⁵⁵	tʃi³⁵	tʃoŋ⁵⁵	jok²
布袋澳	tʃi⁵⁵	tʃi³⁵	tʃin⁵⁵	jit²
糧船灣	tʃi⁵⁵	tʃi³⁵	tʃin⁵⁵	jit²
坑　口	tʃi⁵⁵	tʃi³⁵	tʃin⁵⁵	jit²
滘　西	tʃi⁵⁵	tʃi³⁵	tʃin⁵⁵	jit²
蒲臺島	tʃi⁵⁵	tʃi³⁵	tʃin⁵⁵	jit²
大　澳	tʃi⁵⁵	tʃi³⁵	tʃin⁵⁵	jit²

二　聲調方面

粵海片粵語的聲調特點，第一點是聲調數目最多有九個，香港疍語大部分如此；第二點是保留了古四聲的調類系統，四聲分成了陰陽，香港疍語也有這種體現；第三點是入聲有上陰入、下陰入和陽入，這

些特點，香港舡語也是與之基本一致，但沙頭角、吉澳、布袋澳、糧船灣、滘西這五個漁村則是八個聲調，就是陽上聲13讀作陰去聲33。

第四章

香港舡語與珠三角舡語的一致性和差異性

第一節　香港舡語與珠三角舡語的一致性

一　聲母方面

（一）粵海片粵語中古日母、影母、云母、以母字及疑母細音字的聲母，多讀成半元音性的濁擦音聲母 j，珠三角舡語也是如此。

	擾（效開三日）	揖（深開三影）	炎（咸開三云）	容（通合三以）	逆（梗開三疑）
廣　　州[1]	jiu¹³	jɐp⁵	jim²¹	joŋ²¹	jek²
香港石排灣	jiu¹³	jɐt⁵	jin²¹	joŋ²¹	jek²
中山涌口門	jiu¹³	jɐp⁵	jim²¹	joŋ²¹	jek²
珠海萬山	jiu¹³	jɐp⁵	jim⁴²	joŋ⁴²	jek²
澳　　門	jiu¹³	jɐp⁵	jim²¹	joŋ²¹	jek²
廣州河南尾	jiu¹³	jɐt⁵	jin²¹	joŋ²¹	jek²
東莞道滘	jiu¹³	jɐt⁵	jin²¹	joŋ²¹	jek²
深圳南澳	jiu¹³	jɐp⁵	jim²¹	joŋ²¹	jek²
肇慶城南	jiu¹³	jɐp⁵	jim²¹	joŋ²¹	jek²

1　交代「廣州」與「廣州河南尾」的區別。前者之音指廣州話，後者之音指水上話。廣州之音，根據自詹伯慧、張日昇主編：《珠江三角洲方言字音對照》（廣州：廣東人民出版社，1987年）。

	擾（效開三日）	揖（深開三影）	炎（咸開三云）	容（通合三以）	逆（梗開三疑）
佛山汾江	jiu¹³	jɐp⁵	jim²¹	jɔŋ²¹	jek²
江門赤溪	jiu¹³	jɐp⁵	jim²¹	jɔŋ²¹	jek²

（二）粵海片粵語中古次濁微、明母字的聲母讀 m，珠三角舡語也是如此。

	萬（山合三微）	霧（遇合三微）	悶（臻合一明）	馬（假開二明）
廣　州	man²²	mou²²	mun²²	ma¹³
香港石排灣	maŋ²²	mou²²	mun²²	ma¹³
中山涌口門	man²²	mou²²	mun²²	ma¹³
珠海萬山	man²²	mou²²	mun²²	ma¹³
澳　門	man²²	mou²²	mun²²	ma¹³
廣州河南尾	maŋ²²	mou²²	mun²²	ma¹³
東莞道滘	man²²	mou²²	mun²²	ma¹³
深圳南澳	man²²	mou²²	mun²²	ma¹³
肇慶城南	man²²	mou²²	myn²²	ma¹³
佛山汾江	man²²	mou²²	mun²²	ma¹³
江門赤溪	man²²	mou²²	mun²²	ma¹³

（三）粵海片粵語特點之一是古精、莊、知、章四組聲母合流，都讀舌葉音 tʃ、tʃʰ、ʃ，珠三角舡語也是如此。

	左（精母）	猜（清母）	寫（心母）
廣　州	tʃɔ³⁵	tʃʰai⁵⁵	ʃɛ³⁵
香港石排灣	tʃɔ³⁵	tʃʰai⁵⁵	ʃɛ³⁵
中山涌口門	tʃɔ³⁵	tʃʰai⁵⁵	ʃɛ³⁵

	左（精母）	猜（清母）	寫（心母）
珠海萬山	tʃɔ³⁵	tʃʰai⁵⁵	ʃɛ³⁵
澳　門	tʃɔ³⁵	tʃʰai⁵⁵	ʃɛ³⁵
廣州河南尾	tʃɔ³⁵	tʃʰai⁵⁵	ʃɛ³⁵
東莞道滘	tʃɔ³⁵	tʃʰai⁵⁵	ʃɛ³⁵
深圳南澳	tʃɔ³⁵	tʃʰai⁵⁵	ʃɛ³⁵
肇慶城南	tʃɔ³⁵	tʃʰai⁵⁵	ʃɛ³⁵
佛山汾江	tʃɔ³⁵	tʃʰai⁵⁵	ʃɛ³⁵
江門赤溪	tʃɔ³⁵	tʃʰai⁵⁵	ʃɛ³⁵

	冢（知母）	偵（徹母）	重（澄母）
廣　州	tʃʰoŋ³⁵	tʃɐŋ⁵⁵	tʃʰoŋ²¹
香港石排灣	tʃʰoŋ³⁵	tʃɐŋ⁵⁵	tʃʰoŋ²¹
中山涌口門	tʃʰoŋ³⁵	tʃɐŋ⁵⁵	tʃʰoŋ²¹
珠海萬山	tʃʰoŋ³⁵	tʃɐŋ⁵⁵	tʃʰoŋ²¹
澳　門	tʃʰoŋ³⁵	tʃɐŋ⁵⁵	tʃʰoŋ²¹
廣州河南尾	tʃʰoŋ³⁵	tʃɐŋ⁵⁵	tʃʰoŋ²¹
東莞道滘	tʃʰoŋ³⁵	tʃɐŋ⁵⁵	tʃʰoŋ²¹
深圳南澳	tʃʰoŋ³⁵	tʃɐŋ⁵⁵	tʃʰoŋ²¹
肇慶城南	tʃʰoŋ³⁵	tʃɐŋ⁵⁵	tʃʰoŋ²¹
佛山汾江	tʃʰoŋ³⁵	tʃɐŋ⁵⁵	tʃʰoŋ⁴²
江門赤溪	tʃʰoŋ³⁵	tʃɐŋ⁵⁵	tʃʰoŋ²¹

	齋（莊母）	巢（崇母）	紗（生母）
廣　州	tʃai⁵⁵	tʃʰau²¹	ʃa⁵⁵
香港石排灣	tʃai⁵⁵	tʃʰau²¹	ʃa⁵⁵
中山涌口門	tʃai⁵⁵	tʃʰau²¹	ʃa⁵⁵

	齋（莊母）	巢（崇母）	紗（生母）
珠海萬山	tʃai⁵⁵	tʃʰau⁴²	ʃa⁵⁵
澳　門	tʃai⁵⁵	tʃʰau²¹	ʃa⁵⁵
廣州河南尾	tʃai⁵⁵	tʃʰau²¹	ʃa⁵⁵
東莞道滘	tʃai⁵⁵	tʃʰau²¹	ʃa⁵⁵
深圳南澳	tʃai⁵⁵	tʃʰau²¹	ʃa⁵⁵
肇慶城南	tʃai⁵⁵	tʃʰau²¹	ʃa⁵⁵
佛山汾江	tʃai⁵⁵	tʃʰau⁴²	ʃa⁵⁵
江門赤溪	tʃai⁵⁵	tʃʰau²¹	ʃa⁵⁵

	正（章母）	扯（昌母）	身（書母）
廣　州	tʃeŋ³³	tʃʰɛ³⁵	ʃɐn⁵⁵
香港石排灣	tʃeŋ³³	tʃʰɛ³⁵	ʃɐn⁵⁵
中山涌口門	tʃeŋ³³	tʃʰɛ³⁵	ʃɐn⁵⁵
珠海萬山	tʃeŋ³³	tʃʰɛ³⁵	ʃɐn⁵⁵
澳　門	tʃeŋ³³	tʃʰɛ³⁵	ʃɐn⁵⁵
廣州河南尾	tʃeŋ³³	tʃʰɛ³⁵	ʃɐn⁵⁵
東莞道滘	tʃeŋ³³	tʃʰɛ³⁵	ʃɐn⁵⁵
深圳南澳	tʃeŋ³³	tʃʰɛ³⁵	ʃɐn⁵⁵
肇慶城南	tʃeŋ³³	tʃʰɛ³⁵	ʃɐn⁵⁵
佛山汾江	tʃeŋ³³	tʃʰɛ³⁵	ʃɐn⁵⁵
江門赤溪	tʃeŋ³³	tʃʰɛ³⁵	ʃɐn⁵⁵

　　（四）粵海片粵語無濁塞音聲母、濁塞擦音聲母，塞音聲母和塞擦音聲母只有清音不送氣和清音不送氣之分而無清音和濁音之分。如有如有 p、pʰ 而無 b，有 t、tʰ 而無 d，有 k、kʰ 而無 g，有 tʃ、tʃʰ 而無 dʒ。粵海片粵語裡的古濁聲母大部分轉成相應的清聲母字，於是平

聲送氣，仄聲不送氣。珠三角舡語也是如此。

	婆（並母）	部（並母）	途（定母）	代（定母）
廣　　州	pʰɔ²¹	pou²²	tʰou²¹	tɔi²²
香港石排灣	pʰɔ²¹	pou²²	tʰou²¹	tɔi²²
中山涌口門	pʰɔ²¹	pou²²	tʰou²¹	tɔi²²
珠海萬山	pʰɔ²¹	pou²²	tʰou⁴²	tɔi²²
澳　　門	pʰɔ²¹	pou²²	tʰou²¹	tɔi²²
廣州河南尾	pʰɔ²¹	pou²²	tʰou²¹	tɔi²²
東莞道滘	pʰɔ²¹	pou²²	tʰou²¹	tɔi²²
深圳南澳	pʰɔ²¹	pou²²	tʰou²¹	tɔi²²
肇慶城南	pʰɔ²¹	pou²²	tʰou²¹	tɔi²²
佛山汾江	pʰɔ²¹	pou²²	tʰou⁴²	tɔi²²
江門赤溪	pʰɔ²¹	pou²²	tʰou²¹	tɔi²²

	虔（群母）	共（群母）	財（從母）	靜（從母上聲）
廣　　州	kʰin²¹	koŋ²²	tʃʰɔi²¹	tʃeŋ²²
香港石排灣	kʰin²¹	koŋ²²	tʃʰɔi²¹	tʃeŋ²²
中山涌口門	kʰin²¹	koŋ²²	tʃʰɔi²¹	tʃeŋ²²
珠海萬山	kʰin²¹	koŋ²²	tʃʰɔi⁴²	tʃeŋ²²
澳　　門	kʰin²¹	koŋ²²	tʃʰɔi²¹	tʃeŋ²²
廣州河南尾	kʰin²¹	koŋ²²	tʃʰɔi²¹	tʃɐŋ²²
東莞道滘	kʰin²¹	koŋ²²	tʃʰɔi²¹	tʃeŋ²²
深圳南澳	kʰin²¹	koŋ²²	tʃʰɔi²¹	tʃeŋ²²
肇慶城南	kʰin²¹	koŋ²²	tʃʰɔi²¹	tʃeŋ²²
佛山汾江	kʰin⁴²	koŋ²²	tʃʰɔi⁴²	tʃeŋ²²
江門赤溪	kʰin²¹	koŋ²²	tʃʰɔi²¹	tʃeŋ²²

	鋤（崇母）	助（崇母）	茶（澄母）	紵（澄母上聲）
廣　州	tʃʰɔi²¹	tʃɔ²²	tʃʰa²¹	tʃɐu²²
香港石排灣	tʃʰɔi²¹	tʃɔ²²	tʃʰa²¹	tʃɐu²²
中山涌口門	tʃʰɔi²¹	tʃɔ²²	tʃʰa²¹	tʃɐu²²
珠海萬山	tʃʰɔi²¹	tʃɔ²²	tʃʰa⁴²	tʃɐu²²
澳　門	tʃʰɔi²¹	tʃɔ²²	tʃʰa²¹	tʃɐu²²
廣州河南尾	tʃʰɔi²¹	tʃɔ²²	tʃʰa²¹	tʃɐu²²
東莞道滘	tʃʰɔi²¹	tʃɔ²²	tʃʰa²¹	tʃɐu²²
深圳南澳	tʃʰɔi²¹	tʃɔ²²	tʃʰa²¹	tʃɐu²²
肇慶城南	tʃʰɔi²¹	tʃɔ²²	tʃʰa²¹	tʃɐu²²
佛山汾江	tʃʰɔi⁴²	tʃɔ²²	tʃʰa⁴²	tʃɐu²²
江門赤溪	tʃʰɔi²¹	tʃɔ²²	tʃʰa²¹	tʃɐu²²

（五）粵海片粵語一部分古溪母開口字讀作清喉擦音 h 聲母，古溪母合口字一部分讀作 f 聲母。珠三角舡語也體現了這個特點。

	可（溪開）	器（溪開）	慶（溪開）
廣　州	hɔ³⁵	hei³³	heŋ³³
香港石排灣	hɔ³⁵	hei³³	heŋ³³
中山涌口門	hɔ³⁵	hei³³	heŋ³³
珠海萬山	hɔ³⁵	hei³³	heŋ³³
澳　門	hɔ³⁵	hei³³	heŋ³³
廣州河南尾	hɔ³⁵	hei³³	hɐŋ³³
東莞道滘	hɔ³⁵	hei³³	heŋ³³
深圳南澳	hɔ³⁵	hei³³	heŋ³³
肇慶城南	hɔ³⁵	hei³³	heŋ³³
佛山汾江	hɔ³⁵	hei³³	heŋ³³
江門赤溪	hɔ³⁵	hei³³	heŋ³³

	科（溪合）	褲（溪合）	快（溪合）
廣　　州	fɔ⁵⁵	fu³³	fai³³
香港石排灣	fɔ⁵⁵	fu³³	fai³³
中山涌口門	fɔ⁵⁵	fu³³	fai³³
珠海萬山	fɔ⁵⁵	fu³³	fai³³
澳　　門	fɔ⁵⁵	fu³³	fai³³
廣州河南尾	fɔ⁵⁵	fu³³	fai³³
東莞道滘	fɔ⁵⁵	fu³³	fai³³
深圳南澳	fɔ⁵⁵	fu³³	fai³³
肇慶城南	fɔ⁵⁵	fu³³	fai³³
佛山汾江	fɔ⁵⁵	fu³³	fai³³
江門赤溪	fɔ⁵⁵	fu³³	fai³³

（六）粵海片粵語的古見母、群母字不論洪細，聲母一律讀作
k、kʰ，珠三角舡語也體現了這個特點。

	丐（蟹開一見）	局（通合三群）	揭（山開三見）	倦（山合三群）
廣　　州	kʰɔi³³	kok²	kʰit³	kyn²²
香港石排灣	kʰɔi³³	kok²	kʰit³	kin²²
中山涌口門	kʰɔi³³	kok²	kʰit³	kin²²
珠海萬山	kʰɔi³³	kok²	kʰit³	kyn²²
澳　　門	kʰɔi³³	kok²	kʰit³	kyn²²
廣州河南尾	kʰɔi³³	kok²	kʰit³	kin²²
東莞道滘	kʰɔi³³	kok²	kʰit³	kin²²
深圳南澳	kʰɔi³³	kok²	kʰit³	kin²²
肇慶城南	kʰɔi³³	kok²	kʰit³	kyn²²
佛山汾江	kʰɔi³³	kok²	kʰit³	kyn²²
江門赤溪	kʰɔi³³	kok²	kʰit³	kin²²

（七）粵海片粵語的古敷、奉母字讀作 f，珠三角艇語也體現了這個特點。

	翻 (山合三敷)	覆 (通合三敷)	父 (遇合三奉)	罰 (山合三奉)
廣　州	fan^{55}	fok^5	fu^{22}	fɐt^5
香港石排灣	fan^{55}	fok^5	fu^{22}	fɐt^5
中山涌口門	fan^{55}	fok^5	fu^{22}	fɐt^5
珠海萬山	fan^{55}	fok^5	fu^{22}	fɐt^5
澳　門	fan^{55}	fok^5	fu^{22}	fɐt^5
廣州河南尾	faŋ^{55}	fok^5	fu^{22}	fɐt^5
東莞道滘	fan^{55}	fok^5	fu^{22}	fɐt^5
深圳南澳	fan^{55}	fok^5	fu^{22}	fɐt^5
肇慶城南	fan^{55}	fok^5	fu^{22}	fɐt^5
佛山汾江	fan^{55}	fok^5	fu^{22}	fɐt^5
江門赤溪	fan^{55}	fok^5	fu^{22}	fɐt^5

（八）粵海片粵語有圓唇化的聲母 kw、kw^h，珠三角艇語也基本體現了這個特點，只有數個漁村出現個人特點而已。

	怪 (見母)	坤 (溪母)	裙 (群母)
廣　州	kwa^{33}	kw^{h}ɐn^{55}	kw^{h}ɐn^{21}
香港石排灣[2]	ka^{33}	k^{h}ɐn^{55}	k^{h}ɐn^{21}
中山涌口門	kwa^{33}	kw^{h}ɐn^{55}	kw^{h}ɐn^{21}
珠海萬山[3]	ka^{33}	k^{h}ɐn^{55}	k^{h}ɐn^{21}
澳　門	ka^{33}	k^{h}ɐn^{55}	k^{h}ɐn^{21}

2　香港新界離島的吉澳保留了圓唇化的聲母kw、kw^h。
3　珠海伶仃村艇語保留了圓唇化的聲母kw、kw^h。

	怪 (見母)	坤 (溪母)	裙 (群母)
廣州河南尾	kwa³³	kwʰɐn⁵⁵	kwʰɐn²¹
東莞道滘	kwa³³	kwʰɐn⁵⁵	kwʰɐn²¹
深圳南澳	ka³³	kʰɐn⁵⁵	kʰɐn²¹
肇慶城南	kwa³³	kwʰɐn⁵⁵	kwʰɐn²¹
佛山汾江	kwa³³	kwʰɐn⁵⁵	kwʰɐn⁴²
江門赤溪	ka³³	kʰɐn⁵⁵	kʰɐn²¹

二　韻母方面

（一）粵海片粵語在複合元音韻母、陽聲韻尾、入聲韻尾裡，有長元音 a 跟短元音 ɐ 對立，這是粵海片最大特點。珠三角舡語也體現了這個特點，因舡族族群本是古越人之後。

	街	雞	三	心
廣　　州	kai⁵⁵	kɐi⁵⁵	ʃam⁵⁵	ʃɐm⁵⁵
香港石排灣	kai⁵⁵	kɐi⁵⁵	ʃam⁵⁵	ʃɐm⁵⁵
中山涌口門	kai⁵⁵	kɐi⁵⁵	ʃam⁵⁵	ʃɐm⁵⁵
珠海萬山	kai⁵⁵	kɐi⁵⁵	ʃam⁵⁵	ʃɐm⁵⁵
澳　　門	kai⁵⁵	kɐi⁵⁵	ʃam⁵⁵	ʃɐm⁵⁵
廣州河南尾	kai⁵⁵	kɐi⁵⁵	ʃam⁵⁵	ʃɐm⁵⁵
東莞道滘	kai⁵⁵	kɐi⁵⁵	ʃam⁵⁵	ʃɐm⁵⁵
深圳南澳	kai⁵⁵	kɐi⁵⁵	ʃam⁵⁵	ʃɐm⁵⁵
肇慶城南	kai⁵⁵	kɐi⁵⁵	ʃam⁵⁵	ʃɐm⁵⁵
佛山汾江	kai⁵⁵	kɐi⁵⁵	ʃam⁵⁵	ʃɐm⁵⁵
江門赤溪	kai⁵⁵	kɐi⁵⁵	ʃam⁵⁵	ʃɐm⁵⁵

	蠻 — 民		彭 — 朋	
廣　州	man²¹	mɐn²¹	pʰaŋ²¹	pʰɐŋ²¹
香港石排灣	man²¹	mɐn²¹	pʰaŋ²¹	pʰɐŋ²¹
中山涌口門	man²¹	mɐn²¹	pʰaŋ²¹	pʰɐŋ²¹
珠海萬山	man⁴²	mɐn⁴²	pʰaŋ⁴²	pʰɐŋ⁴²
澳　門	man²¹	mɐn²¹	pʰaŋ²¹	pʰɐŋ²¹
廣州河南尾	maŋ²¹	mɐn²¹	pʰaŋ²¹	pʰɐŋ²¹
東莞道滘	man²¹	mɐn²¹	pʰaŋ²¹	pʰɐŋ²¹
深圳南澳	man²¹	mɐn²¹	pʰaŋ²¹	pʰɐŋ²¹
肇慶城南	man²¹	mɐn²¹	pʰaŋ²¹	pʰɐŋ²¹
佛山汾江	man⁴²	mɐn⁴²	pʰaŋ⁴²	pʰɐŋ⁴²
江門赤溪	man²¹	mɐn²¹	pʰaŋ²¹	pʰɐŋ²¹

	納 — 立		甲 — 蛤	
廣　州	nap²	lɐp²	kap³	kɐp³
香港石排灣	lat²	lɐt²	kat³	kɐt³
中山涌口門	nap²	lɐp²	kap³	kɐp³
珠海萬山	lap²	lɐp²	kap³	kɐp³
澳　門	lap²	lɐp²	kap³	kɐp³
廣州河南尾	lak²	lɐt²	kak³	kɐt³
東莞道滘	nat²	lɐt²	kat³	kɐt³
深圳南澳	nap²	lɐp²	kap³	kɐp³
肇慶城南	nap²	lɐp²	kap³	kɐp³
佛山汾江	nap²	lɐp²	kap³	kɐp³
江門赤溪	lap²	lɐp²	kap³	kɐp³

（二）粵海片粵語古蟹攝開口三四等、止攝合口三等字多讀作
ɐi。珠三角舸語也體現了這個特點。

	例（蟹開三來）	洗（蟹開四心）	揮（止合三曉）
廣　　州	lɐi²²	ʃɐi³⁵	fɐi⁵⁵
香港石排灣	lɐi²²	ʃɐi³⁵	fɐi⁵⁵
中山涌口門	lɐi²²	ʃɐi³⁵	fɐi⁵⁵
珠海萬山	lɐi²²	ʃɐi³⁵	fɐi⁵⁵
澳　　門	lɐi²²	ʃɐi³⁵	fɐi⁵⁵
廣州河南尾	lɐi²²	ʃɐi³⁵	fɐi⁵⁵
東莞道滘	lɐi²²	ʃɐi³⁵	fɐi⁵⁵
深圳南澳	lɐi²²	ʃɐi³⁵	fɐi⁵⁵
肇慶城南	lɐi²²	ʃɐi³⁵	fɐi⁵⁵
佛山汾江	lɐi²²	ʃɐi³⁵	fɐi⁵⁵
江門赤溪	lɐi²²	ʃɐi³⁵	fɐi⁵⁵

（三）粵海片粵語古流攝韻母多讀成 ɐu，珠三角舸語也體現了這
個特點。

	某（流開一明）	藕（流開一疑）	留（流開三來）	籌（流開三澄）
廣　　州	mɐu¹³	ŋɐu¹³	lɐu²¹	tʃʰɐu²¹
香港石排灣	mɐu¹³	ŋɐu¹³	lɐu²¹	tʃʰɐu²¹
中山涌口門	mɐu¹³	ŋɐu¹³	lɐu²¹	tʃʰɐu²¹
珠海萬山	mɐu¹³	ŋɐu¹³	lɐu⁴²	tʃʰɐu⁴²
澳　　門	mɐu¹³	ŋɐu¹³	lɐu²¹	tʃʰɐu²¹
廣州河南尾	mɐu¹³	ŋɐu¹³	lɐu²¹	tʃʰɐu²¹
東莞道滘	mɐu¹³	ŋɐu¹³	lɐu²¹	tʃʰɐu²¹

	某（流開一明）	藕（流開一疑）	留（流開三來）	籌（流開三澄）
深圳南澳	meu¹³	ŋeu¹³	leu²¹	tʃʰeu²¹
肇慶城南	meu¹³	ŋeu¹³	leu²¹	tʃʰeu²¹
佛山汾江	meu¹³	ŋeu¹³	leu⁴²	tʃʰeu⁴²
江門赤溪	meu¹³	ŋeu¹³	leu²¹	tʃʰeu²¹

（四）粵海片粵語有兩個自成音節的鼻化韻 m̩ 和 ŋ̩。珠三角舡語部分體現了這個特點，但有些個別者把 ŋ̩ 讀成 m̩，這種情況，不是水上人特點，珠江各地粵海片的老中青也會如此。

	唔	五	午	吳	誤
廣　　州	m̩	ŋ̩	ŋ̩	ŋ̩	ŋ̩
香港石排灣	m̩	ŋ̩	ŋ̩	ŋ̩	ŋ̩
中山涌口門	m̩	ŋ̩	ŋ̩	ŋ̩	ŋ̩
珠海萬山	m̩	ŋ̩	ŋ̩	ŋ̩	ŋ̩
澳　　門	m̩	m̩	m̩	m̩	m̩
廣州河南尾	m̩	m̩	m̩	m̩	m̩
東莞道滘	m̩	ŋ̩	ŋ̩	ŋ̩	ŋ̩
深圳南澳	m̩	ŋ̩	ŋ̩	ŋ̩	ŋ̩
肇慶城南	m̩	hoŋ	hoŋ	hoŋ	hoŋ
佛山汾江	m̩	ŋ̩	ŋ̩	ŋ̩	ŋ̩
江門赤溪	m̩	ŋ̩	ŋ̩	ŋ̩	ŋ̩

三　聲調方面

海片粵語的聲調特點，第一點是聲調數目最多有九個，珠三角舡語大部分如此，只有少數地方是八個調類；第二點是保留了古四聲的

調類系統，四聲分成了陰陽，珠三角舡語也有這種體現；第三點是入聲有上陰入、下陰入和陽入，這些特點，珠三角舡語也是與之基本一致，只有少數地方是八個調類。

第二節　香港舡語與珠三角舡語的差異性

一　聲母方面

（一）粵海片粵語古匣母、云母於遇攝合口一三等字時，個別字便讀作齒唇擦 f。這個特點主要出現於中山、珠海、肇慶、佛山、東莞。中山、珠海水上人主要是從佛山順德、南海一帶遷來，所以有這個特點。至於廣州、香港、台山沒有這個特點。[4]

	糊（遇合一匣）	芋（遇合三云）	狐（遇合一匣）	互（遇合一匣）
廣　州	wu²¹	wu²¹	wu²¹	wu²²
香港石排灣	wu²¹	wu²¹	wu²¹	wu²²
香港新界沙頭角	wu²¹	wu²¹	wu²¹	wu²²
香港離島吉澳	wu²¹	wu²¹	wu²¹	wu²²
香港離島塔門	wu²¹	wu²¹	wu²¹	wu²²
香港西貢布袋澳	wu²¹	wu²¹	wu²¹	wu²²
香港西貢糧船灣洲	wu²¹	wu²¹	wu²¹	wu²²
香港西貢坑口水邊村	wu²¹	wu²¹	wu²¹	wu²²
香港西貢離島滘西	wu²¹	wu²¹	wu²¹	wu²²
香港離島蒲臺島	wu²¹	wu²¹	wu²¹	wu²²

4　筆者在香港調查這麼多點，沒有發現過有此特點，但筆者學生羅佩珊《香港筲箕灣與周邊水上話差異的比較研究》卻反映香港島筲箕灣有這個特點。

	糊（遇合一匣）	芋（遇合三云）	狐（遇合一匣）	互（遇合一匣）
香港離島大澳	wu²¹	wu²¹	wu²¹	wu²²
中山市神灣鎮定溪	wu⁴²	wu⁴²	wu⁴²	wu²²
中山南朗鎮涌口門	fu²¹	fu²¹	fu²¹	fu²²
中山市橫欄鎮四沙	fu⁴²	fu⁴²	fu⁴²	fu²²
中山火炬區茂生村	fu⁴²	fu⁴²	fu⁴²	fu²²
中山民眾漁村	fu²¹	fu²¹	fu²¹	fu²²
中山坦洲新合村	fu⁴²	fu⁴²	fu⁴²	fu²²
珠海香洲區伶仃村	wu²¹	wu²¹	wu²¹	wu²²
珠海香洲區萬山村	fu⁴²	fu⁴²	fu⁴²	fu²²
珠海香洲區桂海村	wu²¹	wu²¹	wu²¹	wu²²
珠海香洲區衛星村	fu²¹	fu²¹	fu²¹	fu²²
澳　門	wu²¹	wu²¹	wu²¹	wu²²
廣州黃埔九沙	wu²¹	wu²¹	wu²¹	wu²²
廣州海珠河南尾	wu²¹	wu²¹	wu²¹	wu²²
廣州東山二沙河涌	wu²¹	wu²¹	wu²¹	wu²²
廣州天河獵德涌	wu²¹	wu²¹	wu²¹	wu²²
東莞道滘鎮厚德坊	fu²¹	fu²¹	fu²¹	fu²²
深圳南澳鎮南漁村	wu²¹	wu²¹	wu²¹	wu²²
肇慶市端州城南廠排	fu²¹	fu²¹	fu²¹	fu²²
肇慶市鼎湖區廣利	wu²¹	wu⁵⁵	wu²¹	wu⁵²
佛山三水區蘆苞	fu⁴²	fu⁴²	fu⁴²	fu²²
佛山順德陳村吉洲沙	fu⁴²	fu⁴²	fu⁴²	fu²²
佛山市禪城區鎮安	wu⁴²	wu⁴²	ɡwu⁴²	wu²²
佛山市三水西南河口	fu²¹	fu²¹	fu²¹	fu²²
江門市台山赤溪涌口村	wu²¹	wu²¹	wu²¹	wu²²
江門市大鰲鎮東衛村	fu²¹	fu²¹	fu²¹	fu²²

（二）古非母字的聲母，在廣州話讀齒唇擦音 f-，珠三角舡語各方言點的聲母也是讀 f-，但江門市台山赤溪涌口村卻保留了古無輕唇音特點。

	馮
廣　　州	foŋ²¹
涌　　口	pʰoŋ²¹

二　韻母方面

（一）粵海片粵語中有以圓唇 y 為主要元音韻母，如 y、yn、yt，這是粵海片特點，在珠三角舡語部分漁村是沒有 y 系的韻母，這 y 系的韻母已演化讀作 i 系韻母。香港沙頭角、吉澳、塔門 yn、y 讀作 oŋ、ok。

	豬 (遇合三知)	煮 (遇合三章)	磚 (山合三章)	月 (山合三疑)
廣　　州	tʃy⁵⁵	tʃy³⁵	tʃyn⁵⁵	jyt²
香港石排灣	tʃi⁵⁵	tʃi³⁵	tʃin⁵⁵	jit²
香港沙頭角	tʃi⁵⁵	tʃi³⁵	tʃoŋ⁵⁵	jok²
中山涌口門	tʃi⁵³	tʃi³⁵	tʃin⁵⁵	jit²
珠海萬山	tʃy⁵³	tʃy³⁵	tʃyn⁵⁵	jyt²
澳　　門	tʃy⁵⁵	tʃy³⁵	tʃyn⁵⁵	jyt²
廣州河南尾	tʃi⁵⁵	tʃi³⁵	tʃin⁵⁵	jit²
東莞道滘	tʃi⁵⁵	tʃi³⁵	tʃin⁵⁵	jit²
深圳南澳	tʃi⁵⁵	tʃi³⁵	tʃin⁵⁵	jit²
肇慶城南	tʃy⁵⁵	tʃy³⁵	tʃyn⁵⁵	jyt²
佛山汾江	tʃy⁵⁵	tʃy³⁵	tʃyn⁵⁵	jyt²
江門赤溪	tʃi⁵⁵	tʃi³⁵	tʃin⁵⁵	jit²

　　（二）粵海片粵語裡有œŋ、œk，珠三角舡語大部分唸作ɔŋ、ɔk，這個特點與粵海片不同。[5]

	娘石開三	香石開三	雀石開三	腳石開三
廣　　州	nœŋ²¹	hœŋ⁵⁵	tʃœk³	kœk³
香港石排灣	lɔŋ²¹	hɔŋ⁵⁵	tʃɔk³	kɔk³
沙　　田	lɔŋ²¹	hɔŋ⁵⁵	tʃɔk³	kɔk³
香港新界沙頭角	lɔŋ²¹	hɔŋ⁵⁵	tʃɔk³	kɔk³
香港離島吉澳	lɔŋ²¹	hɔŋ⁵⁵	tʃɔk³	kɔk³
香港離島塔門	lɔŋ²¹	hɔŋ⁵⁵	tʃɔk³	kɔk³
香港西貢布袋澳	nɔŋ²¹	hɔŋ⁵⁵	tʃɔk³	kɔk³
香港西貢糧船灣洲	lɔŋ²¹	hɔŋ⁵⁵	tʃɔk³	kɔk³
香港將軍澳水邊村	lɔŋ²¹	hɔŋ⁵⁵	tʃɔk³	kɔk³
香港西貢離島滘西	nɔŋ²¹	hɔŋ⁵⁵	tʃɔk³	kɔk³
香港離島蒲臺島	lɔŋ²¹	hɔŋ⁵⁵	tʃɔk³	kɔk³
香港離島大澳	lɔŋ²¹	hɔŋ⁵⁵	tʃɔk³	kɔk³
香港高流灣	lɔŋ²¹	hɔŋ⁵⁵	tʃɔk³	kɔk³
香港長洲[6]	lɔŋ²¹	hɔŋ⁵⁵	tʃɔk³	kɔk³
香港筲箕灣[7]	lɔŋ²¹	hɔŋ⁵⁵	tʃɔk³	kɔk³
香港元朗甩洲	lɔŋ²¹	hɔŋ⁵⁵	tʃɔk³	kɔk³
中山市神灣鎮定溪	lɔŋ⁴²	hɔŋ⁵³	tʃɔk³	kɔk³
中山南朗鎮橫門涌口門	nɔŋ²¹	hɔŋ⁵³	tʃɔk³	kɔk³

5　中山南朗茂生村、中山民眾漁村和廣州獵德涌，以上四個字跟廣州話一樣，不列出來了。

6　駱嘉禧：《長洲蜑民粵方言的聲韻調探討》（香港樹仁大學學位論文，2010年）。

7　羅佩珊：《香港筲箕灣與周邊水上話差異的比較研究》（香港樹仁大學學位論文，2015年）。

	娘宕開三	香宕開三	雀宕開三	腳宕開三
中山坦洲新合村	lɔŋ⁴²	hɔŋ⁵⁵	tʃɔk³	kɔk³
珠海香洲區擔杆鎮伶仃村	lɔŋ²¹	hɔŋ⁵⁵	tʃɔk³	kɔk³
珠海香洲區萬山鎮萬山村	lɔŋ⁴²	hɔŋ⁵⁵	tʃɔk³	kɔk³
珠海香洲區桂山鎮桂海村	nɔŋ²¹	hɔŋ⁵⁵	tʃɔk³	kɔk³
珠海香洲區衛星村	lɔŋ²¹	hɔŋ⁵⁵	tʃɔk³	kɔk³
澳　門	lɔŋ²¹	hɔŋ⁵⁵	tʃɔk³	kɔk³
廣州黃埔大沙鎮九沙	lɔŋ²¹	hɔŋ⁵⁵	tʃɔk³	kɔk³
廣州黃埔長洲鎮江瀝海	lɔŋ²¹	hɔŋ⁵⁵	tʃɔk³	kɔk³
廣州海珠區河南尾	lɔŋ²¹	hɔŋ⁵⁵	tʃɔk³	kɔk³
廣州東山大沙頭二沙河涌	lɔŋ²¹	hœŋ⁵⁵	tʃœk³	kɔk³
廣州海珠區琶洲	lɔŋ²¹	hɔŋ⁵⁵	tʃɔk³	kɔk³
廣州番禺大石洛溪	lɔŋ²¹	hɔŋ⁵⁵	tʃɔk³	kɔk³
廣州番禺化龍沙亭	lɔŋ²¹	hɔŋ⁵⁵	tʃɔk³	kɔk³
東莞道滘鎮厚德坊	nɔŋ²¹	hɔŋ⁵⁵	tʃɔk³	kɔk³
深圳南澳鎮南漁村	nɔŋ²¹	hɔŋ⁵⁵	tʃɔk³	kɔk³
肇慶市端州區城南廠排	nɔŋ²¹	hɔŋ⁵⁵	tʃɔk³	kɔk³
肇慶市鼎湖區廣利	nɔŋ²¹	hɔŋ⁵⁵	tʃɔk³	kɔk³
佛山三水區蘆苞	nɔŋ⁴²	hɔŋ⁵⁵	tʃɔk³	kɔk³
佛山順德陳村勒竹吉洲沙	nɔŋ⁴²	hɔŋ⁵⁵	tʃɔk³	kɔk³
佛山市禪城區汾江鎮安	lɔŋ⁴²	hɔŋ⁵⁵	tʃɔk³	kɔk³
佛山市三水西南河口	lɔŋ²¹	hɔŋ⁵⁵	tʃɔk³	kɔk³
江門市台山赤溪鎮涌口村	lɔŋ²¹	hɔŋ⁵⁵	tʃɔk³	kɔk³
江門市新會大鰲鎮東衛村	lɔŋ²¹	hɔŋ⁵⁵	tʃɔk³	kɔk³

（三）粵海片粵語完整保留了鼻音韻尾 -m -n -ŋ 和塞音韻尾 -p -t -k，在珠三角舡語裡，香港方面，出現了合併的趨勢，只有 -n、-ŋ 和 -t、-k；其餘地方，不少舡語因廣州化，便有 -m、-n、-ŋ 和 -p、-t、-k。例如：

地區	-m	-n	-ŋ	-p	-t	-k
廣　州	+	+	+	+	+	+
香港石排灣		+	+		+	+
香港新界沙頭角		+	+		+	+
香港離島吉澳		+	+		+	+
香港離島塔門		+	+		+	+
香港西貢布袋澳		+	+		+	+
香港西貢糧船灣洲		+	+		+	+
香港西貢將軍澳坑口水邊村		+	+		+	+
香港西貢離島滘西		+	+		+	+
香港離島蒲臺島		+	+		+	+
香港離島大澳		+	+		+	+
中山市神灣鎮定溪	+	+	+	+	+	+
中山南朗鎮涌口門	+	+	+	+	+	+
中山市橫欄鎮四沙	+	+	+	+	+	+
中山南朗茂生村	+	+	+	+	+	+
中山民眾漁村	+	+	+	+	+	+
中山坦洲新合村	+	+	+	+	+	+
珠海香洲區擔杆鎮伶仃村	+	+	+	+	+	+
珠海香洲區萬山鎮萬山村	+	+	+	+	+	+
珠海香洲區桂山鎮桂海村		+	+		+	+

地區	-m	-n	-ŋ	-p	-t	-k
珠海香洲區衛星村	+	+	+	+	+	+
澳　門	+	+	+	+	+	+
廣州黃埔大沙鎮九沙		+	+		+	+
廣州海珠區河南尾		+	+		+	+
廣州東山大沙頭二沙河涌	+	+	+	+	+	+
廣州天河獵德涌	+	+	+	+	+	+
東莞道滘鎮厚德坊		+	+		+	+
深圳南澳鎮南漁村	+	+	+	+	+	+
肇慶市端州區城南廠排	+	+	+	+	+	+
肇慶市鼎湖區廣利	+	+	+		+	+
佛山三水區蘆苞		+	+		+	+
佛山順德陳村勒竹吉洲沙	+	+	+	+	+	+
佛山市禪城區汾江鎮安	+	+	+	+	+	+
佛山市三水西南河口	+	+	+	+	+	+
江門市台山赤溪鎮涌口村	+	+	+	+	+	+
江門市新會區大鰲鎮東衛村	+	+	+	+	+	+

（四）古咸攝開口一等字影匣見的韻母，佛山地區讀作 om（舒聲）和 op（入聲），這一特點又見於中山四沙沙田話，但中山舡語卻不見這特點。

	含	甘	柑	庵	礛	撼
廣　州	hem^{21}	kem^{55}	kɛm^{55}	ɐm^{55}	hem^{33}	hem^{22}
佛山順德陳村吉洲沙	hem^{21}	kem^{55}	kɛm^{55}	ɐm^{55}	hom^{33}	hom^{22}
佛山市禪城汾江鎮安	hom^{21}	kom^{55}	kom^{55}	om^{55}	hem^{33}	hem^{22}
佛山市三水西南河口	hom^{21}	kom^{55}	kom^{55}	om^{55}	hem^{33}	hem^{22}

	含	甘	柑	庵	礛	撼
佛山三水區蘆苞	$hɐm^{21}$	$kɐm^{55}$	$kɐm^{55}$	$ɐm^{55}$	hom^{33}	hom^{22}
中山市橫欄鎮四沙	hom^{33}	kom^{55}	kom^{55}	om^{55}	hom^{33}	$hɐm^{22}$
中山市南朗茂生村	$hɐm^{21}$	kom^{55}	$kɐm^{54}$	$ɐm^{55}$	$hɐm^{33}$	$hɐm^{22}$

	合	盒	鴿	恰
廣　州	$hɐp^{2}$	$hɐp^{2}$	$kɐp^{3}$	$hɐp^{5}$
佛山順德陳村吉洲沙	hop^{2}	hop^{2}	$kɐp^{3}$	$hɐp^{5}$
佛山市禪城汾江鎮安	hop^{2}	hop^{2}	$kɐp^{3}$	$hɐp^{5}$
佛山市三水西南河口	hop^{2}	hop^{2}	kop^{3}	$hɐp^{5}$
佛山三水區蘆苞	hop^{2}	hop^{2}	$kɐp^{3}$	$hɐp^{5}$
中山市橫欄鎮四沙	hop^{2}	hop^{2}	kop^{3}	$hɐp^{5}$
中山市南朗茂生村	hop^{2}	hop^{2}	kop^{3}	hop^{5}

（五）古止攝開口三等韻與精、莊兩組聲母相拼時，這些字在廣州話韻母是讀 i，佛山部分舡語區讀作 y，但佛山蘆苞則不變。

	次 (精組)	自 (精組)	史 (莊組)	士 (莊組)
廣　州	$tʃʰi^{33}$	$tʃi^{22}$	$ʃi^{35}$	$ʃi^{22}$
佛山順德陳村吉洲沙	$tʃʰy^{33}$	$tʃy^{22}$	$ʃy^{35}$	$ʃy^{22}$
佛山市禪城汾江鎮安	$tʃʰy^{33}$	$tʃy^{22}$	$ʃy^{35}$	$ʃy^{22}$
佛山市三水西南河口	$tʃʰy^{33}$	$tʃy^{22}$	$ʃy^{35}$	$ʃy^{22}$

（六）古止攝開口三等字在廣州話韻母讀 ei，河口舡語、中山市橫欄鎮四沙沙田話、中山市南朗茂生村舡語與見組 k、kʰ、h 相拼成則讀作 i，與其他聲母相拼時依舊讀 ei。例如：

	紀_{止開三見}	旗_{止開三群}	氣_{止開三溪}	希_{止開三曉}
廣　州	kei^{35}	k^{h}ei^{21}	hei^{33}	hei^{55}
佛山市三水西南河口	ki^{35}	k^{h}i^{33}	hi^{33}	hi^{55}
中山市橫欄鎮四沙	ki^{35}	k^{h}i^{42}	hi^{33}	hi^{55}
中山市南朗茂生村	ki^{35}	k^{h}i^{42}	hi^{33}	hi^{55}

三　聲調方面

珠三角舡語的聲調數目，絕大部是九個聲調，與粵海片粵語一致，只有個別點是八個調。

（一）九個聲調

香港方面，主要分布在石排灣、塔門、坑口水邊村、蒲臺島、大澳[8]；中山方面，主要分布在神灣定溪、南朗涌口門、橫欄四沙、南朗茂生村、民眾、坦洲、新合村；珠海方面，主要分布在香洲萬山村、桂海村、衛星村；廣州方面，主要分布在黃埔九沙、海珠河南尾、東山二沙河涌、天河獵德涌；佛山方面，主要分布在三水蘆苞、西南河口、順德陳村吉洲沙、禪城鎮鎮安；江門市台山赤溪涌口村、江門市新會大鰲鎮東衛村；東莞道滘鎮厚德坊；深圳南澳南漁村；肇慶市端州城南廠排、肇慶市鼎湖區廣利；澳門。

8　周佩敏《大澳話語音調查及其與香港粵方言比較》、陳永豐《大澳水上方言語音說略》（香港）調查反映出來是九個調，與筆者調查一致；但吳穎欣《綜論大澳水上方言的地域性特徵》調查出來是八個調，是陽平歸入陰去。筆者也曾與大澳梁偉英進行調查，他在陽平聲有時讀作21，有時讀作33。相處久了，陽平字以33為主。陽平讀作33，這一點與香港樹仁大學吳穎欣所寫畢業論文一致。

（二）八個聲調

香港方面，主要分布在沙頭角、吉澳、布袋澳、糧船灣洲、滘西；沙頭角、吉澳、布袋澳、糧船灣洲、滘西特點是陽上聲21歸入陰去33；珠海伶仃，是陽去22歸入陽平21。

第三節　小結

從以上的歸納來看，主要是大量存在著粵海片粵語的特徵。珠三角漁村間的族群語言（方言）雖然實在存著不一致，如香港方面，十多個方言點，音系出入有分別，但共時上作比較，一致性還卻是很強，差異性還算不很大，因此，內部上交流沒有大問題，珠三角方面也是如此。

第五章
石排灣疍家話詞彙

　　本方言詞彙對照表大致上按照詞彙意義分成自然、方位、時令、農事、家務、植物、動物、房舍、器具、服飾、飲食、人體、人品、稱謂、婚喪、疾病、起居、文體、交際、商業、交通、動作、感知、性狀、數量、代詞、虛詞共二十七類。所調查的詞彙都是一些主流詞彙。

詞目	石排灣疍語詞彙
太陽	熱頭 $jit^2 t^heu^{21-35}$
月亮	月光 $jit^2 koŋ^{55}$
星星	星 $ʃeŋ^{55}$
流星	掃把星 $ʃou^{33} pa^{35} ʃeŋ^{55}$
彗星	掃把星 $ʃou^{33} pa^{35} ʃeŋ^{55}$
銀河	銀河 $ɐn^{21} hɔ^{21}$
日食	天狗食日 $t^hin^{55} kɐu^{35} ʃek^2 jɐt^2$
月食	天狗食月 $t^hin^{55} kɐu^{35} ʃek^2 jit^2$
刮風	起風 $hei^{35} foŋ^{55}$
刮颱風	打風 $ta^{35} foŋ^{55}$
旋風	龍捲風 $loŋ^{21} kin^{35} foŋ^{55}$／散龍風 $ʃan^{33} loŋ^{21} foŋ^{55}$
逆風	逆風 $ak^2 foŋ^{55}$
雲	雲 $wɐn^{21}$
雨	雨 ji^{13}

詞目	石排灣舡語詞彙
毛毛雨	雨濛濛 ji^{13} mei^{55} mei^{55}
下雨	落許 $lɔk^2$ hei^{35}
雨停了	天晴 t^hin^{55} $tʃ^heŋ^{21}$
淋雨	淋濕身 $lɐn^{21}$ $ʃɐt^5$ $ʃɐn^{55}$
雷	雷公 lei^{21} $koŋ^{55}$
打雷	雷公響 lei^{21} $koŋ^{55}$ $hɔŋ^{35}$ ／ 行雷 $hɐn^{21}$ lei^{21}
閃電	天攝 t^hin^{55} $ʃit^3$
露水	霧水 mou^{22} $ʃɵy^{35}$
結露水	落霧 $lɔk^2$ mou^{22}
霧	霧 mou^{22}
起霧	落霧 $lɔk^2$ mou^{22}
霜	霜 $ʃɔŋ^{55}$
下霜	結霜 kit^3 $ʃɔŋ^{55}$
虹	天虹 t^hin^{55} $hoŋ^{21}$
冰雹	冰雹 $peŋ^{55}$ $pɔk^2$
下冰雹	落雹 $lɔk^2$ $pɔk^2$
驟雨	過雲雨 $kɔ^{33}$ $wɐn^{21}$ ji^{13}
雪	雪 $ʃit^3$
下雪	落雪 $lɔk^2$ $ʃit^3$
雪化了	融雪 $joŋ^{21}$ $ʃit^3$
冰	冰 $peŋ^{55}$
結冰	結冰 kit^3 $peŋ^{55}$
天氣	天氣 t^hin^{55} hei^{33}
陰天	天陰 t^hin^{55} $jɐn^{55}$
晴天	好天 hou^{35} t^hin^{55}

詞目	石排灣舡語詞彙
天旱	天旱 tʰin⁵⁵ hɔn¹³
水澇	水浸 ʃɵy³⁵ tʃɐn³³
（天氣）熱	天口熱 tʰin⁵⁵ hɐu³⁵ jit²
（天氣）悶熱	翳焗 ɐi³³ kok²
（天氣）冷	凍 toŋ³³
（天氣）涼	涼爽 lɔŋ²¹ ʃɔŋ³⁵
（天氣）涼快	涼爽 lɔŋ²¹ ʃɔŋ³⁵
（天氣）暖和	暖 lin¹³
山	山 ʃan⁵⁵
山頂	山頂 ʃan⁵⁵ tɛŋ³⁵
山腰	半山腰 pun³³ ʃan⁵⁵ jiu⁵⁵
山麓	山腳 ʃan⁵⁵ kɔk³
山崖	山崖 ʃan⁵⁵ ai²¹
山谷	山谷 ʃan⁵⁵ kok⁵
山前	山前 ʃan⁵⁵ tʃʰin²¹
山後	山後 ʃan⁵⁵ hɐu²²
海	海 hɔi³⁵
江	江 kɔŋ⁵⁵
湖	湖 wu²¹
河	河 hɔ²¹
河岸	河邊 hɔ²¹ pin⁵⁵
河堤（沿河築）	壩 pa³³
河壩（攔河築）	壆 pɔk³
沙灘	沙灘 ʃa⁵⁵ tʰan⁵⁵
小溪	涌 tʃʰoŋ⁵⁵
水渠	坑渠 haŋ⁵⁵ kʰei²¹

詞目	石排灣舡語詞彙
池塘	塘 tʰɔŋ²¹
水坑	氹 tʰɐn¹³／ 水氹 ʃɵy³⁵ tʰɐn¹³
平地	平地 pʰeŋ²¹ tei²²
石頭	石仔 ʃɛk² tʃɐi³⁵／ 石頭 ʃɛk² tʰɐu²¹
鵝卵石	鵝春石 ɔ²¹ tʃʰɐn⁵⁵ ʃɛk²
沙子	沙 ʃa⁵⁵／ 泥沙 lɐi²¹ ʃa⁵⁵
土（乾、半乾）	泥 lɐi²¹
泥（稀；爛）	爛泥 lan²² lɐi²¹
灰塵	灰塵 fui⁵⁵ tʃʰɐn²¹／ 泥塵 lɐi²¹ tʃʰɐn²¹
垃圾	垃圾 lat² ʃat³
鐵銹	鐵銹 tʰit³ ʃɐu³³／ 銹 ʃɐu³³
刨花兒	木碎 mok² ʃɵy³³
粉（粉狀物）	粉 fɐn³⁵
石灰	石灰 ʃɛk² fui⁵⁵
水泥	紅毛泥 hoŋ²¹ mou²¹ lɐi²¹
玻璃	玻璃 pɔ⁵⁵ lei⁵⁵
漆	油漆 jɐu²¹ tʃʰɐt⁵
磁石	攝石 ʃit³ ʃɛk²
金子	金 kɐn⁵⁵
銀子	銀 ɐn²¹⁻³⁵
銅	銅 tʰoŋ²¹
鐵	鐵 tʰit³

詞目	石排灣舡語詞彙
錫	錫（金屬）ʃɛk² ／ 錫（人名）ʃek⁵
鋁	鋁 lei¹³
冷水	凍水 toŋ³³ ʃɵy³⁵
溫水	暖水 lin¹³ ʃɵy³⁵
熱水	熱水 jit² ʃɵy³⁵
沸水	滾水 kɐn³⁵ ʃɵy³⁵
（水）開了	水滾 ʃɵy³⁵ kɐn³⁵
泔水	洗米水 ʃɐi³⁵ mɐi¹³ ʃɵy³⁵
城裡	城 ʃɛŋ²¹ ／ʃɛŋ²¹⁻³⁵
鄉下	鄉下 hɔŋ⁵⁵ ha³⁵
村子	村 tʃʰin⁵⁵
巷子	巷 hɔŋ²²⁻³⁵
路	路 lou²²
東西	嘢 jɛ¹³
顏色	色 ʃek⁵ ／ 色水 ʃek⁵ ʃɵy³⁵
聲音	聲 ʃɛŋ⁵⁵
氣味	味 mei²²
味道	味道 mei²² tou²²
光亮	光 kɔŋ⁵⁵
影子	影 jeŋ³⁵
風景	風景 foŋ⁵⁵ keŋ³⁵
前面	前面 tʃʰin²¹ min²² ／ 前邊 tʃʰin²¹ pin⁵⁵
後面	後面 hɐu²² min²² ／ 後邊 hɐu²² pin⁵⁵

詞目	石排灣舡語詞彙
左邊	大邊 tai^{22} pin^{55}／ 大櫓面 tai^{22} lou^{13} min$^{22\text{-}35}$
右邊	細邊 ʃɐi^{33} pin^{55}／ 細櫓面 ʃɐi^{33} lou^{13} min$^{22\text{-}35}$
上面	上邊 ʃɔŋ^{22} pin^{55}／ 上高 ʃɔŋ^{22} kou^{55}
下面	下邊 ha^{22} pin^{55}／ 下底 ha^{22} tɐi$^{35\text{-}55}$
裡面	入邊 jɐt^{2} pin^{55}／ 入便 jɐt^{2} pin^{22}
外面	外邊 ɔi^{22} pin^{55}／ 出便 tʃʰɐt^{5} pin^{22}
（屋）頂上	屋頂 ok^{5} tɛŋ^{35}
（床）底下	下底 ha^{22} tɐi$^{35\text{-}55}$／ 下便 ha^{22} pin^{22}
中間	中間 tʃɔŋ^{55} kan^{55}
旁邊	側邊 tʃɐt^{5} pin^{55}
對面	對面 tøy^{33} min^{22}
附近	附近 fu^{22} kɐn^{22}
隔壁	隔籬 kak^{3} lei^{21}
鄰居	隔籬鄰舍 kak^{3} lei^{21} lɐn^{21} ʃɛ^{33}
今年	今年 kɐn^{55} lin^{21}／kɐn^{55} lin$^{21\text{-}35}$
去年	舊年 kɐu^{22} lin$^{21\text{-}35}$
前年	前年 tʃʰin^{21} lin$^{21\text{-}35}$
大前年	大前年 tai^{22} tʃʰin^{21} lin$^{21\text{-}35}$
明年	出年 tʃʰɐt^{5} lin$^{21\text{-}35}$
後年	後年 hɐu^{22} lin$^{21\text{-}35}$

詞目	石排灣舡語詞彙
大後年	大後年 tai^{22} heu^{22} lin$^{21\text{-}35}$
今天	今日 kɐn^{55} jɛt^2
昨天	琴日 kʰɐn^{21} jɛt^2
前天	前日 tʃʰin^{21} jɛt^2／tʃʰin^{21} jɛt$^{2\text{-}35}$
大前天	大前日 tai^{22} tʃʰin^{21} jɛt^2
明天	聽日 tʰɛŋ^{55} jɛt^2
後天	後日 heu^{22} jɛt^2／heu^{22} jɛt$^{2\text{-}35}$
大後天	大後日 tai^{22} heu^{22} jɛt^2／tai^{22} heu^{22} jɛt$^{2\text{-}35}$
次日	第二日 tɐi^{22} ji^{22} jɛt^2
每天	日日 jɛt^2 jɛt^2
日子（時日）	日子 jɛt^2 tʃi^{35}
（幾個）小時	鐘頭 tʃoŋ^{55} tʰeu^{21}
（幾）點	點 tin^{35}
黎明（日出前）	朝黃 tʃiu^{55} wɔŋ^{21}／ 大星起 ta^{22} ʃɛŋ^{55} hei^{35}／ 朝紅 tʃiu^{55} hoŋ^{21}
早晨（泛指）	朝頭早 tʃiu^{55} tʰeu^{21} tʃou^{35}
上午	上晝 ʃɔŋ^{22} tʃɐu^{33}
中午	晏晝 an^{33} tʃɐu^{33}
下午	下晝 ha^{22} tʃɐu^{33}
傍晚	晚黃 man^{13} wɔŋ^{21}
白天	日頭 jɛt^2 tʰeu$^{21\text{-}35}$
夜裡（睡靜後）	夜晚 jɛ^{22} man^{13}
晚上（掌燈至入睡前）	黑曬頭 het^5 ʃai^{33} tʰeu^{21}／ 夜晚 jɛ^{22} man^{13}
整天	成日 ʃɛŋ^{21} jɛt^2
天亮了	朝黃 tʃiu^{55} wɔŋ^{21}

詞目	石排灣舡語詞彙
天黑了	晚黃 man¹³ woŋ²¹
月初	月頭 jit² tʰɐu²¹⁻³⁵
月底	月尾 jit² mei¹³
從前	舊時 kɐu²² ʃi²¹／ 舊陣時 kɐu²² tʃɐn²² ʃi²¹／kɐu²² tʃɐn²² ʃi²¹⁻³⁵
現在	宜家 ji²¹ ka⁵⁵／ 今下 kɐn⁵⁵ ha¹³
起初	開頭 hɔi⁵⁵ tʰɐu²¹
後來	收尾 ʃɐu⁵⁵ mei¹³⁻⁵⁵
最後	收尾 ʃɐu⁵⁵ mei¹³⁻⁵⁵／ 最後 tʃɵy³³ hɐu²²
剛才	啱啱 an⁵⁵ an⁵⁵／ 頭先 tʰɐu²¹ ʃin⁵⁵
大年初一	年初一 lin²¹ tʃʰɔ⁵⁵ jet⁵
端午節	五月節 m̩¹³ jit² tʃʃit³
中秋節	八月十五 pat³ jit² ʃɐt² m̩¹³
重陽節	重九 tʃʰoŋ²¹ kɐu³⁵
除夕	年三十晚 lin²¹ ʃan⁵⁵ ʃɐt² man¹³
曆書	通勝 tʰoŋ⁵⁵ ʃɐŋ³³
一輩子	一世人 jet⁵⁵ ʃɐi³³ jen²¹
前世	前世 tʃʰin²¹ ʃɐi³³
後世	第二世 tɐi²² ji²² ʃɐi³³
一會兒	一陣間 jet⁵ tʃɐn²² kan⁵⁵
瞬間	眨下眼 tʃan³⁵ ha³³ an¹³
（什麼）時候	乜嘢時候 mɐt⁵ jɛ¹³⁻³³ ʃi²¹ hɐu²²
水田	田 tʰin²¹
旱地	乾田 kɔn⁵⁵ tʰin²¹

詞目	石排灣舡語詞彙
田埂	田壆 t^hin^{21} $pɔk^3$
種田	耕田 $kaŋ^{55}$ t^hin^{21}
拔秧	搣禾苗 $mɛn^{55}$ $wɔ^{21}$ miu^{21}
插秧	蒔田 $ʃi^{22}$ t^hin^{21} ／ $ʃi^{21}$ t^hin^{21}
耘田	耕田 $kaŋ^{55}$ t^hin^{21}
割稻	割禾 $kɔt^3$ $wɔ^{21}$
脫粒	打禾 ta^{35} $wɔ^{21}$
稻草	禾稈草 $wɔ^{21}$ $kɔn^{35}$ $tʃ^hou^{35}$
稻荏兒	禾頭 $wɔ^{21}$ t^heu^{21}
撒（草木灰）	撒 $ʃak^3$
漚肥（漚制肥料）	漚肥 $ɐu^{33}$ fei^{21}
鋤頭	鋤頭 $tʃ^hɔ^{21}$ t^heu^{21}
（鋤頭）把	柄 $pɛŋ^{33}$
鐵鍬	鐵鏟 t^hit^3 $tʃ^han^{35}$
鐮刀（割禾用）	禾鐮 $wɔ^{21}$ lin^{21}
鐮刀（割草用）	鐮刀 lin^{21} tou^{55}
柴刀	柴刀 $tʃ^hai^{21}$ tou^{55}
犁	犁耙 lai^{21} p^ha^{21-35}
耙	耙 p^ha^{21-35}
水車（車水用）	水車 $ʃɵy^{35}$ $tʃ^hɛ^{55}$
風車（風穀用）	風車 $foŋ^{55}$ $tʃ^hɛ^{55}$
打穀桶	拌桶 p^hun^{33} $t^hoŋ^{35}$
畚箕（畚穀用）	箕 kei^{55}
畚箕（畚垃圾用）	垃圾鏟 lat^2 $ʃat^3$ $tʃ^han^{35}$
土箕（挑土用）	箕 kei^{55}
穀籮（盛穀用）	籮 $lɔ^{21-55}$

詞目	石排灣舡語詞彙
篩子	篩 ʃɐi⁵⁵
磨（磨麵粉用）	磨 mɔ²¹⁻³⁵
碓（統稱）	碓 tøy³³
碓臼	碓坎 tøy³³ hɐn³⁵
碓杵	碓坎 tøy³³ hɐn³⁵
曬穀場	禾堂 wɔ²¹ tʰɔŋ²¹
曬穀簟	竹笪 tʃɔk⁵ tat³
扁擔	擔竿 tan³³ kɔn⁵⁵
繩子	繩 ʃɐŋ²¹⁻³⁵
打樁	打樁 ta³⁵ tʃɔŋ⁵⁵
楔子	門楔 mun²¹ ʃit³
（趕牛的）竹枝	竹鞭 tʃɔk⁵ pin⁵⁵
（種子）出芽	暴芽 pau³³ a²¹
放牛	睇牛 tʰɐi³⁵ ɐu²¹
打柴	劈柴 pʰɛk³ tʃʰai²¹
趕集	趁墟 tʃʰɐn³³ hei⁵⁵
去城裡	入城 jɐt² ʃɛŋ²¹⁻³⁵
（用網）捕魚	網魚 mɔŋ¹³ ji²¹⁻³⁵
（用手）捕魚	捉魚 tʃɔk⁵ ji²¹⁻³⁵
築壩（攔河而築）	築堤壩 tʃɔk³ tʰɐi²¹ pa³³
築堤（沿河而築）	築堤壩 tʃɔk³ tʰɐi²¹ pa³³
抽乾水塘	乾塘 kɔn⁵⁵ tʰɔŋ²¹
戽水	戽水 fu³³ ʃøy³⁵
碾米	磨米 mɔ²¹ mɐi¹³
菜園	菜園 tʃʰɔi³³ jin²¹
種菜	種菜 tʃɔŋ³³ tʃʰɔi³³

詞目	石排灣舡語詞彙
澆菜	淋菜 lɐn²¹ tʃʰɔi³³
剖魚	劏魚 tʰɔŋ⁵⁵ ji²¹⁻³⁵
殺雞	劏雞 tʰɔŋ⁵⁵ kɐi⁵⁵
宰豬	劏豬 tʰɔŋ⁵⁵ tʃi⁵⁵
養雞	養雞 jɔŋ¹³ kɐi⁵⁵
養豬	養豬 jɔŋ¹³ tʃi⁵⁵
幹活	做嘢 tʃou²² jɛ¹³⁻³³
買米	買米 mai¹³ mɐi¹³（今稱） 糴米 tɛk² mɐi¹³（舊稱）
買肉	買豬肉 mai¹³ tʃi⁵⁵ jok²
淘米	洗米 ʃɐi³⁵ mɐi¹³
做飯	煮飯 tʃi³⁵ fan²²
燜飯	焗飯 kok² fan²²
做菜	煮餸 tʃi³⁵ ʃoŋ³³
（細火）炆	炆 mɐn⁵⁵
（清水）煮	煮 tʃi³⁵
煲湯	煲湯 pou⁵⁵ tʰɔŋ⁵⁵
氽湯	滾湯 kɐn³⁵ tʰɔŋ⁵⁵
（湯）溢（出）	滾瀉 kɐn³⁵ ʃɛ³⁵
涮碗	□碗 lɔŋ³⁵ wun³⁵
擦（桌子）	抹 mak³
收拾	執拾 tʃɐt⁵ ʃɐt²
供養	養 jɔŋ¹³
看家	睇屋 tʰɐi³⁵ ok⁵
縫（衣服）	聯 lin²¹
漂洗（衣服）	漂 pʰiu³³

詞目	石排灣舡語詞彙
晾乾	晾乾 lɔŋ^{22} kɔn^{55}
釘（被子）	聯 lin^{21}
釘（扣子）	釘 tɛŋ^{55}
繞（毛線）	繑 kʰiu^{13}
燒（開水）	煲水 pou^{55} ʃɵy^{35}
灌（開水）	沖 tʃɔŋ^{55}
燙（傷）	爐 lok^{2}
失火	火燭 fɔ^{35} tʃok^{5}
（火）滅了	熄咗 ʃek^{5} tʃɔ^{35}
使勁（拉）	出力 tʃʰɐt^{3} lek^{2}
安裝（鋤柄）	安 ɔn^{55}
修理（家具）	整 tʃɛŋ^{35}
修理（收音機）	整 tʃɛŋ^{35}
撿漏	執漏 tʃɐt^{5} lɐi^{22}
揀（菜）	擇 tʃak^{2}
攢（錢）	存 tʃʰin^{21}
（把開水）攤涼	攤凍 tʰan^{55} tɔŋ^{33}
稻子（整株植物）	禾 wɔ^{21}
稻穀（脫粒後的穀子）	穀 kok^{5}
穀穗	穀 kok^{5}
大米	米 mɐi^{13}
糯米	糯米 lɔ^{22} mɐi^{13}
粳米	黏米 tʃin^{55} mɐi^{13}
麥子	麥 mɐt^{2}
小米	狗尾粟 kɐu^{35} mei^{13} ʃok^{5}
玉米	粟米 ʃok^{5} mɐi^{13}

詞目	石排灣舡語詞彙
高粱	高粱 kou⁵⁵ lɔŋ²¹
黃豆	黃豆 wɔŋ²¹ tɐu²²⁻³⁵
豌豆	荷蘭豆 hɔ²¹ lan²¹⁻⁵⁵ tɐu²²⁻³⁵
蠶豆	蠶豆 tʃʰan²¹ tɐu²²⁻³⁵
芝麻	芝麻 tʃi⁵⁵ ma²¹
豇豆	豆角 tɐu²² kɔk³
扁豆	扁豆 pin³⁵ tɐu²²⁻³⁵
紅薯	番薯 fan⁵⁵ ʃi¹³
土豆	薯仔 ʃi²¹ tʃɐi³⁵
花生	地豆 tei²² tɐu²²⁻³⁵
花生米	地豆米 tei²² tɐu²²⁻³⁵ mɐi¹³
蘑菇	蘑菇 mɔ²¹ ku⁵⁵
板栗（大者）	栗子 lɐt² tʃi³⁵
毛栗（較小）	栗子 lɐt² tʃi³⁵
甘蔗	竹蔗 tʃok⁵ tʃɛ³³
蔬菜	菜 tʃʰɔi³³
菠菜	菠菜 pɔ⁵⁵ tʃʰɔi³³
洋白菜	捲心菜 kin³⁵ ʃɐn⁵⁵ tʃʰɔi³³
茄子	矮瓜 ɐi³⁵ ka⁵⁵
絲瓜	絲瓜 ʃi⁵⁵ ka⁵⁵
南瓜	番瓜 fan⁵⁵ ka⁵⁵
冬瓜	冬瓜 tɔŋ⁵⁵ ka⁵⁵
黃瓜	黃瓜 wɔŋ²¹ ka⁵⁵
西紅柿	番茄 fan⁵⁵ kʰɛ³⁵
蘿蔔	蘿蔔 lɔ²¹ pak²
胡蘿蔔	紅蘿蔔 hoŋ²¹ lɔ²¹ pak²

詞目	石排灣舡語詞彙
辣椒	辣椒 lat² tʃiu⁵⁵
蕹菜	蕹菜 oŋ³³ tʃʰɔi³³
韭菜	韭菜 kɐu³⁵ tʃʰɔi³³
莧菜	莧菜 jin²² tʃʰɔi³³
芥菜	芥菜 kai³³ tʃʰɔi³³
芹菜	芹菜 kʰɐn²¹ tʃʰɔi³³
芫荽	芫荽 jin²¹ ʃɐi⁵⁵
木耳菜	潺菜 ʃan²¹ tʃʰɔi³³
慈姑	芽姑 a²¹ ku⁵⁵
藕	蓮藕 lin²¹ ɐu¹³／ 藕爽 ɐu¹³ ʃɔŋ³⁵（香港島筲箕灣漁民稱一節蓮藕為藕爽）
荸薺	馬蹄 ma¹³ tʰɐi²¹⁻³⁵
菱角	菱角 lɐŋ²¹ kɔk³
蔥	蔥 tʃʰoŋ⁵⁵
大蒜（整株）	蒜 ʃin³³
蒜薹	蒜 ʃin³³
蒜頭（塊莖）	蒜頭 ʃin³³ tʰɐu²¹
薤	藠 kʰiu³⁵
薑（塊莖）	薑 kɔŋ⁵⁵
（茶葉）梗	梗 kaŋ³⁵
菜薹	菜梗 tʃʰɔi³³ kaŋ³⁵
菜（整株）	菜 tʃʰɔi³³
菜根（細根）	菜根 tʃʰɔi³³ kɐn⁵⁵
菜秧（供移栽菜苗）	菜苗 tʃʰɔi³³ miu²¹
浮萍	藻 tʃou³⁵
水果（概稱）	生果 ʃaŋ⁵⁵ kɔ³⁵

詞目	石排灣舡語詞彙
桃兒（果）	桃 t^hou^{21-35}
杏兒（果）	杏 $hɐn^{22}$
李子（果）	李仔 $lei^{13} tʃɐi^{35}$
柿子（果）	腍柿 $lɐn^{21} tʃ^hi^{13}$
石榴	石榴 $ʃɛk^2 lɐu^{21-35}$
梨（果）	雪梨 $ʃit^3 lei^{21}$
橘子（果）	柑 $kɐn^{55}$
柳丁（果）	橙 $tʃ^haŋ^{35}$
柚子（果）	碌柚 $lok^5 jɐu^{35}$
梅子（果）	楊梅 $jɔŋ^{21} mui^{21-35}$
葡萄（果）	菩提子 $p^hou^{21} t^hei^{21} tʃi^{35}$
櫻桃（果）	櫻桃 $jɛŋ^{55} t^hou^{21}$
橄欖（果）	欖 lan^{35}
棗兒（果）	紅棗 $hoŋ^{21} tʃou^{35}$
核桃（果）	核桃 $hɐt^2 t^hou^{21}$
山楂	山楂 $ʃan^{55} tʃa^{55}$
香蕉（果）	香蕉 $hɔŋ^{55} tʃiu^{55}$／ 牙蕉 $a^{21} tʃiu^{55}$
荔枝（果）	荔枝 $lɐi^{22} tʃi^{55}$
龍眼（果）	龍眼 $loŋ^{21} an^{13}$
西瓜	西瓜 $ʃɐi^{55} ka^{55}$
芽兒	芽 a^{21}
（果）核兒	核 $wɐt^2$
（果）皮兒	皮 p^hei^{21}
花兒	花 fa^{55}
梅花	梅花 $mui^{21} fa^{55}$

詞目	石排灣舡語詞彙
杏花	杏花 hɐn²² fa⁵⁵
桃花	桃花 tʰou²¹ fa⁵⁵
荷花	蓮花 lin²¹ fa⁵⁵
睡蓮	蓮花 lin²¹ fa⁵⁵
桂花	桂花 kɐi³³ fa⁵⁵
杜鵑花	杜鵑花 tou²² kin⁵⁵ fa⁵⁵
蘭花	蘭花 lan²¹ fa⁵⁵
雞蛋花	雞蛋花 kɐi⁵⁵ tan²² fa⁵⁵
茉莉花	茉莉花 mut² lei²²⁻³⁵ fa⁵⁵
白蘭花	白蘭 pak² lan²¹⁻³⁵
金銀花	金銀花 kɐn⁵⁵ ɐn²¹ fa⁵⁵
菊花	菊花 kok⁵ fa⁵⁵
向日葵	向日葵 hɔŋ³³ jɐt² kʰɐi²¹
棉花	棉花 min²¹ fa⁵⁵
槐樹	槐樹 wai²¹ ʃi²²
楓樹	楓樹 foŋ⁵⁵ ʃi²²
柳樹	柳樹 lɐu¹³ ʃi²²
桑樹	桑樹 ʃɔŋ⁵⁵ ʃi²²
桑葚兒	桑仔 ʃɔŋ⁵⁵ tʃɐi³⁵
榕樹	榕樹 joŋ²¹ ʃi²²
白果樹	白果樹 pak² kɔ³⁵ ʃi²²
梧桐樹	梧桐樹 m̩²¹ tʰoŋ²¹ ʃi²²
茶樹（葉製茶）	茶樹 tʃʰa²¹ ʃi²²
棕櫚	棕櫚樹 tʃʃɔŋ⁵⁵ lei²¹⁻³⁵ ʃi²²
樟樹	樟樹 tʃɔŋ⁵⁵ ʃi²²
竹子（小）	竹 tʃok⁵

詞目	石排灣舡語詞彙
毛竹（大）	竹 tʃok⁵
竹根	竹根 tʃok⁵ kɐn⁵⁵
竹衣	竹殼 tʃok⁵ hɔk²
竹筍	竹筍 tʃok⁵ ʃɐn³⁵
竹篾	竹篾 tʃok⁵ mit²
茅草	茅草 mau²¹ tʃʰou³⁵
青苔	青苔 tʃʰɛŋ⁵⁵ tʰɔi²¹
蘆葦	蘆葦 lou²¹ wɐi¹³
艾	艾 ai²²
樹枝	樹枝 ʃi²² tʃi⁵⁵
樹梢	樹尾 ʃi²² mei²¹⁻⁵⁵
樹樁	樹頭 ʃi²² tʰɐu²¹
樹葉	樹葉 ʃi²² jit²
粽葉	粽葉 tʃoŋ³⁵ jit²
（樹上的）刺	簕 lɐt²
杉樹	杉樹 tʃʰan³³ ʃi²²
柏樹	柏樹 pʰak³ ʃi²²
松樹	松樹 tʃʰoŋ²¹ ʃi²²
松球	松仔 tʃʰoŋ²¹ tʃɐi³⁵
松針	松毛 tʃʰoŋ²¹ mou²¹⁻⁵⁵
橡膠（原料）	橡膠 tʃɔŋ²² kau⁵⁵
木頭	木頭 mok² tʰɐu²¹
牲畜（概稱）	畜牲 tʃʰok⁵ ʃaŋ⁵⁵
水牛	水牛 ʃɵy³⁵ ɐu²¹
黃牛	黃牛 wɔŋ²¹ ɐu²¹
公牛	牛公 ɐu²¹ koŋ⁵⁵

詞目	石排灣舡語詞彙
母牛	牛嫲 ɐu²¹ la³⁵
牛犢	牛仔 ɐu²¹ tʃɐi³⁵
牛角	牛角 ɐu²¹ kɔk³
蹄子	蹄 tʰai²¹
（牛用角）頂	撞 tʃɔŋ²²
羊	羊 jɔŋ²¹
公羊	羊牯 jɔŋ²¹ ku³⁵
母羊	羊嫲 jɔŋ²¹ la³⁵
羊羔	羊仔 jɔŋ²¹ tʃɐi³⁵
豬	豬 tʃi⁵⁵
公豬	豬公 tʃi⁵⁵ koŋ⁵⁵
種豬	豬公 tʃi⁵⁵ koŋ⁵⁵
母豬	豬婆 tʃi⁵⁵ pʰɔ²¹／ 豬嫲 tʃi⁵⁵ la³⁵
閹豬（被閹割的豬）	閹豬 jin⁵⁵ tʃi⁵⁵
小豬	豬仔 tʃi⁵⁵ tʃɐi³⁵
（豬）下仔	生仔 ʃaŋ⁵⁵ tʃɐi³⁵
（豬、牛）交配	打種 ta³⁵ tʃoŋ³⁵
狗	狗 kɐu³⁵
公狗	狗牯 kɐu³⁵ ku³⁵
母狗	狗嫲 kɐu³⁵ la³⁵
（狗）叫	吠 fɐi²²
貓	貓 miu⁵⁵
公貓	貓牯 miu⁵⁵ ku³⁵
母貓	貓嫲 miu⁵⁵ la³⁵
（貓）號叫（尋偶）	叫 kiu³³

詞目	石排灣舡語詞彙
公雞	雞公 kɐi⁵⁵ koŋ⁵⁵
母雞	雞姆 kɐi⁵⁵ la³⁵
閹雞	閹雞 jin⁵⁵ kɐi⁵⁵
小雞	雞仔 kɐi⁵⁵ tʃɐi³⁵
菢窩母雞	菢竇雞姆 pou²² tɐu³³ kɐi⁵⁵ la³⁵
雞蛋	雞春 kɐi⁵⁵ tʃʰɐn⁵⁵
雞胗	雞□ kɐi⁵⁵ kʰɐn³⁵
（雞）下蛋	生春 ʃaŋ⁵⁵ tʃʰɐn⁵⁵
孵（小雞）	菢 pou²²
（雞）翻（食物）	搲 wɛ³⁵／wa³⁵
（公雞）叫	啼 tʰɐi²¹
（雞）啄（米）（拾食）	啄 tɔk³
（雞）啄（蜈蚣）（啄咬）	啄 tɔk³
鵝	鵝 ɔ²¹⁻³⁵
鴨子	鴨 at³
老虎	老虎 lou¹³ fu³⁵
獅子	獅子 ʃi⁵⁵ tʃi³⁵
豹子	豹 pʰau³³
狼	狼 lɔŋ²¹
狐狸	狐狸 wu²¹ lei¹³
猴子	馬騮 ma¹³ lɐu⁵⁵
鹿	鹿 lok²⁻³⁵
兔子	兔仔 tʰou³³ tʃɐi³⁵
老鼠	老鼠 lou¹³ ʃi³⁵
鳥	雀仔 tʃɔk³ tʃɐi³⁵
麻雀	麻雀 ma²¹ tʃɔk³

詞目	石排灣舡語詞彙
喜鵲	鴉鵲 a^{55} tʃɔk^3
烏鴉	烏鴉 wu^{55} a^{55}
大雁	雁 an^{22}
老鷹	麻鷹 ma^{21} jeŋ^{55}
貓頭鷹	貓頭鷹 miu^{55} tʰɐu^{21} jeŋ^{55}
燕子	燕子 jin^{33} tʃi^{35}
蝙蝠	蝠鼠 fok^5 ʃi^{35}
鴿子	白鴿 pak^2 kat^3
八哥	鷯哥 liu^{55} kɔ^{55}
（鳥）蛋	春 tʃʰɐn^{55}
（鳥）窩	竇 tɐu^{33}
翅膀	翼 jek^2
尾巴	尾 mei^{13}
搖（尾巴）	擺尾 pai^{35} mei^{13}
爪子	爪 tʃau^{35}
蜘蛛	蟢蟧 kʰɐn^{21} lou^{35}
螞蟻	蟻 ɐi^{13}
蚯蚓	禾蜎 wɔ^{21} jin^{55}
蜈蚣	百足 pak^3 tʃok^5
壁虎	簷蛇 jin^{21} ʃɛ$^{21-35}$
蒼蠅	烏蠅 wu^{55} jeŋ$^{21-55}$
牛虻（黃色似蒼蠅）	牛蚊 ɐu^{21} mɐn^{55}
（蒼蠅）叮	摟 lɐu^{55}
蚊子	蚊 mɐn^{55}
（蚊子）叮	叮 tɛŋ^{55}
臭蟲	木虱 mok^2 ʃɐt^5

詞目	石排灣舡語詞彙
跳蚤	跳虱 tʰiu³³ ʃɐt⁵
蝨子	虱嫲 ʃɐt⁵ la³⁵
蟑螂	由甲 kat² tʃat²／kat² tʃat²⁻³⁵
蜻蜓	塘尾 tʰɔŋ²¹ mei¹³⁻⁵⁵
蟬	蟬 ʃin²¹
蝴蝶	蝴蝶 wu²¹ tit²
螳螂	豹虎哥 pʰau³³ fu³⁵ kɔ⁵⁵
蚱蜢	蜢 maŋ¹³
螢火蟲	螢火蟲 jɐŋ²¹ fɔ³⁵ tʃʰoŋ²¹
蜜蜂	蜜蜂 mɐt² foŋ⁵⁵
黃蜂	黃蜂 wɔŋ²¹ foŋ⁵⁵
（蜂）窩	竇 tɐu³³
（蜂）蜇	叼 tiu⁵⁵
蟋蟀	草織 tʃʰou³⁵ tʃɛk⁵
青蛙（青皮田蛙）	蛤嫲 kɐt³ la³⁵
癩蛤蟆	蠄蟧 kʰɐn²¹ ʃi²¹
蠶	蠶蟲 tʃʰan²¹ tʃʰoŋ²¹⁻³⁵
烏龜	烏龜 wu⁵⁵ kɐi⁵⁵
鱉	水魚 ʃɵy³⁵ ji²¹⁻³⁵
蝦	蝦 ha⁵⁵
泥鰍	泥鰍 lɐi²¹ tʃʰɐu⁵⁵
蛇	蛇 ʃɛ²¹
螞蝗	牛蜞 ɐu²¹ kʰei²¹
蚌	蚌 pʰɔŋ¹³
蝸牛（有殼）	蝸牛 wɔ⁵⁵ ɐu²¹
蛞蝓（無殼）	鼻涕蟲 pei²² tʰɐi³³ tʃʰoŋ²¹

詞目	石排灣舡語詞彙
螃蟹	蟹 hai¹³
螺螄（小，殼硬）	田螺 tʰin²¹ lœ⁵⁵ （石排灣水上話和珠三角白話水上話，差不多沒有舌面前圓唇半開元音œ（ɵ）為主要元音一系列韻母。這類韻母多屬中古音裡的三等韻。廣州話的œ系韻母œ、œŋ、œk、ɵn、ɵt、ɵy在石排灣舡語中分別歸入ɔ、ɔŋ、ɔk、ɐn、ɐt、ei。田螺在香港和珠三角一帶水上話，tʰin²¹ lœ⁵⁵都是屬於例外。）
田螺（大，殼薄）	田螺 tʰin²¹ lœ⁵⁵（同上）
鱔魚	黃鱔 wɔŋ²¹ ʃin¹³ 白鱔 pak² ʃin¹³
鯉魚	鯉魚 lei¹³ ji²¹⁻³⁵
鯽魚	鯽魚 tʃɐt⁵ ji²¹⁻³⁵
（魚）鱗	鱗 lɐn²¹
（魚）卵	春 tʃʰɐn⁵⁵
家（住處）	屋企 ok⁵ kʰei¹³
房子（整座）	屋 ok⁵
蓋（房子）	起 hei³⁵
打房基	打樁 ta³⁵ tʃɔŋ⁵⁵
築牆（用板夯築土牆）	春牆 tʃɔŋ⁵⁵ tʃʰɔŋ²¹
磚	磚 tʃin⁵⁵
瓦（整塊）	瓦 a¹³
瓦片（碎片）	瓦碎 a¹³ ʃɵy³³
樑	樑 lɔŋ²¹
上樑（架房梁）	上樑 ʃɔŋ²² lɔŋ²¹
椽子	瓦桷 a¹³ kɔk³
屋簷	屋簷 ok⁵ jin²¹

詞目	石排灣舡語詞彙
柱子	柱 tʃʰi¹³
柱石	柱躉 tʃʰi¹³ tɐn³⁵
房間	房 fɔŋ²¹
廳	廳 tʰɛŋ⁵⁵
天井	天井 tʰin⁵⁵ tʃɛŋ³⁵
墻	牆 tʃʰɔŋ²¹
砌（墻）	起 hei³⁵
窗戶	窗門 tʃʰɔŋ⁵⁵ mun²¹⁻³⁵
門	門 mun²¹
側門	側門 tʃɐt⁵ mun²¹
門檻兒	門腳 mun²¹ kɔk³
釕兒	門扣 mun²¹ kʰɐu³³
曬臺（樓頂曬物平臺）	天棚 tʰin⁵⁵ pʰaŋ²¹⁻³⁵
欄杆	欄河 lan²¹ hɔ²¹⁻³⁵
臺階	樓梯級 lɐu²¹ tʰei⁵⁵ kʰɐt⁵
樓梯（大，固定）	梯 tʰei⁵⁵
梯子（較小可移動）	梯 tʰei⁵⁵
水井	井 tʃɛŋ³⁵
廚房	廚房 tʃʰi²¹ fɔŋ²¹⁻³⁵
煙囪	煙通 jin⁵⁵ tʰoŋ⁵⁵
砌灶	起灶頭 hei³⁵ tʃou³³ tʰɐu²¹
廁所	屎坑 ʃi³⁵ haŋ⁵⁵
角落	角落頭 kɔk³ lɔk²⁻⁵ tʰɐu²¹⁻³⁵
窟窿	窿 lɔŋ⁵⁵
縫兒	罅 la³³
雞窩（生蛋處）	雞竇 kei⁵⁵ tɐu³³

詞目	石排灣舡語詞彙
雞籠（棲息處）	雞籠 kɐi⁵⁵ loŋ²¹
豬圈	豬欄 tʃi⁵⁵ lan²¹⁻⁵⁵
牛欄	牛欄 ɐu²¹ lan²¹⁻⁵⁵
家具	傢俬 ka⁵⁵ ʃi⁵⁵
桌子	桌 tʃʰɔk³／ 檯 tʰɔi²¹⁻³⁵
椅子（統稱）	凳 tɐn³³
凳子（統稱）	凳 tɐn³³
長條板凳	長凳 tʃʰɔŋ²¹ tɐn³³
書桌	書桌 ʃi⁵⁵ tʃʰɔk³／ 書檯 ʃi⁵⁵ tʰɔi²¹⁻³⁵
櫃子（臥式有掀蓋）	櫃 kɐi²²
櫥子（立式有拉門）	櫃 kɐi²²
抽屜	櫃桶 kɐi²² tʰoŋ³⁵
箱子	箱 ʃoŋ⁵⁵
床	床 tʃʰɔŋ²¹
竹席	竹席 tʃok⁵ tʃɛk²
草席	草席 tʃʰou³⁵ tʃɛk²
被子	被 pʰei¹³
褥子	床褥 tʃʰɔŋ²¹ jok²⁻³⁵
毯子	氈 tʃʰin⁵⁵
枕頭	枕頭 tʃɐn³⁵ tʰɐu²¹
毛線	冷 laŋ⁵⁵
蚊帳	蚊帳 mɐn⁵⁵ tʃɔŋ³³
窗簾	窗門布 tʃʰɔŋ⁵⁵ mun²¹⁻³⁵ pou³³
臉盆	面盆 min²² pʰun²¹
毛巾	毛巾 mou²¹ kɐn⁵⁵

詞目	石排灣舺語詞彙
肥皂	番鹼 fan^{55} kan^{35}
鏡子	鏡 kɛŋ^{33}
梳子	梳 ʃɔ^{55}（今稱）／ 彎枝 wan^{55}tʃi^{55}（舊稱）
牙刷	牙刷 a^{21} tʃʰat^3／a^{21} tʃʰat$^{3-35}$
牙膏	牙膏 a^{21} kou^{55}
水舀子	水殼 ʃɵy^{35} hɔk^2
水瓢（葫蘆製）	殼 hɔk^2／hɔk$^{2-35}$
大缸	水缸 ʃɵy^{35} kɔŋ^{55}
水缸	水缸 ʃɵy^{35} kɔŋ^{55}
罎子（大肚小口）	埕 tʃʰeŋ^{21}
缽子	缽頭 put^2 tʰeu^{21}
罐子	罐 kun^{33}
瓶子（玻璃製）	樽 tʃɐn^{55}
（瓶）塞子	塞 ʃɐt^5
茶碗（飲茶用，有蓋有托盤）	茶盅 tʃʰa^{21} tʃoŋ^{55}
茶杯	茶杯 tʃʰa^{21} pui^{55}
碗	碗 wun^{35}
水壺（燒開水用）	茶煲 tʃʰa^{21} pou^{55}
茶壺（泡茶用）	茶壺 tʃʰa^{21} wu$^{21-35}$
暖水瓶	暖水壺 lin^{13} ʃɵy^{35} wu$^{21-35}$
調羹	匙羹 tʃʰi^{21} kɐn^{55}
（飯）勺兒	飯殼 fan^{22} hɔk^2／fan^{22} hɔk$^{2-35}$
筷子	筷子 fai^{33} tʃi^{35}
柴火（統稱）	柴 tʃʰai^{21}
煤	煤 mui^{21}

詞目	石排灣舡語詞彙
木炭	炭 t^han^{33}
火灰	火灰 $fɔ^{35} fui^{55}$／ 炭灰 $t^han^{33} fui^{55}$
爐子	爐 lou^{21}／$lou^{21\text{-}35}$
生火	點火 $tin^{35} fɔ^{35}$
鍋	鑊 $wɔk^2$／$wɔk^{2\text{-}35}$
鍋蓋	鑊蓋 $wɔk^2 kɔi^{33}$
鍋鏟	鑊鏟 $wɔk^2 tʃ^han^{35}$
鍋堙子（鍋背的煙灰）	鑊黸 $wɔk^2 lou^{55}$
砧板	砧板 $tʃɐn^{55} pan^{35}$
菜刀	菜刀 $tʃ^hɔi^{33} tou^{55}$
蒸籠	蒸籠 $tʃɐn^{55} loŋ^{21}$
甑	飯罉 $fan^{22} tʃ^haŋ^{55}$
筲箕	筲箕 $ʃau^{55} kei^{55}$
笊籬	漏水勺 $lɐu^{22} ʃɵy^{35} tʃɔk^3$
炊帚	擦 $tʃ^hat^3$／$tʃ^hat^{3\text{-}35}$
抹布	抹檯布 $mat^3 t^hɔi^{21\text{-}35} pou^{33}$
火柴	火柴 $fɔ^{35} tʃ^hai^{21}$
旱煙袋	煙筒 $jin^{55} t^hoŋ^{21\text{-}35}$
水煙袋	水煙筒 $ʃɵy^{35} jin^{55} t^hoŋ^{21\text{-}35}$
手電筒	電筒 $tin^{22} t^hoŋ^{21\text{-}35}$
電燈	電燈 $tin^{22} tɐŋ^{55}$
蠟蠋	蠟燭 $lat^2 tʃok^5$
汽油	電油 $tin^{22} jɐu^{21}$
煤油	火水 $fɔ^{35} ʃɵy^{35}$
馬桶	屎桶 $ʃi^{35} t^hoŋ^{35}$

詞目	石排灣舡語詞彙
尿桶（擔糞用，無蓋）	尿桶 liu²² tʰoŋ³⁵
痰盂	痰罐 tʰan²¹ kun³³
打水桶	水桶 ʃɵy³⁵ tʰoŋ³⁵
鑰匙	鎖匙 ʃɔ³⁵ ʃi²¹
鎖	鎖 ʃɔ³⁵
蓑衣	蓑衣 ʃɔ⁵⁵ ji⁵⁵
斗笠	笠嫲 lɐt⁵ ma²¹／lɐt⁵ ma²¹⁻³⁵
扇子（統稱）	扇 ʃin³³
雨傘	遮 tʃɛ⁵⁵
笤帚（小）	掃把 ʃou³³ pa³⁵
掃帚（大）	掃把 ʃou³³ pa³⁵
竹竿	竹篙 tʃok⁵ kou⁵⁵
曬衣篙	竹篙 tʃok⁵ kou⁵⁵
竹叉（架曬衣篙用）	叉 tʃʰa⁵⁵
衣叉（叉取衣服用）	叉 tʃʰa⁵⁵
拐杖	拐杖 kai³⁵ tʃɔŋ²²／kai³⁵ tʃɔŋ²²⁻³⁵
笱（一種竹制捕魚器）	魚籠 ji²¹ loŋ²¹
釣魚竿	□鞭 kat³ pin⁵⁵
工具	傢撐 ka³³ tʃʰaŋ⁵⁵
錘子	錘仔 tʃʰɵy²¹ tʃɐi³⁵
錐子	錐 jɵy⁵⁵
斧子	斧頭 fu³⁵ tʰɐu²¹⁻³⁵
鉗子	鉗 kʰin²¹⁻³⁵
鑿子	鑿仔 tʃɔk² tʃɐi³⁵
鋸	鋸 kei³³
銼刀	銼 tʃʰɔ³³

詞目	石排灣疍語詞彙
鑽（木匠鑽眼工具）	鑽 tʃin³³
鉋子	刨 pʰau²¹⁻³⁵
鉤子	鉤 ɐu⁵⁵
釘子	釘 tɛŋ⁵⁵
剪刀	鉸剪 kau³³ tʃin³⁵
針	針 tʃɐn⁵⁵
線	線 ʃin³³
縫紉機	衣車 ji⁵⁵ tʃʰɛ⁵⁵
（器物）底部	朒 tok⁵
（器物）邊緣	邊 pin⁵⁵
（器物）裂縫兒	罅 la³³
痕跡（器皿上的印跡）	跡 tʃek⁵
（傢具）開裂	爆坼 pau³³ tʃʰak³
衣服	衣裳 ji⁵⁵ ʃɔŋ²¹
買布	買布 mai¹³ pou³³
黑布	黑布 hɐt⁵ pou³³
剪（布）	剪 tʃin³⁵
試（衣服）	試 ʃi³³
上衣	衫 ʃan⁵⁵
襯衫	恤衫 ʃɐt⁵ ʃan⁵⁵
汗衫（貼身衣）	底衫 tɐi³⁵ ʃan⁵⁵
棉襖	棉衲 min²¹ lat³
大衣（棉衣，較長）	大褸 tʰai²² lɐu⁵⁵
毛衣	冷衫 laŋ⁵⁵ ʃan⁵⁵
（被子）面子	被單 pʰei¹³ tan⁵⁵
（被子）裡子	被 pʰei¹³

詞目	石排灣舡語詞彙
背心	背心 pui³³ ʃen⁵⁵
褲子	褲 fu³³
短褲	短褲 tin³⁵ fu³³
褲腿	褲腳 fu³³ kɔk³
褲襠（褲子襠部）	褲襠 fu³³ lɔŋ²²
開襠褲	開襠褲 hɔi⁵⁵ lɔŋ²² fu³³
裙子	裙 kʰɐn²¹
袖子	衫袖 ʃan⁵⁵ tʃɐu²²
領子	領 lɛŋ¹³
（衣服）皺（了）	皺 tʃʰau²¹
（衣服）破（了）	爛 lan²²
（衣服）口袋	袋 tɔi²²
子母扣	啪鈕 pak⁵ lɐu³⁵
鈕扣	鈕 lɐu³⁵
別針	扣針 kʰɐu³³ tʃen⁵⁵
帽子	帽 mou²²⁻³⁵
草帽	草帽 tʃʰou³⁵ mou²²⁻³⁵
鞋	鞋 hai²¹
拖鞋	拖鞋 tʰɔ⁵⁵ hai²¹⁻³⁵
木拖鞋	屐 kʰɛk²
雨鞋	水靴 ʃɵy³⁵ hɔ⁵⁵
鞋墊兒	鞋墊 hai²¹ tʃʃin³³
靴子	靴 hɔ⁵⁵
襪子	襪 mɐt²
手套	手襪 ʃɐu³⁵ mɐt²
手絹兒	手巾仔 ʃɐu³⁵ kɐn⁵⁵ tʃɐi³⁵

詞目	石排灣舡語詞彙
（繩）結兒	結 kit³
圍巾	頸巾 kɛŋ³⁵ kɐn⁵⁵
圍嘴兒	口水巾 hɐu³⁵ ʃɵy³⁵ kɐn⁵⁵／ 口水肩 hɐu³⁵ ʃɵy³⁵ kin⁵⁵
圍裙（做活兒用圍布）	圍裙 wɐi²¹ kʰɐn³⁵
兜肚	肚兜 tʰou³⁵ tɐu⁵⁵
尿布	尿布 liu²² pou³³
熨斗	燙斗 tʰɔŋ³³ tɐu³⁵
米飯	飯 fan²²
麵粉	麵粉 min²² fen³⁵
麵條	麵 min²²
糠	糠 hɔŋ⁵⁵
剩飯	舊飯 kɐu²² fan²²
（飯）餿（了）	宿 ʃok⁵
剩（了飯）	剩 tʃɛŋ²²
米湯	粥飲 tʃok⁵ jɐn³⁵
粥	粥 tʃok⁵
鍋巴	飯焦 fan²² tʃiu⁵⁵
吃飯	食飯 ʃɛk² fan²²
口渴	頸渴 kɛŋ³⁵ hɔt³
喝（水）	飲水 jɐn³⁵ ʃui³⁵
喝酒	飲酒 jɐn³⁵ tʃɐu³⁵
米酒	米酒 mɐi¹³ tʃɐu³⁵
白酒	白酒 pak² tʃɐu³⁵
黃酒	黃酒 wɔŋ²¹ tʃɐu³⁵
酒釀（糯米酒）	糯米酒 lɔ²² mɐi¹³ tʃɐu³⁵

詞目	石排灣舡語詞彙
米酒渣	酒糟 tʃɐu³⁵ tʃou⁵⁵
茶（茶液）	茶 tʃʰa²¹
香煙	煙仔 jin⁵⁵ tʃɐi³⁵
抽煙	食煙 ʃek² jin⁵⁵
煙灰	煙灰 jin⁵⁵ fui⁵⁵
早飯	早飯 tʃou³⁵ fan²²
吃早飯	食早飯 ʃek² tʃou³⁵ fan²²
午飯	晏晝 an³³ tʃɐu³³
吃午飯	食晏 ʃek² an³³
晚飯	晚飯 man¹³ fan²²
吃晚飯	食晚飯 ʃek² man¹³ fan²²
盛飯	裝飯 tʃɔŋ⁵⁵ fan²²
豬肉	豬肉 tʃi⁵⁵ jok²
瘦肉	瘦肉 ʃɐu³³ jok²
臘肉	臘肉 lat² jok²
菜（佐飯統稱）	餸 ʃoŋ³³
葷菜	葷 fɐn⁵⁵
素菜	齋 tʃai⁵⁵
湯	湯 tʰɔŋ⁵⁵
豬腳	豬手 tʃi⁵⁵ ʃɐu³⁵／ 豬腳 tʃi⁵⁵ kɔk³
豬肝	豬潤 tʃi⁵⁵ jɐn²²⁻³⁵
豬舌頭	豬脷 tʃi⁵⁵ lei²²
豬血	豬紅 tʃi⁵⁵ hoŋ²¹
（雞）下水（雞內雜）	雞雜 kɐi⁵⁵ tʃat²
夾菜	夾餸 kat² ʃoŋ³³

詞目	石排灣舡語詞彙
（用湯）泡飯	淘飯 tʰou²¹ fan²²
撥（飯菜）	減 kan³⁵
（飯）糊（了）	燶 loŋ⁵⁵
豆腐乾	豆腐膶 teu²² fu²² jɐn³⁵
豆腐	豆腐 teu²² fu²²
豆腐腦兒	豆腐花 teu²² fu²² fa⁵⁵
豆腐乳	腐乳 fu²² ji¹³
粉絲	粉絲 fɐn³⁵ ʃi⁵⁵
（用菜）下酒	送酒 ʃoŋ³³ tʃɐu³⁵
（吃）飽（了）	食飽 ʃek² pau³⁵
打飽嗝	打思噎 ta³⁵ ʃi⁵⁵ jek⁵
打嗝	打思噎 ta³⁵ ʃi⁵⁵ jek⁵
冰淇淋	雪糕 ʃit³ kou⁵⁵
冰混兒	雪條 ʃit³ tʰiu²¹⁻³⁵
饅頭	包 pau⁵⁵
包子	包 pau⁵⁵
餃子	水餃 ʃøy³⁵ kau³⁵
餛飩	雲吞 wen²¹ tʰɐn⁵⁵
（餃子）餡兒	餡 han³⁵
湯圓	湯圓 tʰɔŋ⁵⁵ jin²¹⁻³⁵
餈粑	糯米餈 lɔ²² mei¹³ tʃʰi²¹
粽子	粽 tʃoŋ³⁵
零食	口頭立濕 heu³⁵ tʰɐu²¹ lat² ʃɐt⁵（舊稱）／ 零食 leŋ²¹ ʃek²（今稱）
（餅乾）渣兒	碎 ʃøy³³
點心	點心 tin³⁵ ʃɐn⁵⁵

詞目	石排灣舡語詞彙
夜宵	宵夜 ʃiu⁵⁵ jɛ²²⁻³⁵
作料	配料 pʰui³³ liu²²⁻³⁵
醋	醋 tʃʰou³³
鹽	鹽 jin²¹
豬油	豬油 tʃi⁵⁵ jɐu²¹
芝麻油	芝麻油 tʃi⁵⁵ ma²¹ jɐu²¹
紅糖	黃糖 wɔŋ²¹ tʰɔŋ²¹
白糖	白糖 pak² tʰɔŋ²¹
糖果	糖果 tʰɔŋ²¹ kɔ³⁵
醬油	豉油 ʃi²² jɐu²¹
（醬油）殘汁	腳 kɔk³
蜂蜜	蜜糖 mɐt² tʰɔŋ²¹
塊頭（人身架大小）	大隻 tai²² tʃɛk³
頭	頭 tʰɐu²¹
光頭	光頭 kɔŋ⁵⁵ tʰɐu²¹
頭髮	頭毛 tʰɐu²¹ mou²¹／tʰɐu²¹ mou²¹⁻⁵⁵（今稱）／蘇鑼 ʃou⁵⁵ lɔ²¹（舊稱）
頭髮旋兒	轉 tʃin³³
辮子	辮 pin⁵⁵
髮髻（頭髮盤成的結）	髻 kɐi³³
頭屑	頭皮 tʰɐu²¹ pʰei²¹
臉	面 min²²
酒窩兒	酒凹 tʃɐu³⁵ lɐt⁵
前額	額頭 ak² tʰɐu²¹
太陽穴	魂精 wɐn²¹ tʃɛŋ⁵⁵
囟門	腦囟 lou¹³ ʃɐn³⁵

詞目	石排灣舡語詞彙
眼睛	眼 an¹³
眼珠	眼核 an¹³ hɐt²
眼淚	眼水 an¹³ ʃɵy³⁵
睫毛	眼汁毛 an¹³ tʃɐt⁵ mou²¹⁻⁵⁵
眉毛	眼眉毛 an¹³ mei²¹ mou²¹
鼻子	鼻公 pei²² koŋ⁵⁵／ 鼻哥 pei²² kɔ⁵⁵
鼻孔	鼻哥窿 pei²² kɔ⁵⁵ loŋ⁵⁵／ 鼻窿 pei²² loŋ⁵⁵
鼻涕	鼻膿 pei²² loŋ²¹
擤鼻（涕）	擤 ʃɐn³³
鼻屎	鼻屎 pei²² ʃi³⁵
耳朵	耳仔 ji¹³ tʃɐi³⁵
耳屎	耳屎 ji¹³ ʃi³⁵
嘴	嘴 tʃɵy³⁵
嘴唇	嘴唇 tʃɵy³⁵ ʃɐn²¹
舌頭	脷 lei²²
牙齒	牙 a²¹
臼齒	大牙 tai²² a²¹
齙牙	齙牙 pau²² a²¹
齒齦	牙肉 a²¹ jok²
牙垢	牙屎 a²¹ ʃi³⁵
鬍子	鬍鬚 wu²¹ ʃou⁵⁵
下巴	下巴 ha²² pʰa²¹
口水（清，無色）	口水 hɐu³⁵ ʃɵy³⁵
唾沫（白色）	口水 hɐu³⁵ ʃɵy³⁵
喉嚨	喉嚨 hɐu²¹ loŋ²¹

詞目	石排灣舡語詞彙
嗓子	聲 ʃɛŋ^{55}
脖子	頸 kɛŋ^{35}
肩膀	膊頭 pɔk^3 tʰɐu^{21}／ 肩頭 kin^{55} tʰɐu^{21}
胸脯	心口 ʃɐn^{55} hɐu^{35}
背	背脊 pui^{33} tʃɛk^3
肋骨	間骨 kan^{33} kɐt^5
光膀子	打赤膊 ta^{35} tʃʰɛk^3 pɔk^3／ 打赤勒 ta^{35} tʃʰɛk^3 lak^3
胳膊	手臂 ʃɐu^{35} pei^{33}
胳膊肘	手踭 ʃɐu^{35} tʃaŋ^{55}
手腕	手腕 ʃɐu^{35} wun^{35}
手	手 ʃɐu^{35}
左手	左手 tʃɔ^{35} ʃɐu^{35}
右手	右手 jɐu^{22} ʃɐu^{35}
手掌	手掌 ʃɐu^{35} tʃɔŋ^{35}
拳頭	拳頭 kʰin^{21} tʰɐu^{21}
手指	手指 ʃɐu^{35} tʃi^{35}
大拇指	手指公 ʃɐu^{35} tʃi^{35} koŋ^{55}
小拇指	尾指 mei^{13} tʃi^{35}／mei$^{13-55}$ tʃi^{35}
指甲	指甲 tʃi^{35} kat^3
斗（指紋）	膅 lɔ^{21}
趼子	枕 tʃɐn^{35}
腋下	夾肋底 kat^3 lak$^{2-5}$ tɐi^{35}
乳房	□姑 lin^{55} ku^{55}
乳頭	□ lin^{55}
乳汁	奶 lai^{13}

詞目	石排灣舡語詞彙
肚子	肚 tʰou¹³
肚臍	肚臍 tʰou¹³ tʃʰi²¹
屁股	屎窟 ʃi³⁵ fet⁵
肛門	屎窟窿 ʃi³⁵ fet⁵ loŋ⁵⁵
光屁股	無著褲 mou¹³ tʃɔk³ fu³³
胯襠（生了瘡）（腿胯）	褲襠 fu³³ loŋ²²
胯下（腿胯之下）	褲襠底 fu³³ loŋ²² tei³⁵
男陰	鳩 keu⁵⁵
陰囊	春袋 tʃʰɐn⁵⁵ tɔi²²
睪丸	春核 tʃʰɐn⁵⁵ wet²
精液	卵屎 len³⁵ ʃi³⁵
赤子陰	卵仔 len³⁵ tʃei³⁵
女陰	屄 hei⁵⁵
交合	屌 tiu³⁵
日常口頭襌（髒字眼兒）	屌 tiu³⁵
腿（整條腿）	腳 kɔk³
大腿	大髀 ta²² pei³⁵
小腿	腳 kɔk³
膝蓋	膝頭哥 ʃet⁵ tʰeu²¹ kɔ⁵⁵
腿肚子	腳囊肚 kɔk³ loŋ²¹ tʰou¹³
踝骨	腳眼 kɔk³ an¹³
腳	腳 kɔk³
腳跟	腳踭 kɔk³ tʃaŋ⁵⁵
腳趾	腳趾 kɔk³ tʃi³⁵
腳掌	腳板 kɔk³ pan³⁵／ 腳板底 kɔk³ pan³⁵ tei³⁵

詞目	石排灣舡語詞彙
腳心	腳底 kɔk³ tɐi³⁵
腳印	腳印 kɔk³ jɐn³³
泥垢（皮膚上的污垢）	老泥 lou¹³ lɐi²¹
男人	男人 lam²¹ jɐn²¹⁻³⁵
女人	女人 lei¹³ jɐn²¹⁻³⁵
老人	老人 lou¹³ jɐn²¹（新稱）／ 老鴨 lou¹³ at³（舊稱。這是香港島筲箕灣漁民 對老人的稱呼）
老頭兒	老伯 lou¹³ pak³／ 伯爺公 pak³ jɛ²¹⁻⁵⁵ koŋ⁵⁵
老太婆	伯爺婆 pak³ jɛ²¹⁻⁵⁵ pʰɔ²¹⁻³⁵
年輕人（男女統稱）	後生仔 hɐu²² ʃaŋ⁵⁵ tʃɐi³⁵
姑娘	女仔 lei¹³ tʃɐi³⁵
小夥子	後生仔 hɐu²² ʃaŋ⁵⁵ tʃɐi³⁵
小孩兒（統稱）	細民仔 ʃɐi³³ mɐn²¹⁻⁵⁵ tʃɐi³⁵
男孩兒	細民仔 ʃɐi³³ mɐn²¹⁻⁵⁵ tʃɐi³⁵／ 白花 pak² fa⁵⁵（香港筲箕灣新娘結婚坐夜嘆唱 時，便稱自己的兄弟為白花。新界大澳漁民也 是如此稱呼）
女孩兒	女仔 lei¹³ tʃɐi³⁵
城裡人	城市人 ʃɛŋ²¹ ʃi¹³ jɐn²¹
鄉下人	鄉下人 hɔŋ⁵⁵ ha¹³ jɐn²¹
單身漢	寡佬 ka³⁵ lou³⁵
老姑娘	老大姐 lou¹³ tai²² tʃɛ³⁵
寡婦	寡母婆 ka³⁵ mou¹³ pʰɔ²¹⁻³⁵
孤兒	孤兒 ku⁵⁵ ji²¹
獨眼兒	單眼佬 tan⁵⁵ an¹³ lou³⁵

詞目	石排灣舡語詞彙
眯縫眼	蒙眼 $mon^{21\text{-}55} an^{13}$
金魚眼	突眼 $tet^2 an^{13}$
對眼兒	斗雞眼 $t^heu^{35} kei^{55} an^{13}$
瞎子	盲佬 $man^{21} lou^{35}$
聾子	聾佬 $lon^{21} lou^{35}$
啞巴	啞佬 $a^{35} lou^{35}$
結巴	口窒窒 $heu^{35} t\int et^2 t\int et^2$
豁嘴兒	崩嘴 $pen^{55} t\int\theta y^{35}$
豁牙	崩牙 $pen^{55} a^{21}$
歪脖子	戾頸 $lei^{35} ken^{35}$
左撇子	左手仔 $t\int o^{35} \int eu^{35} t\int ei^{35}$
羅圈腿	鴨乸腳 $at^3 la^{35} kok^3$
胖子	肥佬 $fei^{21} lou^{35}$
高個兒	高佬 $kou^{55} lou^{35}$
獠牙	爆牙 $pau^{33} a^{21}$
麻子	痘皮佬 $teu^{22} p^hei^{21} lou^{35}$
瘌痢頭	瘌痢頭 $lat^3 lei^{22\text{-}55} t^heu^{21}$
六指	孖指 $ma^{55} t\int i^{35}$
駝子	駝背 $t^ho^{21} pui^{33}$
愛哭的人	喊包 $han^{33} pau^{55}$
瘋子	癲佬 $tin^{55} lou^{35}$
瘸子	跛腳佬 $pei^{55} kok^3 lou^{35}$
傻瓜	懵佬 $mon^{35} lou^{35}$
騙子	呃人佬 $ak^5 jen^{21} lou^{35}$（舊稱） 騙子 $p^hin t\int i^{35}$（今稱）
小偷	賊佬 $t\int^hak^3 lou^{35}$
強盜	賊佬 $t\int^hak^3 lou^{35}$

詞目	石排灣舡語詞彙
乞丐	乞兒 het⁵ ji²¹⁻⁵⁵
情夫	契家佬 kʰei³³ ka⁵⁵lou³⁵
情婦	契家婆 kʰei³³ ka⁵⁵ pʰɔ²¹
偷漢	勾佬 ɐu⁵⁵ lou³⁵
妓女	妓女 kei²² lei¹³
內行	老手 lou¹³ ʃɐu³⁵
外行	生手 ʃaŋ⁵⁵ ʃɐu³⁵
廚師	廚師 tʃʰi²¹ ʃi⁵⁵
農民	耕田佬 kaŋ⁵⁵ tʰin²¹ lou³⁵
木匠	鬥木佬 tɐu³³ mok² lou³⁵
鐵匠	打鐵佬 ta³⁵ tʰit³ lou³⁵
醫生	醫生 ji⁵⁵ ʃɐn⁵⁵
理髮師	刮頭佬 kat³ tʰɐu²¹ lou³⁵
泥瓦匠	泥水佬 lɐi²¹ ʃøy³⁵ lou³⁵
商人	生意佬 ʃaŋ⁵⁵ ji³³ lou³⁵
陌生人	生部人 ʃaŋ⁵⁵ pou²²⁻³⁵ jɐn²¹
客人	人客 jɐn²¹ hak³
綽號	花名 fa⁵⁵ mɛŋ³⁵
小名	細名 ʃei³³ mɛŋ³⁵
有脾氣	火氣大 fɔ³⁵ hei³³ tai²²
（脾氣）壞	臭 tʃʰɐu³³
小氣	小氣 ʃiu³⁵ hei³³
大方	大方 tʰai²² fɔŋ⁵⁵
能幹	叻 lɛk⁵
勤快	勤力 kʰɐn²¹ lek²
懶	懶 lan¹³

詞目	石排灣舡語詞彙
節儉	慳 han⁵⁵
聰明	叻 lɛk⁵／ 聰明 tʃʰoŋ⁵⁵ mɐŋ²¹
精	精 tʃɛŋ⁵⁵
爽快	爽快 ʃoŋ³⁵ fai³³
笨	蠢 tʃʰɐn³⁵
殘忍	殘忍 tʃʰan²¹ jɐn³⁵
蠻橫	野蠻 jɛ¹³ man²¹
刻薄	刻薄 hɐt⁵ pɔk²
奸詐	奸 kan⁵⁵
陰險	陰毒 jɐn⁵⁵ tok²
促狹（愛捉弄人）	整蠱 tʃɛŋ³⁵ ku³⁵
善良	善良 ʃin²² lɔŋ²¹
老實	老實 lou¹³ ʃɐt²
不吭氣	唔出聲 m̩²¹ tʃʰɐt⁵ ʃɛŋ⁵⁵
害羞	怕醜 pʰa³³ tʃʰɐu³⁵
可憐	可憐 hɔ³⁵ lin²¹／ 陰公 jɐn⁵⁵ koŋ⁵⁵
年輕	後生 hɐu²² ʃaŋ⁵⁵
漂亮	靚 lɛŋ³³
難看	醜樣 tʃʰɐu³⁵ jɔŋ²²⁻³⁵
整齊	齊整 tʃʰɐi²¹ tʃɛŋ³⁵／ 企理 kʰei¹³ lei¹³／ 捏正 lit² tʃɛŋ³³
邋遢	邋遢 lat² tʰat³
乖	乖 kai⁵⁵／ 聽話 tʰɛŋ⁵⁵ wa²²

詞目	石排灣舡語詞彙
淘氣	百厭 pak³ jin³³
執拗	硬頸 aŋ²² kɛŋ³⁵
（年紀）小	細 ʃei³³
偷懶	偷懶 tʰɐu⁵⁵ lan¹³
磨蹭	咪咪摸摸 mi⁵ mi⁵ mɔ⁵⁵ mɔ⁵⁵／ 咪摸 mi⁵ mɔ⁵⁵
猾頭	狡猾 kau³⁵ wak²
耍賴	奸賴 kan⁵⁵ lai³³
下流	下流 ha²² lɐu²¹
無恥	賤格 tʃin²² kak³
說謊	講大話 kɔŋ³⁵ tai²² wa²²
裝傻	詐傻扮懵 tʃa³³ ʃɔ²¹ pan²² mɔŋ³⁵
顯（故意讓人看）	爛叻 lan²²⁻³⁵ lɛk⁵
父親（對稱）	阿爸 a³³ pa⁵⁵
父親（指稱）	老豆 lou¹³ tɐu²²
母親（對稱）	阿媽 a³³ ma⁵⁵
母親（指稱）	老母 lou¹³ mou¹³
父母	老豆老母 lou¹³ tɐu²² lou¹³ mou¹³
祖父	阿公 a³³ koŋ⁵⁵
祖母	阿婆 a³³ pʰɔ²¹
曾祖父	太公 tʰai³³ koŋ⁵⁵
曾祖母	太婆 tʰai³³ pʰɔ²¹
外祖父	祖公 tʃou³⁵ koŋ⁵⁵
外祖母	祖婆 tʃou³⁵ pʰɔ²¹
伯父	阿伯 a³³ pak³
伯母	伯娘 pak³ lɔŋ²¹

詞目	石排灣舡語詞彙
叔父	阿叔 a^{33} ʃok^5
嬸母	阿嬸 a^{33} ʃɐn^{35}
姑父	姑爺 ku^{55} jɛ^{21}
姑母	阿姑 a^{33} ku^{55}
姨父	姨丈 ji^{21} tʃɔŋ$^{22-35}$
姨母	姨媽 ji^{21} ma^{55}
舅父	舅父 kʰɐu^{13} fu$^{22-35}$
舅母	舅母 kʰɐu^{13} mou^{13}
哥哥（對）	阿哥 a^{33} kɔ^{55}
哥哥（指）	阿哥 a^{33} kɔ^{55}
嫂子	阿嫂 a^{33} ʃou^{35}
姐姐	阿姐 a^{33} tʃɛ^{55}／ 高蓮 kou^{55} lin^{21}（新娘結婚坐夜，嘆唱姐姐時，稱姐姐為高蓮，這是香港筲箕灣對姐姐稱呼的特色。別的漁村找不到這種特色的稱呼）
姐夫	姐夫 tʃɛ^{35} fu$^{22-55}$
弟弟	細佬 ʃɐi^{33} lou^{35}
妹妹	細妹 ʃɐi^{33} mui$^{22-35}$／ 低蓮 tɐi^{55} lin^{21}（新娘結婚坐夜，嘆唱妹妹時，稱妹妹為低蓮，這是香港筲箕灣水上人對妹妹稱呼的特色。別的漁村找不到這種特色的稱呼）
妹夫	妹夫 mui^{22} fu^{55}
大伯子（夫兄）	大伯 tai^{22} pak^3
小叔子（夫弟）	叔仔 ʃok^5 tʃɐi^{35}
大姑子	大姑 tai^{22} ku^{55}
大姨子	大姨 tai^{22} ji^{21}

詞目	石排灣舡語詞彙
小姨子	姨仔 ji²¹⁻⁵⁵ tʃɐi³⁵
大舅子（妻兄）	大舅 tai²² kʰɐu¹³
小舅子（妻弟）	舅仔 kʰɐu¹³ tʃɐi³⁵
連襟	老襟 lou¹³ kʰɐn⁵⁵
妯娌	兩子嫂 lɔŋ¹³ tʃi³⁵ ʃou³⁵
丈夫	老公 lou¹³ koŋ⁵⁵
妻子	老婆 lou¹³ pʰɔ²¹
岳父	外父 ɔi²² fu²²⁻³⁵
岳母	外母 ɔi²² mou¹³
公公	家公 ka⁵⁵ koŋ⁵⁵
婆婆	家婆 ka⁵⁵ pʰɔ²¹⁻³⁵
親家	親家 tʃʰɐn³³ ka⁵⁵
繼父	後父 hɐu²² fu²²
繼母	後母 hɐu²² mou¹³
乾爹	契爺 kʰɐi³³ jɛ²¹
乾媽	契媽 kʰɐi³³ ma⁵⁵
兒女	仔女 tʃɐi³⁵ lei¹³
兒子	仔 tʃɐi³⁵
最小的兒子	薀仔 lai⁵⁵ tʃɐi³⁵
兒媳	心抱（新婦）ʃɐn⁵⁵ pʰou¹³
女兒	阿女 a³³ lei¹³ ／ 紅蓮 hoŋ²¹ lin²¹（舊稱。香港筲箕灣新娘結婚坐夜嘆唱時，便稱女兒為「紅」或「紅蓮」。除新界大澳漁村外，別的漁村找不到這種特色的稱呼。）
最小的女兒	薀女 lai⁵⁵ lei¹³
女婿	女婿 lei¹³ ʃɐi³³

詞目	石排灣舡語詞彙
孫子	孫仔 ʃin⁵⁵ tʃɐi³⁵
孫女	孫女 ʃin⁵ lei¹³
重孫	塞 ʃɐt⁵
外孫	外孫仔 ɔi²² ʃin⁵⁵ tʃɐi³⁵
外孫女	外孫女 ɔi²² ʃin⁵⁵ lei¹³
外甥	外甥 ɔi²² ʃaŋ⁵⁵
外甥女	外甥女 ɔi²² ʃaŋ⁵⁵ lei¹³
侄子	侄 tʃʰɐt²
侄女	侄女 tʃʰɐt² lei¹³
父子倆	兩仔爺 lɔŋ¹³ tʃɐi³⁵ jɛ²¹
夫妻倆	兩公婆 lɔŋ¹³ koŋ⁵⁵ pʰɔ²¹⁻³⁵
兄弟	兄弟 heŋ⁵⁵ tɐi²²
姐妹	姐妹 tʃɛ³⁵ mui²² ／ 姊妹 tʃi³⁵ mui²²
兄弟倆	兩兄弟 lɔŋ¹³ heŋ⁵⁵ tɐi²²
姐妹倆	兩姊妹 lɔŋ¹³ tʃi³⁵ mui²² ／lɔŋ¹³ tʃi³⁵ mui²²⁻³⁵
兄妹倆	兩兄妹 lɔŋ¹³ heŋ⁵⁵ mui²² ／lɔŋ¹³ heŋ⁵⁵ mui²²⁻³⁵
姐弟倆	兩姐弟 lɔŋ¹³ tʃɛ³⁵ tɐi²²
堂兄弟	叔伯兄弟 ʃok⁵ pak³ heŋ⁵⁵ tɐi²²
表姐妹	表姐妹 piu³⁵ tʃɛ³⁵ mui²²
親戚	親戚 tʃʰɐn⁵⁵ tʃʰek⁵
輩分	輩分 pui³³ fɐn²²
說親	做媒人 tʃou²² mui²¹ jɐn²¹⁻³⁵
媒人	媒人 mui²¹ jɐn²¹⁻³⁵
訂婚	訂婚 teŋ²² fɐn⁵⁵ ／ 過訂 kɔ³³ teŋ²²
娶妻	娶老婆 tʃʰɵy³⁵ lou¹³ pʰɔ²¹

詞目	石排灣舡語詞彙
嫁人	嫁人 ka³³ jɛn²¹
娶兒媳婦	娶心抱（娶新婦）tʃʰɵy³⁵ ʃɛn⁵⁵ pʰou¹³
招贅（招婿上門）	入贅 jɐt² tʃɵy²²
新郎	新郎哥 ʃɛn⁵⁵ lɔŋ²¹ kɔ⁵⁵
新娘	新娘 ʃɛn⁵⁵ lɔŋ²¹⁻³⁵／ 孫 ʃin⁵⁵（當新娘結婚前坐夜嘆唱時，新娘便自稱自己為孫，這是香港筲箕灣水上人自稱的特色。別的漁村找不到這種特色的稱呼）
辦酒席	擺酒 pai³⁵ tʃɐu³⁵
赴宴	飲酒 jɐn³⁵ tʃɐu³⁵
娘家	外家 ɔi²² ka⁵⁵／ 女家 lei¹³ ka⁵⁵
再嫁	番頭嫁 fan⁵⁵ tʰɐu²¹ ka³³
續弦	娶番頭婆 tʃʰɵy³⁵ fan⁵⁵ tʰɐu²¹ pʰɔ²¹⁻³⁵
懷孕	大肚 tai²² tʰou¹³（今稱）／ 四眼 ʃei³³ an¹³（舊稱。因胎兒與母親二人共有四隻眼睛）
害喜（妊娠反應）	漚仔 ɐu³³ tʃɐi³⁵
流產	小產 ʃiu³⁵ tʃʰan³⁵
孕婦	大肚婆 tai²² tʰou¹³ pʰɔ²¹⁻³⁵
臨盆	作動 tʃɔk³ tɔŋ²²
生孩子	生仔 ʃaŋ⁵⁵ tʃɐi³⁵
難產	難產 lan²¹ tʃʰan³⁵
接生	接生 tʃit³ ʃaŋ⁵⁵
胎盤	胎盤 tʰɔi⁵⁵ pʰun²¹⁻³⁵
雙胞胎	孖仔 ma⁵⁵ tʃɐi³⁵
嬰兒	伢伢仔 a²¹ a²¹⁻⁵⁵ tʃɐi³⁵

詞目	石排灣舡語詞彙
坐月子	坐月 tʃʰɔ¹³ jit²⁻³⁵
餵奶	餵姩 wei³³ lin⁵⁵
喂飯	餵飯 wei³³ fan²²
奶嘴	奶嘴 lai¹³ tʃɵy³⁵
把尿	屙尿 ɔ⁵⁵ liu²²
尿床	瀨尿 lai²² liu²²
擦屁股	扶屎 mɐn¹³ ʃi³⁵
夭折	短命仔 tin³⁵ mɛŋ²² tʃei³⁵
上吊	吊頸 tiu³³ kɛŋ³⁵
投河	跳海 tʰiu³³ hɔi³⁵
病死了	病死 pɛŋ²² ʃei³⁵
去世	過身 kɔ³³ ʃɐn⁵⁵
辦喪事	做喪事 tʃou²² ʃɔŋ⁵⁵ ʃi²²
棺材	棺材 kun⁵⁵ tʃʰɔi²¹
入殮	入棺 jɐt² kun⁵⁵
出殯	上山 ʃɔŋ¹³ ʃan⁵⁵
下葬	落葬 lɔk² tʃɔŋ³³
紙錢	溪錢 kʰɐi⁵⁵ tʃʰin²¹
抬棺人	棺材佬 kun⁵⁵ tʃʰɔi²¹ lou³⁵
鞭炮	炮仗 pʰau³³ tʃɔŋ²²⁻³⁵
墳	墳頭 fɐn²¹ tʰɐu²¹
墓碑	碑石 pei⁵⁵ ʃɛk²
上墳	拜山 pai³³ ʃan⁵⁵
生病	有病 jɐu¹³ pɛŋ²²
難受	難頂 lan²¹ tɛŋ³⁵
發燒	發燒 fat³ ʃiu⁵⁵

詞目	石排灣舡語詞彙
發冷	發冷 fat³ laŋ¹³
發呆	發吽啞 fat³ ɐu²² tɐu²²
打冷戰	打冷震 ta³⁵ laŋ¹³ tʃɐn³³
感冒	感冒 kɐn³⁵ mou²²／ 感親 kɐn³⁵ tʃʰɐn⁵⁵
發抖	打冷震 ta³⁵ laŋ¹³ tʃɐn³³
哮喘	扯蝦 tʃʰɛ³⁵ ha⁵⁵
咳嗽	咳 kʰɐt⁵
著涼	冷親 laŋ¹³ tʃʰɐn⁵⁵
中暑	焗親 kok² tʃʰɐn⁵⁵
上火	熱氣 jit² hei³³
惡心	作嘔 tʃɔk³ ɐu³⁵
便秘	結恭 kit³⁻⁵ koŋ⁵⁵
拉肚子	肚屙 tʰou¹³ ɔ⁵⁵
不消化	食滯 ʃek² tʃɐi²²
頭暈	頭暈 tʰɐu²¹ wɐn²¹
嘔吐	嘔 ɐu³⁵
（肚子）疼	肚痛 tʰou¹³ tʰoŋ³³
抽筋	抽筋 tʃʰɐu⁵⁵ kɐn⁵⁵
（小兒）驚風	嚇驚 hak³ kɛŋ⁵⁵
收驚	喊驚 han³³ kɛŋ⁵⁵
出麻疹	出麻 tʃʰɐt⁵ ma³⁵
癲癇	發羊吊 fat³ jɔŋ²¹ tiu³³
中風	中風 tʃoŋ³³ foŋ⁵⁵
肺結核	肺癆 fei³³ lou²¹
肝病	黃疸病 wɔŋ²¹ tan³⁵ pɛŋ²²

詞目	石排灣舡語詞彙
痱子	熱痱 jit² fɐi³⁵
粉刺	酒米 tʃɐu³⁵ mɐi¹³
化膿	含膿 hɐn²¹ loŋ²¹
痂	焦 tʃiu⁵⁵
結痂	結焦 kit³ tʃiu⁵⁵
疤	疤 pa⁵⁵
痣	痣 tʃi³³
狐臭	臭狐 tʃʰɐu³³ wu²¹
疝氣	小腸氣 ʃiu³⁵ tʃʰɔŋ²¹ hei³³
雀斑	烏蠅屎 wu⁵⁵ jeŋ²¹⁻⁵⁵ ʃi³⁵
雞皮疙瘩	雞皮 kɐi⁵⁵ pʰei²¹
夜盲	發雞盲 fat³ kɐi⁵⁵ maŋ²¹
痲瘋	麻風 ma²¹ foŋ⁵⁵
傳染	惹 jɛ¹³
扭傷	扭 lɐu³⁵
（皮膚）皸裂	爆坼 pau³³ tʃʰak³
（嗓子）嘶啞	啞 a³⁵
治病	睇病 tʰei³⁵ pɛŋ²²
號脈	打脈 ta³⁵ mɐt²
中藥	中藥 tʃoŋ⁵⁵ jɔk²
處方	藥單 jɔk² tan⁵⁵
買藥	執藥 tʃɐt⁵ jɔk²／執茶 tʃɐt⁵ tʃʰa²¹
藥丸	藥丸 jɔk² jin³⁵
藥粉	藥散 jɔk² ʃan³⁵

詞目	石排灣舡語詞彙
熬藥	煲藥 pou⁵⁵ jɔk² ／ 煲茶 pou⁵⁵ tʃʰa²¹
湯藥	茶 tʃʰa²¹
見效	見效 kin³³ hau²²
（睡）醒了	醒 ʃɛŋ³⁵
起床	起身 hei³⁵ ʃɐn⁵⁵
疊（被子）	摺 tʃit³
穿（衣服）	著 tʃɔk³
洗臉	洗面 ʃei³⁵ min²²
梳頭	梳頭 ʃɔ⁵⁵ tʰɐu²¹
紮（辮子）	紮 tʃat³
刮（鬍子）	剃 tʰei³³
理髮	剃頭 tʰei³³ tʰɐu²¹
上工	返工 fan⁵⁵ kɔŋ⁵⁵
（來）晚（了）	晏 an³³
收工	收工 ʃɐu⁵⁵ kɔŋ⁵⁵
累（了）	癐 kui²²
休息	敨 tʰɐu³⁵
回家	返屋企 fan⁵⁵ ok⁵ kʰei¹³
上（廁所）	去 hei³³
大便	屙屎 ɔ⁵⁵ ʃi³⁵
小便	屙尿 ɔ⁵⁵ liu²²
放屁	放屁 fɔŋ³³ pʰei³³
洗澡	沖涼 tʃʰoŋ⁵⁵ lɔŋ²¹
擦澡	抹身 mɐt³ ʃɐn⁵⁵
乘涼	敨涼 tʰɐu³⁵ lɔŋ²¹

詞目	石排灣舡語詞彙
曬（太陽）	曬 ʃai³³
烤火	焙火 pui²² fɔ³⁵
聊天	傾偈 kʰeŋ⁵⁵ kɐi³⁵
打瞌睡	瞌眼睏 het⁵ an¹³ fɐn³³
打個盹兒	瞌一陣 het⁵ jet⁵ tʃɐn²²
打哈欠	打喊路 ta³⁵ han³³ lou²²
打噴嚏	打乞嘩 ta³⁵ het⁵ tʃʰˑi⁵⁵
鋪床	鋪床 pʰou⁵⁵ tʃʰɔŋ²¹
躺下	睏低 fɐn³³ tɐi⁵⁵
睡覺	睏覺 fɐn³³ kau³³
熄燈	吹火 tʃʰɵy⁵⁵ fɔ³⁵
睡著（了）	睏咗 fɐn³³ tʃɔ³⁵
做夢	發夢 fat³ moŋ²²
說夢話	發開口夢 fat³ hɔi⁵⁵ hɐu³⁵ moŋ²²
失眠	睏唔著 fɐn³³ m̩²¹ tʃɔk²
打鼾	打鼻鼾 ta³⁵ pei²² hɔn²¹
仰面睡	昂起睏 ɔŋ¹³ hei³⁵ fɐn³³
側身睡	打側睏 ta³⁵ tʃɐt⁵ fɐn³³
扒著睡	仆轉睏 pʰok⁵ tʃin³⁵ fɐn³³
落枕	睏戾頸 fɐn³³ lɐi³⁵ kɛŋ³⁵
學校	學校 hɔk² hau²²
上學	返學 fan⁵⁵ hɔk²
放學	放學 fɔŋ³³ hɔk²
書	書 ʃi⁵⁵
本子	簿 pou³⁵
老師	先生 ʃin⁵⁵ ʃaŋ⁵⁵

詞目	石排灣舡語詞彙
學生	學生 hɔk² ʃaŋ⁵⁵
第一名	第一名 tɐi²² jɐt⁵ mɐŋ²¹
最後一名	第尾 tɐi²² mei¹³⁻⁵⁵
毛筆	毛筆 mou²¹ pɐt⁵
鋼筆	水筆 ʃɵy³⁵ pɐt⁵
鉛筆	鉛筆 jin²¹ pɐt⁵
筆套兒	筆筒 pɐt⁵ tʰoŋ³⁵
紙	紙 tʃi³⁵
圖釘	撳釘 kɐn²² tɐŋ⁵⁵
信封	信封 ʃɐn³³ foŋ⁵⁵
信紙	信紙 ʃɐn³³ tʃi³⁵
漿糊	漿糊 tʃɔŋ⁵⁵ wu²¹
小刀兒	刀仔 tou⁵⁵ tʃɐi³⁵
削（鉛筆）	剃 pʰei⁵⁵
尺	尺 tʃʰɛk³
橡皮擦	擦紙膠 tʃʰat³ tʃi³⁵ kau⁵⁵
橡皮筋	橡筋 tʃɔŋ²² kɐn⁵⁵
臺硯	墨硯 mɐt² jin³⁵
墨	墨 mɐt²
墨汁	墨汁 mɐt² tʃɐt⁵
墨水	墨水 mɐt² ʃɵy³⁵
搋（筆）	搋 tʰin¹³
洇（紙）	化 fa³³
草書	潦草 liu¹³ tʃʰou³⁵
（用筆）塗抹	塗 tʰou²¹
逃學	逃學 tʰou²¹ hɔk²

詞目	石排灣舡語詞彙
考試	考試 hau³⁵ ʃi³³
（考試）失誤	考唔倒 hau³⁵ m̩²¹ tou³⁵
罰站	罰徛 fɐt² kʰei¹³
圖章	圖章 tʰou²¹ tʃɔŋ⁵⁵
徽章	徽章 fei⁵⁵ tʃɔŋ⁵⁵
郵局	郵政局 jɐu²¹ tʃɐŋ³³ kok²
郵票	郵票 jɐu²¹ pʰiu³³
相片	相 ʃɔŋ³⁵
電影	電影 tin²² jeŋ³⁵
畫兒	畫 wa³⁵
對聯	門對 mun²¹ tɵy³³
玩兒	嫽 liu²¹
球	波 pɔ⁵⁵
踢足球	踢波 tʰɛk³ pɔ⁵⁵
蕩鞦韆	打韆鞦 ta³⁵ tʃʰin⁵⁵ tʃʰɐu⁵⁵
放風箏	放紙鷂 fɔŋ³³ tʃi³⁵ jiu²¹⁻³⁵
講故事	講古仔 kɔŋ³⁵ ku³⁵ tʃɐi³⁵
唱歌	唱歌 tʃʰɔŋ³³ kɔ⁵⁵
哨子	雞 kɐi⁵⁵
吹口哨	吹口哨 tʃʰɵy⁵⁵ hɐu³⁵ ʃau³³
簫	簫 ʃiu⁵⁵
吹笛子	吹笛 tʃʰɵy⁵⁵ tɛk²⁻³⁵
下棋	捉棋 tʃok⁵ kʰei²¹⁻³⁵
抓牌	摸牌 mɔ³⁵ pʰai²¹⁻³⁵
游泳	游水 jɐu²¹ ʃɵy³⁵
潛水	沕水 mei²² ʃɵy³⁵

詞目	石排灣舡語詞彙
打水漂	打水片 ta³⁵ ʃɵy³⁵ pʰin³³⁻³⁵
擺弄（玩具）	搞 kau³⁵
會武術	識功夫 ʃek⁵ koŋ⁵⁵ fu⁵⁵
變魔術	變把戲 pin³³ pa³⁵ hei³³
翻跟斗	打觔斗 ta³⁵ kan⁵⁵ tɐu³⁵
掃堂腿	勾腳 ɐu⁵⁵ kɔk³
捉迷藏	摸盲雞 mɔ³⁵ maŋ²¹ kɐi⁵⁵
撓癢癢	抓痕 au⁵⁵ hɐn²¹
跳房子	跳飛機 tʰiu³³ fei⁵⁵ kei⁵⁵
舞龍	舞龍 mou¹³ loŋ²¹
拉二胡	拉二胡 lai⁵⁵ ji²² wu²¹⁻³⁵
放鞭炮	燒爆仗 ʃiu⁵⁵ pʰau³³ tʃɔŋ²²⁻³⁵
騎脖子	騎膊馬 kʰɛ²¹ pɔk³ ma¹³
倒立	倒立 tou³⁵ lɐt²
面具	面殼 min²² hɔk² （舊稱） 面具 min²² kui²² （今稱）
猜拳	猜枚 tʃʰai⁵⁵ mui²¹⁻³⁵
抓鬮	執籌 tʃɐt⁵ tʃʰɐu²¹⁻³⁵
壓歲錢	利市 lei²² ʃi²²／ 紅包 hoŋ²¹ pau⁵⁵
請客	請客 tʃʰɛŋ³⁵ hak³
送禮	送禮 ʃoŋ³³ lɐi¹³／ 做人情 tʃou²² jɐn²¹ tʃʰɛŋ²¹
收禮	收禮 ʃɐu⁵⁵ lɐi¹³
感謝	多謝 tɔ⁵⁵ tʃɛ²²
稀客	生客 ʃaŋ⁵⁵ hak³
請坐	請坐 tʃʰɛŋ³⁵ tʃʰɔ¹³

詞目	石排灣舡語詞彙
講客氣	客氣 hak³ hei³³
斟（茶）	斟 tʃɐn⁵⁵
散（煙）	派 pʰai³³
開始	開始 hɔi⁵⁵ tʃʰi³⁵
入席	入座 jɐt² tʃɔ²²
上菜	出菜 tʃʰɐt⁵ tʃʰɔi³³
倒酒	斟酒 tʃɐn⁵⁵ tʃɐu³⁵
乾杯	飲勝 jɐn³⁵ ʃɐn³³
慢走	慢行 man²² haŋ²¹
胡說	亂噏 lin²²⁻³⁵ ɐt⁵
招待	招呼 tʃiu⁵⁵ fu⁵⁵
叩頭	叩頭 kʰɐu³³ tʰɐu²¹
作揖	打拱 ta³⁵ kɔŋ³⁵
風光	風光 foŋ⁵⁵ kɔŋ⁵⁵
擺闊	充闊佬 tʃʰoŋ⁵⁵ fut³ lou³⁵
充好漢	爛醒 lan³⁵ ʃɐn³⁵
丟臉	丟架 tiu⁵⁵ ka³⁵
受累	連累 lin²¹ lei²²
難為你	難為你 lan²¹ wei²¹ lei¹³
（別）理（他）	理 lei¹³
邀（伴兒）	湊 tʃʰɐu³³
遇見（熟人）	撞到 tʃɔŋ²² tou³³⁻³⁵
看望（病人）	探 tʰan³³
說話	講嘢 kɔŋ³⁵ jɛ¹³⁻³³
拍馬屁	托大腳 tʰɔk³ tai²² kɔk³
叮囑	吩咐 fɐn⁵⁵ fu³³

詞目	石排灣舡語詞彙
搭腔	搭嘴 tat³ tʃɵy³⁵
插嘴	插嘴 tʃʰat³ tʃɵy³⁵
呵斥	鬧 lau²²
哄騙	氹 tʰɐn³³
完蛋	死啦 ʃei³⁵ la³³
數落	數 ʃou³⁵
（非粗話）罵人	鬧 lau²²
（用粗話）罵人	鬧 lau²²
講污穢話	講粗口 kɔŋ³⁵ tʃʰou⁵⁵ hɐu³⁵
挨打（被打）	挨打 ai²¹ ta³⁵
吵架	鬧交 lau²² kau⁵⁵
打架	打交 ta³⁵ kau⁵⁵
勸架	勸交 hin³³ kau⁵⁵
護著（他）	幫 pɔŋ⁵⁵
給（他）	畀 pei³⁵
叫（他來）	喊 han³³
行（應答）	得 tɐt⁵
不錯	幾好 kei³⁵ hou³⁵／ 唔錯 m̩²¹ tʃʰɔ³³
不准（去）	唔准 m̩²¹ tʃɐn³⁵
唆使	唆擺 ʃɔ⁵⁵ pai³⁵
頂撞	駁嘴 pɔk³ tʃɵy³⁵
撩撥	撩 liu²¹
合（不來）	佮 kat³
遷就	讓 jɔŋ²²／ 就 tʃɐu²²
回老家	返鄉下 fan⁵⁵ hɔŋ⁵⁵ ha²²⁻³⁵

詞目	石排灣舡語詞彙
走親戚	探親 tʰan³³ tʃʰɐn⁵⁵
沒空兒	唔得閒 m̩²¹ tɐt⁵ han²¹
有空兒	得閒 tɐt⁵ han²¹
辦妥（了）	搞掂 kau³⁵ tin²²
走運	行運 haŋ²¹ wan²²
倒楣	行衰運 haŋ²¹ ʃɵy⁵⁵ wɐn²²
時興	時興 ʃi²¹ heŋ⁵⁵／ 新潮 ʃɐn⁵⁵ tʃʰiu²¹
商店	鋪頭 pʰou³³ tʰɐu²¹⁻³⁵
飯館	飯店 fan²² tin³³
旅館	旅店 lei¹³ tin³³
擺攤兒	擺檔 pai³⁵ tɔŋ³³
販子	小販 ʃiu³⁵ fan¹³
（生意）旺	旺 wɔŋ²²
開張	開張 hɔi⁵⁵ tʃɔŋ⁵⁵
盤點	盤點 pʰun²¹ tin³⁵／ 計數 kɐi³³ ʃou³³
歇業	執笠 tʃɐt⁵ lɐt⁵
櫃臺	櫃檯 kɐi²² tʰɔi²¹⁻³⁵
老闆	事頭 ʃi²² tʰɐu²¹⁻³⁵
女老闆	事頭婆 ʃi²² tʰɐu²¹ pʰɔ²¹
店員	伙記 fɔ³⁵ kei³³
師傅	師傅 ʃi⁵⁵ fu²²⁻³⁵
徒弟	徒弟 tʰou²¹ tɐi²²⁻³⁵
顧客	客人 hak³ jɐn²¹
還價	講價 kɔŋ³⁵ ka³³

詞目	石排灣舡語詞彙
砍價	還價 wan²¹ ka³³／ 講價 kɔŋ³⁵ ka³³
降價	減價 kan³⁵ ka³³
賒帳	賒數 ʃɛ⁵⁵ ʃou³³
欠帳	爭數 tʃaŋ⁵⁵ ʃou³³
要帳	追債 tʃɵy⁵⁵ tʃai³³／ 追數 tʃɵy⁵⁵ ʃou³³
算盤	算盤 ʃin³³ pʰun²¹
秤	秤 tʃʰeŋ³³
戥子	鳌戥 lei²¹ tɐn³⁵
開支	開支 hɔi⁵⁵ tʃi⁵⁵
本錢	本錢 pun³⁵ tʃʰin²¹
合夥	佮分 kat³ fɐn²²⁻³⁵
湊（錢）	佮錢 kat³ tʃʰin²¹⁻³⁵
弄（錢）	籌錢 tʃʰɐu²¹ tʃʰin²¹⁻³⁵
錢（概稱）	錢 tʃʰin²¹⁻³⁵
紙幣	銀紙 ɐn²¹ tʃi³⁵
硬幣	銀仔 ɐn²¹⁻³⁵ tʃɐi³⁵
整錢	大紙 tai²² tʃi³⁵
零錢	散紙 ʃan³⁵ tʃi³⁵
數（錢）	數錢 ʃou³⁵ tʃʰin²¹⁻³⁵
找（錢）	找 tʃʰau³⁵
差（一角錢）	爭 tʃʰaŋ⁵⁵
利息	利息 lei²² ʃek⁵
掙（錢）	賺 tʃan²²
虧本	蝕本 ʃit² pun³⁵
值得	抵 tɐi³⁵

詞目	石排灣舡語詞彙
夠秤	足秤 tʃok⁵ tʃʰeŋ³³
不夠秤	唔夠秤 m̩²¹ kɐu³³ tʃʰeŋ³³
省（錢）	慳 han⁵⁵
合算	抵 tei³⁵
不合算	唔著數 m̩²¹ tʃɔk² ʃou³³
貴	貴 kɐi³³
便宜	平 pʰɛŋ²¹
車站	車站 tʃʰɛ⁵⁵ tʃan²²
碼頭	碼頭 ma¹³ tʰɐu²¹（今稱）／ 埗頭 pou²² tʰɐu²¹（舊稱）
橋	橋 kʰiu²¹
街	街 kai⁵⁵
人行道	行人路 hen²¹ jɐn²¹ lou²²
公路	馬路 ma¹³ lou²²
汽車	汽車 hei³³ tʃʰɛ⁵⁵
小轎車	私家車 ʃi¹³ ka⁵⁵ tʃʰɛ⁵⁵
客車	客車 hak³ tʃʰɛ⁵⁵
自行車	單車 tan⁵⁵ tʃʰɛ⁵⁵
人力車	拉車 lai⁵⁵ tʃʰɛ⁵⁵
三輪車	三輪車 ʃan⁵⁵ len²¹⁻³⁵ tʃʰɛ⁵⁵
車輪子	車輪 tʃʰɛ⁵⁵ len²¹⁻³⁵
輪船	火船 fɔ³⁵ ʃin²¹
帆船	帆船 fan²¹ ʃin²¹
小船	舢舨 ʃan⁵⁵ pan³⁵
汽艇	汽艇 hei³³ tʰeŋ¹³
竹筏子	竹排 tok⁵ pʰai²¹

詞目	石排灣舡語詞彙
（船）滲水	漏水 lɐu^{22} ʃɵy^{35}
飛機	飛機 fei^{55} kei^{55}
乘客	搭客 tat^3 hak^3
路費	水腳 ʃɵy^{35} kɔk^3
車票	車票 tʃʰɛ^{55} pʰiu^{33}
搭車	搭車 tat^3 tʃʰɛ^{55}
誤（車）	搭唔切車 tat^3 m̩^{21} tʃʰit^3 tʃʰɛ^{55}
暈車	暈車浪 wɐn^{21} tʃʰɛ^{55} lɔŋ^{22}
座位	座位 tʃɔ^{22} wei$^{22-35}$
司機	司機 ʃi^{55} kei^{55}
開車	揸車 tʃa^{55} tʃʰɛ^{55}
抬（頭）	顎高頭 ɔk^2 kou^{55} tʰɐu^{21}
低（頭）	耷 tɐt^5
點（頭）	磕 hɐt^2
搖（頭）	擰 lɛŋ^{22}／lɛŋ$^{22-35}$
偏（頭）	側 tʃʰɐt^5
仰（頭）	顎 ɔk^2
回（頭）	擰 lɛŋ^{22}／lɛŋ$^{22-35}$
睜（眼）	擘 mak^3
閉（眼）	瞇埋 mei^{55} mai^{21}
瞪（眼）	睜 tʃɐn^{55}
眨（眼）	眨 tʃan^{35}
瞥（一眼）	掃 ʃou^{33}
（從門縫）看	瞱tʃɔŋ^{55}
看（書）	睇 tʰɐi^{35}
看守（東西）	睇住 tʰɐi^{35} tʃi^{22}

詞目	石排灣舡語詞彙
聽	聽 tʰɛŋ⁵⁵
皺（眉頭）	皺 tʃɐu³³
聞（用鼻嗅）	聞 mɐn²¹
嘗	試 ʃi³³
張（嘴）	擘 mak³
噘（嘴）	嘟 tit⁵
抿（嘴）	抿 mit⁵
親嘴	啜嘴 tʃit³ tʃɵy³⁵
嚼	噍 tʃiu²²
咬	咬 au¹³
吞	吞 tʰɐn⁵⁵
吃	吃 hɛk³
喝	飲 jɐn³⁵
吸（奶）	歠 tʃit³
吸（氣）	索 ʃɔk³
舔（盤子）	舐 lai¹³
啃（骨頭）	咬 au¹³
吐（痰）	吐 tʰou³³
含（在嘴裡）	含 hɐn²¹
銜（在嘴上）	銜 hɐn²¹
噴（飯）	噴 pʰɐn³³
吹（氣）	吹 tʃʰɵy⁵⁵
哭	喊 han³³
笑	笑 ʃiu³³
拿	拎 lɛŋ⁵⁵
擰（毛巾）	扭 lɐu³⁵

詞目	石排灣舡語詞彙
撐（蓋子）	扭 lɐu³⁵
拉（衣角）	搲 mɐn⁵⁵
拉（車）	拉 lai⁵⁵
拉（繩子）	拉 lai⁵⁵
拖（兩端同時用力猛一拉）	搲 mɐn⁵⁵
舉（手）	舉 kei³⁵
舉（物）	舉 kei³⁵
拾取	執 tʃɐt⁵
提（水）	抽 tʃʰɐu⁵⁵
打撈	撈 lau²¹
劃（火柴）	劃 wak²
放（下）	放 fɔŋ³³
按（圖釘）	撳 kɐn²²
推	擁 oŋ³⁵
（用虎口）掐	捻 lit³
（用指甲）掐	撳 kɐn²²
抱（樹）	攬 lan³⁵
抱（小孩）	抱 pʰou¹³
搊起來（兩手向上用力托）	托 tʰɔk³
爬（樹）	爬 pʰa²¹
（在地上）爬	爬 pʰa²¹
撕	擘 mak³
抓（一把米）	拿 la²¹⁻³⁵
握（鋤頭）	揸 tʃa⁵⁵
拔（雞毛）	搲 mɐn⁵⁵
拔（鬍鬚）	搲 mɐn⁵⁵

詞目	石排灣舡語詞彙
拔（草）	掹 mɐn⁵⁵
摘	摘 tʃak²
折（斷）	拗 au³⁵
（把鐵絲）弄（直）	拗 au³⁵
掏（口袋）	撢 ɐn²¹
剝（桔子）	搣 mit⁵
掰（開）	搣 mit⁵／ 擘 mak³
搖（桌子）	敖 ou²¹
塞（塞子）	塞 ʃɐt⁵
摸	摸 mɔ³⁵
挑選	揀 kan³⁵
掖（進去）	攝 ʃit³
揉（傷處）	捽 tʃɐt⁵
揉（面）	捽 tʃɐt⁵
拍（桌子）	拍 pʰak³
摔（東西）	揼 tɐn³⁵
丟失了	跌 tit³
丟棄	揼 tɐn³⁵
甩（乾衣服）	揈 feŋ²²
擲（石頭）	揼 tɐn³⁵
張（開手）	擘 mak³
撓（癢）	撓 au⁵⁵
摟（柴火）	攬 lan³⁵
（用手）托（住）	托 tʰɔk³
端（碗）	捧 poŋ³⁵

詞目	石排灣舡語詞彙
掐（住）	揞 ɐn³⁵
藏（物）	屏 pɛŋ³³
埋（起來）	埋 mai²¹
敲（門）	拍 pʰak³
扣（上門）	閂 ʃan⁵⁵
摑（耳光）	冚 kʰɐn³⁵
繫（鞋帶）	綁 pɔŋ³⁵
擦（汗）	抹 mat³⁵
擦（去錯字）	擦 tʃʰat³
戽（水）	戽 fu³³
（用肩膀）頂	頂 tɛŋ³⁵
（用石頭）砸	耷 tɐt²
（用鞭子）抽	拂 fek²
（用木杠）頂（門）	頂 tɛŋ³⁵
裹	包 pau⁵⁵
（把碗）摞（起來放）	層 tsʰɐn²¹
套（被子）	入 jɐt²
刮（豬毛）	刮 kat³
砍（樹）	斬 tʃan³⁵
揩刀（使刀利）	磨 mɔ²¹
掏（耳朵）	挖 wat³
刻（圖章）	挑 tʰiu⁵⁵
（用針）絜	扟 tok⁵
劈削（樹枝）	削 ʃɔk³
綑（柴火）	綁 pɔŋ³⁵
綁（口袋）	綁 pɔŋ³⁵

詞目	石排灣舡語詞彙
抓（人）	捉 tʃok⁵
綁（人）	綁 pɔŋ³⁵
濾	隔 kak³
潷（湯）	潷 pei³³
攪拌	攪 kau³⁵
拌（飯）	撈 lou⁵⁵
墊（高些）	塱 lɔŋ³³
撣（灰）	拍 pʰak³
甩（乾水）	揗 fɐn²²／ □ feŋ²²
（用水）沖洗	沖 tʃʰoŋ⁵⁵
（往下）傾倒	倒 tou³⁵
（亂）翻	抄 tʃʰau³³
（用棍子）桶	捅 toŋ³⁵
挑（上聲）	撩 liu⁵⁵
招（手）	掖 jat³
搓（繩子）	搓 tʃʰɔ⁵⁵
（用雙手）捧	捧 poŋ³⁵
（用石頭）壓（著）	砝 tʃak²
豎（起來）	咸 toŋ²²
蓋（蓋子）	冚 kʰɐn³⁵
（用手指）摳	撩 liu⁵⁵
捋（袖子）	捋 lit³
挽（袖子）	攝 tʃit³
撮（一小撮）	執 tʃɐt⁵
舀（水）	吓 pɐt⁵

詞目	石排灣舡語詞彙
側（一些）	側 tʃɐt⁵
搬（東西）	搬 pun⁵⁵
站立	徛 kʰei¹³
踮（腳）	屹 ɐt²
蹲	跍 mɐu⁵⁵
踩	踩 tʃʰai³⁵
踢	踢 tʰɛk³
走	行 haŋ²¹
跑	走 tʃɐu³⁵
跳	跳 tʰiu³³
趴（在桌上）	伏 pok²
踩	□ tɐn²²
（小孩）踢（被子）	戽 fu³³
（臟腳亂）踩	踩 tʃʰai³⁵
叉（開腿）	擘 mak³
（被）絆（倒）	躓 kan³³
跌跤	跌倒 tit³ tou³⁵
上來	上來 ʃɔŋ¹³ lɔi²¹
下去	落去 lɔk² hei³³
追	追 tʃɵy⁵⁵
攔（住）	攔 lan²¹
背（小孩）	孭 mɛ⁵⁵
（單人）扛（箱子）	孭 mɛ⁵⁵
抬	抬 tʰɔi²¹
挑	擔 tan⁵⁵
倚（在墙上）	挨 ai⁵⁵

詞目	石排灣舡語詞彙
靠（右邊走）	靠 kʰau³³
尋找	搵 wɐn³⁵
遺失	唔見 m̩²¹kin³³
（往下）滑	跣 ʃin³³
掉（下來）	跌 tit³
濺（了一身）	唧 tʃit⁵
（牛貼在樹上）蹭（癢）	磨 mɔ²¹
擠（過去）	櫼 tʃin⁵⁵
浮（起來）	浮 feu²¹（文讀）／pʰou²¹（白讀）
墜（下來）	跌 tit³
翹（起來）	翹 kʰiu³⁵
淹死（了）	浸死 tʃɐn³³ ʃei³⁵
（別）遮（住我）	擋 tɔŋ³⁵
繞（道）	兜 teu⁵⁵
轉（圈）	轉 tʃin³⁵
搬（來搬去）	搬 pun⁵⁵
經受（不住）	頂 teŋ³⁵
混（在一起）	撈 lou⁵⁵
（被車）軋（了）	碾 an²¹
（用藥）毒（魚）	毒 tok²
調換	調換 tiu²² wun²²
輪流	輪流 lɐn¹²¹ leu²¹⁻³⁵
躲藏	屏 pɛŋ³³
假裝（不懂）	詐 tʃa³³
嬌慣	縱壞 tʃoŋ³³ wai²²
（煙）薰（了眼）	煙 jin⁵⁵

詞目	石排灣舡語詞彙
（水）滄（了鼻子）	濁 tʃok²
（飯）滄（了氣管）	濁 tʃok²
凹（下去）	凹 lit⁵／lɐt⁵（白讀）
凸（出來）	凸 tɐt²
知道	知 tʃi⁵⁵
懂（了）	識 ʃek⁵
認識	識得 ʃek⁵ tɐt⁵
以為	以為 ji¹³ wei²¹
覺得	覺得 kɔk³ tɐt⁵
估計	估 ku³⁵
牽掛	掛住 ka³³ tʃi²²
擔心	擔心 tan⁵⁵ ʃɐn⁵⁵
生氣	嬲 lɐu⁵⁵
委屈	委屈 wei³⁵ wɐt⁵
害怕	驚 kɛŋ⁵⁵
小心	小心 ʃiu³⁵ ʃɐn⁵⁵
提防	提防 tʰei²¹ fɔŋ²¹
回憶	諗起 lɐn³⁵ hei³⁵
（甘心）情願	情願 tʃʰeŋ²¹ jin²²⁻³⁵
喜歡（看戲）	中意 tʃɔŋ⁵⁵ ji³³
討厭	憎 tʃɐn⁵⁵
妒忌	眼紅 aŋ¹³ hoŋ²¹／ 眼赤 aŋ¹³ tʃʰɛk³
疼愛（孫子）	惜 ʃɛk³
惱火	發火 fat³ fɔ³⁵
慌張	驚青 kɛŋ⁵⁵ tʃʰɛŋ⁵⁵

詞目	石排灣舡語詞彙
心煩	煩 fan²¹
得意	得戚 tɐt⁵ tʃʰek⁵
忘（了）	忘記 mɔŋ²¹ kei³³
埋怨	怪 kai³³
相信	相信 ʃɔŋ⁵⁵ ʃɐn³³
懷疑	懷疑 wai²¹ ji²¹
嫌棄	嫌棄 hin²¹ hei³³
安慰	安慰 ɔn⁵⁵ wɐi³³
傷心	傷心 ʃɔŋ⁵⁵ ʃɐn⁵⁵
高興	高興 kou⁵⁵ heŋ³³
心疼（東西）	唔捨得 m̩²¹ ʃɛ³⁵ tɐt⁵／心痛 ʃɐn⁵⁵ toŋ³³
清靜	靜 tʃɐŋ²²
陰涼	陰涼 jɐn⁵⁵ lɔŋ²¹
輕鬆	輕鬆 heŋ⁵⁵ ʃoŋ⁵⁵
累	瘣 kui²²
（光線）刺眼	劏眼 tʃʰan²¹ an¹³
（氣味）刺鼻	攻鼻 koŋ⁵⁵ pei²²
（聲音）刺耳	刺耳 tʃʰi³³ ji¹³
（鞋子覺著）緊	狹 kit²
（衣服覺著）緊	窄 tʃak³
（肚子覺著）痛	痛 tʰoŋ³³
（開水覺著）燙	㴫 lok²
（肥肉覺著）膩	膩 lei²²
（身上覺著）癢	痕 hɐn²¹
（屋裡覺著）悶	焗 kok²

詞目	石排灣舡語詞彙
（坐車覺著）顛	扽 tɐn³³
（凳子覺著）冰	凍 toŋ³³
（毛衣覺著）紮	拮肉 kɛt⁵ jok²
（沙子）硌腳	哽 ɐn³⁵
殺（碘酒抹在傷口的刺痛感）	嘮 la²¹⁻³⁵
長（繩）	長 tʃʰɔŋ²¹
短（繩）	短 tin³⁵
（屋簷）低	矮 ɐi³⁵
（路）寬	闊 fut³
（路）窄	窄 tʃak³
（衣服）新	新 ʃɐn⁵⁵
（衣服）破	爛 lan²²
（菜）辣	辣 lat²
（南瓜很）綿（澱粉多柔軟）	綿 min²¹
（湯）鹹	鹹 han²¹
（柿子）澀	澀 kit³
（味道）淡	淡 tʰan¹³
（茶）濃	濃 joŋ²¹
（茶）淡	淡 tʰan¹³
（粥）稠	傑 kit²
（粥）稀	稀 hei⁵⁵
（眼睛）圓	圓 jin²¹
（鼻子）扁	扁 pin³⁵
（水）渾	濁 tʃok²

詞目	石排灣舡語詞彙
（水）清	清 tʃʰen⁵⁵
（房間）暗	暗 en³³
（手）大	大 tai²²
（手）小	細 ʃei³³
（刀）鋒利	利 lei²²
（魚）活	生 ʃaŋ⁵⁵
很笨	蠢 tʃʰen³⁵
（飯）生	生 ʃaŋ⁵⁵
（飯）熟	熟 ʃok²
（弄）亂（了）	亂 lin²²
（放）穩	穩陣 wen³⁵ tʃen²²
（貼）歪（了）	乜 mɛ¹³
（栽）密（了）	密 met²
（栽）稀（了）	疏 ʃɔ⁵⁵
（酒）厲害	揩 kʰen³³
（花生）潮（了）	腍 len²¹
（成績）差	曳 jei³⁵
（餅乾）脆	脆 tʃʰey³³
（坡）陡	斜 tʃʰɛ²¹
（籃子）結實	結實 kit³ ʃet²
（人）強壯	結實 kit³ ʃet²
（車）歪（向一邊）	側 tʃet⁵／ 乜 mɛ¹³
（桌子）晃	搖 jiu²¹
（球）癟（了）	□ lit⁵
（天氣）潮	潮濕 tʃʰiu²¹ ʃet⁵

詞目	石排灣舡語詞彙
熱鬧	熱鬧 $jit^2 lau^{22}$
冷清	冷清 $lan^{13} tʃ^hen^{55}$
乾淨	乾淨 $kɔn^{55} tʃɛŋ^{22}$
骯髒	邋遢 $lat^2 t^hat^3$
（事情很）麻煩	麻煩 $ma^{21} fan^{21}$
容易	容易 $joŋ^{21} ji^{22}$
（路）直	直 $tʃek^2$
*（路）～直	直直 $tʃek^{2-35} tʃek^2$
（繩子）粗	粗 $tʃ^hou^{55}$
（繩子）～粗	好粗 $hou^{35} tʃ^hou^{55}$
（繩子）細	幼 $jɐu^{33}$
（繩子）很細	幼幼 $jɐu^{33-35} jɐu^{33}$
（籮裡穀子）滿	滿 mun^{13}
（籮裡穀子）～滿	好滿 $hou^{35} mun^{13}$
（書）厚	厚 $hɐu^{13}$
（書）～厚	好厚 $hou^{35} hɐu^{13}$
（紙）薄	薄 $pɔk^2$
（紙）～薄	薄薄 $pɔk^{2-35} pɔk^2$
（燈）亮	光 $kɔŋ^{55}$
（燈）～亮	好光 $hou^{35} kɔŋ^{55}$
（魚）腥	腥 $ʃɛŋ^{55}$
（魚）～腥	好腥 $hou^{35} ʃɛŋ^{55}$
（菜）嫩	嫩 lin^{22}
（菜）～嫩	嫩嫩 $lin^{22-35} lin^{22}$
（肉煮得）爛	腍 $lɐn^{21}$
（肉煮得）～爛	腍腍 $lɐn^{21-35} lɐn^{21}$

詞目	石排灣舡語詞彙
（膝蓋碰）痛（了）	痛 t^{h}oŋ^{33}
（膝蓋碰得）～痛	好痛 hou$^{33\text{-}35}$ t^{h}oŋ^{33}
（個兒）高	高 kou^{55}
（個兒）矮	矮 ɐi^{35}
矮～	矮笪笪 ɐi^{35} tɐt^5 tɐt^5
（人）胖	肥 fei^{21}
胖～	肥肥 fei$^{21\text{-}35}$ fei^{21}
（人）瘦	瘦 ʃɐu^{33}
瘦～	瘦瘦 ʃɐu$^{33\text{-}35}$ ʃɐu^{33}
（豬）肥	肥 fei^{21}
肥～	肥肥 fei$^{21\text{-}35}$ fei^{21}
（菜）老	老 lou^{13}
老～	老壓壓 lou^{13} ɐt^2 ɐt^2
（東西）亂	亂 lin^{22}
亂～	亂亂 lin$^{22\text{-}35}$ lin^{22}
（速度）快	快 fai^{33}
～快	快快 fai$^{33\text{-}35}$ fai^{33}
（速度）慢	慢 man^{22}
慢～	慢慢 man$^{22\text{-}35}$ man^{22}
（刀）快	利 lei^{22}
～快	利利 lei$^{22\text{-}35}$ lei^{22}
（水）熱	熱 jit^2
～熱	好熱 hou^{35} jit^2
熱～	熱熱 jit$^{2\text{-}35}$ jit^2
（水）冷	冷 laŋ^{13}
～冷	冰冷 peŋ^{55} laŋ^{13}

詞目	石排灣舡語詞彙
冷～	冷冰冰 laŋ^{13} peŋ^{55} peŋ^{55}
（水）燙	炩 lat^3
～燙	炩炩 lat$^{3\text{-}35}$ lat^3
紅	紅 hoŋ^{21}
～紅	好紅 hou^{35} hoŋ^{21}
紅～　鮮紅	紅紅 hoŋ$^{21\text{-}35}$ hoŋ^{21}
黃	黃 wɔŋ^{21}
～黃	好黃 hou^{35} wɔŋ^{21}
黃～	黃黃 wɔŋ$^{21\text{-}35}$ wɔŋ^{21}
綠	綠 lok^2
～綠	好綠 hou^{35} lok^2
綠油油	綠綠 lok$^{2\text{-}35}$ lok^2
白	白 pak^2
～白	好白 hou^{35} pak^2
白～	白白 pak$^{2\text{-}35}$ pak^2
黑	黑 hɐt^5
～黑	好黑 hou^{35} hɐt^5
黑～	黑聞聞 hɐt^5 mɐn^{55} mɐn^{55}／ 黑咪麻 hɐt^5 mi^{55} ma^{55}
（菜）酸	酸 ʃin^{55}
～酸	好酸 hou^{35} ʃin^{55}
（瓜）甜	甜 tʰin^{21}
～甜	好甜 hou^{35} tʰin^{21}
甜～	甜甜 tʰin$^{21\text{-}35}$ tʰin^{21}
（瓜）苦	苦 fu^{35}
～苦	好苦 hou^{35} fu^{35}

詞目	石排灣舡語詞彙
（花）香	香 hɔŋ⁵⁵
～香	好香 hou³⁵ hɔŋ⁵⁵
香噴噴	香噴噴 hɔŋ⁵⁵ pʰɐn³³ pʰɐn³³
（屎）臭	臭 tʃʰɐu³³
～臭	好臭 hou³⁵ tʃʰɐu³³
臭～	臭臭 tʃʰɐu³³⁻³⁵ tʃʰɐu³³
（尿）腍	腍 at³
～腍	好腍 hou³⁵ at³
腍～	腍腍 at³⁻³⁵ at³
（地面）滑	滑 wat²
～滑	好滑 hou³⁵ wat²
滑～	滑滑 wat²⁻³⁵ wat²
重	重 tʃʰoŋ¹³
～重	好重 hou³⁵ tʃʰoŋ¹³
輕	輕 hɛŋ⁵⁵
～輕	好輕 hou³⁵ hɛŋ⁵⁵
（衣服曬）乾（了）	乾 kɔn⁵⁵
～乾	好乾 hou³⁵ kɔn⁵⁵
（衣服淋）濕（了）	濕 ʃɐt⁵
～濕	好濕 hou³⁵ ʃɐt⁵
濕～	濕吶吶 ʃɐt⁵ lɐt² lɐt²
（饅頭）硬	硬 aŋ²²
～硬	好硬 hou³⁵ aŋ²²
硬～	硬硬 aŋ²²⁻³⁵ aŋ²²
（饅頭）軟	軟 jin¹³
～軟	好軟 hou³⁵ jin¹³

詞目	石排灣舡語詞彙
軟～	軟脥脥 jin¹³ lɛn²¹ lɛn²¹
（石板）光滑	光滑 kɔŋ⁵⁵ wat²
一	一 jɛt⁵
二	二 ji²²
三	三 ʃan⁵⁵
四	四 ʃei³³
五	五 m̩¹³
六	六 lok²
七	七 tʃʰɛt⁵
八	八 pat³
九	九 kɐu³
十	十 ʃɛt²
十五	十五 ʃɛt² m̩¹³
二十二	二十二 ji²² ʃɛt² ji²²
三十三	三十三 ʃan⁵⁵ ʃɛt² ʃan⁵⁵
一百一十	百一 pak³ jɛt⁵
一百一十一	一百一十一 jɛt⁵ pak³ jɛt⁵ ʃɛt² jɛt⁵
二百五十	二百五 ji²² pak³ m̩¹³
三四個（人）	三四個人 ʃam⁵ ʃei³³ kɔ³³ jɐn²¹
十來個	十幾個 ʃɛt² kei³⁵ kɔ³³
整個（吃）	成個 ʃɛŋ²¹ kɔ³³
二斤	兩斤 lɔŋ¹³ kɐn⁵⁵
二兩	二兩 ji²² lɔŋ³⁵
二斤二兩	兩斤二兩 lɔŋ¹³ kɐn⁵ ji²² lɔŋ³⁵
二尺	兩尺 lɔŋ¹³ tʃʰɛk³
一斤半	斤半 kɐn⁵⁵ pun³³

詞目	石排灣舡語詞彙
（一）個（人）	個 kɔ³³
（一）隻（雞）	隻 tʃɛk³
（一）頭（豬）	隻 tʃɛk³
（一）朵（花）	朵 tɔ³⁵
（一）條（魚）	條 tʰiu²¹
（一）頭（牛）	隻 tʃɛk³
（一）匹（馬）	匹 pʰɐt⁵
（一）頭（狗）	隻 tʃɛk³
（一）頭（蛇）	條 tʰiu²¹
（一）棵（樹）	棵 pʰɔ⁵⁵
（一）叢（草）	堆 tɵy⁵⁵
（一）頓（飯）	餐 tʃʰan⁵⁵
（一）支（煙）	支 tʃi⁵⁵
（一）件（衣服）	件 kin²²
（一）套（衣服）	套 tʰou³³
（一）雙（鞋）	對 tɵy³³
（一）條（被子）	張 tʃɔŋ⁵⁵
頂（蚊帳）	張 tʃɔŋ⁵⁵
（一）把（刀）	把 pa³⁵
（一）幢（房子）	棟 toŋ²²
（一）口（井）	個 kɔ³³
（一）個（箱子）	個 kɔ³³
（一）輛（車）	架 ka³³
（一）隻（船）	隻 tʃɛk³
（一）件（事情）	件 kin²²
（一）夥（人）	幫 pɔŋ⁵⁵

詞目	石排灣舡語詞彙
（一）疊（紙）	疊 tat²
（一）捧（花生）	兜 tɐu⁵⁵
（一）串（葡萄）	抽 tʃʰɐu⁵⁵
（一）口（水）	啖 tan²²
（一）瓶（酒）	樽 tʃɐn⁵⁵
（一）片（樹葉）	塊 fai³³
（一）截（木頭）	轆 lok⁵
（一）灘（水）	潭 tʰan²¹
（一）道（痕跡）	條 tʰiu²¹
（一）丘（田）	塊 fai³³
家（人家）	家 ka⁵⁵
滴（眼淚）	滴 tek²
（一）窩（狗）	竇 tɐu³³
（一）塊（磚）	塊 fai³³
（一）陣（雨）	陣 tʃɐn²²
（一）扇（門）	度 tou²²
（一）隻（碗）	隻 tʃɛk³
（一）口（鍋）	隻 tʃɛk³
（一）杆（秤）	把 pa³⁵
（一）把（大蒜）	紮 tʃat³
（一）泡（尿）	涿 tok⁵
（一）泡（屎）	涿 tok⁵
（一）團（泥）	□ kɐu²²
（一）株（草）	棵 pʰɔ⁵⁵
（一）堆（沙）	堆 tøy⁵⁵
（一）服（藥）	服 fok²／ 劑 tʃei⁵⁵

詞目	石排灣舡語詞彙
（一）元（錢）	蚊 mɐn⁵⁵
（一）角（錢）	毫 hou²¹
（一）分（錢）	分 fɐn⁵⁵
（打一）頓	身 ʃɐn⁵⁵
（看一）遍	次 tʃʰi³³
（走一）趟	次 tʃʰi³³
（玩一）次	次 tʃʰi³³
我	我 ɔ¹³
你	你 lei¹³（新稱）／ 台 tʰɔi²¹（舊稱。這是香港筲箕灣漁民稱呼別人的特色。別的漁村找不到這種特色的稱呼）
他	佢 kʰei¹³
我們	我哋 ɔ¹³ tei²²
咱們	我哋 ɔ¹³ tei²²
你們	你哋 lei¹³ tei²²
他們	佢哋 kʰei¹³ tei²²
誰	邊個 pin⁵⁵ kɔ³³
別人	人家 jɐn²¹ ka⁵⁵
大家	大家 tai²² ka⁵⁵
自己	自己 tʃi²² kei³⁵／ 原人 jin²¹ jɐn²¹（新娘結婚坐夜嘆唱時，稱自己為原人，這是香港筲箕灣對自己稱呼的特色。別的漁村找不到這種特色的稱呼）
我的	我嘅 ɔ¹³ kɛ³³
你的	你嘅 lei¹³ kɛ³³
他的	佢嘅 kʰei¹³ kɛ³³
我們的	我哋嘅 ɔ¹³ tei²² kɛ³³

詞目	石排灣舡語詞彙
咱們的	我哋嘅 ɔ^{13} tei^{22} kɛ^{33}
你們的	你哋嘅 lei^{13} tei^{22} kɛ^{33}
他們的	佢哋嘅 k^{h}ei^{13} tei^{22} kɛ^{33}
誰的	邊個嘅 pin^{55} kɔ^{33} kɛ^{33}
這個	呢個 li^{55} kɔ^{33}
那個	嗰個 kɔ^{35} kɔ^{33}
哪個	邊個 pin^{55} kɔ^{33}
這些	呢啲 li^{55} ti^{55}
那些	嗰啲 kɔ^{35} ti^{55}
哪些	邊啲 pin^{55} ti^{55}
一些兒	一啲 jɐt^{5} ti^{55}
這裡	呢頭 li^{55} t^{h}ɐu^{21}
那裡	嗰頭 kɔ^{35} t^{h}ɐu^{21}
哪裡	邊度 pin^{55} tou^{22}
這邊	呢邊 li^{55} pin^{55}
那邊	個邊 kɔ^{35} pin^{55}
哪邊	哪邊 la^{13} pin^{55}
這麼（甜）	咁 kɐn^{33}
那麼（甜）	咁 kɐn^{33}
這樣（做）	咁 kɐn^{33}
那樣（做）	咁 kɐn^{33}
怎樣（做）	點 tin^{35}
怎麼（辦）	點 tin^{35}
這會兒	呢下 li^{55} ha$^{22-33}$
那會兒	嗰陣 kɔ^{35} tʃɐn^{22}
哪會兒	嗰陣 kɔ^{35} tʃɐn^{22}

詞目	石排灣舡語詞彙
多久	幾耐 kei³⁵ lɔi²²
多少斤	幾多斤 kei³⁵ tɔ⁵⁵ kɐn⁵⁵
別處	第二處 tʰei²² ji²² tʃʰi³³
別的（東西）	第二樣 tɐi²² ji²² jɔŋ²²⁻³⁵
到處	四圍 ʃei³³ wɐi²¹
什麼	乜嘢 mɐt⁵ jɛ³³
為什麼	點解 tin³⁵ kai³⁵
分（幾分之幾）	分 fɐn²²
剛（到）	啱 an⁵⁵
剛好（合適）	啱啱好 an⁵⁵ an⁵⁵ hou³⁵
乍（看很像）	眨吓眼 tʃ an³⁵ ha³³ an¹³
一向	不留 pɐt⁵ lɐu⁵⁵
常常	經常 kɐŋ⁵⁵ ʃɔŋ²¹
正在（吃飯）	緊 kɐn³⁵
趕快（走）	快啲 fai³³ ti⁵⁵
（別）老是（說）	成日 ʃɛŋ²¹ jɐt²
馬上（就到）	即刻 tʃek⁵ hɐt⁵
一下子（找不著）	一陣間 jɐt⁵ tʃɐn²² kan⁵⁵
很（好）	幾 kei³⁵
最	最 tʃɵy³³
太（小了）	太 tʰai³³
特別（鹹）	特別 tɛt² pit²
有點兒（累）	有啲 jɐu¹³ ti⁵⁵
（大家）都（會）	都 tou⁵⁵
一共	冚巴唥 han²² pa²² laŋ²²
幸虧（沒去）	好彩 hou³⁵ tʃʰɔi³⁵

詞目	石排灣舡語詞彙
特地（起來）	特登 tɐt² tɐn⁵⁵／ 專門 tʃin⁵⁵ mun²¹
反正	橫掂 waŋ²¹ tin²²
光（吃菜不吃飯）	淨係 tʃɛŋ²² hɐi²²
只（剩下一點兒）	淨 tʃɛŋ²²
偏（不去）	偏偏 pʰin⁵⁵ pʰin⁵⁵
恐怕（來不了）	驚 kɛŋ⁵⁵
一塊兒（去）	一齊 jɐt⁵ tʃʰei²¹
故意	特登 tɐt² tɐn⁵⁵
一定（要來）	一定 jɐt⁵ tɐŋ²²
白（幹）	白 pak²
不（去）	唔 m̩²¹
不是	唔係 m̩²¹ hɐi²²
沒（去）	冇 mou¹³
沒有（錢）	冇 mou¹³
不必（去）	唔使 m̩²¹ ʃɐi³⁵
別（去）	唔好 m̩²¹ hou³⁵
還（沒來）	重 tʃoŋ²²
突然（不見了）	忽然間 fɐt⁵ jin²¹ kan⁵⁵
得（去）	愛 ɔi³³
拚命（跑）	搏命 pɔk³ mɛŋ²²
更（起勁）	更加 kɐn³³ ka⁵⁵
大約（二十個）	大約 tai²² jɔk³
幾乎（沒命）	爭啲 tʃaŋ⁵⁵ ti⁵⁵
索性（不去）	索性 ʃɔk³ ʃɐŋ³³
快（到了）	快 fai³³

詞目	石排灣舡語詞彙
預先（講好了	事先 $\int i^{22} \int in^{55}$
仍然（那樣）	仲係 $t\int o\eta^{22}\ hei^{22}$
好像（見過）	好似 $hou^{35}\ t\int^h i^{13}$
跟著（就走了）	連隨 $lin^{21}\ t\int^h \theta y^{21}$
（氣）都（氣死了）	都 tou^{55}
偏偏（是他）	偏偏 $p^h in^{55}\ p^h in^{55}$
已經（來了）	已經 $ji^{13}\ ke\eta^{55}$
稍微（高了些）	稍為 $\int au^{35}\ wei^{21}$
多（漂亮）	幾 kei^{35}
臨時（弄）	臨時 $len^{21}\ \int i^{21}$／ 臨急 $len^{21}\ ket^5$
的確（不知道）	真係 $t\int en^{55}\ hei^{22}$
（吃了飯）再說	先講 $\int in^{55}\ ko\eta^{35}$
（太陽）和（月亮）	同 $t^h o\eta^{21}$
（我）跟（他都去）	同 $t^h o\eta^{21}$
或者（你去）	或者 $wak^2\ t\int \varepsilon^{35}$／ 話唔定 $wa^{22}\ m^{21}\ te\eta^{22}$／ 講唔定 $ko\eta^{35}\ m^{21}\ te\eta^{22}$
只要	只要 $t\int i^{35}\ jiu^{33}$
只有	只有 $t\int i^{35}\ j\theta u^{13}$
（借）給（我）	畀 pei^{35}
和（你不同）	同 $t^h o\eta^{21}$
被（他吃了）	畀 pei^{35}
把（門關上）	將 $t\int o\eta^{55}$
（放）在（哪裏）	喺 hei^{35}
從（明天起）	由 $j\theta u^{21}$
打（哪兒來）	由 $j\theta u^{21}$

詞目	石排灣舡語詞彙
照（這樣做）	照 tʃiu³³
沿著（河邊走）	跟住 kɐn⁵⁵ tʃi²²
替（他看門）	幫 pɔŋ⁵⁵
向（他借錢）	問 mɐn²²
向（前走）	向 hɔŋ³³
從小	從細 tʃʰoŋ²¹ ʃɐi³³
在（家裏吃）	喺 hɐi³⁵
除（他之外）	除 tʃʰɵy²¹
讓（他去）	畀 pei³⁵
用（鋼筆寫）	用 joŋ²²
到（今天止）	到 tou³³
比（他高）	比 pei³⁵
* 餓死了（程度誇張）	餓死咯 ɔ²² ʃei³⁵ lɔ³³
餓死了（結果）	餓死咗 ɔ²² ʃei³⁵ tʃɔ³⁵
凍死了（程度誇張）	凍死咯 toŋ³³ ʃei³⁵ lɔ³³
凍死了（結果）	凍死咗 toŋ³³ ʃei³⁵ tʃɔ³⁵
累死了（程度誇張）	癐死咯 kui²² ʃei³⁵ lɔ³³
累死了（結果）	癐死咗 kui²² ʃei³⁵ tʃɔ³⁵
（擔子太重）壓死了	磧死咯 tʃak³ ʃei³⁵ lɔ³³
壓死了（結果）	磧死咗 tʃak³ ʃei³⁵ tʃɔ³⁵
（蚊子太多）叮死了	咬死咯 au¹³ ʃei³⁵ lɔ³³
叮死了	咬死咗 au¹³ ʃei³⁵ tʃɔ³⁵
高興死了（程度誇張）	開心死咯 hɔi⁵⁵ ʃɐn⁵⁵ ʃei³⁵ lɔ³³
找遍了	搵勻嗮 wɐn³⁵ wɐn²¹ ʃai³³
（已經）說好	講好咗 kɔŋ³⁵ hou³⁵ tʃɔ³⁵
（功課）做完了	做晒咯 tʃou²² ʃai³³ lɔ³³

詞目	石排灣舡語詞彙
（手錶）不見了	唔見 m̩²¹ kin³³
（辣椒）太辣了	辣過頭 lat² kɔ³³ tʰɐu²¹
（雨傘）壞了	爛咗 lan²² tʃɔ³⁵
看不見	睇唔到 tʰei³⁵ m̩²¹ tou³⁵
進不去	入唔到 jɐt² m̩²¹ tou³³⁻³⁵
出不來	出唔到 tʃʰɐt⁵ m̩²¹ tou³³⁻³⁵
裝不下	裝唔落 tʃɔŋ⁵⁵ m̩²¹ lɔk²
頭不痛	頭唔痛 tʰɐu²¹ m̩²¹ tʰoŋ³³
給他猜著了	俾佢估中 pei³⁵ kʰei³³ ku³⁵ tʃoŋ³³
打不過他	唔夠佢打 m̩²¹ kɐu³³ kʰei³³ ta³⁵
打得過他	打得贏佢 ta³⁵ tɐt⁵ jɛŋ²¹ kʰei³³
喘不過氣	敨唔到氣 tʰau³⁵ m̩²¹ tou³⁵ hei³³
騙不了我	呃唔到我 ak⁵ m̩²¹ tou³⁵ ɔ¹³
（我）叫不動他	喊佢唔郁 han³³ kʰei³³ m̩²¹ jok⁵
（這孩子很）討人喜歡	得人鍾意 tɐt⁵ jɐn²¹ tʃoŋ⁵⁵ ji³³
討人嫌	乞人憎 hɐt⁵ jɐn²¹ tʃɐn⁵⁵
回來（出發再返回）	返嚟 fan⁵⁵ lɐi²¹
回去（由彼地到此再回去）	返去 fan⁵⁵ hei³³
慢慢兒走	慢慢行 man²² man²²⁻³⁵ haŋ²¹
讓我看看	畀我睇下 pei³⁵ ɔ¹³ tʰei³⁵ ha³³
短短的繩子	條繩好短 tiu²¹ ʃɛŋ²¹⁻³⁵ hou³⁵ tin³⁵
一樣長的繩子	一樣長嘅繩 jat⁵ jɔŋ²² tʃʰɔŋ²¹ kɛ³³ ʃɛŋ²¹⁻³⁵
只需要一丁點兒	淨愛一啲 tʃɛŋ²² ɔi³ jɐt⁵ ti⁵⁵
（別急）等一會兒他就來	等陣佢就來 tɐn³⁵ tʃɐn²² kʰei³³ tʃɐu²² lɐi²¹
給他一本書	畀本書佢 pei³⁵ pun³⁵ ʃi⁵⁵ kʰei³³
多給一點兒行不行	畀多啲得唔得 pei³⁵ tɔ⁵⁵ ti⁵⁵ tɐt⁵ m̩²¹ tɐt⁵

詞目	石排灣舡語詞彙
（字太草了）重寫！	寫過 ʃɛ³⁵ kɔ³³
（茶太淡了，）重泡一壺	沖過壺 tʃʰoŋ⁵⁵ kɔ³³ wu²¹
（他要趕車）讓他先吃	畀佢食先 pei³⁵ kʰei³³ ʃek² ʃin⁵⁵
你先走（，我馬上來）！	你行先 lei¹³ haŋ²¹ ʃin⁵⁵
（別客氣，）再吃一碗。	食多碗 ʃek² tɔ⁵⁵ wun³⁵
（別忙，）再坐一會兒。	坐多陣 tʃʰɔ¹³ tɔ⁵⁵ tʃɐn²²
拿得動拿不動？	攞唔攞得郁 lɔ³⁵ m̩²¹ lɔ³⁵ tɐt⁵ jok⁵
拿得動。	攞得郁 lɔ³⁵ tɐt⁵ jok⁵
（這麼大的雨他）能來不能來？	嚟唔嚟倒 lɐi²¹ m̩²¹ lɐi²¹ tou³⁵
（你）去沒去他家？	有冇去佢屋企 jɐu¹³ mou¹³ hei³³ kʰei³³ ok⁵ kʰei³⁵
（我）去了。	去咗 hei³³ tʃɔ³⁵
（他病了，）不能喝酒。	唔飲得酒 m̩²¹ jɐn³⁵ tɐt⁵ tʃɐu³⁵
（他腰不好）不能久坐。	唔坐得耐 m̩²¹ tʃʰɔ¹³ tɐt⁵ lɔi²²
外面在下雨。	出面落緊雨 tʃɐt⁵ min²² lɔk² kɐn³⁵ ji¹³
坐著吃。	坐住食 tʃʰɔ¹³ tʃi²² ʃek²
門開著。	門開住 mun²¹ hɔi⁵⁵ tʃi²²
站著別動！	徛住唔好郁 kʰei¹³ tʃi²² m̩²¹ hou³⁵ jok⁵
別打岔，讓他說下去！	唔好嘈，等佢講落去！ m̩²¹ hou³⁵ tʃʰou²¹, tɐn³⁵ kʰei³³ kɔŋ³⁵ lɔk² hei³³
（別等了）先把火燒起來！	先點火先 ʃin⁵⁵ tin³⁵ fɔ³⁵ ʃin⁵⁵
我去過廣州，也去過上海。	我去過廣州，又去過上海 ɔ¹³ hei³³ kɔ³³ kɔŋ³⁵ tʃɐu⁵⁵, jɐu²² hei³³ kɔ³³ ʃɔŋ¹³ hɔi³⁵
（這件事）我告訴過他。	我講過畀佢聽 ɔ¹³ kɔŋ³⁵ kɔ³³ pei³⁵ kʰei³³ tʰɛŋ⁵⁵
花開了兩朵了。	開咗兩朵花 hɔi⁵⁵ tʃɔ³⁵ lɔŋ¹³ tɔ³⁵ fa⁵⁵
（別忙，）吃了飯再說。	食飽飯先講 ʃek² pau³⁵ fan²² ʃin⁵⁵ kɔŋ³⁵

詞目	石排灣舡語詞彙
把門關上！	閂埋門 ʃan⁵⁵ mai²¹ mun²¹
把蓋子擰緊！	擰實個蓋 leŋ²² ʃɐt² kɔ³³ kɔi³³／leŋ²²⁻³⁵ ʃɐt² kɔ³³ kɔi³³
把飯吃了！	食囉飯 ʃek² ʃai³³ fan²²
（你）別把我的碗打破了。	唔好打爛我個碗 m̩²¹ hou³⁵ ta³⁵ lan²² ɔ¹³ kɔ³³ wun³⁵
（咱們）去看電影吧！	去睇戲囉 hei³³ tʰɐi³⁵ hei³³ lɔ³³
（他們）去看電影了。	去咗睇戲 hei³⁵ tʃɔ³⁵ tʰɐi³⁵ hei³³
（論年紀，）我比他大。	我大過佢 ɔ¹³ tɐi²² kɔ³³ kʰei³³
我比他大一歲。	我大佢一歲 ɔ¹³ tai²² kʰei³³ jɐt⁵ ʃøy³³
我不比他大。	我冇佢咁大 ɔ¹³ mou³³ kʰei³³ kon³³ tai²²
兩個一樣高。	兩個一樣高 lɔŋ¹³ kɔ³³ jɐt⁵ jɔŋ²² kou⁵⁵
說著說著就哭起來了。	講講下就喊 kɔŋ³⁵ kɔŋ³⁵ ha³³ tʃɐu²² han³³
（不讓他去）他非要去不。	佢一定要去 kʰei³³ jɐt⁵ teŋ⁵⁵ jiu³³ hei³³

第六章
同音字彙

第一節　香港仔石排灣同音字彙

　　本字彙按韻母、聲母、聲調的順序排列，主要收錄單字音，寫不出本字的音節用「□」代替，並加注釋。有文白異讀的，字下帶「__」為白讀音；字下帶「__」文讀音。有新老異讀的，在該字右下角標明（新）、（老）。異讀，以（異）來處理；異體字，以（□之異體字）來處理；至於方言字，以（方）來處理。

a

p	[55]巴芭疤爸 [35]把 [33]霸壩（水壩）埧（堤塘）[21]爸⁵⁵⁻²¹ [22]罷
pʰ	[55]趴 [33]怕 [21]爬琶耙杷鈀
m	[55]媽 [21]嫲⁵³⁻²¹麻痳 [13]馬碼 [22]罵
f	[55]花 [33]化
t	[55]打²¹⁻³⁵（一打。來自譯音）[35]打
tʰ	[55]他她它祂牠佗怹
l	[55]啦 [35]㜷 [21]拿 [13]哪那
tʃ	[55]查（山查）碴渣髽（鬆髽：抓髻）吒（哪吒：神話人物）[33]詐榨炸乍炸
tʃʰ	[55]叉杈差（差別）[33]岔妊（妊紫嫣紅）袟（袟衣，開袟）[21]茶搽荏（麥荏，麥收割後留在地的根）查（調查）
ʃ	[55]沙紗砂莎卅鯊痧（刮痧）[35]灑耍灑嗄（聲音嘶啞）[21]卅（異）
j	[13]也 [22]廿卄
k	[55]家加痂嘉傢瓜枷迦嘎伽袈鎵葭珈珈笳跏茄 [35]假（真假）賈（姓）寡剮斝（玉製的盛酒器具）[33]假（放假）架駕嫁稼價掛卦（新）

kʰ	[55]誇垮（搞垮）跨夸（耆侈）[35]侉（誇大不實際）[33]卦（老）
w	[55]划（划船）蛙窪 [35]畫（名）[21]華（中華）華（華夏）鏵（犁鏵）樺（又）[22]華（華山、姓氏）樺話（說話）
h	[55]蝦（魚蝦）蝦（蝦蟆）哈 [21]霞瑕遐（名聞遐邇）[22]廈（大廈）廈（廈門）下（底下、下降）夏（春夏）夏（姓氏）暇（分身不暇）
ø	[55]鴉丫椏 [35]啞 [33]亞 [21]牙芽衙伢（小孩子）[13]雅瓦（瓦片）[22]砑（砑平：碾壓成扁平）

ai

p	[55]掰（掰開）拜$^{33-55}$擘 [35]擺 [33]拜湃 [22]敗
pʰ	[55]派（派頭）[35]牌$^{21-35}$（打牌）[33]派湃（又）[21]排牌簰（竹筏）霾（陰霾）
m	[21]埋 [13]買 [22]賣邁
f	[33]傀塊快筷
t	[55]呆（異）獃（書獃子）[35]歹傣$^{33-35}$[33]戴帶傣（傣族）[22]大（大量）大（大夫）
tʰ	[55]呔（方：車呔）[33]太態泰貸汰（汰弱留強）鈦（鈦合金）舦（舦盤）舵（異）
l	[55]拉蘊（方：蘊仔）[35]舐（異）瀨$^{21-35}$（瀨粉）[33]癩（癩痢）[21]奶$^{13-21}$[13]乃奶 [22]賴籟（萬籟無聲）瀨（方：瀨尿）醙（醙酒）癩（異）
tʃ	[55]齋 [33]債 [22]寨
tʃʰ	[55]猜釵差（出差）[35]踩（踩高蹺）踹（踹踏）[21]豺柴
ʃ	[35]璽徙舐（舐犢情深）[33]晒曬（晒之異體字）
j	[35]踹
k	[55]皆階稭佳街乖 [35]解（解開）解（曉）蒯（姓）拐（拐杖）[33]介階偕界芥尬疥屆戒
kʰ	[35]楷
w	[55]歪 [33]餧（同「餵」字）[21]懷槐淮 [22]壞
h	[55]揩（揩油）[21]孩諧鞋骸 [13]蟹懈駭 [22]邂械懈解（姓氏）
ø	[55]挨哎唉埃 [33]隘（氣量狹隘）[21]涯崖捱睚 [22]艾刈（鐮刀）

au

p	[55]包胞鮑(姓)鮑²²⁻⁵⁵(鮑魚)孢(孢子) [35]飽 [33]爆5
pʰ	[55]泡(一泡尿)拋 [35]跑 [33]豹炮(槍炮)泡(泡茶)(砲釣)爆 [21]刨鉋(木鉋)
m	[55]貓 [21]茅錨矛 [13]卯牡鉚(鉚釘) [22]貌
l	[55]撈(異) [21]撈鐃撓(百折不撓)撈(異) [22]鬧
tʃ	[55]嘲啁 [35]抓爪找肘帚 [33]罩笊(笊籬) [22]櫂(櫂槳湖上) 驟棹
tʃʰ	[55]抄鈔 [35]炒吵 [21]巢
ʃ	[55]梢(樹梢)捎(捎帶)筲鞘艄 [35]稍 [33]哨潲(豬潲，豬食物)
k	[55]交郊膠蛟(蛟龍)鮫 [35]絞狡攪(攪勻)搞(搞清楚)餃(餃子) [33]教覺(睡覺)較 校(校對)校(上校)窖滘斠
kʰ	[33]靠
h	[55]酵(酵母)敲吼烤拷酵 [35]考烤巧 [33]孝酵 [21]姣(方：發姣)… [22]效校(學校)傚
ø	[35]拗(拗斷) [33]坳(山坳)拗(拗口) [21]熬肴淆 [13]咬

an

p	[55]班斑頒扳 [35]板版闆阪(日本地名：大阪)扳(異) [22]扮辦
pʰ	[55]扳(扳回一局棋)攀頒(異) [33]盼襻(紐襻)
m	[21]蠻 [13]晚 [22]慢饅漫幔萬蔓
f	[55]翻番(番幾番)幡(幡幡)反(反切) [35]返 [33]販泛(廣泛，泛泛之交)氾反(平反) [21]凡帆藩(藩鎮之亂)煩攀繁芃氾(姓) [22]范範犯瓣飯范範犯瓣攀(異)
t	[55]丹單(單獨)耽擔(擔任)鄲(邯鄲) [35]旦(花旦)彈(子彈)蛋(蛋花湯)膽 [33]旦(元旦)誕擔(挑擔) [13]淡(鹹淡) [22]但淡(冷淡)(地名：淡水)
tʰ	[55]坍灘攤貪 [35]坦毯 [33]碳炭嘆歎探 [21]檀壇彈(彈琴)潭譚談痰
l	[35]欖 [21]難(難易)蘭攔欄南男藍籃 [13]覽攬懶 [22]濫(泛濫)纜艦難(患難)爛
tʃ	[55]簪 [35]斬盞 [33]蘸贊 [22]賺綻(破綻)棧撰暫鏨站

tʃʰ	[55]餐參攙（攙扶） [35]鏟產慘 [33]燦杉 [21]殘虥慚讒饞
ʃ	[55]珊山刪閂拴三衫 [35]散（鞋帶散了） [33]傘散（分散）疝（疝氣）篡涮 [21]潺
k	[55]艱間（中間）鰥（鰥寡）關尷監（監獄） [35]鱇簡襇柬繭跰（手過度磨擦生厚皮）減 [33]間（間斷）諫澗鋼（車鋼）慣鑑監（太監）
w	[55]彎灣 [21]頑還環灣（銅鑼灣、長沙灣、土瓜灣） [13]挽 [22]幻患宦（宦官）
h	[35]餡 [33]喊 [21]閒函咸鹹銜 [22]限陷（陷阱）
ø	[33]晏 [21]顏巖岩 [13]眼 [22]雁

aŋ

pʰ	[55]烹 [21]彭膨棚鵬 [13]棒
m	[13]猛蜢錳 [22]孟
l	[13]冷
tʃ	[55]爭掙睜猙 [22]掙
tʃʰ	[55]撐 [35]橙 [33]牚 [21]瞠倀
ʃ	[55]生牲甥 [35]省
k	[55]更耕粳 [35]梗 [22]逛
kʰ	[55]框筐眶 [33]逛
w	[21]橫
h	[55]夯坑 [21]行桁
ø	[55]罌甖 [22]硬

at

p	[3]八捌
m	[3]抹
f	[3]法髮發砝琺
t	[3]答搭 [2]達踏沓
tʰ	[3]韃撻躂遢獺搨塔榻塌
l	[3]瘌 [2]辣捺

tʃ	[3]札紮扎軋砸劄眨 [2]雜閘集習襲鍘柵
tʃʰ	[3]插獺擦察刷
ʃ	[3]殺撒薩煞
k	[3]刮夾裌甲胛挾
w	[3]挖斡 [2]滑猾或
h	[3]掐 [2]狹峽匣
ø	[3]鴨押壓

ak

p	[3]泊百柏伯舶佰 [2]白帛
ph	[3]帕拍魄檗
m	[3]擘
tʃ	[3]窄責 [2]澤擇宅摘擲
tʃh	[3]拆策冊柵 [2]賊
ʃ	[3]索
j	[3]吃（又）喫
k	[3]胳格革隔骼鬲
kh	[3]聑（聑耳）摑
w	[2]惑劃
h	[3]嚇（恐嚇）客嚇（嚇一跳）赫
ø	[2]額逆

ɐi

p	[55]跛 [33]蔽閉箅（蒸食物的竹箅子）[22]稗敝弊幣斃陛
pʰ	[55]批 [13]睥
m	[55]咪 [21]迷謎霾糜眯 [13]米眯弭
f	[55]麾揮輝徽麾暉 [35]痱疿 [33]廢肺費沸芾疿狒 [22]吠疿蜚
t	[55]低 [35]底抵邸砥 [33]帝蒂締諦寱 [22]第弟遞隸逮棣悌娣埭締弟

tʰ	[55]梯鎕 [35]體體睇梯 [33]替涕剃屜 [21]堤題提蹄啼 [22]弟悌娣
l	[21]犁黎泥尼來犁藜 [13]禮醴蠡 [22]例厲勵麗荔
tʃ	[55]擠劑 [35]濟仔囝 [33]祭際制製濟掣 [21]齊薺 [22]滯
tʃʰ	[55]妻棲淒悽 [33]砌切
ʃ	[55]篩西犀 [35]洗駛使 [33]世勢細婿 [22]誓逝噬
j	[13]曳 [22]拽
k	[55]雞圭閨龜歸笄鮭 [35]偈詭軌鬼簋 [33]計繼髻鱖桂癸季貴瑰劌悸蹶饋 [22]跪櫃饋匱餽悸柜
kʰ	[55]稽溪盔規虧窺谿蹊奎睽 [35]啟 [33]契愧 [21]攜畦逵葵畦揆夔馗 [13]揆
w	[55]威 [35]毀萎委 [33]穢畏慰 [21]桅為維惟遺唯違圍 [13]諱偉葦緯 [22]衛惠慧為位胃謂蝟
h	[55]屄 [21]奚兮蹊稀 [22]繫系(中文系)係
ø	[35]矮 [33]縊翳哎隘 [21]倪危 [13]蟻 [22]藝毅偽魏

ɐu

m	[55]痞 [33]卯 [21]謀牟眸蝥蟊 [13]某畝牡 [22]茂貿謬謬繆袤
f	[35]剖否 [21]浮 [22]埠阜復
t	[55]兜 [35]斗(一斗米)抖陡糾蚪 [33]鬥(鬥爭) [22]豆逗讀(句讀)竇痘荳
tʰ	[55]偷 [35]敨(展開) [33]透 [21]頭投
l	[55]樓騮 [35]紐扭朽 [21]樓耬流留榴硫琉劉餾榴嘍摟琉瘤瀏婁耬蹓鎏 [13]摟簍摟柳 [22]漏陋溜餾鏤遛蹓
tʃ	[55]擎鄒揪(巡夜打更)周舟州洲 [35]走酒肘帚 [33]奏晝皺縐咒 [22]就袖紂宙驟
tʃʰ	[55]秋鞦抽 [35]丑(小丑)醜(醜陋) [33]湊臭糗嗅 [21]囚泅綢稠籌酬
ʃ	[55]修羞颼蒐收 [35]叟搜手首守 [33]嗽秀宿鏽瘦漱獸 [21]愁仇 [22]受壽授售
j	[55]丘休憂優幽 [33]幼 [21]柔揉尤郵由油游猶悠 [13]有友酉莠誘 [22]又右祐柚鼬釉

k	[55]鳩鬮 [35]狗苟九久韭 [33]夠灸救究咎 [22]舊柩
kʰ	[55]溝摳嘔（眼嘔）[33]構購叩扣寇 [21]求球 [13]臼舅
h	[55]吼 [35]口 [21]侯喉猴瘊（皮膚所生的小贅肉）[13]厚 [22]後后（皇后）候
ø	[55]勾鉤歐甌 [35]嘔毆 [33]漚慪 [21]牛 [13]藕偶耦

ɐn

p	[55]杉賓檳奔崩 [35]稟品 [33]殯鬢 [22]笨
pʰ	[33]噴 [21]貧頻朋憑
m	[55]蚊 [21]民文紋聞萌盟 [13]澠閩憫敏抿吻刎 [22]問璺
f	[55]昏婚分芬紛熏勳薰葷 [35]粉 [33]糞訓 [21]墳焚 [13]奮憤忿 [22]份
t	[55]敦墩蹲登燈瞪 [35]等 [33]凳 [22]頓囤沌鈍遁鄧澄
tʰ	[55]吞魨 [33]褪 [21]騰謄藤疼 [13]盾
l	[35]卵 [21]林淋臨鄰鱗燐崙倫淪輪能 [13]檁（正檩）[22]吝論
tʃ	[55]斟津珍榛臻真朜曾增憎僧爭箏睜 [35]枕準准 [33]浸枕進晉鎮振震俊濬 [22]盡陣
tʃʰ	[55]侵參（參差）親（親人）椿春 [35]寢診疹蠢 [33]親（親家）趁襯 [21]尋沉秦陳塵旬循巡曾（曾經）
ʃ	[55]心森參（人參）深辛新薪身申伸娠荀殉生（出生）[35]沈審嬸筍榫（榫頭）[33]滲信訊遜迅 [21]岑神辰晨臣純醇 [22]甚葚腎慎順舜
j	[55]欽音陰恩姻欣殷 [35]飲隱 [33]蔭飲（飲馬）印 [21]壬吟淫人仁寅 [13]忍引 [22]賃任紝刃靭潤閏孕
k	[55]甘柑泔今跟根巾筋均鈞君更（更換）庚粳羹耕轟揯 [35]感敢橄錦僅緊謹滾哽埂梗耿 [33]禁棍更（更加）[22]撳近（接近）郡
kʰ	[55]襟昆崑坤 [35]綑菌 [33]困窘 [21]琴禽擒勤芹群裙 [13]妗
w	[55]溫瘟 [35]穩 [33]熨 [21]魂餛匀云（子云）雲暈宏 [13]允尹 [22]渾混運
h	[55]堪龕蚶憨亨 [35]坎砍懇墾齦很 [33]勘 [21]含酣痕恆行（行為）衡 [22]撼憾嵌恨杏行（品行）幸
ø	[55]庵 [35]揞（揞住）掩 [33]暗 [21]銀艮齦

ɐt

p	[2]拔鈸弼
m	[2]襪密蜜物勿墨默陌麥脈
f	[2]乏伐筏罰佛
t	[2]突特
l	[2]立律率肋勒
tʃ	[2]疾姪
ʃ	[2]十什拾朮術述秫
j	[2]日逸
k	[3]合（十合一升）蛤鴿 [2]掘倔
kʰ	[2]及
w	[2]核（核桃）
h	[2]盒磕洽瞎轄核（審核）
ø	[2]迄

ɛ

t	[55]爹
tʃ	[55]遮 [35]姐者 [33]借藉蔗 [22]謝
tʃʰ	[55]車奢 [35]且扯 [21]邪斜
ʃ	[55]些賒 [35]寫捨 [33]瀉卸赦舍 [21]蛇佘 [13]社 [22]射麝
j	[21]耶爺 [13]惹野 [22]夜
kʰ	[21]茄瘸

ɛŋ

p	[35]餅 [33]柄 [22]病
t	[55]釘 [35]頂 [33]掟 [22]訂
tʰ	[55]聽廳 [13]艇
l	[33]靚 [21]靈鯪 [13]領嶺

tʃ	[55]糟 [35]井阱 [33]正 [22]淨鄭阱
tʃʰ	[55]責 [35]請
ʃ	[55]聲星腥 [35]醒 [21]成城
k	[55]驚 [35]頸 [33]鏡
h	[55]輕

ɛk

p	[3]壁
pʰ	[3]劈
t	[2]笛籗（籗米）
tʰ	[3]踢
tʃ	[3]隻炙脊
tʃʰ	[3]赤尺呎
ʃ	[3]錫 [2]石
kʰ	[2]劇屐
h	[3]吃喫

ei

p	[55]篦碑卑悲 [35]彼俾比秕 [33]臂祕泌轡庇痺 [22]被避備鼻
pʰ	[55]披丕 [35]鄙 [33]譬屁 [21]皮疲脾琶枇 [13]被婢
m	[21]糜眉楣微 [13]靡美尾 [22]媚寐未味
f	[55]非飛妃 [35]匪榧翡 [21]肥
t	[22]地
l	[55]璃 [21]驢雷彌離梨鰲狸 [13]女呂稆旅屢儡履你李里裡理鯉累壘 [22]慮濾累膩利吏餌類淚
k	[55]居車（車馬砲）駒飢几（茶几）基幾（幾乎）機饑 [35]舉矩己紀杞幾（幾個） [33]據鋸句寄記既 [22]巨具懼技妓忌

| k^h | [55]拘俱區（區域）驅 [33]冀 [21]渠瞿奇（奇怪）騎（輕騎）祁鰭其棋期旗祈 [13]佢拒企徛（站立）[22]距 |
| h | [55]墟盧噓吁犧欺嬉熙希稀 [35]許起喜蟢豈 [33]去戲器棄氣汽 |

eŋ

p	[55]冰兵 [35]丙秉 [33]迸柄併 [22]並
p^h	[55]姘拼 [33]聘 [21]平坪評瓶屏萍
m	[21]鳴明名銘 [13]皿 [22]命
t	[55]丁釘靪疔 [35]頂鼎 [33]釘 [22]訂錠定
t^h	[55]聽廳汀（水泥）[33]聽（聽其自然）[21]亭停廷蜓 [13]艇挺
l	[55]拎 [21]楞陵凌菱寧靈零鈴伶翎 [13]領嶺 [22]令俍另
$t\int$	[55]徵蒸精晶晴貞偵正（正月）征 [35]拯井整 [33]證症正（正常）政 [22]靜靖淨
$t\int^h$	[55]稱（稱呼）清蟶青蜻 [35]請逞 [33]稱（相稱）秤 [21]澄懲澄（水清）晴呈程
$\int$	[55]升勝聲星（星空）腥 [35]省醒（醒目）[33]勝性姓聖 [21]乘繩塍承丞成（成事）城（城市）誠 [22]剩盛
j	[55]應鷹鶯鸚櫻英嬰纓 [35]影映 [33]應（應對）[21]仍凝蠅迎盈贏形型刑 [22]認
k	[55]京荊驚經 [35]境景警竟 [33]莖敬勁徑 [22]勁競
k^h	[55]傾 [35]頃 [21]擎鯨瓊
w	[55]扔 [21]榮 [13]永 [22]泳詠穎
h	[55]興（興旺）卿輕（輕重）馨兄 [33]興（高興）慶磬

ek

p	[5]逼迫碧壁璧
p^h	[5]僻闢劈
m	[2]覓
t	[5]的嫡 [2]滴迪
t^h	[5]剔

l	[5]匿 [2]力溺歷曆
tʃ	[5]即鯽織職積跡績斥
tʃʰ	[5]斥戚
ʃ	[5]悉息熄媳嗇識式飾惜昔適釋析 [3]錫（用於人名）[2]食蝕
j	[5]憶億抑益 [2]翼逆亦譯易（交易）液腋疫役
k	[5]戟擊激虢 [2]極
w	[2]域

i

tʃ	[55]豬諸誅蛛株朱硃珠知蜘支枝肢梔資咨姿脂茲滋鯔之芝 [35]煮拄主紫紙只（只有）姊旨指子梓滓止趾址 [33]著駐註注鑄智致至置志（志氣）誌（雜誌）痣 [22]箸住自雉稚字伺祀巳寺嗣飼痔治
tʃʰ	[55]雌疵差（參差不齊）眵癡嗤 [35]處杵此侈豸恥柿齒始 [33]處（處所）刺賜翅次廁 [21]廚臍池馳匙瓷餈遲慈磁辭詞祠持 [13]褚（姓）儲苧署柱似恃
ʃ	[55]書舒樞輸斯廝施私師獅屍（尸位素餐）屍司絲思詩 [35]暑鼠黍屎使（使用）史 [33]庶恕戍肆思（意思）試 [21]薯殊時鰣 [13]市 [22]豎樹是氏豉示視士（士兵）仕（仕途）事侍
j	[55]於淤迂于伊醫衣依 [35]倚椅 [33]意 [21]如魚漁余餘儒愚虞娛盂榆愉兒宜儀移夷姨而疑飴沂 [13]汝語與乳雨宇禹羽爾議耳擬矣已以 [22]御禦譽預遇愈喻裕誼義（義務）易（難易）二肆異

iu

p	[55]膘標錶彪 [35]表
pʰ	[55]飄漂（漂浮）[33]票漂（漂亮）[21]瓢嫖 [13]鰾
m	[21]苗描 [13]藐渺秒杳 [22]廟妙
t	[55]刁貂雕丟 [33]釣弔吊 [22]掉調（調查）
tʰ	[55]挑 [33]跳糶跳 [21]條調（調和）
l	[21]燎療聊遼撩寥瞭 [13]鳥了 [22]尿料（顏料）廖
tʃ	[55]焦蕉椒朝（今朝）昭（昭雪）招 [35]剿沼（沼氣）[33]醮照詔（詔書）[22]噍趙召

tʃʰ	[55]超 [35]悄 [33]俏鞘 [21]樵瞧朝（朝代）潮
ʃ	[55]消宵霄硝銷燒蕭簫 [35]小少（多少）[33]笑少（少年）[21]韶 [22]兆紹邵
j	[55]妖邀腰要（要求）么吆（大聲吆喝）[33]要 [21]饒橈搖瑤謠姚堯 [13]擾繞舀 [22]耀鷂
k	[55]驕嬌 [35]矯轎繳 [33]叫
kʰ	[33]竅 [21]喬僑橋蕎
h	[55]囂僥 [35]曉

in

p	[55]鞭邊蝙辮 [35]貶扁匾 [33]變遍 [22]辨辯汴便（方便）
pʰ	[55]編篇偏 [33]騙片 [21]便（便宜）
m	[21]綿棉眠 [13]免勉娩緬 [22]面（面子）麵（粉麵）
t	[55]掂顛端 [35]點典短 [33]店墊斷（決斷）鍛 [13]簟 [22]電殿奠佃斷（斷絕）段緞椴
tʰ	[55]添天 [35]舔腆 [21]甜田填團屯豚臀
l	[55]拈 [35]撚孌 [21]黏廉鐮鮎連聯年憐蓮鸞 [13]斂殮臉碾輦撞暖 [22]念練鍊棟亂嫩
tʃ	[55]尖沾粘瞻占（占卜）煎氈羶箋鑽（動詞）專尊遵 [35]剪展纂轉 [33]佔（侵佔）箭濺餞顫薦鑽（鑽子）轉（轉螺絲）[22]漸賤傳（傳記）
tʃʰ	[55]殲籤遷千川穿村 [35]揣淺喘忖 [33]竄串寸吋 [21]潛錢纏前全泉傳（傳達）椽存 [13]踐
ʃ	[55]仙鮮（新鮮）先酸宣孫 [35]陝閃鮮（鮮少）癬選損 [33]線搧扇算蒜 [21]蟾簷蟬禪旋鏇船 [22]羨善膳單（姓）禪篆
j	[55]淹閹醃腌煙燕（燕京）冤淵 [35]掩演堰丸阮宛 [33]厭燕（燕子）曣宴怨 [21]炎鹽閻嚴嫌涎然燃焉延筵言研賢完圓員緣沿鉛元原源袁轅援玄懸 [13]染冉儼軟遠 [22]驗豔焰莧諺硯現院願縣眩
k	[55]兼肩堅捐 [35]檢捲卷 [33]劍建見眷絹 [22]儉件鍵健圈倦
kʰ	[21]鉗乾虔拳權顴
h	[55]謙軒掀牽圈喧 [35]險遣顯犬 [33]欠憲獻勸券 [21]弦

it

p	[5]必 [3]鱉憋 [2]別
pʰ	[3]撇
m	[2]滅篾
t	[3]跌 [2]疊碟牒蝶諜奪
tʰ	[3]帖貼鐵脫
l	[3]捋劣 [2]聶鑷躡獵列烈裂捏
tʃ	[2]接摺褶哲蜇折節拙
tʃʰ	[3]妾徹撤轍設切（切開）撮猝
ʃ	[3]攝涉薛泄屑楔雪說 [2]舌
j	[3]乙 [2]葉頁業熱薛悅月閱越曰粵穴
k	[3]劫澀結潔 [2]傑
kʰ	[3]揭厥決訣缺
h	[3]怯脅歉協歇蠍血

ɔ

p	[55]波菠玻 [33]簸播
pʰ	[55]坡 [35]頗 [33]破 [21]婆
m	[55]魔摩 [35]摸 [21]磨（動詞）饃 [22]磨（石磨）
f	[55]科 [35]棵火夥 [33]課貨
t	[55]多 [35]朵躲剁 [22]惰
tʰ	[55]拖 [33]唾 [21]駝馱（馱起來）舵 [13]妥橢 [22]馱（牲畜背上所背的貨物）
l	[55]囉 [35]裸 [21]挪羅鑼籮騾臝 [22]糯
tʃ	[35]左阻 [33]佐 [22]佐坐（坐立不安）座助
tʃʰ	[55]搓初雛 [35]楚礎 [33]銼錯 [21]鋤
ʃ	[55]蓑梭唆莎梳疏蔬 [35]鎖瑣所 [21]傻
k	[55]歌哥戈 [35]果裹餜 [33]個過

kʰ	[35]顆
w	[55]鍋倭窩蝸 [21]和禾 [22]禍
h	[55]靴 [35]可 [21]荷河何 [22]賀
ø	[55]阿（阿膠） [21]訛蛾餓俄鵝 [22]臥 [13]我

ɔi

t	[22]待殆代袋
tʰ	[55]胎 [21]台臺抬 [13]怠
l	[21]來 [22]耐奈內
tʃ	[55]災栽 [35]宰載 [33]再載 [22]在
tʃʰ	[35]彩採睬 [33]菜賽蔡 [21]才材財裁纔（方纔）
ʃ	[55]腮鰓
k	[55]該 [35]改 [33]蓋
kʰ	[33]概溉慨丐
h	[55]開 [35]凱海 [22]亥害駭
ø	[55]哀埃 [35]藹 [33]愛 [21]呆 [22]礙外

ɔn

k	[55]干（干戈）肝竿乾（乾濕）桿疆 [35]稈趕 [33]幹（幹部）
h	[55]看（看守）刊 [35]罕 [33]看（看見）漢 [21]鼾寒韓 [13]旱 [22]汗銲翰
ø	[55]安鞍 [33]按案 [22]岸

ɔŋ

p	[55]幫邦 [35]榜綁 [22]傍（傍晚）
pʰ	[33]謗 [21]滂旁螃龐 [13]蚌
m	[55]虻 [21]忙茫芒亡 [13]莽蟒網輞妄 [22]忘望
f	[55]荒慌方肪芳 [35]謊晃倣紡仿彷訪 [33]放況 [21]妨房防
t	[55]當（當時） [35]黨擋 [33]當（典當） [22]宕蕩

tʰ	[55]湯 [35]倘躺 [33]燙趟 [21]堂棠螳唐糖塘
l	[35]兩（幾兩幾錢） [21]囊瓤 [13]朗兩（兩個） [22]浪亮諒輛量
tʃ	[55]贓髒將漿張莊裝章樟椿（打樁） [35]蔣獎槳長（生長）掌 [33]莽醬將漲帳賬脹壯障瘴 [22]藏（西藏）臟匠象像橡丈仗杖狀撞
tʃʰ	[55]倉蒼槍瘡昌菖窗 [35]搶闖廠 [33]暢唱倡（提倡） [21]藏（隱藏）牆詳祥長（長短）腸場床
ʃ	[55]桑喪相（互相）箱廂湘襄鑲霜孀商傷雙 [35]嗓想爽賞鯗（鯗魚：曬乾和醃過的魚） [33]喪相（相貌） [21]常嘗裳償 [13]上（上山） [22]尚（和尚）上（上面）
j	[55]央秧殃 [21]羊洋烊楊（姓）陽揚瘍 [13]攘嚷仰養癢 [22]釀壤讓樣
k	[55]岡崗剛綱缸疆僵薑礓（礓石）韁姜羌光江扛豇（豇豆） [35]廣講港 [33]鋼杠降
kʰ	[33]抗炕曠擴礦 [21]強狂 [13]強（勉強）
w	[55]汪 [35]枉 [21]黃簧皇蝗王 [13]往 [22]旺
h	[55]康糠香鄉匡筐眶腔 [35]慷响餉享響 [33]向 [21]行（行列）航杭降（投降） [22]項巷
ø	[55]骯 [21]昂 [13]

ɔ

k	[3]割葛
h	[3]喝渴

ɔk

p	[3]博縛駁 [2]薄泊（澹泊名利）
pʰ	[3]樸朴撲
m	[5]剝 [2]莫膜幕寞
f	[3]霍藿（藿香）
t	[3]琢啄涿（涿鹿） [2]鐸踱
tʰ	[3]託托
l	[2]諾落烙駱酪洛絡樂（快樂）略掠

tʃ	[3]作爵雀䳲嚼著（著衣）酌勺 [2]鑿昨著（附著）
tʃʰ	[3]錯綽焯芍卓桌㑳
ʃ	[3]索朔
j	[3]約（公約）[2]若弱虐瘧鑰躍
k	[3]各閣擱腳郭覺（知覺）角國
kʰ	[3]郝卻廓確摧（摧蒜）
w	[2]鑊獲
h	[3]殼 [2]鶴學
ø	[3]惡（善惡）[2]鄂岳樂（音樂）愕嶽萼鶚

ou

p	[55]褒 [35]補保堡寶 [33]布佈報 [22]怖部簿（簿記）步捕暴菢（菢雞仔）
pʰ	[55]鋪（鋪設）[35]譜普浦脯甫（幾甫路）脯（杏脯）[33]鋪（店鋪）[21]蒲菩袍 [13]抱
m	[55]蟆（蝦蟆）[21]模摹無巫誣毛 [13]武舞侮鵡母拇 [22]暮慕墓募務霧冒帽戊
t	[55]都刀叨 [35]堵賭島倒 [33]妒到 [22]杜度渡鍍道稻盜導
tʰ	[55]饕 [35]土禱討 [33]吐兔套 [21]徒屠途塗圖掏桃逃淘陶萄濤 [13]肚
l	[21]奴盧爐蘆廬勞牢嘮 [13]努魯櫓虜滷腦惱老 [22]怒路賂露鷺澇
tʃ	[55]租糟遭 [35]祖組早棗蚤澡 [33]灶 [22]做皂造
tʃʰ	[55]粗操（操作）[35]草 [33]醋措躁糙 [21]曹槽
ʃ	[55]蘇酥鬚騷 [35]數（動詞）嫂 [33]素訴塑數（數目）掃
k	[55]高膏（膏腴）篙羔糕 [35]稿 [33]告膏（動詞，把毛筆蘸上墨後，在硯臺邊上捵：膏筆）
h	[55]蒿薅（薅鋤）[35]好（好壞）[33]犒好（喜好）耗 [21]豪壕毫號（呼號）[22]浩號（號數）
ø	[35]襖 [33]懊奧 [22]傲

oŋ

pʰ	[35]捧 [21]篷蓬
m	[21]蒙 [13]懞蠓 [22]夢
f	[55]風楓瘋豐封峰蜂鋒 [35]俸 [33]諷 [21]馮逢縫（縫衣） [22]鳳奉縫（一條縫）
t	[55]東冬 [35]董懂 [33]凍 [22]棟動洞
tʰ	[55]通熥（以火暖物） [35]桶捅統 [33]痛 [21]同銅桐筒童瞳
l	[21]籠聾農膿儂隆濃龍 [13]攏隴壟 [22]弄
tʃ	[55]椶鬃宗中（當中）忠終蹤縱鐘鍾盅舂 [35]總粽種（種類）腫 [33]綜中（射中）眾縱種（種樹）[22]仲誦頌訟
tʃʰ	[55]聰匆蔥（洋蔥）囱（煙囪）充衝 [35]冢寵 [21]叢蟲從松重（重複）[13]重（輕重）
ʃ	[55]鬆嵩從（從容不迫）[35]慫 [33]送宋 [21]崇
j	[55]翁雍癰（生背癰）[35]擁壅甬湧 [21]戎絨融茸容蓉鎔庸 [13]冗（冗員）勇 [22]用
k	[55]公蚣工功攻弓躬宮恭供（供給）[35]拱鞏 [33]貢供（供養）[22]共
kʰ	[21]窮
h	[55]空胸凶（吉凶）兇（兇惡）[35]孔恐 [33]控烘哄汞鬨嗅 [21]虹紅洪鴻熊雄
ø	[33]甕

ok

p	[5]卜（占卜）[2]僕曝瀑
pʰ	[5]仆（前仆後繼）
m	[2]木目穆牧
f	[5]福幅蝠複腹覆（反覆）[2]復（復興）服伏
t	[5]篤督 [2]獨讀牘犢毒
tʰ	[5]禿
l	[2]鹿祿六陸綠錄

tʃ	[5]淴竹築祝粥足燭囑觸捉 [2]續濁鐲族逐軸俗
tʃʰ	[5]速畜蓄促束
ʃ	[5]蕭宿縮叔粟 [2]熟淑贖蜀屬
j	[5]沃郁 [2]肉育辱褥玉獄欲（搖搖欲墜）慾（意慾）浴
k	[5]穀谷（山谷）菊掬（笑容可掬）麴（酒麴）[2]局
kʰ	[5]曲（曲折）
h	[5]哭 [2]斛酷
ø	[5]屋

u

f	[55]枯呼夫膚敷俘孵麩 [35]苦卡府腑斧撫釜 [33]庫褲戽賦富副 [21]乎符扶芙 [13]婦 [22]付傅赴訃父腐輔附負
k	[55]姑孤 [35]古估牯股鼓 [33]故固錮雇顧
kʰ	[55]箍
w	[55]烏污塢 [35]滸 [33]惡（可惡）[21]胡湖狐壺瓠鬍 [22]戶滬互護芋

ui

p	[55]杯 [33]貝輩背 [22]背（背誦）焙（焙乾）
pʰ	[55]胚坯 [33]沛配佩 [21]培陪賠裴 [13]倍
m	[21]梅枚媒煤 [13]每 [22]妹昧
f	[55]魁恢灰奎 [33]悔晦
kʰ	[35]賄潰劊檜繪
w	[55]煨 [21]回茴 [13]會（懂得）[22]匯會（會計）彙匯

un

p	[55]般搬 [35]本 [33]半 [22]絆伴拌叛胖
pʰ	[55]潘 [33]拚判 [21]盤盆
m	[21]瞞門 [13]滿 [22]悶

f	[55]寬歡 [35]款
k	[55]官棺觀（參觀） 冠（衣冠） [35]管館 [33]貫灌罐觀（寺觀） 冠（冠軍）
w	[35]玩（玩味） 豌剜碗腕 [21]桓（春秋時代齊桓公） [13]皖 [22]喚煥緩換玩（玩味）

ut

p	[2]撥勃
pʰ	[3]潑
m	[3]抹 [2]末沫沒
f	[3]闊
kʰ	[3]括豁
w	[2]活

ɵy

t	[55]堆 [33]對碓兌 [22]隊
tʰ	[55]推 [35]腿 [33]退蛻
l	[13]女耜旅呂屢儡壘 [21]雷 [22]濾累（連累） 類淚慮
tʃ	[55]追錐蛆 [35]嘴 [33]最醉 [22]聚罪贅墜序
tʃʰ	[55]趨催崔吹炊 [35]取娶 [33]趣脆翠 [21]除隨槌鎚徐
ʃ	[55]須需雖綏衰 [35]水 [33]碎歲稅帥 [21]垂誰 [13]髓絮緒 [22]睡瑞粹遂隧穗
j	[13]蕊 [22]芮銳

m̩

	[13]午伍五 [21]唔吳蜈吾梧 [22]誤悟

第二節 香港新界沙頭角同音字彙

a

p	[55]巴芭疤爸 [35]把 [33]霸壩（水壩）垻（堤塘）[21]爸⁵⁵⁻²¹ [22]罷
p^h	[55]趴 [33]怕 [21]爬琶耙杷鈀
m	[55]媽 [21]媽⁵³⁻²¹麻嬤 [13]馬碼 [22]罵
f	[55]花 [33]化
t	[55]打²¹⁻³⁵（一打。來自譯音）[35]打
t^h	[55]他她它祂牠佗怹
l	[55]啦 [35]㰻 [21]拿 [13]哪那
tʃ	[55]查（山查）硨渣髽（髽髻：抓髻）吒（哪吒：神話人物）[33]詐榨炸乍炸
tʃ^h	[55]叉杈差（差別）[33]岔奼（奼紫嫣紅）衩（衩衣，開衩）[21]茶搽苴（麥苴，麥收割後留在地的根）查（調查）
ʃ	[55]沙紗砂莎卅鯊痧（刮痧）[35]灑耍灑嗄（聲音嘶啞）[21]卅（異）
j	[13]也 [22]廿卅
k	[55]家加痂嘉傢瓜枷迦嘎伽袈鎵葭珈珈笳跏茄 [35]假（真假）賈（姓）寡剮斝（玉製的盛酒器具）[33]假（放假）架駕嫁稼價掛卦（新）
k^h	[55]誇垮（搞垮）跨夸（奢侈）[35]侉（誇大不實際）[33]卦（老）
w	[55]划（划船）蛙窪 [35]畫（名）[21]華（中華）華（華夏）鏵（犂鏵）樺（又）[22]華（華山、姓氏）樺話（說話）
h	[55]蝦（魚蝦）蝦（蝦蟆）哈 [21]霞瑕遐（名聞遐邇）[22]廈（大廈）廈（廈門）下（底下、下降）夏（春夏）夏（姓氏）暇（分身不暇）
ø	[55]鴉丫椏 [35]啞 [33]亞 [21]牙芽衙伢（小孩子）[13]雅瓦（瓦片）[22]砑（砑平：碾壓成扁平）

ai

p	[55]掰（掰開）拜³³⁻⁵⁵擘 [35]擺 [33]拜湃 [22]敗
p^h	[55]派（派頭）[35]牌²¹⁻³⁵（打牌）[33]派湃（又）[21]排牌簰（竹筏）霾（陰霾）

m	[21]埋 [13]買 [22]賣邁
f	[33]傀塊快筷
t	[55]呆（異）獃（書獃子）[35]歹傣³³⁻³⁵ [33]戴帶傣（傣族）[22]大（大量）大（大夫）
tʰ	[55]呔（方：車呔）[33]太態泰貸汰（汰弱留強）鈦（鈦合金）肽（肽盤）舵（異）
l	[55]拉蘊（方：蘊仔）[35]舐（異）瀨²¹⁻³⁵（瀨粉）[33]癩（癩瘡）[21]奶¹³⁻²¹ [13]乃奶 [22]賴籟（萬籟無聲）瀨（方：瀨尿）醡（醡酒）癩（異）
tʃ	[55]齋 [33]債 [22]寨
tʃʰ	[55]猜釵差（出差）[35]踩（踩高蹺）踹（踹路）[21]豺柴
ʃ	[35]璽徙舐（舐犢情深）[33]晒曬（晒之異體字）
j	[35]踹
k	[55]皆階稭佳街乖 [35]解（解開）解（曉）嗝（姓）拐（拐杖）[33]介階偕界芥尬疥 屆戒
kʰ	[35]楷
w	[55]歪 [33]餲（同「饖」字）[21]懷槐淮 [22]壞
h	[55]揩（揩油）[21]孩諧鞋骸 [13]蟹懈駭 [22]邂械懈解（姓氏）
ø	[55]挨哎唉埃 [33]隘（氣量狹隘）[21]涯崖捱睚 [22]艾刈（鐮刀）

au

p	[55]包胞鮑（姓）鮑²²⁻⁵⁵（鮑魚）孢（孢子）[35]飽 [33]爆5
pʰ	[55]泡（一泡尿）拋 [35]跑 [33]豹炮（槍炮）泡（泡茶）砲（砲竹）爆 [21]刨鉋（木鉋）
m	[55]貓 [21]茅錨矛 [13]卯牡鉚（鉚釘）[22]貌
l	[55]撈（異）[21]撈鐃撓（百折不撓）撈（異）[22]鬧
tʃ	[55]嘲啁 [35]抓爪找肘帚 [33]罩笊（笊籬）[22]櫂（櫂槳湖上）驟棹
tʃʰ	[55]抄鈔 [35]炒吵 [21]巢
ʃ	[55]梢（樹梢）捎（捎帶）筲鞘艄 [35]稍 [33]哨潲（豬潲，豬食物）
k	[55]交郊膠蛟（蛟龍）鮫 [35]絞狡攪（攪勻）搞（搞清楚）餃（餃子）[33]教覺（睡覺）較 校（校對）校（上校）窖滘斠
kʰ	[33]靠

h	[55]酵 (酵母) 敲吼烤拷酵 [35]考烤巧 [33]孝酵 [21]姣 (方：發姣) [22]效校 (學校) 傚
ø	[35]拗 (拗斷) [33]坳 (山坳) 拗 (拗口) [21]熬肴淆 [13]咬

an

p	[55]班斑頒扳 [35]板版闆阪 (日本地名：大阪) 扳 (異) [22]扮辦
pʰ	[55]扳 (扳回一局棋) 攀頒 (異) [33]盼襻 (紐襻)
m	[21]蠻 [13]晚 [22]慢饅漫幔萬蔓
f	[55]翻番 (番幾番) 幡 (幢幡) 反 (反切) [35]返 [33]販泛 (廣泛，泛泛之交) 氾反 (平反) [21]凡帆藩 (藩鎮之亂) 煩礬繁芃氾 (姓) [22]范範犯瓣飯范範犯瓣飯礬 (異)
t	[55]丹單 (單獨) 耽擔 (擔任) 鄲 (邯鄲) [35]旦 (花旦) 彈 (子彈) 蛋 (蛋花湯) 膽 [33]旦 (元旦) 誕擔 (挑擔) [13]淡 (鹹淡) [22]但淡 (冷淡) (地名：淡水)
tʰ	[55]坍灘攤貪 [35]坦毯 [33]碳炭嘆歎探 [21]檀壇彈 (彈琴) 潭譚談痰
l	[35]欖 [21]難 (難易) 蘭攔欄南男藍籃 [13]覽攬懶 [22]濫 (泛濫) 纜艦難 (患難) 爛
tʃ	[55]簪 [35]斬盞 [33]蘸贊 [22]賺綻 (破綻) 棧撰暫鏨站
tʃʰ	[55]餐參攙 (攙扶) [35]鏟產慘 [33]燦杉 [21]殘蠶慚讒饞
ʃ	[55]珊山刪閂拴三衫 [35]散 (鞋帶散了) [33]傘散 (分散) 疝 (疝氣) 篡涮 [21]潺
k	[55]艱間 (中間) 鰥 (鰥寡) 關艦監 (監獄) [35]鹸簡襉柬繭跰 (手過度磨擦生厚皮) 減 [33]間 (間斷) 諫澗鋼 (車鋼) 慣鑑監 (太監)
w	[55]彎灣 [21]頑還環灣 (銅鑼灣、長沙灣、土瓜灣) [13]挽 [22]幻患宦 (宦官)
h	[35]餡 [33]喊 [21]閒函咸鹹銜 [22]限陷 (陷阱)
ø	[33]晏 [21]顏巖岩癌 [13]眼 [22]雁

aŋ

pʰ	[55]烹 [21]彭膨棚鵬 [13]棒
m	[13]猛蜢錳 [22]孟
l	[13]冷

tʃ	[55]爭掙睜猙 [22]掙
tʃʰ	[55]撐 [35]橙 [33]掌 [21]瞪倀
ʃ	[55]生牲甥 [35]省
k	[55]更耕粳 [35]梗 [22]逛
kʰ	[55]框筐眶 [33]逛
w	[21]橫
h	[55]夯坑 [21]行桁
ø	[55]罌嚶 [22]硬

at

p	[3]八捌
m	[3]抹
f	[3]法髮發砝琺
t	[3]答搭 [2]達踏杳
tʰ	[3]韃撻躂遢獺撻塔榻塌
l	[3]瘌 [2]辣捋
tʃ	[3]札紮扎軋砸劄眨 [2]雜閘集習襲鍘柵
tʃʰ	[3]插獺擦察刷
ʃ	[3]殺撒薩煞
k	[3]刮夾裌甲胛挾
w	[3]挖斡 [2]滑猾或
h	[3]掐 [2]狹峽匣
ø	[3]鴨押壓

ak

p	[3]泊百柏伯舶佰 [2]白帛
pʰ	[3]帕拍魄擗
m	[3]擘

tʃ	[3]窄責 [2]澤擇宅摘擲
tʃʰ	[3]拆策冊柵 [2]賊
ʃ	[3]索
j	[3]吃（又）喫
k	[3]胳格革隔骼鬲
kʰ	[3]聒（聒耳）摑 [2]
w	[2]惑劃
h	[3]嚇（恐嚇）客嚇（嚇一跳）赫
ø	[2]額逆

ɐi

p	[55]跛 [33]蔽閉箅（蒸食物的竹箅子）[22]稗敝弊幣斃陛
pʰ	[55]批 [13]睥
m	[55]咪 [21]迷謎霾糜眯 [13]米眯弭
f	[55]麾揮輝徽麾暉 [35]痱疿 [33]廢肺費沸芾痱狒 [22]吠痱蜚
t	[55]低 [35]底抵邸砥 [33]帝蒂締諦寘 [22]第弟遞隸逮棣悌娣埭締弟
tʰ	[55]梯銻 [35]體體睇梯 [33]替涕剃屜 [21]堤題提蹄啼 [22]弟悌娣
l	[21]犁黎泥尼來犂藜 [13]禮醴蠡 [22]例厲勵麗荔
tʃ	[55]擠劑 [35]濟仔囝 [33]祭際制製濟掣 [21]齊薺 [22]滯
tʃʰ	[55]妻棲淒悽 [33]砌切
ʃ	[55]篩西犀 [35]洗駛使 [33]世勢細婿 [22]誓逝噬
j	[13]曳 [22]拽
k	[55]雞圭閨龜歸笄鮭 [35]偈詭軌鬼簋 [33]計繼髻鱖桂癸季貴瑰劌悸蹶饋 [22]跪櫃饋匱餽悸柜
kʰ	[55]稽溪盔規虧窺谿蹊奎睽 [35]啟 [33]契愧 [21]攜畦逵葵畦揆夔馗 [13]揆
w	[55]威 [35]毀萎委 [33]穢畏慰 [21]桅為維惟遺唯違圍 [13]諱偉葦緯 [22]衛惠慧為位胃謂蝟

h	[55]屎 [21]奚兮蹊嵇 [22]繫系（中文系）係
ø	[35]矮 [33]縊翳哎隘 [21]倪危 [13]蟻 [22]藝毅偽魏

ɐu

m	[55]痞 [33]卯 [21]謀牟眸蝥蟊 [13]某畝牡 [22]茂貿謬繆袤
f	[35]剖否 [21]浮 [22]埠阜復
t	[55]兜 [35]斗（一斗米）抖陡糾蚪 [33]鬥（鬥爭） [22]豆逗讀（句讀）竇痘荳
tʰ	[55]偷 [35]敨（展開） [33]透 [21]頭投
l	[55]褸騮 [35]紐扭朽 [21]樓髏流留榴硫琉劉餾榴嘍摟琉瘤瀏婁耬蹓鎏 [13]摟簍摟柳 [22]漏陋溜餾鏤遛蹓
tʃ	[55]揫鄒掫（巡夜打更）周舟州洲 [35]走酒肘帚 [33]奏晝皺縐咒 [22]就袖紂宙驟
tʃʰ	[55]秋鞦抽 [35]丑（小丑）醜（醜陋） [33]湊臭糗嗅 [21]囚汹綢稠籌酬
ʃ	[55]修羞颼蒐收 [35]臾搜手首守 [33]嗽秀宿鏽瘦漱獸 [21]愁仇 [22]受壽授售
j	[55]丘休憂優幽 [33]幼 [21]柔揉尤郵由油游猶悠 [13]有友酉莠誘 [22]又右祐柚鼬釉
k	[55]鳩鬮 [35]狗苟九久韭 [33]夠灸救究咎 [22]舊柩
kʰ	[55]溝摳眍（眼眶） [33]構購叩扣寇 [21]求球 [13]臼舅
h	[55]吼 [35]口 [21]侯喉猴瘊（皮膚所生的小贅肉） [13]厚 [22]後后（皇后）候
ø	[55]勾鉤歐甌 [35]嘔毆 [33]漚慪 [21]牛 [13]藕偶

ɐn

p	[55]杉賓檳奔崩 [35]稟品 [33]殯鬢 [22]笨
pʰ	[33]噴 [21]貧頻朋憑
m	[55]蚊 [21]民文紋聞萌盟 [13]澠閩憫敏抿吻刎 [22]問璺
f	[55]昏婚分芬紛熏勳薰葷 [35]粉 [33]糞訓 [21]墳焚 [13]奮憤忿 [22]份
t	[55]敦墩蹲登燈瞪 [35]等 [33]凳 [22]鄧澄
tʰ	[55]吞飩 [33]褪 [21]騰謄藤疼

l	[21]林淋臨鄰鱗燐崙倫淪輪能 [13]檁（正檁）[22]吝論
tʃ	[55]斟珍真肫曾增憎僧爭箏睜 [35]枕 [33]浸枕鎮振震 [22]陣
tʃʰ	[55]侵參（參差）親（親人）[35]寢診疹 [33]親（親家）趁襯 [21]尋沉秦塵曾（曾經）
ʃ	[55]心森參（人參）深辛新薪身申伸娠生（出生）[35]沈審嬸 [33]滲遜 [21]岑神辰晨臣 [22]葚甚腎慎
j	[55]欽音陰恩姻欣殷 [35]飲隱 [33]蔭飲（飲馬）印 [21]壬吟淫人仁寅 [13]忍引 [22]賃任紝刃韌
k	[55]甘柑泔今跟根巾筋均鈞君更（更換）庚粳羹耕轟搄 [35]感敢橄錦僅緊謹滾哽埂梗耿 [33]禁棍更（更加）[22]撳近（接近）郡
kʰ	[55]襟昆崑坤 [35]綑菌 [33]困窘 [21]琴禽擒勤芹群裙 [13]妗
w	[55]溫瘟 [35]穩 [33]熨 [21]魂餛勻云（子云）雲暈宏 [13]允尹 [22]渾混運
h	[55]堪龕蚶憨亨 [35]坎砍懇墾齦很 [33]勘 [21]含酣痕恆行（行為）衡 [22]撼憾嵌恨杏行（品行）幸
ø	[55]庵 [35]揞（揞住）埯 [33]暗 [21]銀艮齦

ɐt

p	[2]拔鈸弼
m	[2]襪密蜜物勿墨默陌麥脈
f	[2]乏伐筏罰佛
t	[2]突特
l	[2]立律率肋勒
tʃ	[2]疾姪
ʃ	[2]十什拾
k	[3]蛤鴿 [2]掘倔
kʰ	[2]及
w	[2]核（核桃）
h	[2]合盒磕洽瞎轄核（審核）
ø	[2]訖

ɛ

t	[55]爹
tʃ	[55]遮 [35]姐者 [33]借藉蔗 [22]謝
tʃʰ	[55]車奢 [35]且扯 [21]邪斜
ʃ	[55]些賒 [35]寫捨 [33]瀉卸赦舍 [21]蛇佘 [13]社 [22]射麝
j	[21]耶爺 [13]惹野 [22]夜
kʰ	[21]茄癲

ɛŋ

p	[35]餅 [33]柄 [22]病
t	[55]釘 [35]頂 [33]掟 [22]訂
tʰ	[55]聽廳 [13]艇
l	[33]靚 [21]靈鯪 [13]頜嶺
tʃ	[55]精 [35]井阱 [33]正 [22]淨鄭阱
tʃʰ	[55]青 [35]請
ʃ	[55]聲星腥 [35]醒 [21]成城
k	[55]驚 [35]頸 [33]鏡
h	[55]輕

ɛk

p	[3]壁
pʰ	[3]劈
t	[2]笛糴(糶米)
tʰ	[3]踢
tʃ	[3]隻炙脊
tʃʰ	[3]赤尺呎
ʃ	[3]錫 [2]石

kʰ	[2]劇屐
h	[3]吃喫

ei

p	[55]箆碑卑悲 [35]彼俾比秕 [33]臂祕泌轡庇痺 [22]被避備鼻
pʰ	[55]披丕 [35]鄙 [33]譬屁 [21]皮疲脾琵枇 [13]被婢
m	[21]糜眉楣微 [13]靡美尾 [22]媚寐未味
f	[55]非飛妃 [35]匪榧翡 [21]肥
t	[22]地
l	[55]璃 [21]彌離梨釐狸 [13]履你李里裡理鯉 [22]膩利吏餌
∫	[35]死 [33]四
k	[55]飢几（茶几）基幾（幾乎）機饑 [35]己紀杞幾（幾個）[33]寄記既 [22]技妓忌
kʰ	[33]冀 [21]奇（奇怪）騎（輕騎）祁鰭其棋期旗祈 [13]企徛（站立）
h	[55]犧欺嬉熙希稀 [35]起喜蟢豈 [33]戲器棄氣汽

eŋ

p	[55]冰兵 [35]丙秉 [33]迸柄併 [22]並
pʰ	[55]姘拼 [33]聘 [21]平坪評瓶屏萍
m	[21]鳴明名銘 [13]皿 [22]命
t	[55]丁釘靪疔 [35]頂鼎 [33]釘 [22]訂錠定
tʰ	[55]聽廳汀（水泥）[33]聽（聽其自然）[21]亭停廷蜓 [13]艇挺
l	[55]拎 [21]楞陵凌菱寧靈零鈴伶翎 [13]領嶺 [22]令佞另
t∫	[55]徵蒸精晶晴貞偵正（正月）征 [35]拯井整 [33]證症正（正常）政 [22]靜靖淨
t∫ʰ	[55]稱（稱呼）清鯉青蜻 [35]請逞 [33]稱（相稱）秤 [21]澄懲澄（水清）晴呈程
∫	[55]升勝聲星（星空）腥 [35]省醒（醒目）[33]勝性姓聖 [21]乘繩塍承丞成（成事）城（城市）誠 [22]剩盛
j	[55]應鷹鶯鸚櫻英嬰纓 [35]影映 [33]應（應對）[21]仍凝蠅迎盈贏形型刑 [22]認

k	[55]京荊驚經 [35]境景警竟 [33]莖敬勁徑 [22]勁競
kʰ	[55]傾 [35]頃 [21]擎鯨瓊
w	[55]扔 [21]榮 [13]永 [22]泳詠潁
h	[55]興（興旺）卿輕（輕重）馨兄 [33]興（高興）慶磬

ek

p	[5]逼迫碧壁璧
pʰ	[5]僻闢劈
m	[2]覓
t	[5]的嫡 [2]滴廸
tʰ	[5]剔
l	[5]匿 [2]滴敵
tʃ	[5]即鯽織職積跡績斥
tʃʰ	[5]斥戚
ʃ	[5]悉息熄媳嗇識式飾惜昔適釋析 [3]錫（用於人名）[2]食蝕
j	[5]憶億抑益 [2]翼逆亦譯易（交易）液腋疫役
k	[5]戟擊激虢 [2]極
w	[2]域

i

tʃ	[55]豬諸誅蛛株朱硃珠知蜘支枝肢梔資咨姿脂茲滋輜之芝 [35]煮拄主紫紙只（只有）姊旨指子梓滓止趾址 [33]著駐註注鑄智致至置志（志氣）誌（雜誌）痣 [22]箸住自雉稚字伺祀巳寺嗣飼痔治
tʃʰ	[55]雌疵差（參差不齊）眵癡嗤 [35]處杵此佌豸恥柿齒始 [33]處（處所）刺賜翅次廁 [21]廚臍池馳匙瓷餈遲慈磁辭詞祠持 [13]褚（姓）儲苧署柱似恃
ʃ	[55]書舒樞輸斯廝施私師獅尸（尸位素餐）屍司絲思詩 [35]暑鼠黍屎使（使用）史 [33]庶恕戍肆思（意思）試 [21]薯殊時鰣 [13]市 [22]豎樹是氏豉示視士（士兵）仕（仕途）事侍

j	[55]於淤迂于伊醫衣依 [35]倚椅 [33]意 [21]如魚漁余餘儒愚虞娛盂榆愉兒宜儀移夷姨而疑飴沂 [13]汝語與乳雨宇禹羽爾議耳擬矣已以 [22]御禦譽預遇愈喻裕誼義（義務）易（難易）二肄異

iu

p	[55]臕標錶彪 [35]表
pʰ	[55]飄漂（漂浮） [33]票漂（漂亮） [21]瓢嫖 [13]鰾
m	[21]苗描 [13]藐渺秒杳 [22]廟妙
t	[55]刁貂雕丟 [33]釣弔吊 [22]掉調（調查）
tʰ	[55]挑 [33]跳糶跳 [21]條調（調和）
l	[21]燎療聊遼撩嘹瞭 [13]鳥了 [22]尿料（顏料）廖
tʃ	[55]焦蕉椒朝（今朝）昭（昭雪）招 [35]剿沼（沼氣） [33]醮照詔（詔書） [22]噍趙召
tʃʰ	[55]超 [35]悄 [33]俏鞘 [21]樵瞧朝（朝代）潮
ʃ	[55]消宵霄硝銷燒蕭簫 [35]小少（多少） [33]笑少（少年） [21]韶 [22]兆紹邵
j	[55]妖邀腰要（要求）么吆（大聲吆喝） [33]要 [21]饒橈搖瑤謠姚堯 [13]擾繞舀 [22]耀鷂
k	[55]驕嬌 [35]矯轎繳 [33]叫
kʰ	[33]竅 [21]喬僑橋蕎
h	[55]囂僥 [35]曉

in

p	[55]鞭邊蝙辮 [35]貶扁匾 [33]變遍 [22]辨辯汴便（方便）
pʰ	[55]編篇偏 [33]騙片 [21]便（便宜）
m	[21]綿棉眠 [13]免勉娩緬 [22]面（面子）麵（粉麵）
t	[55]掂顛端 [35]點典短 [33]店墊斷（決斷）鍛 [13]簟 [22]電殿奠佃斷（斷絕）段緞椴
tʰ	[55]添天 [35]舔腆 [21]甜田填團屯豚臀
l	[55]拈 [35]撚戀 [21]黏廉鎌鮎連聯年憐蓮鸞 [13]斂殮臉碾輦攆暖 [22]念練鍊楝亂嫩

tʃ	[55]尖沾粘瞻占（占卜）煎氈氊籤鑽（動詞）專尊遵 [35]剪展纂轉 [33]佔（侵佔）箭濺餞顫薦鑽（鑽子）轉（轉螺絲）[22]漸賤傳（傳記）
tʃʰ	[55]殲籤遷千川穿村 [35]揣淺喘忖 [33]竄串寸吋 [21]潛錢纏前全泉傳（傳達）椽存 [13]踐
ʃ	[55]仙鮮（新鮮）先酸宣孫 [35]陝閃鮮（鮮少）癬選損 [33]線搧扇算蒜 [21]蟾簷蟬禪旋鏇船 [22]羨善膳單（姓）禪篆
j	[55]淹閹醃腌煙燕（燕京）冤淵 [35]掩演堰丸阮宛 [33]厭燕（燕子）嚥宴怨 [21]炎鹽閻嚴嫌涎然燃焉延筵言研賢完圓員緣沿鉛元原源袁轅援玄懸 [13]染冉儼軟遠 [22]驗豔焰莧諺硯現院願縣眩
k	[55]兼肩堅捐 [35]檢捲卷 [33]劍建見眷絹 [22]儉件鍵健圈倦
kʰ	[21]鉗乾虔拳權顴
h	[55]謙軒掀牽圈喧 [35]險遣顯犬 [33]欠憲獻勸券 [21]弦

it

p	[5]必 [3]鱉憋 [2]別
pʰ	[3]撇
m	[2]滅篾
t	[3]跌 [2]疊碟牒蝶諜奪
tʰ	[3]帖貼鐵脫
l	[3]捋劣 [2]聶鑷躡獵列烈裂捏
tʃ	[2]接摺褶哲蜇折節拙
tʃʰ	[3]妾徹撤轍設切（切開）撮猝
ʃ	[3]攝涉薛泄屑楔雪說 [2]舌
j	[3]乙 [2]葉頁業熱薛悅月閱越曰粵穴
k	[3]劫澀結潔 [2]傑
kʰ	[3]揭厥決訣缺
h	[3]怯脅歉協歇蠍血

ɔ

p	[55]波菠玻 [33]簸播
pʰ	[55]坡 [35]頗 [33]破 [21]婆
m	[55]魔摩 [35]摸 [21]磨（動詞）饃 [22]磨（石磨）
f	[55]科 [35]棵火夥 [33]課貨
t	[55]多 [35]朵躲剁 [22]惰
tʰ	[55]拖 [33]唾 [21]駝馱（馱起來）舵 [13]妥橢 [22]馱（牲畜背上所背的貨物）
l	[55]囉 [35]裸 [21]挪羅鑼籮騾腡 [22]糯
tʃ	[35]左阻 [33]佐 [22]佐坐（坐立不安）座助
tʃʰ	[55]搓初雛 [35]楚礎 [33]銼錯 [21]鋤
ʃ	[55]蓑梭唆莎梳疏蔬 [35]鎖瑣所 [21]傻
k	[55]歌哥戈 [35]果裹餜 [33]個過
kʰ	[35]顆
w	[55]鍋倭窩蝸 [21]和禾 [22]禍
h	[55]靴 [35]可 [21]荷河何 [22]賀
ø	[55]阿（阿膠）[21]訛蛾俄鵝哦 [22]臥餓

ɔi

t	[22]待殆代袋
tʰ	[55]胎 [21]台臺抬 [13]怠
l	[21]來 [22]耐奈內
tʃ	[55]災栽 [35]宰載 [33]再載 [22]在
tʃʰ	[35]彩採睬 [33]菜賽蔡 [21]才材財裁纔（方纔）
ʃ	[55]腮鰓
k	[55]該 [35]改 [33]蓋
kʰ	[33]概溉慨丐
h	[55]開 [35]凱海 [22]亥害駭
ø	[55]哀埃 [35]藹 [33]愛 [21]呆 [22]礙外

ɔn

k	[55]干 (干戈) 肝竿乾 (乾濕) 桿疆 [35]稈趕 [33]幹 (幹部)
h	[55]看 (看守) 刊 [35]罕 [33]看 (看見) 漢 [21]鼾寒韓 [13]旱 [22]汗銲翰
ø	[55]安鞍 [33]按案 [22]岸

ɔŋ

p	[55]幫邦 [35]榜綁 [22]傍 (傍晚)
pʰ	[33]謗 [21]滂旁螃龐 [13]蚌
m	[55]虻 [21]忙茫芒亡 [13]莽蟒網輞妄 [22]忘望
f	[55]荒慌方肪芳 [35]謊晃倣紡仿彷訪 [33]放況 [21]妨房防
t	[55]當 (當時) [35]黨擋 [33]當 (典當) [22]宕蕩
tʰ	[55]湯 [35]倘躺 [33]燙趟 [21]堂棠螳唐糖塘
l	[35]兩 (幾兩幾錢) [21]囊瓤 [13]朗兩 (兩個) [22]浪亮諒輛量
tʃ	[55]贓髒將漿張莊裝章樟椿 (打樁) [35]蔣獎槳長 (生長) 掌 [33]莽醬將漲帳賬脹壯障璋 [22]藏 (西藏) 臟匠象像橡丈仗杖狀撞

tʃʰ	[55]倉蒼槍瘡昌菖窗 [35]搶闖廠 [33]暢唱倡 (提倡) [21]藏 (隱藏) 牆詳祥長 (長短) 腸場床
ʃ	[55]桑喪相 (互相) 箱廂湘襄鑲霜孀商傷雙 [35]嗓想爽賞鯗 (鯗魚：曬乾和醃過的魚) [33]喪相 (相貌) [21]常嘗裳償 [13]上 (上山) [22]尚 (和尚) 上 (上面)
j	[55]央秧殃 [21]羊洋烊楊 (姓) 陽揚瘍 [13]攘嚷仰養癢 [22]釀壤讓樣
k	[55]岡崗剛綱缸疆僵薑礓 (礓石) 韁姜羌光江扛豇 (豇豆) [35]廣講港 [33]鋼杠降
kʰ	[33]抗炕曠擴礦 [21]強狂 [13]強 (勉強)
w	[55]汪 [35]枉 [21]黃簧皇蝗王 [13]往 [22]旺
h	[55]康糠香鄉匡筐眶腔 [35]慷晌餉享響 [33]向 [21]行 (行列) 航杭降 (投降) [22]項巷
ø	[55]航 [21]昂

ɔt

k	[3]割葛
h	[3]喝渴

ɔk

p	[3]博縛駁 [2]薄泊（澹泊名利）
pʰ	[3]樸朴撲
m	[5]剝 [2]莫膜幕寞
f	[3]霍藿（藿香）
t	[3]琢啄涿（涿鹿） [2]鐸踱
tʰ	[3]託托
l	[2]諾落烙駱酪洛絡樂（快樂）略掠
tʃ	[3]作爵雀鵲嚼著（著衣）酌勺 [2]鑿昨著（附著）
tʃʰ	[3]錯綽焯芍卓桌戳
ʃ	[3]索朔
j	[3]約（公約）[2]若弱虐瘧鑰躍
k	[3]各閣擱腳郭覺（知覺）角國
kʰ	[3]郝卻廓確推（榷蒜）
w	[2]鑊獲
h	[3]殼 [2]鶴學
ø	[3]惡（善惡）[2]鄂岳樂（音樂）愕鱷嶽噩鴉

ou

p	[55]褒 [35]補保堡寶 [33]布佈報 [22]怖部簿（簿記）步捕暴孢（孢雞仔）
pʰ	[55]鋪（鋪設）[35]譜普浦脯甫（幾甫路）脯（杏脯）[33]鋪（店鋪）[21]蒲菩袍 [13]抱
m	[55]蟆（蝦蟆）[21]模摹無巫誣毛 [13]武舞侮鵡母拇 [22]暮慕墓募務霧冒帽戊

t	[55]都刀叨 [35]堵賭島倒 [33]妒到 [22]杜度渡鍍道稻盜導
tʰ	[55]滔 [35]土禱討 [33]吐兔套 [21]徒屠途塗圖掏桃逃淘陶萄濤 [13]肚
l	[21]奴盧爐蘆鑪勞牢嘮 [13]努魯櫓虜滷腦惱老 [22]怒路賂露鷺澇
tʃ	[55]租糟遭 [35]祖組早棗蚤澡 [33]灶 [22]做皂造
tʃʰ	[55]粗操（操作） [35]草 [33]醋措躁糙 [21]曹槽
ʃ	[55]蘇酥鬚騷 [35]數（動詞）嫂 [33]素訴塑數（數目）掃
k	[55]高膏（膏腴）篙羔糕 [35]稿 [33]告膏（動詞，把毛筆蘸上墨後，在硯臺邊上搎：膏筆）
h	[55]蒿薅（薅鋤）[35]好（好壞）[33]犒好（喜好）耗 [21]豪壕毫號（呼號）[22]浩號（號數）
ø	[35]襖 [33]懊奧 [22]傲

oŋ

pʰ	[35]捧 [21]篷蓬
m	[21]蒙 [13]懵蠓 [22]夢
f	[55]風楓瘋豐封峰蜂鋒 [35]俸 [33]諷 [21]馮逢縫（縫衣）[22]鳳奉縫（一條縫）
t	[55]東冬端 [35]董懂短 [33]凍斷 [22]棟動洞頓囤沌鈍遁斷段緞椴
tʰ	[55]通熥（以火暖物）飩 [35]桶捅統 [33]痛 [13]盾 [21]同銅桐筒童瞳屯豚臀
l	[35]卵戀 [21]籠聾農膿儂隆濃龍鸞 [13]攏隴壟輦撣暖 [22]弄吝論亂嫩
tʃ	[55]棕鬃宗中（當中）忠終蹤縱鐘鍾盅春津榛臻鑽（動詞）專尊遵 [35]總粽種（種類）腫準准纂轉 [33]綜中（射中）眾縱種（種樹）進晉俊濬鑽（鑽子）轉（轉螺絲）[22]仲誦頌訟盡傳（傳記）
tʃʰ	[55]聰匆蔥（洋蔥）囪（煙囪）充衝椿春川穿村 [35]冢寵蠢喘忖 [33]竄串寸吋 [21]叢蟲從松重（重複）秦旬循巡全泉傳（傳達）椽存 [13]重（輕重）
ʃ	[55]鬆嵩從（從容不迫）荀殉酸宣孫 [35]慫筍榫選損 [33]送宋信遜迅算蒜 [21]崇純醇旋鏇船 [22]順舜篆
j	[55]翁雍癰（生背癰）冤淵 [35]攤壅甬湧丸阮宛 [33]怨 [21]戎絨融茸容蓉鎔庸完圓員緣沿鉛元原源袁轅援玄懸 [13]冗（冗員）勇軟遠 [22]用潤閏孕院縣眩

k	[55]公蚣工功攻弓躬宮恭供（供給）（捐）[35]拱鞏捲卷 [33]貢供（供養）（眷絹）[22]共圈倦
kʰ	[21]窮拳權顴
h	[55]空胸凶（吉凶）兇（兇惡）圈喧 [35]孔恐犬 [33]控烘哄汞鬨嗅勸券 [21]虹紅洪鴻熊雄弦
ø	[33]甕

ok

p	[5]卜（占卜）[2]僕曝瀑
pʰ	[5]仆（前仆後繼）
m	[2]木目穆牧
f	[5]福幅蝠複腹覆（反覆）[2]復（復興）服伏
t	[5]篤督 [3]奪 [2]獨讀牘犢毒
tʰ	[5]禿 [3]脫
l	[5]劣 [2]鹿祿六陸綠錄栗
tʃ	[5]浞竹築祝粥足燭囑觸捉卒 [2]續濁鐲族逐軸俗拙
tʃʰ	[5]速畜蓄促束出 [3]撮猝
ʃ	[5]蕭宿縮叔粟捒戌恤率蟀 [3]雪說 [2]熟淑贖蜀屬朮術述秫
j	[5]沃郁 [3]乙 [2]肉育辱褥玉獄欲（搖搖欲墜）慾（意慾）浴悅月閱越曰粵穴日逸
k	[5]穀谷（山谷）菊掬（笑容可掬）麴（酒麴）[2]局
kʰ	[5]曲（曲折）[3]厥決訣缺
h	[5]哭 [3]血 [2]斛酷
ø	[5]屋

u

| f | [55]枯呼夫膚敷俘孵麩 [35]苦卡府腑斧撫釜 [33]庫褲戽賦富副 [21]乎符扶芙 [13]婦 [22]付傅赴訃父腐輔附負 |
| k | [55]姑孤 [35]古估牯股鼓 [33]故固錮雇顧 |

kʰ	[55]箍
w	[55]烏污塢 [35]滸 [33]惡（可惡）[21]胡湖狐壺瓠鬍 [22]戶滬互護芋

ui

p	[55]杯 [33]貝輩背 [22]背（背誦）焙（焙乾）
pʰ	[55]胚坯 [33]沛配佩 [21]培陪賠裴 [13]倍
m	[21]梅枚媒煤 [13]每 [22]妹昧
f	[55]魁恢灰奎 [33]悔晦
kʰ	[35]賄潰劊檜繪
w	[55]煨 [21]回茴 [13]會（懂得）[22]匯會（會計）彙匯

un

p	[55]般搬 [35]本 [33]半 [22]絆伴拌叛胖
pʰ	[55]潘 [33]拚判 [21]盤盆
m	[21]瞞門 [13]滿 [22]悶
f	[55]寬歡 [35]款
k	[55]官棺觀（參觀）冠（衣冠）[35]管館 [33]貫灌罐觀（寺觀）冠（冠軍）
w	[35]玩（玩味）豌剜碗腕 [21]桓（春秋時代齊桓公）[13]皖 [22]喚煥緩換玩（玩味）

ut

p	[2]撥勃
pʰ	[3]潑
m	[3]抹 [2]末沫沒
f	[3]闊
kʰ	[3]括豁
w	[2]活

ɵy

t	[55]堆 [33]對碓兌 [22]隊
tʰ	[55]推 [35]腿 [33]退蛻
l	[55]呂旅縷屢儡累壘女驢雷 [13]女呂稆旅屢儡壘 [21]雷 [22]濾濾累類淚慮
tʃ	[55]追錐蛆 [35]嘴 [33]最醉 [22]聚罪贅墜序聚
tʃʰ	[55]趨催崔吹炊 [35]取娶 [33]趣脆翠 [21]除隨槌錘徐
ʃ	[55]須需雖綏衰 [35]水 [33]碎歲稅帥 [21]垂誰 [13]髓絮緒（情緒）[22]睡瑞粹遂隧穗緒（光緒）
j	[13]蕊 [22]芮銳
k	[55]居車（車馬砲）[33]鋸
kʰ	[55]驅區（區域）[21]渠瞿 [13]佢拒距
h	[55]墟虛噓吁 [35]許 [33]去

m̩

	[13]午伍五 [21]唔吳蜈吾梧 [22]誤悟

第三節　香港新界離島吉澳同音字彙

a

p	[55]巴芭疤爸 [35]把 [33]霸壩（水壩）垻（堤塘）[21]爸⁵⁵⁻²¹ [22]罷
pʰ	[55]趴 [33]怕 [21]爬琶耙杷鈀
m	[55]媽 [21]媽⁵³⁻²¹麻痲 [13]馬碼 [22]罵
f	[55]花 [33]化
t	[55]打²¹⁻³⁵（一打，來自譯音）[35]打
tʰ	[55]他她它祂牠佗怹
l	[55]啦 [35]㘉 [21]拿 [13]哪那

tʃ	[55]查(山查)碴渣髽(鬅髽：抓髻)吒(哪吒：神話人物) [33]詐榨炸乍炸
tʃʰ	[55]叉杈差(差別) [33]岔妊(妊紫嫣紅)衩(衩衣，開衩) [21]茶搽荏(麥荏，麥收割後留在地的根)查(調查)
ʃ	[55]沙紗砂莎卅鯊痧(刮痧) [35]灑耍灑嗄(聲音嘶啞) [21]卅(異)
j	[13]也 [22]廿廿
k	[55]家加痂嘉傢瓜枷迦嘎伽袈鎵葭茄珈笳跏茄 [35]假(真假)賈(姓)寡剮斝(玉製的盛酒器具) [33]假(放假)架駕嫁稼價掛卦(新)
kʰ	[33]卦(老)
kwʰ	[55]誇垮(搞垮)跨夸(奢侈) [35]侉(誇大不實際)
w	[55]划(划船)蛙窪 [35]畫(名) [21]華(中華)華(華夏)鏵(犁鏵)樺(又) [22]華(華山、姓氏)樺話(說話)
h	[55]蝦(魚蝦)蝦(蝦蟆)哈 [21]霞瑕遐(名聞遐邇) [22]廈(大廈)廈(廈門)下(底下、下降)夏(春夏)夏(姓氏)暇(分身不暇)
ø	[55]鴉丫椏 [35]啞 [33]亞 [21]牙芽衙伢(小孩子) [13]雅瓦(瓦片) [22]砑(砑平：碾壓成扁平)

ai

p	[55]掰(掰開)拜33-55擘 [35]擺 [33]拜湃 [22]敗
pʰ	[55]派(派頭) [35]牌21-35(打牌) [33]派湃(又) [21]排牌簲(竹筏)霾(陰霾)
m	[21]埋 [13]買 [22]賣邁
f	[33]傀塊快筷
t	[55]呆(異)獃(書獃子) [35]歹傣33-35 [33]戴帶傣(傣族) [22]大(大量)大(大夫)
tʰ	[55]呔(方：車呔) [33]太態泰貸汰(汰弱留強)鈦(鈦合金)舦(舦盤)舵(異)
l	[55]拉蕌(方：蕌仔) [35]舐(異)瀨21-35(瀨粉) [33]癩(癩瘡) [21]奶13-21 [13]乃奶 [22]賴籟(萬籟無聲)瀨(方：瀨尿)酹(酹酒)癩(異)
tʃ	[55]齋 [33]債 [22]寨
tʃʰ	[55]猜釵差(出差) [35]踩(踩高蹺)踹(踹踏) [21]豺柴
ʃ	[35]璽徙舐(舐犢情深) [33]晒曬(晒之異體字)
j	[35]踹

k	[55]皆階稭佳街 [35]解（解開）解（曉）[33]介階偕界芥尬疥屆戒
kʰ	[35]楷
kw	[55]乖 [25]蒯（姓）拐（拐杖）[33]怪
w	[55]歪 [33]餧（同「餵」字）[21]懷槐淮 [22]壞
h	[55]揩（揩油）[21]孩諧鞋骸 [13]蟹懈駭 [22]邂械懈解（姓氏）
ø	[55]挨哎唉埃 [33]隘（氣量狹隘）[21]涯崖捱睚 [22]艾刈（鐮刀）

au

p	[55]包胞鮑（姓）鮑[22-55]（鮑魚）孢（孢子）[35]飽 [33]爆5
pʰ	[55]泡（一泡尿）拋 [35]跑 [33]豹炮（槍炮）泡（泡茶）（砲韵）爆 [21]刨鉋（木鉋）
m	[55]貓 [21]茅錨矛 [13]卯牡鉚（鉚釘）[22]貌
l	[55]撈（異）[21]撈撓撈（百折不撓）撈（異）[22]鬧
tʃ	[55]嘲啁 [35]抓爪找肘帚 [33]罩笊（笊籬）[22]櫂（櫂樂湖上）驟棹
tʃʰ	[55]抄鈔 [35]炒吵 [21]巢
ʃ	[55]梢（樹梢）捎（捎帶）筲鞘艄 [35]稍 [33]哨潲（豬潲，豬食物）
k	[55]交郊膠蛟（蛟龍）鮫 [35]絞狡攪（攪勻）搞（搞清楚）餃（餃子）[33]教覺（睡覺）較 校（校對）校（上校）窖滘斠
kʰ	[33]靠
h	[55]酵（酵母）敲吼烤拷酵 [35]考烤巧 [33]孝酵 [21]姣（方：發姣）[22]效校（學校）傚
ø	[35]拗（拗斷）[33]坳（山坳）拗（拗口）[21]熬肴淆 [13]咬

an

p	[55]班斑頒扳 [35]板版闆阪（日本地名：大阪）扳（異）[22]扮辦
pʰ	[55]扳（扳回一局棋）攀頒（異）[33]盼襻（紐襻）
m	[21]蠻 [13]晚 [22]慢饅漫幔萬蔓
f	[55]翻番（番幾番）幡（幡幡）反（反切）[35]返 [33]販泛（廣泛，泛泛之交）氾反（平反）[21]凡帆藩（藩鎮之亂）煩礬繁芃氾（姓）[22]范範犯瓣飯范範犯瓣飯礬（異）

t	[55]丹單（單獨）耽擔（擔任）鄲（邯鄲）[35]旦（花旦）彈（子彈）蛋（蛋花湯）膽 [33]旦（元旦）誕擔（挑擔）[13]淡（鹹淡）[22]但淡（冷淡）（地名：淡水）
tʰ	[55]坍灘攤貪 [35]坦毯 [33]碳炭嘆歎探 [21]檀壇彈（彈琴）潭譚談痰
l	[35]欖 [21]難（難易）蘭攔欄南男藍籃 [13]覽攬懶 [22]濫（泛濫）纜艦難（患難）爛
tʃ	[55]簪 [35]斬盞 [33]蘸贊 [22]賺綻（破綻）棧撰暫鏨站
tʃʰ	[55]餐參攙（攙扶）[35]鏟產慘 [33]燦杉 [21]殘蠶慚讒饞
ʃ	[55]珊山刪閂拴三衫 [35]散（鞋帶散了）[33]傘散（分散）疝（疝氣）篡涮 [21]潺
k	[55]艱間（中間）尷監（監獄）[35]鹻簡襇柬繭趼（手過度磨擦生厚皮）減 [33]間（間斷）諫澗鐗（車鐗）鑑監（太監）
kw	[53]鰥（鰥寡）關 [33]慣
w	[55]彎灣 [21]頑還環灣（銅鑼灣、長沙灣、土瓜灣）[13]挽 [22]幻患宦（宦官）
h	[35]餡 [33]喊 [21]閒函咸鹹銜 [22]限陷（陷阱）
ø	[33]晏 [21]顏巖岩癌 [13]眼 [22]雁

aŋ

pʰ	[55]烹 [21]彭膨棚鵬 [13]棒
m	[13]猛蜢錳 [22]孟
l	[13]冷
tʃ	[55]爭掙睜猙 [22]掙
tʃʰ	[55]撐 [35]橙 [33]牚 [21]瞪倀
ʃ	[55]生牲甥 [35]省
k	[55]更耕粳 [35]梗
kʰ	[55]筐
kw	[22]逛
kwʰ	[55]框眶
w	[21]橫

h	[55]夯坑 [21]行桁
ø	[55]罌甖 [22]硬

at

p	[3]八捌
m	[3]抹
f	[3]法髮發砝砝
t	[3]答搭 [2]達踏沓
tʰ	[3]韃撻躂遏獺撻塔榻塌
l	[3]瘌 [2]辣捺
tʃ	[3]札紮扎軋砸劄眨 [2]雜閘集習襲鍘柵
tʃʰ	[3]插獺擦察刷
ʃ	[3]殺撒薩煞
k	[3]夾裌甲胛挾
kw	[3]刮
w	[3]挖斡 [2]滑猾或
h	[3]掐 [2]狹峽匣
ø	[3]鴨押壓

ak

p	[3]泊百柏伯舶佰 [2]白帛
pʰ	[3]帕拍魄檗
m	[3]擘
tʃ	[3]窄責 [2]澤擇宅摘擲
tʃʰ	[3]拆策冊柵 [2]賊
ʃ	[3]索
j	[3]吃(又)喫
k	[3]胳格革隔骼鬲

kʰ	[3]眲（眲耳）摑
kw	[3]骼挌
kwʰ	[2]摑眲
w	[2]惑劃
h	[3]嚇（恐嚇）客嚇（嚇一跳）赫
ø	[2]額逆

ɐi

p	[55]跛 [33]蔽閉箅（蒸食物的竹箅子）[22]椑敝弊幣斃陛
pʰ	[55]批 [13]睥
m	[55]咪 [21]迷謎霾麋眯 [13]米眯弭
f	[55]麾揮輝徽麾暉 [35]痱痱 [33]廢肺費沸芾痱狒 [22]吠痱蜚
t	[55]低 [35]底抵邸砥 [33]帝蒂締諦疐 [22]第弟遞隸逮棣悌娣埭締弟
tʰ	[55]梯鍗 [35]體軆睇梯 [33]替涕剃屜 [21]堤題提蹄啼 [22]弟悌娣
l	[21]犁黎泥尼來犁藜 [13]禮醴蠡 [22]例厲勵麗荔
tʃ	[55]擠劑 [35]濟仔囝 [33]祭際制製濟掣 [21]齊薺 [22]滯
tʃʰ	[55]妻棲淒悽 [33]砌切
ʃ	[55]篩西犀 [35]洗駛使 [33]世勢細婿 [22]誓逝噬
j	[13]曳 [22]拽
k	[55]雞 [33]計繼髻
kʰ	[55]稽溪盔谿蹊睽 [35]啟 [33]契愧 [21]攜畦逵葵畦揆夔馗 [13]揆
kw	[55]圭閨龜歸笄鮭奎 [35]傀詭軌鬼簋 [33]鱖桂癸季貴瑰劊悸蹶饋
kwʰ	[55]規盔虧窺
w	[55]威 [35]毀萎委 [33]穢畏慰 [21]桅為維惟遺唯違圍 [13]諱偉葦緯 [22]衛惠慧為位胃謂蝟
h	[55]屄 [21]奚兮蹊豀 [22]繫系（中文系）係
ø	[35]矮 [33]縊翳哎隘 [21]倪危 [13]蟻 [22]藝毅偽魏

ɐu

m	[55]痞 [33]卯 [21]謀牟眸蝥蟊 [13]某畝牡 [22]茂貿謬繆繆袤
f	[35]剖否 [21]浮 [22]埠阜復
t	[55]兜 [35]斗（一斗米）抖陡糾蚪 [33]鬥（鬥爭）[22]豆逗讀（句讀）竇痘荳
tʰ	[55]偷 [35]敨（展開）[33]透 [21]頭投
l	[55]褸驑 [35]紐扭杻 [21]樓耬流留榴硫琉劉餾榴嘍摟琉瘤瀏婁耬蹓鎏 [13]摟簍摟柳 [22]漏陋溜餾鏤遛蹓
tʃ	[55]擎貙掫（巡夜打更）周舟州洲 [35]走酒肘帚 [33]奏晝皺縐咒 [22]就袖紂宙驟
tʃʰ	[55]秋鞦抽 [35]丑（小丑）醜（醜陋）[33]湊臭糗嗅 [21]囚泅綢稠籌酬
ʃ	[55]修羞颼蒐收 [35]叟搜手首守 [33]嗽秀宿鏽瘦漱獸 [21]愁仇 [22]受壽授售
j	[55]丘休憂優幽 [33]幼 [21]柔揉尤郵由油游猶悠 [13]有友酉莠誘 [22]又右祐柚鼬釉
k	[55]鳩鬮 [35]狗苟九久韭 [33]夠灸救究咎 [22]舊柩
kʰ	[55]溝摳瞘（眼瞘）[33]構購叩扣寇 [21]求球 [13]臼舅
h	[55]吼 [35]口 [21]侯喉猴瘊（皮膚所生的小贅肉）[13]厚 [22]後后（皇后）候
ø	[55]勾鉤歐甌 [35]嘔毆 [33]漚慪 [21]牛 [13]藕偶耦

ɐn

p	[55]杉賓檳奔崩 [35]稟品 [33]殯鬢 [22]笨
pʰ	[33]噴 [21]貧頻朋憑
m	[55]蚊 [21]民文紋聞萌盟 [13]澠閩憫敏抿吻刎 [22]問蹕
f	[55]昏婚分芬紛熏勳薰葷 [35]粉 [33]糞訓 [21]墳焚 [13]奮憤忿 [22]份
t	[55]敦墩蹲登燈瞪 [35]等 [33]凳 [22]鄧澄
tʰ	[55]吞飩 [33]褪 [21]騰謄藤疼
l	[21]林淋臨鄰鱗燐崙倫淪輪能 [13]檁（正樑）
tʃ	[55]斟珍真朘曾增憎僧爭箏睜 [35]枕 [33]浸鎮振震 [22]陣

tʃʰ	[55]侵參（參差）親（親人）[35]寢診疹 [33]親（親家）趁襯 [21]尋沉秦塵曾（曾經）
ʃ	[55]心森參（人參）深辛新薪身申伸娠生（出生）[35]沈審嬸 [33]滲遜 [21]岑神辰晨臣 [22]葚葚腎慎
j	[55]欽音陰恩姻欣殷 [35]飲隱 [33]蔭飲（飲馬）印 [21]壬吟淫人仁寅 [13]忍引 [22]賃任紝刃韌
k	[55]甘柑泔今跟根巾筋更（更換）庚粳羹 [35]感敢橄錦僅緊謹哽埂梗耿 [33]禁（更加）[22]撳近（接近）
kʰ	[55]襟 [13]妗
kw	[55]均鈞君轟捃 [35]滾 [33]棍 [22]郡
kwʰ	[55]昆崑坤 [35]捆菌 [33]困窘 [21]琴禽擒勤芹群裙
w	[55]溫瘟 [35]穩 [33]熨 [21]魂餛勻云（子云）雲暈宏 [13]允尹 [22]渾混運
h	[55]堪龕蚶憨亨 [35]坎砍懇墾齦很 [33]勘 [21]含醢痕恆行（行為）衡 [22]撼憾嵌恨杏行（品行）幸
ø	[55]庵 [35]揞（揞住）埯 [33]暗 [21]銀垠齦

ɐt

p	[2]拔鈸弼
m	[2]襪密蜜物勿墨默陌麥脈
f	[2]乏伐筏罰佛
t	[2]突特
l	[2]立律率肋勒
tʃ	[2]疾姪
ʃ	[2]十什拾
j	[2]入日逸
k	[3]合（十合一升）蛤鴿
kʰ	[2]及
kw	[2]掘倔
w	[2]核（核桃）

h	[2]合（合作）盒磕洽瞎轄核（審核）
ø	[2]迄

ɛ

t	[55]爹
tʃ	[55]遮 [35]姐者 [33]借藉蔗 [22]謝
tʃʰ	[55]車奢 [35]且扯 [21]邪斜
ʃ	[55]些賒 [35]寫捨 [33]瀉卸赦舍 [21]蛇佘 [13]社 [22]射麝
j	[21]耶爺 [13]惹野 [22]夜
kʰ	[21]茄瘸

ɛŋ

p	[35]餅 [33]柄 [22]病
t	[55]釘 [35]頂 [33]掟 [22]訂
tʰ	[55]聽廳 [13]艇
l	[33]靚 [21]靈鯪 [13]領嶺
tʃ	[55]精 [35]井阱 [33]正 [22]淨鄭阱
tʃʰ	[55]青 [35]請
ʃ	[55]聲星腥 [35]醒 [21]成城
k	[55]驚 [35]頸 [33]鏡
h	[55]輕

ɛk

p	[3]壁
pʰ	[3]劈
t	[2]笛糴（糴米）
tʰ	[3]踢
tʃ	[3]隻炙脊

tʃʰ	[3]赤尺呎
ʃ	[3]錫 [2]石
kʰ	[2]劇屐
h	[3]吃喫

ei

p	[55]篦碑卑悲 [35]彼俾比秕 [33]臂祕泌轡庇痺 [22]被避備鼻
pʰ	[55]披丕 [35]鄙 [33]譬屁 [21]皮疲脾琵枇 [13]被婢
m	[21]糜眉楣微 [13]靡美尾 [22]媚寐未味
f	[55]非飛妃 [35]匪榧翡 [21]肥
t	[22]地
l	[55]璃 [21]彌離梨釐狸 [13]履你李里裡理鯉 [22]膩利吏餌
ʃ	[35]死 [33]四
k	[55]飢几（茶几）基幾（幾乎）機饑 [35]己紀杞幾（幾個）[33]寄記既 [22]技妓忌
kʰ	[33]冀 [21]奇（奇怪）騎（輕騎）祁鰭其棋期旗祈 [13]企徛（站立）
h	[55]犧欺嬉熙希稀 [35]起喜蟢豈 [33]戲器棄氣汽

eŋ

p	[55]冰兵 [35]丙秉 [33]迸柄併 [22]並
pʰ	[55]姘拼 [33]聘 [21]平坪評瓶屏萍
m	[21]鳴明名銘 [13]皿 [22]命
t	[55]丁釘靪疔 [35]頂鼎 [33]釘 [22]訂錠定
tʰ	[55]聽廳汀（水泥）[33]聽（聽其自然）[21]亭停廷蜓 [13]艇挺
l	[55]拎 [21]楞陵凌菱寧靈零鈴伶翎 [13]嶺嶺 [22]令佞另
tʃ	[55]徵蒸精晶睛貞偵正（正月）征 [35]拯井整 [33]證症正（正常）政 [22]靜靖淨
tʃʰ	[55]稱（稱呼）清蟶青蜻 [35]請逞 [33]稱（相稱）秤 [21]澄懲澄（水清）晴呈程

ʃ	[55]升勝聲星（星空）腥 [35]省醒（醒目） [33]勝性姓聖 [21]乘繩塍承丞成（成事）城（城市）誠 [22]剩盛
j	[55]應鷹鶯鸚櫻英嬰纓 [35]影映 [33]應（應對） [21]仍凝蠅迎盈贏形型刑 [22]認
k	[55]京荊驚經 [35]境景警竟 [33]莖敬勁徑 [22]勁競
kʰ	[55]傾 [35]頃 [21]擎鯨瓊
kw	[55]之間
w	[55]扔 [21]榮 [13]永 [22]泳詠穎
h	[55]興（興旺）卿輕（輕重）馨兄 [33]興（高興）慶馨

ek

p	[5]逼迫碧壁璧
pʰ	[5]僻闢劈
m	[2]覓
t	[5]的嫡 [2]滴迪
tʰ	[5]剔
l	[5]匿 [2]滴敵
tʃ	[5]即鯽織職積跡績斥
tʃʰ	[5]斥戚
ʃ	[5]悉息熄媳嗇識式飾惜昔適釋析 [3]錫（用於人名） [2]食蝕
j	[5]憶億抑益 [2]翼逆亦譯易（交易）液腋疫役
k	[5]戟擊激 [2]極
kw	[5]號
w	[2]域

i

tʃ	[55]豬諸誅蛛株朱硃珠知蜘支枝肢梔資咨姿脂茲滋輜之芝 [35]煮拄主紫紙只（只有）姊旨指子梓滓止趾址 [33]著駐註注鑄智致至置志（志氣）誌（雜誌）痣 [22]箸住自雉稚字伺祀巳寺嗣飼痔治

tʃʰ	[55]雌疵差（參差不齊）眵癡嗤 [35]處杵此侈豸恥柿齒始 [33]處（處所）刺賜翅次廁 [21]廚臍池馳匙瓷餈遲慈磁辭詞祠持 [13]褚（姓）儲苧署柱似恃
ʃ	[55]書舒樞輸斯廝施私師獅尸（尸位素餐）屍司絲思詩 [35]暑鼠黍屎使（使用）史 [33]庶恕戍肆思（意思）試 [21]薯殊時鰣 [13]市 [22]豎樹是氏豉示視士（士兵）仕（仕途）事侍
j	[55]於淤迂于伊醫衣依 [35]倚椅 [33]意 [21]如魚漁余餘儒愚虞娛盂榆愉兒宜儀移夷姨而疑飴沂 [13]汝語與乳雨宇禹羽爾議耳擬矣已以 [22]御禦譽預遇愈喻裕誼義（義務）易（難易）二肄異

iu

p	[55]臕標錶彪 [35]表
pʰ	[55]飄漂（漂浮） [33]票漂（漂亮） [21]瓢嫖 [13]鰾
m	[21]苗描 [13]藐渺秒杳 [22]廟妙
t	[55]刁貂雕丟 [33]釣弔吊 [22]掉調（調查）
tʰ	[55]挑 [33]跳糶眺 [21]條調（調和）
l	[21]燎療聊遼撩寮瞭 [13]鳥了 [22]尿料（預料）廖
tʃ	[55]焦蕉椒朝（今朝）昭（昭雪）招 [35]勦沼（沼氣） [33]醮照詔（詔書） [22]噍趙召
tʃʰ	[55]超 [35]悄 [33]俏鞘 [21]樵瞧朝（朝代）潮
ʃ	[55]消宵霄硝銷燒蕭簫 [35]小少（多少） [33]笑少（少年） [21]韶 [22]兆紹邵
j	[55]妖邀腰要（要求）么吆（大聲吆喝） [33]要 [21]饒橈搖瑤謠姚堯 [13]擾繞舀 [22]耀鷂
k	[55]驕嬌 [35]矯轎繳 [33]叫
kʰ	[33]竅 [21]喬僑橋蕎
h	[55]囂僥 [35]曉

in

p	[55]鞭邊蝙辮 [35]貶扁匾 [33]變遍 [22]辨辯汴便（方便）
pʰ	[55]編篇偏 [33]騙片 [21]便（便宜）
m	[21]綿棉眠 [13]免勉娩緬 [22]面（面子）麵（粉麵）

t	[55]掂顛 [35]點典 [33]店墊 [13]簟 [22]電殿奠佃
tʰ	[55]添天 [35]舔腆 [21]甜田填
l	[55]拈 [35]撚 [21]黏廉鐮鮎連聯年憐蓮 [13]斂殮臉碾 [22]念練鍊楝
tʃ	[55]尖沾黏瞻占(占卜)煎氈饘箋 [35]剪展 [33]佔(侵佔)箭濺餞顫薦 [22]漸賤
tʃʰ	[55]殲籤遷千 [35]揣淺 [21]潛錢纏前 [13]踐
ʃ	[55]仙鮮(新鮮)先 [35]陜閃鮮(鮮少)癬 [33]線搧扇 [21]蟾簷蟬禪 [22]羨善膳單(姓)禪
j	[55]淹閹醃腌煙燕(燕京) [35]掩演堰 [33]厭燕(燕子)嚥宴 [21]炎鹽閻嚴嫌涎然燃焉延筵言研賢 [13]染冉儼 [22]驗豔焰莧諺硯現
k	[55]兼肩堅 [35]檢 [33]劍建見 [22]儉件鍵健
kʰ	[21]鉗乾虔
h	[55]謙軒掀牽 [35]險遣顯 [33]欠憲獻

it

p	[5]必 [3]鱉憋 [2]別
pʰ	[3]撇
m	[2]滅篾
t	[3]跌 [2]疊碟牒蝶諜
tʰ	[3]帖貼鐵
l	[3]捋 [2]聶鑷躡獵列烈裂捏
tʃ	[2]接摺褶哲蜇折節
tʃʰ	[3]妾徹撤轍設切(切開)
ʃ	[3]攝涉薛泄屑楔 [2]舌
j	[2]葉頁業熱薛
k	[3]劫澀結潔 [2]傑
kʰ	[3]揭
h	[3]怯脅歉協歇蠍

ɔ

p	[55]波菠玻 [33]簸播
pʰ	[55]坡 [35]頗 [33]破 [21]婆
m	[55]魔摩 [35]摸 [21]磨（動詞）饃 [22]磨（石磨）
f	[55]科 [35]棵火夥 [33]課貨
t	[55]多 [35]朵躲剁 [22]惰
tʰ	[55]拖 [33]唾 [21]駝駄（駄起來）舵 [13]妥橢 [22]駄（牲畜背上所背的貨物）
l	[55]囉 [35]裸 [21]挪羅鑼籮騾腡 [22]糯
tʃ	[35]左阻 [33]佐 [22]佐坐（坐立不安）座助
tʃʰ	[55]搓初雛 [35]楚礎 [33]銼錯 [21]鋤
ʃ	[55]蓑梭唆莎梳疏蔬 [35]鎖瑣所 [21]傻
k	[55]歌哥戈 [35]果裹餜 [33]個過
kʰ	[35]顆
kw	[55]戈 [35]果裹餜 [33]過
w	[55]鍋倭窩蝸 [21]和禾 [22]禍
h	[55]靴 [35]可 [21]荷河何 [22]賀
ø	[55]阿（阿膠）[21]訛蛾俄鵝 [13]我 [22]臥餓

ɔi

t	[22]待殆代袋
tʰ	[55]胎 [21]台臺抬 [13]怠
l	[21]來 [22]耐奈內
tʃ	[55]災栽 [35]宰載 [33]再載 [22]在
tʃʰ	[35]彩採睬 [33]菜賽蔡 [21]才材財裁纔（方纔）
ʃ	[55]腮鰓
k	[55]該 [35]改 [33]蓋
kʰ	[33]概溉慨丐

| h | [55]開 [35]凱海 [22]亥害駭 |
| ø | [55]哀埃 [35]藹 [33]愛 [21]呆 [22]礙外 |

ɔn

k	[55]干 (干戈) 肝竿乾 (乾濕) 桿疆 [35]稈趕 [33]幹 (幹部)
h	[55]看 (看守) 刊 [35]罕 [33]看 (看見) 漢 [21]鼾寒韓 [13]旱 [22]汗銲翰
ø	[55]安鞍 [33]按案 [22]岸

ɔŋ

p	[55]幫邦 [35]榜綁 [22]傍 (傍晚)
pʰ	[33]謗 [21]滂旁螃龐 [13]蚌
m	[55]虻 [21]忙茫芒亡 [13]莽蟒網輞妄 [22]忘望
f	[55]荒慌方肪芳 [35]謊晃倣紡仿彷訪 [33]放況 [21]妨房防
t	[55]當 (當時) [35]黨擋 [33]當 (典當) [22]宕蕩
tʰ	[55]湯 [35]倘躺 [33]燙趟 [21]堂棠螳唐糖塘
l	[35]兩 (幾兩幾錢) [21]囊瓤 [13]朗兩 (兩個) [22]浪亮諒輛量
tʃ	[55]贓髒將漿張莊裝章樟椿 (打椿) [35]蔣獎槳長 (生長) 掌 [33]莽醬將漲帳賬脹壯障瘴 [22]藏 (西藏) 臟匠象像橡丈仗杖狀撞
tʃʰ	[55]倉蒼槍瘡昌菖窗 [35]搶闖廠 [33]暢唱倡 (提倡) [21]藏 (隱藏) 牆詳祥長 (長短) 腸場床
ʃ	[55]桑喪相 (互相) 箱廂湘襄鑲霜孀商傷雙 [35]嗓想爽賞鯗 (鯗魚：曬乾和醃過的魚) [33]喪相 (相貌) [21]常嘗裳償 [13]上 (上山) [22]尚 (和尚) 上 (上面)
j	[55]央秧殃 [21]羊洋烊楊 (姓) 陽揚瘍 [13]攘嚷仰養癢 [22]釀壤讓樣
k	[55]岡崗剛綱缸疆僵薑礓 (礓石) 姜羌江扛豇 (豇豆) [35]講港 [33]鋼杠降
kʰ	[33]抗炕 [21]強 [13]強 (勉強)
kw	[55]光 [35]廣
kwʰ	[33]曠擴礦 [21]狂
w	[55]汪 [35]枉 [21]黃簧皇蝗王 [13]往 [22]旺

h	[55]康糠香鄉匡筐眶腔 [35]慷眮餉享響 [33]向 [21]行（行列）航杭降（投降）[22]項巷
ø	[55]骯 [21]昂

ɔt

k	[3]割葛
h	[3]喝渴

ɔk

p	[3]博縛駁 [2]薄泊（澹泊名利）
pʰ	[3]樸朴撲
m	[5]剝 [2]莫膜幕寞
f	[3]霍藿（藿香）
t	[3]琢啄涿（涿鹿）[2]鐸踱
tʰ	[3]託托
l	[2]諾落烙駱酪洛絡樂（快樂）略掠
tʃ	[3]作爵雀鵲嚼著（著衣）酌勺 [2]鑿昨著（附著）
tʃʰ	[3]錯綽焯芍卓桌戳
ʃ	[3]索朔
j	[3]約（公約）[2]若弱虐瘧鑰躍
k	[3]各閣擱腳覺（知覺）角
kʰ	[3]郝卻確搉（搉蒜）
kw	[3]郭國
kwʰ	[3]廓
w	[2]鑊獲
h	[3]殼 [2]鶴學
ø	[3]惡（善惡）[2]鄂岳樂（音樂）愕鱷嶽噩萼鶚鴞

ou

p	[55]褒 [35]補保堡寶 [33]布佈報 [22]怖部簿（簿記）步捕暴袍（袍雞仔）
pʰ	[55]鋪（鋪設）[35]譜普浦脯甫（幾甫路）脯（杏脯）[33]鋪（店鋪）[21]蒲菩袍 [13]抱
m	[55]蟆（蝦蟆）[21]模摹無巫誣毛 [13]武舞侮鵡母拇 [22]暮慕墓募務霧冒帽戊
t	[55]都刀叨 [35]堵賭島倒 [33]妒到 [22]杜度渡鍍道稻盜導
tʰ	[55]滔 [35]土禱討 [33]吐兔套 [21]徒屠途塗圖掏桃逃淘陶萄濤 [13]肚
l	[21]奴盧爐蘆廬勞牢嘮 [13]努魯櫓虜滷腦惱老 [22]怒路賂露鷺澇
tʃ	[55]租糟遭 [35]祖組早棗蚤澡 [33]灶 [22]做皂造
tʃʰ	[55]粗操（操作）[35]草 [33]醋措躁糙 [21]曹槽
ʃ	[55]蘇酥鬚騷 [35]數（動詞）嫂 [33]素訴塑數（數目）掃
k	[55]高膏（膏腴）篙羔糕 [35]稿 [33]告膏（動詞，把毛筆蘸上墨後，在硯臺邊上捺：膏筆）
h	[55]蒿薅（薅鋤）[35]好（好壞）[33]犒好（喜好）耗 [21]豪壕毫號（呼號）[22]浩號（號數）
ø	[35]襖 [33]懊奧 [22]傲

oŋ

pʰ	[35]捧 [21]篷蓬
m	[21]蒙 [13]懵蠓 [22]夢
f	[55]風楓瘋豐封峰蜂鋒 [35]俸 [33]諷 [21]馮逢縫（縫衣）[22]鳳奉縫（一條縫）
t	[55]東冬端 [35]董懂短 [33]凍斷 [22]棟動洞頓囤沌鈍遁斷段緞椴
tʰ	[55]通烔（以火暖物）[35]桶捅統 [33]痛 [13]盾 [21]同銅桐筒童瞳屯豚臀
l	[35]卵戀 [21]籠聾農膿儂隆濃龍鸞 [13]攏隴壟輦撞暖 [22]弄吝論亂嫩
tʃ	[55]椶鬃宗中（當中）忠終蹤縱鐘鍾盅春津榛臻鑽（動詞）專尊遵 [35]總粽種（種類）腫準准纂轉 [33]綜中（射中）眾縱種（種樹）進晉俊濬鑽（鑽子）轉（轉螺絲）[22]仲誦頌訟盡傳（傳記）

tʃʰ	[55]聰匆葱(洋葱) 囪(煙囪) 充衝椿春川穿村 [35]冢寵蠢喘忖 [33]竄串寸吋 [21]叢蟲從松重(重複) 秦旬循巡全泉傳(傳達) 椽存 [13]重(輕重)
ʃ	[55]鬆嵩從(從容不迫) 荀殉酸宣孫 [35]慫筍槺選損 [33]送宋信遜迅算蒜 [21]崇純醇旋鏇船 [22]順舜篆
j	[55]翁雍癰(生背癰) 冤淵 [35]擁壅甬湧丸阮宛 [33]怨 [21]戎絨融茸容蓉鎔庸完圓員緣沿鉛元原源袁轅援玄懸 [13]冗(冗員) 勇軟遠 [22]用潤閏孕院縣眩
k	[55]公蚣工功攻弓躬宮恭供(供給)(捐) [35]拱鞏捲卷 [33]貢供(供養)(脊絹) [22]共圈倦
kʰ	[21]窮拳權顴
h	[55]空胸凶(吉凶) 兇(兇惡) 圈喧 [35]孔恐犬 [33]控烘哄汞鬨嗅勸券 [21]虹紅洪鴻熊雄弦
ø	[33]甕

ok

p	[5]卜(占卜) [2]僕曝瀑
pʰ	[5]仆(前仆後繼)
m	[2]木目穆牧
f	[5]福幅蝠複腹覆(反覆) [2]復(復興) 服伏
t	[5]篤督 [3]奪 [2]獨讀牘犢毒
tʰ	[5]禿 [3]脫
l	[5]劣 [2]鹿祿六陸綠錄栗
tʃ	[5]泜竹築祝粥足燭囑觸捉卒 [2]續濁鐲族逐軸俗拙
tʃʰ	[5]速畜蓄促束出 [3]撮猝
ʃ	[5]肅宿縮叔粟捧戌恤率蟀 [3]雪說 [2]熟淑贖蜀屬朮術述秫
j	[5]沃郁 [3]乙 [2]肉育辱褥玉獄欲(搖搖欲墜) 慾(意慾) 浴悅月閱越曰粵穴日逸
k	[5]穀谷(山谷) 菊掬(笑容可掬) 麴(酒麴) [2]局
kʰ	[5]曲(曲折) [3]厥決訣缺

h	[5]哭 [3]血 [2]斛酷
ø	[5]屋

u

f	[55]枯呼夫膚敷俘孵麩 [35]苦卡府腑斧撫釜 [33]庫褲戽賦富副 [21]乎符扶芙 [13]婦 [22]付傅赴訃父腐輔附負
k	[55]姑孤 [35]古估牯股鼓 [33]故固錮雇顧
k^h	[55]箍
w	[55]烏污塢 [35]滸 [33]惡（可惡）[21]胡湖狐壺瓠鬍 [22]戶滬互護芋

ui

p	[55]杯 [33]貝輩背 [22]背（背誦）焙（焙乾）
p^h	[55]胚坯 [33]沛配佩 [21]培陪賠裴 [13]倍
m	[21]梅枚媒煤 [13]每 [22]妹味
f	[55]魁恢灰奎 [33]悔晦
k^h	[35]賄潰劊檜繪
w	[55]煨 [21]回茴 [13]會（懂得）[22]匯會（會計）彙匯

un

p	[55]般搬 [35]本 [33]半 [22]絆伴拌叛胖
p^h	[55]潘 [33]拚判 [21]盤盆
m	[21]瞞門 [13]滿 [22]悶
f	[55]寬歡 [35]款
k	[55]官棺觀（參觀）冠（衣冠）[35]管館 [33]貫灌罐觀（寺觀）冠（冠軍）
w	[35]玩（玩味）豌剜碗腕 [21]桓（春秋時代齊桓公）[13]皖 [22]喚煥緩換玩（玩味）

ut

p	[2]撥勃
p^h	[3]潑

m	[3]抹 [2]末沫沒
f	[3]闊
kʰ	[3]括豁
w	[2]活

ɵy

t	[55]堆 [33]對碓兌 [22]隊
tʰ	[55]推 [35]腿 [33]退蛻
l	[55]呂旅縷屢傴累壘女驢雷 [13]女呂稆旅屢傴累壘 [22]濾濾累類淚慮
tʃ	[55]追錐蛆 [35]嘴 [33]最醉 [22]聚罪贅墜序聚
tʃʰ	[55]趨催崔吹炊 [35]取娶 [33]趣脆翠 [21]除隨槌錘徐
ʃ	[55]須需雖綏衰 [35]水 [33]碎歲稅帥 [21]垂誰 [13]髓絮緒（情緒） [22]睡瑞粹遂隧穗緒（光緒）
j	[13]蕊 [22]芮銳
k	[55]居車（車馬砲） [21]渠瞿 [33]鋸 [13]佢拒距
kʰ	[55]驅 [21]渠瞿 [13]佢拒距
h	[55]墟虛噓吁 [35]許 [33]去

m̩

	[13]午伍五 [21]唔吳蜈吾梧 [22]誤悟

第四節　香港新界塔門同音字彙

a

p	[55]巴芭疤爸 [35]把 [33]霸壩（水壩）埧（堤塘） [21]爸⁵⁵⁻²¹ [22]罷
pʰ	[55]趴 [33]怕 [21]爬琶耙杷鈀
m	[55]媽 [21]媽⁵³⁻²¹麻痳 [13]馬碼 [22]罵
f	[55]花 [33]化

t	[55]打²¹⁻³⁵（一打，來自譯音）[35]打
tʰ	[55]他她它祂牠佗怹
l	[55]啦 [35]𡃉 [21]拿 [13]哪那
tʃ	[55]查（山查）碴渣髽（髽髻：抓髻）吒（哪吒：神話人物）[33]詐榨炸乍
tʃʰ	[55]叉杈差（差別）[33]岔妊（妊紫嫣紅）衩（衩衣，開衩）[21]茶搽茬（麥茬，麥收割後留在地的根）查（調查）
ʃ	[55]沙紗砂莎卅鯊痧（刮痧）[35]灑耍灑嘎（聲音嘶啞）[21]卅（異）
j	[13]也 [22]卅廿
k	[55]家加痂嘉傢瓜枷迦嘎伽袈鎵葭泇珈笳跏茄 [35]假（真假）賈（姓）寡剮斝（玉製的盛酒器具）[33]假（放假）架駕嫁稼價掛卦（新）
kʰ	[55]誇垮（搞垮）跨夸（奢侈）[35]侉（誇大不實際）[33]卦（老）
ŋ	[21]牙芽衙蚜伢（小孩子）
w	[55]划（划船）蛙窪 [35]畫（名）[21]華（中華）華（華夏）鏵（犁鏵）樺（又）[22]華（華山、姓氏）樺話（說話）
h	[55]蝦（魚蝦）蝦（蝦蟆）哈 [21]霞瑕遐（名聞遐邇）[22]廈（大廈）廈（廈門）下（底下、下降）夏（春夏）夏（姓氏）暇（分身不暇）
ø	[55]丫椏 [35]啞 [33]亞 [13]瓦（瓦片）[22]砑（砑平：碾壓成扁平）

ai

p	[55]掰（掰開）拜³³⁻⁵⁵擘 [35]擺 [33]拜湃 [22]敗
pʰ	[55]派（派頭）[35]牌²¹⁻³⁵（打牌）[33]派湃（又）[21]排牌簰（竹筏）霾（陰霾）
m	[21]埋 [13]買 [22]賣邁
f	[33]傀塊快筷
t	[55]呆（異）獃（書獃子）[35]歹傣³³⁻³⁵[33]戴帶傣（傣族）[22]大（大量）大（大夫）
tʰ	[55]呔（方：車呔）[33]太態泰貸汰（汰弱留強）鈦（鈦合金）舦（舦盤）舵（異）
l	[55]拉蘊（方：蘊仔）[35]舐（異）瀨²¹⁻³⁵（瀨粉）[33]癩（癩蛤）[21]奶¹³⁻²¹[13]乃奶 [22]賴籟（萬籟無聲）瀨（方：瀨尿）醦（醦酒）癩（異）
tʃ	[55]齋 [33]債 [22]寨
tʃʰ	[55]猜釵差（出差）[35]踩（踩高蹺）踹（踹踏）[21]豺柴

∫	[35]璽徙舐（舐犢情深） [33]晒曬（晒之異體字）
j	[35]踹
k	[55]皆階稭佳街乖 [35]解（解開）解（曉）劊（姓）拐（拐杖） [33]介階借界芥尬疥屆戒
kʰ	[35]楷
w	[55]歪 [33]餒（同「餧」字） [21]懷槐淮 [22]壞
ŋ	[21]涯崖捱睚
h	[55]揩（揩油） [21]孩諧鞋骸 [13]蟹懈駭 [22]邂械懈解（姓氏）
ø	[55]挨哎唉埃 [33]隘（氣量狹隘） [22]艾刈（鐮刀）

au

p	[55]包胞鮑（姓）鮑²²⁻⁵⁵（鮑魚）孢（孢子） [35]飽 [33]爆5
pʰ	[55]泡（一泡屎）拋 [35]跑 [33]豹炮（槍炮）泡（泡茶）（砲豹）爆 [21]刨鉋（木鉋）
m	[55]貓 [21]茅錨矛 [13]卯牡鉚（鉚釘） [22]貌
l	[55]撈（異） [21]撈鐃撓（百折不撓）撈（異） [22]鬧
t∫	[55]嘲啁 [35]抓爪找肘帚 [33]罩笊（笊籬） [22]櫂（櫂樂湖上）驟棹
t∫ʰ	[55]抄鈔 [35]炒吵 [21]巢
∫	[55]梢（樹梢）捎（捎帶）筲鞘艄 [35]稍 [33]哨潲（豬潲，豬食物）
k	[55]交郊膠蛟（蛟龍）鮫 [35]絞狡攪（攪勻）搞（搞清楚）餃（餃子） [33]教覺（睡覺）較校（校對）校（上校）窖滘斠
kʰ	[33]靠
h	[55]酵（酵母）敲吼烤拷酵 [35]考烤巧 [33]孝酵 [21]姣（方：發姣）[22]效校（學校）傚
ø	[35]拗（拗斷） [33]坳（山坳）拗（拗口） [21]熬肴淆 [13]咬

aŋ

p	[55]班斑頒扳 [35]板版闆阪（日本地名：大阪）扳（異） [22]扮辦
pʰ	[55]烹扳（扳回一局棋）攀頒（異） [33]盼襻（鈕襻） [21]彭膨棚鵬 [13]棒
m	[21]蠻 [13]晚猛蜢錳 [22]慢饅漫幔萬蔓孟

f	[55]翻番（番幾番）幡（幢幡）反（反切） [35]返 [33]販泛（廣泛，泛泛之交）氾反（平反） [21]凡帆藩（藩鎮之亂）煩礬繁芃氾（姓） [22]范範犯瓣飯范範犯瓣飯礬（異）
t	[55]丹單（單獨）耽擔（擔任）鄲（邯鄲） [35]旦（花旦）彈（子彈）蛋（蛋花湯）膽 [33]旦（元旦）誕擔（挑擔） [13]淡（鹹淡） [22]但淡（冷淡）（地名：淡水）
t^h	[55]坍灘攤貪 [35]坦毯 [33]碳炭嘆歎探 [21]檀壇彈（彈琴）潭譚談痰
l	[35]欖 [21]難（難易）蘭攔欄南男藍籃 [13]覽攬懶冷 [22]濫（泛濫）纜艦難（患難）爛
tʃ	[55]簪爭掙睜猙 [35]斬盞 [33]蘸贊 [22]賺綻（破綻）棧撰暫鏨站掙
$tʃ^h$	[55]撐餐參攙（攙扶） [35]鏟產慘橙 [33]燦杉牚 [21]殘蠶慚讒饞瞪倀
ʃ	[55]珊山刪閂拴三衫生牲甥 [35]省散（鞋帶散了） [33]傘散（分散）疝（疝氣）篡涮 [21]潺
k	[55]更耕粳艱間（中間）鰥（鰥寡）關尷監（監獄） [35]鹻簡襇柬繭趼（手過度磨擦生厚皮）減梗 [33]間（間斷）諫澗鐧（車鐧）慣鑑監（太監） [22]逛
k^h	[55]框筐眶 [33]逛
ŋ	[22]硬
w	[55]彎灣 [21]橫頑還環灣（香港地名：銅鑼灣、長沙灣、土瓜灣） [13]挽 [22]幻患宦（宦官）
h	[55]夯坑 [35]餡 [33]喊 [21]行桁閒函咸鹹銜 [22]限陷（陷阱）
ø	[55]罌甖 [33]晏 [21]顏岩 [13]眼 [22]梗

ak

p	[3]八捌泊百柏伯舶佰 [2]白帛
p^h	[3]帕拍魄檗
m	[3]抹擘
f	[3]法髮發砝珐
t	[3]答搭 [2]達踏沓
t^h	[3]韃撻躂遢獺搨塔榻塌
l	[3]瘌 [2]辣捺

tʃ	[3]札紮扎軋砸劄眨窄責 [2]雜閘集習襲釧柵澤擇宅摘擲
tʃʰ	[3]插獺擦察刷拆策冊柵 [2]賊
ʃ	[3]殺撒薩煞索
j	[3]吃（又）喫
k	[3]刮夾袂甲胛挾胳格革隔骼扂
kʰ	[3]聒（聒耳）摑
ŋ	[2]額逆
w	[3]挖斡 [2]滑猾或惑劃
h	[3]掐嚇（恐嚇）客嚇（嚇一跳）赫 [2]狹峽匣
ø	[3]鴨押壓

ɐi

p	[55]跛 [33]蔽閉箅（蒸食物的竹箅子） [22]稗敝弊幣斃陛
pʰ	[55]批 [13]睥
m	[55]咪 [21]迷謎霾糜眯 [13]米眯弭
f	[55]麾揮輝徽麾暉 [35]痱痹 [33]廢肺費沸芾痱狒 [22]吠痱蜚
t	[55]低 [35]底抵邸砥 [33]帝蒂締諦寔 [22]第弟遞隸逮棣悌娣埭締弟
tʰ	[55]梯銻 [35]體體睇梯 [33]替涕剃鷈 [21]堤題提蹄啼 [22]弟悌娣
l	[21]犁黎泥尼來犁藜 [13]禮體蠡 [22]例厲勵麗荔
tʃ	[55]擠劑 [35]濟仔囝 [33]祭際制製濟掣 [21]齊薺 [22]滯
tʃʰ	[55]妻棲淒悽 [33]砌切
ʃ	[55]篩西犀 [35]洗駛使 [33]世勢細婿 [22]誓逝噬
j	[13]曳 [22]拽
k	[55]雞圭閨龜歸笄鮭 [35]偈詭軌鬼簋 [33]計繼髻鱖桂癸季貴瑰劌悸蹶饋 [22]跪櫃饋匱餽悸柜
ŋ	[21]倪危 [22]藝毅偽魏
kʰ	[55]稽溪盔規虧窺谿蹊奎睽 [35]啟 [33]契愧 [21]攜畦逵葵畦揆夔馗 [13]揆

w	[55]威 [35]毀萎委 [33]穢畏慰 [21]桅為維惟遺唯違圍 [13]諱偉葦緯 [22]衛惠慧為位胃謂蝟
h	[55]屎 [21]奚兮蹊稀 [22]繫(中文系)係
ø	[35]矮 [33]縊翳哎隘 [13]蟻

ɐu

m	[55]痞 [33]卯 [21]謀牟眸蝥蟊 [13]某畝牡 [22]茂貿謬謬繆表
f	[35]剖否 [21]浮 [22]埠阜復
t	[55]兜 [35]斗(一斗米)抖陡糾蚪 [33]鬥(鬥爭) [22]豆逗讀(句讀)竇痘荳
tʰ	[55]偷 [35]敨(展開) [33]透 [21]頭投
l	[55]褸騮 [35]紐扭朽 [21]樓耬流留榴硫琉劉餾榴嘍摟琉瘤瀏婁耬蹓鎏 [13]摟簍摟柳 [22]漏陋溜餾鏤遛蹓
tʃ	[55]揫鄒揪(巡夜打更)周舟州洲 [35]走酒肘帚 [33]奏晝皺縐咒 [22]就袖紂宙驟
tʃʰ	[55]秋鞦抽 [35]丑(小丑)醜(醜陋) [33]湊臭糗嗅 [21]囚泅綢稠籌酬
ʃ	[55]修羞颼蒐收 [35]臾搜手首守 [33]嗽秀宿鏽瘦漱獸 [21]愁仇 [22]受壽授售
j	[55]丘休憂優幽 [33]幼 [21]柔揉尤郵由油游猶悠 [13]有友酉莠誘 [22]又右祐柚鼬釉
k	[55]鳩鬮 [35]狗苟九久韭 [33]夠灸救究咎 [22]舊柩
kʰ	[55]溝摳瞘(眼瞘) [33]構購叩扣寇 [21]求球 [13]臼舅
ŋ	[21]牛 [13]藕偶耦
h	[55]吼 [35]口 [21]侯喉猴瘊(皮膚所生的小贅肉) [13]厚 [22]後后(皇后)候
ø	[55]勾鉤歐甌 [35]嘔毆 [33]漚慪

ɐŋ

p	[55]杉賓檳奔崩 [35]稟品 [33]殯鬢 [22]笨
pʰ	[33]噴 [21]貧頻朋憑
m	[55]蚊 [21]民文紋聞萌盟 [13]澠閩憫敏抿吻刎 [22]問璺

f	[55]昏婚分芬紛熏勳薰葷 [35]粉 [33]糞訓 [21]墳焚 [13]奮憤忿 [22]份
t	[55]登燈瞪 [35]等 [33]凳 [22]鄧澄
tʰ	[55]吞 [33]褪 [21]騰謄藤疼
l	[21]林淋臨能 [13]檁（正檁）
tʃ	[55]斟珍真曾增憎僧爭箏睜 [35]枕 [33]浸鎮振震 [22]陣
tʃʰ	[55]侵參（參差）親（親人）[35]寢診疹 [33]親（親家）趁襯 [21]尋沉秦陳塵曾（曾經）
ʃ	[55]心森參（人參）深辛新薪身申伸娠生（出生）[35]沈審嬸 [33]滲 [21]岑神辰晨臣 [22]甚葚腎慎
j	[55]欽音陰恩姻欣殷 [35]飲隱 [33]蔭飲（飲馬）印 [21]壬吟淫人仁寅 [13]忍引 [22]賃任紝刃韌孕
k	[55]甘柑泔今跟根巾筋均鈞君更（更換）庚粳羹耕轟揞 [35]感敢橄錦僅緊謹滾哽埂梗耿 [33]禁棍更（更加）[22]撳近（接近）郡
kʰ	[55]襟昆崑坤 [35]綑菌 [33]困窘 [21]琴禽擒勤芹群裙 [13]妗
ŋ	[21]銀艮齦
w	[55]溫瘟 [35]穩 [33]熨 [21]魂餛勻云（子云）雲暈宏 [13]允尹 [22]渾混運
h	[55]堪龕蚶憨亨 [35]坎砍懇墾齦很 [33]勘 [21]含酣痕恆行（行為）衡 [22]撼憾嵌恨杏行（品行）幸
ø	[55]庵 [35]揞（揞住）埯 [33]暗

ɐt

p	[2]拔鈸弼
m	[2]襪密蜜物勿墨默陌麥脈
f	[2]乏伐筏罰佛
t	[2]突特
l	[2]立律率肋勒
tʃ	[2]疾姪
ʃ	[2]十什拾朮

j	[2]入日逸
k	[3]合（十合一升）蛤鴿 [2]掘倔
kʰ	[2]及
ŋ	[2]訖
w	[2]核（核桃）
h	[2]合（合作）盒磕洽瞎轄核（審核）

ɛ

t	[55]爹
tʃ	[55]遮 [35]姐者 [33]借藉蔗 [22]謝
tʃʰ	[55]車奢 [35]且扯 [21]邪斜
ʃ	[55]些賒 [35]寫捨 [33]瀉卸赦舍 [21]蛇佘 [13]社 [22]射麝
j	[21]耶爺 [13]惹野 [22]夜
kʰ	[21]茄瘸

ɛŋ

p	[35]餅 [33]柄 [22]病
t	[55]釘 [35]頂 [33]掟 [22]訂
tʰ	[55]聽廳 [13]艇
l	[33]靚 [21]靈鯪 [13]領嶺
tʃ	[55]糟 [35]井阱 [33]正 [22]淨鄭阱
tʃʰ	[55]青 [35]請
ʃ	[55]聲星腥 [35]醒 [21]成城
k	[55]驚 [35]頸 [33]鏡
h	[55]輕

ɛk

p	[3]壁
pʰ	[3]劈

t	[2]笛糴（糴米）
tʰ	[3]踢
tʃ	[3]隻炙脊
tʃʰ	[3]赤尺呎
ʃ	[3]錫 [2]石
kʰ	[2]劇屐
h	[3]吃喫

ei

p	[55]箆碑卑悲 [35]彼俾比秕 [33]臂祕泌轡庇痹 [22]被避備鼻
pʰ	[55]披丕 [35]鄙 [33]譬屁 [21]皮疲脾琶枇 [13]被婢
m	[21]糜眉楣微 [13]靡美尾 [22]媚寐未味
f	[55]非飛妃 [35]匪榧翡 [21]肥
t	[22]地
l	[55]璃 [21]彌離梨釐狸 [13]履你李里裡理鯉 [22]膩利吏餌
ʃ	[35]死 [33]四
k	[55]飢几（茶几）基幾（幾乎）機饑 [35]己紀杞幾（幾個）[33]寄記既 [22]技妓忌
kʰ	[33]冀 [21]奇（奇怪）騎（輕騎）祁鰭其棋期旗祈 [13]企徛（站立）
h	[55]犧欺嬉熙希稀 [35]起喜蟢豈 [33]戲器棄氣汽

eŋ

p	[55]冰兵 [35]丙秉 [33]迸柄併 [22]並
pʰ	[55]姘拼 [33]聘 [21]平坪評瓶屏萍
m	[21]鳴明名銘 [13]皿 [22]命
t	[55]丁釘靪疔 [35]頂鼎 [33]釘 [22]訂錠定
tʰ	[55]聽廳汀（水泥）[33]聽（聽其自然）[21]亭停廷蜓 [13]艇挺
l	[55]拎 [21]楞陵凌菱寧靈零鈴伶翎 [13]嶺嶺 [22]令佞另
tʃ	[55]徵蒸精晶睛貞偵正（正月）征 [35]拯丼整 [33]證症正（正常）政 [22]靜靖淨

tʃʰ	[55]稱（稱呼）清蜻蠄蜻 [35]請逞 [33]稱（相稱）秤 [21]澄懲澄（水清）晴呈程
ʃ	[55]升勝聲星（星空）腥 [35]省醒（醒目）[33]勝性姓聖 [21]乘繩塍承丞成（成事）城（城市）誠 [22]剩盛
j	[55]應鷹鶯鸚櫻英嬰纓 [35]影映 [33]應（應對）[21]仍凝蠅迎盈贏形型刑 [22]認
k	[55]京荊驚經 [35]境景警竟 [33]莖敬勁徑 [22]勁競
kʰ	[55]傾 [35]頃 [21]擎鯨瓊
w	[55]扔 [21]榮 [13]永 [22]泳詠潁
h	[55]興（興旺）卿輕（輕重）馨兄 [33]興（高興）慶磬

ek

p	[5]逼迫碧壁璧
pʰ	[5]僻闢劈
m	[2]覓
t	[5]的嫡 [2]滴廸
tʰ	[5]剔
l	[5]匿 [2]力溺歷曆
tʃ	[5]即鯽織職積跡績斥
tʃʰ	[5]斥戚
ʃ	[5]悉息熄媳嗇識式飾惜昔適釋析 [3]錫（用於人名）[2]食蝕
j	[5]憶億抑益 [2]翼逆亦譯易（交易）液腋疫役
k	[5]戟擊激虢 [2]極
w	[2]域

i

| tʃ | [55]豬諸誅蛛株朱硃珠知蜘支枝肢梔資咨姿脂茲滋輜之芝 [35]煮拄主紫紙只（只有）姊旨指子梓滓止趾址 [33]著駐註注鑄智致至置志（志氣）誌（雜誌）痣 [22]箸住自雉稚字伺祀巳寺嗣飼痔治 |

tʃʰ	[55]雌疵差 (參差不齊) 眵癡嗤 [35]處杵此佌豺恥柿齒始 [33]處 (處所) 刺賜翅次廁 [21]廚臍池馳匙瓷餈遲慈磁辭詞祠持 [13]褚 (姓) 儲苧署柱似恃
ʃ	[55]書舒樞輸斯廝施私師獅尸 (尸位素餐) 屍司絲思詩 [35]暑鼠黍屎使 (使用) 史 [33]庶恕戍肆思 (意思) 試 [21]薯殊時鰣 [13]市 [22]豎樹是氏豉示視士 (士兵) 仕 (仕途) 事侍
j	[55]於淤迂于伊醫衣依 [35]倚椅 [33]意 [21]如魚漁余餘儒愚虞娛盂榆愉兒宜儀移夷姨而疑飴沂 [13]汝語與乳雨宇禹羽爾議耳擬矣已以 [22]御禦譽預遇愈喻裕誼義 (義務) 易 (難易) 二肄異

iu

p	[55]臕標錶彪 [35]表
pʰ	[55]飄漂 (漂浮) [33]票漂 (漂亮) [21]瓢嫖 [13]鰾
m	[21]苗描 [13]藐渺秒杳 [22]廟妙
t	[55]刁貂雕丟 [33]釣弔吊 [22]掉調 (調查)
tʰ	[55]挑 [33]跳糶眺 [21]條調 (調和)
l	[21]燎療聊遼撩寥瞭 [13]鳥了 [22]尿料 (預料) 廖
tʃ	[55]焦蕉椒朝 (今朝) 昭 (昭雪) 招 [35]剿沼 (沼氣) [33]醮照詔 (詔書) [22]噍趙召
tʃʰ	[55]超 [35]悄 [33]俏鞘 [21]樵瞧朝 (朝代) 潮
ʃ	[55]消宵霄硝銷燒蕭簫 [35]小少 (多少) [33]笑少 (少年) [21]韶 [22]兆紹邵
j	[55]妖邀腰要 (要求) 么吆 (大聲吆喝) [33]要 [21]饒橈搖瑤謠姚堯 [13]擾繞舀 [22]耀鷂
k	[55]驕嬌 [35]矯轎繳 [33]叫
kʰ	[33]竅 [21]喬僑橋蕎
h	[55]囂僥 [35]曉

in

p	[55]鞭邊蝙辮 [35]貶扁匾 [33]變遍 [22]辨辯汴便 (方便)
pʰ	[55]編篇偏 [33]騙片 [21]便 (便宜)
m	[21]綿棉眠 [13]免勉娩緬 [22]面 (面子) 麵 (粉麵)

t	[55]掂顛端 [35]點典短 [33]店墊斷（決斷）鍛 [13]簞 [22]電殿奠佃斷（斷絕）段緞椴
tʰ	[55]添天 [35]舔腆 [21]甜田填
l	[55]拈 [35]撚 [21]黏廉鐮鮎連年憐蓮 [13]斂殮臉碾暖 [22]念練鍊楝
tʃ	[55]尖沾粘瞻占（占卜）煎氈羶箋鑽（動詞）[35]剪展 [33]佔（侵佔）箭濺餞顫薦 [22]漸賤
tʃʰ	[55]殲籤遷千 [35]揣淺 [33]竄串寸吋 [21]潛錢纏前 [13]踐
ʃ	[55]仙鮮（新鮮）先 [35]陝閃鮮（鮮少）癬選 [33]線搧扇 [21]蟾簷蟬禪 [22]羨善膳單（姓）禪
j	[55]淹閹醃腌煙燕（燕京）[35]掩演堰 [33]厭燕（燕子）嚥宴怨 [21]炎鹽閻嚴嫌涎然燃焉延筵言研賢 [13]染冉儼 [22]驗豔焰莧諺硯現
k	[55]兼肩堅捐 [35]檢 [33]劍建見 [22]儉件鍵健
kʰ	[21]鉗乾虔
h	[55]謙軒掀牽 [35]險遣顯 [33]欠憲獻

it

p	[5]必 [3]鱉憋 [2]別
pʰ	[3]撇
m	[2]滅篾
t	[3]跌 [2]疊碟牒蝶諜
tʰ	[3]帖貼鐵
l	[3]捋劣 [2]聶鑷躡獵列烈裂捏
tʃ	[2]接摺褶哲蜇折節
tʃʰ	[3]妾徹撤轍設切（切開）
ʃ	[3]攝涉薛泄屑楔 [2]舌
j	[3]乙 [2]葉頁業熱薛
k	[3]劫澀結潔 [2]傑
kʰ	[3]揭
h	[3]怯脅歉協歇蠍

ɔ

p	[55]波菠玻 [33]簸播
pʰ	[55]坡 [35]頗 [33]破 [21]婆
m	[55]魔摩 [35]摸 [21]磨（動詞） 饃 [22]磨（石磨）
f	[55]科 [35]棵火夥 [33]課貨
t	[55]多 [35]朵躲剁 [22]惰
tʰ	[55]拖 [33]唾 [21]駝馱（馱起來） 舵 [13]妥橢 [22]馱（牲畜背上所背的貨物）
l	[55]囉 [35]裸 [21]挪羅鑼籮騾腡 [22]糯
tʃ	[35]左阻 [33]佐 [22]佐坐（坐立不安）座助
tʃʰ	[55]搓初雛 [35]楚礎 [33]銼錯 [21]鋤
ʃ	[55]蓑梭唆莎梳疏蔬 [35]鎖瑣所 [21]傻
k	[55]歌哥戈 [35]果裹餜 [33]個過
kʰ	[35]顆
ŋ	[21] 蛾俄鵝訛 [13]我 [22]臥餓
w	[55]鍋倭窩蝸 [21]和禾 [22]禍
h	[55]靴 [35]可 [21]荷河何 [22]賀
ø	[55]阿（阿膠）

ɔi

t	[22]待殆代袋
tʰ	[55]胎 [21]台臺抬 [13]怠
l	[21]來 [22]耐奈內
tʃ	[55]災栽 [35]宰載 [33]再載 [22]在
tʃʰ	[35]彩採睬 [33]菜賽蔡 [21]才材財裁纔（方纔）
ʃ	[55]腮鰓
k	[55]該 [35]改 [33]蓋
kʰ	[33]概溉慨丐
ŋ	[22]礙外

h	[55]開 [35]凱海 [22]亥害駭
ø	[55]哀埃 [35]藹 [33]愛 [21]呆

ɔn

k	[55]干（干戈）肝竿乾（乾濕）桿疆 [35]趕趕 [33]幹（幹部）
ŋ	[22]岸
h	[55]看（看守）刊 [35]罕 [33]看（看見）漢 [21]鼾寒韓 [13]旱 [22]汗銲翰
ø	[55]安鞍 [33]按案

ɔŋ

p	[55]幫邦 [35]榜綁 [22]傍（傍晚）
pʰ	[33]謗 [21]滂旁螃龐 [13]蚌
m	[55]虻 [21]忙茫芒亡 [13]莽蟒網輞妄 [22]忘望
f	[55]荒慌方肪芳 [35]謊晃倣紡仿彷訪 [33]放況 [21]妨房防
t	[55]當（當時）[35]黨擋 [33]當（典當）[22]宕蕩
tʰ	[55]湯 [35]倘躺 [33]燙趟 [21]堂棠螳唐糖塘
l	[35]兩（幾兩幾錢）[21]囊瓤 [13]朗兩（兩個）[22]浪亮諒輛量
tʃ	[55]贓髒將漿張莊裝章樟樁（打樁）[35]蔣獎槳長（生長）掌 [33]莽醬將漲帳賬脹壯障瘴 [22]藏（西藏）臟匠象像橡丈仗杖狀撞
tʃʰ	[55]倉蒼槍瘡昌菖窗 [35]搶闖廠 [33]暢唱倡（提倡）[21]藏（隱藏）牆詳祥長（長短）腸場床
ʃ	[55]桑喪相（互相）箱廂湘襄鑲霜孀商傷雙 [35]嗓想爽賞鯗（鯗魚：曬乾和醃過的魚）[33]喪相（相貌）[21]常嘗裳償 [13]上（上山）[22]尚（和尚）上（上面）
j	[55]央秧殃 [21]羊洋烊楊（姓）陽揚瘍 [13]攘嚷仰養癢 [22]釀壤讓樣
k	[55]岡崗剛綱缸疆僵薑礓（礓石）韁姜羌光江扛豇（豇豆）[35]廣講港 [33]鋼杠降
kʰ	[33]抗炕曠擴礦 [21]強狂 [13]強（勉強）
w	[55]汪 [35]枉 [21]黃簧皇蝗王 [13]往 [22]旺
ŋ	[21]昂

h	[55]康糠香鄉匡筐眶腔 [35]慷眮餉享響 [33]向 [21]行（行列）航杭降（投降）[22]項巷
ø	[55]骯

ᴐt

k	[3]割葛
h	[3]喝渴

ᴐk

p	[3]博縛駁 [2]薄泊（澹泊名利）
pʰ	[3]樸朴撲
m	[5]剝 [2]莫膜幕寞
f	[3]霍藿（藿香）
t	[3]琢啄涿（涿鹿）[2]鐸躅
tʰ	[3]託托
l	[2]諾落烙駱酪洛絡樂（快樂）略掠
tʃ	[3]作爵雀鵲嚼著（著衣）酌勺 [2]鑿昨著（附著）
tʃʰ	[3]錯綽焯芍卓桌戮
ʃ	[3]索朔
j	[3]約（公約）[2]若弱虐瘧鑰躍
k	[3]各閣擱腳郭覺（知覺）角國
kʰ	[3]郝卻廓確摧（摧蒜、搗蒜）
ŋ	[2]鄂獄岳樂（音樂）
w	[2]鑊獲
h	[3]殼 [2]鶴學
ø	[3]惡（善惡）

ou

p	[55]褒 [35]補保堡寶 [33]布佈報 [22]怖部簿（簿記）步捕暴袍（袍雞仔）
pʰ	[55]鋪（鋪設）[35]譜普浦脯甫（幾甫路）脯（杏脯）[33]鋪（店鋪）[21]蒲菩袍 [13]抱
m	[55]蟆（蝦蟆）[21]模摹無巫誣毛 [13]武舞侮鵡母拇 [22]暮慕墓募務霧冒帽戊
t	[55]都刀叨 [35]堵賭島倒 [33]妒到 [22]杜度渡鍍道稻盜導
tʰ	[55]滔 [35]土禱討 [33]吐兔套 [21]徒屠途塗圖掏桃逃淘陶萄濤 [13]肚
l	[21]奴盧爐蘆廬勞牢嘮 [13]努魯櫓虜滷腦惱老 [22]怒路賂露鷺澇
tʃ	[55]租糟遭 [35]祖組早棗蚤澡 [33]灶 [22]做皂造
tʃʰ	[55]粗操（操作）[35]草 [33]醋措躁糙 [21]曹槽
ʃ	[55]蘇酥鬚騷 [35]數（動詞）嫂 [33]素訴塑數（數目）掃
k	[55]高膏（膏腴）篙羔糕 [35]稿 [33]告膏（動詞，把毛筆蘸上墨後，在硯臺邊上掭：膏筆）
h	[55]蒿薅（薅鋤）[35]好（好壞）[33]犒好（喜好）耗 [21]豪壕毫號（呼號）[22]浩號（號數）
ø	[35]襖 [33]懊奧 [22]傲

oŋ

pʰ	[35]捧 [21]篷蓬
m	[21]蒙 [13]懵蠓 [22]夢
f	[55]風楓瘋豐封峰蜂鋒 [35]俸 [33]諷 [21]馮逢縫（縫衣）[22]鳳奉縫（一條縫）
t	[55]敦墩蹲東冬 [35]董懂 [33]凍 [22]棟動洞頓囤沌鈍遁
tʰ	[55]飩通桶（以火暖物）[35]桶捅統團屯豚臀 [33]痛盾 [21]同銅桐筒童瞳
l	[35]卵戀 [21]籠聾農膿儂隆濃龍鄰鱗燐崙倫淪輪聯鑾 [13]攏隴壟輦攆暖亂嫩 [22]弄吝論
tʃ	[55]津榛臻肫棕鬃宗中（當中）忠終蹤縱鐘鍾盅春專尊遵 [35]準准進晉俊潯總粽種（種類）腫纂轉（轉螺絲）綜中（射中）眾縱種（種樹）[21]旬循巡 [22]仲誦頌訟盡 [22]傳（傳記）

tʃʰ	[55]椿春聰匆蔥 (洋蔥) 囪 (煙囪) 充衝川穿村 [35]豖寵蠢喘忖 [21]叢蟲從松重 (重複) 全泉傳 (傳達) 椽存 [13]重 (輕重)
ʃ	[55]荀殉鬆嵩從 (從容不迫) 酸宣孫 [35]慫荀筍樺選損 [33]送宋信訊遜迅算蒜 [21]崇純醇旋鏇船 [22]順舜篆
j	[55]翁雍廱 (生背廱) 冤淵 [35]擁壅甬湧丸阮宛 [21]戎絨融茸容蓉鎔庸完圓員緣沿鉛元原源袁轅援玄懸 [13]冗 (冗員) 勇軟遠 [22]用閏院願縣眩
k	[55]公蚣工功攻弓躬宮恭供 (供給) [35]拱鞏捲卷 [33]貢供 (供養) [22]共圈倦
kʰ	[21]窮拳權顴
h	[55]空胸凶 (吉凶) 兇 (兇惡) 圈喧 [35]孔恐犬 [33]控烘哄汞闃嗅勸券 [21]虹紅洪鴻熊雄弦
ø	[33]甕

ok

p	[5]卜 (占卜) [2]僕曝瀑
pʰ	[5]仆 (前仆後繼)
m	[2]木目穆牧
f	[5]福幅蝠複腹覆 (反覆) [2]復 (復興) 服伏
t	[5]篤督 [2]獨讀牘犢毒奪
tʰ	[5]禿脫
l	[3]捋将劣 [2]鹿祿六陸綠錄
tʃ	[5]浞竹築祝粥足燭囑觸捉 [2]續濁鐲族逐軸俗拙
tʃʰ	[5]速畜蓄促束 [3]撮猝
ʃ	[5]肅宿縮叔粟 [3]雪說 [2]熟淑贖蜀屬述術秫朮
j	[5]沃郁 [2]肉育辱褥玉獄欲 (搖搖欲墜) 慾 (意慾) 浴悅月閱越曰粵穴
k	[5]穀谷 (山谷) 菊掬 (笑容可掬) 麴 (酒麴) 鋦 [2]局
kʰ	[5]曲 (曲折)
h	[5]哭 [3]血 [2]斛酷
ø	[5]屋

u

f	[55]枯呼夫膚敷俘孵麩 [35]苦卡府腑斧撫釜 [33]庫褲戽賦富副 [21]乎符扶芙 [13]婦 [22]付傅赴訃父腐輔附負
k	[55]姑孤 [35]古估牯股鼓 [33]故固錮雇顧
kʰ	[55]箍
w	[55]烏污塢 [35]� [33]惡（可惡） [21]胡湖狐壺瓠鬍 [22]戶滬互護芋

ui

p	[55]杯 [33]貝輩背 [22]背（背誦）焙（焙乾）
pʰ	[55]胚坯 [33]沛配佩 [21]培陪賠裴 [13]倍
m	[21]梅枚媒煤 [13]每 [22]妹味
f	[55]魁恢灰奎 [33]悔晦
kʰ	[35]賄潰劊檜繪
w	[55]煨 [21]回茴 [13]會（懂得）[22]匯會（會計）彙匯

un

p	[55]般搬 [35]本 [33]半 [22]絆伴拌叛胖
pʰ	[55]潘 [33]拚判 [21]盤盆
m	[21]瞞門 [13]滿 [22]悶
f	[55]寬歡 [35]款
k	[55]官棺觀（參觀）冠（衣冠）[35]管館 [33]貫灌罐觀（寺觀）冠（冠軍）
w	[35]玩（玩味）踠剜碗腕 [21]桓（春秋時代齊桓公）[13]皖 [22]喚煥緩換玩（玩味）

ut

p	[2]撥勃
pʰ	[3]潑
m	[3]抹 [2]末沫沒
f	[3]闊

kʰ	[3]括豁
w	[2]活

ɵy

t	[55]堆 [33]對碓兌 [22]隊
tʰ	[55]推 [35]腿 [33]退蛻
l	[13]女呂稆旅屢僂壘 [22]濾累類淚慮
tʃ	[55]追錐蛆 [35]嘴 [33]最醉 [21]徐徐 [22]聚罪贅墜序聚
tʃʰ	[55]趨催崔吹炊 [35]取娶 [33]趣脆翠 [21]除隨槌錘
ʃ	[55]須需雖綏衰 [35]水 [33]碎歲稅帥 [21]垂誰 [13]髓絮緒（情緒） [22]睡瑞粹遂隧穗緒（光緒）
j	[13]蕊 [22]芮銳
k	[55]居車（車馬砲）驅 [21]渠瞿 [13]佢拒距
k	[55]驅 [21]渠瞿 [13]佢拒距
h	[55]墟虛噓吁 [35]許 [33]去

m̩

	[13]午伍五 [21]唔吳蜈吾梧 [22]誤悟

第五節　香港新界西貢布袋澳同音字彙

a

p	[55]巴芭疤爸 [35]把 [33]霸壩（水壩）埧（堤塘）[21]爸⁵⁵⁻²¹ [22]罷
pʰ	[55]趴 [33]怕 [21]爬琶耙杷鈀
m	[55]媽 [21]媽⁵³⁻²¹麻痳 [13]馬碼 [22]罵
f	[55]花 [33]化
t	[55]打²¹⁻³⁵（一打．來自譯音）[35]打
tʰ	[55]他她它祂牠佗傖

ŋ	[21]拿 [13]哪那
l	[55]啦 [35]嫲
tʃ	[55]查(山查) 碴渣髻(鬈髻：抓髻) 吒(哪吒：神話人物) [33]詐榨炸乍炸
tʃʰ	[55]叉杈差(差別) [33]岔奼(奼紫嫣紅) 衩(衩衣，開衩) [21]茶搽茬(麥茬，麥收割後留在地的根) 查(調查)
ʃ	[55]沙紗砂莎卅鯊痧(刮痧) [35]灑耍灑嗄(聲音嘶啞) [21]卅(異)
j	[13]也 [22]卅廿
k	[55]家加痂嘉傢瓜枷迦嘎伽袈鎵葭珈笳跏茄 [35]假(真假) 賈(姓) 寡剮斝(玉製的盛酒器具) [33]假(放假) 架駕嫁稼價掛卦(新)
kʰ	[55]誇垮(搞垮) 跨夸(奢侈) [35]侉(誇大不實際) [33]卦(老)
w	[55]划(划船) 蛙窪 [35]畫(名) [21]華(中華) 華(華夏) 鏵(犁鏵) 樺(又) [22]華(華山、姓氏) 樺話(說話)
h	[55]蝦(魚蝦) 蝦(蝦蟆) 哈 [21]霞瑕遐(名聞遐邇) [22]廈(大廈) 廈(廈門) 下(底下、下降) 夏(春夏) 夏(姓氏) 暇(分身不暇)
ø	[55]鴉丫椏 [35]啞 [33]亞 [21]牙芽衙伢(小孩子) [13]雅瓦(瓦片) [22]砑(砑平：碾壓成扁平)

ai

p	[55]掰(掰開) 拜$^{33-55}$掔 [35]擺 [33]拜湃 [22]敗
pʰ	[55]派(派頭) [35]牌$^{21-35}$(打牌) [33]派湃(又) [21]排牌簰(竹筏) 霾(陰霾)
m	[21]埋 [13]買 [22]賣邁
f	[33]傀塊快筷
t	[55]呆(異)獃(書獃子) [35]歹傣$^{33-35}$ [33]戴帶傣(傣族) [22]大(大量) 大(大夫)
tʰ	[55]呔(方：車呔) [33]太態泰貸汰(汰弱留強) 鈦(鈦合金) 舦(舦盤) 舵(異)
n	[13]乃奶
l	[55]拉蘊(方：蘊仔) [35]舐(異) 瀨$^{21-35}$(瀨粉) [33]癩(癩瘡) [22]賴籟(萬籟無聲) 瀨(方：瀨尿) 酹(酹酒) 癩(異)
tʃ	[55]齋 [33]債 [22]寨
tʃʰ	[55]猜釵差(出差) [35]踩(踩高蹺) 踹(踹踏) [21]豺柴

∫	[35]璽徙舐（舐犢情深）[33]晒曬（晒之異體字）
j	[35]踹
k	[55]皆階稭佳街乖 [35]解（解開）解（曉）　蒯（姓）拐（拐杖）[33]介階偕界芥尬疥屆戒
kʰ	[35]楷
ŋ	[21]涯崖捱睚
w	[55]歪 [33]餒（同「餧」字）[21]懷槐淮 [22]壞
h	[55]揩（揩油）[21]孩諧鞋骸 [13]蟹懈駭 [22]邂械懈解（姓氏）
ø	[55]挨哎唉埃 [33]隘（氣量狹隘）[22]艾刈（鐮刀）

au

p	[55]包胞鮑（姓）鮑²²⁻⁵⁵（鮑魚）孢（孢子）[35]飽 [33]爆5
pʰ	[55]泡（一泡尿）拋 [35]跑 [33]豹炮（槍炮）泡（泡茶）（砲跑）爆 [21]刨鉋（木鉋）
m	[55]貓 [21]茅錨矛 [13]卯牡鉚（鉚釘）[22]貌
n	[21]鐃撓（百折不撓）[22]鬧
l	[55]撈（異）[21]撈撈（異）
t∫	[55]嘲啁 [35]抓爪找肘帚 [33]罩笊（笊籬）[22]櫂（櫂樂湖上）驟棹
t∫ʰ	[55]抄鈔 [35]炒吵 [21]巢
∫	[55]梢（樹梢）捎（捎帶）筲鞘艄 [35]稍 [33]哨潲（豬潲，豬食物）
k	[55]交郊膠蛟（蛟龍）鮫 [35]絞狡攪（攪勻）搞（搞清楚）餃（餃子）[33]教覺（睡覺）較校（校對）校（上校）窖滘斠
kʰ	[33]靠
h	[55]酵（酵母）敲吼烤拷酵 [35]考烤巧 [33]孝酵 [21]姣（方：發姣）[22]效校（學校）傚
ø	[35]拗（拗斷）[33]坳（山坳）拗（拗口）[21]熬肴淆 [13]咬

aŋ

p	[55]班斑頒扳 [35]板版闆阪（日本地名：大阪）扳（異）[22]扮辦
pʰ	[55]扳（扳回一局棋）攀頒（異）烹 [33]盼襻（紐襻）[21]彭膨棚鵬 [13]棒

m	[21]彎 [13]晚猛蜢鎷 [22]慢饅漫幔萬蔓孟
f	[55]翻番 (番幾番) 幡 (幡幡) 反 (反切) [35]返 [33]販泛 (廣泛，泛泛之交) 氾反 (平反) [21]凡帆藩 (藩鎮之亂) 煩礬繁芃氾 (姓) [22]范範犯瓣飯范範犯瓣飯礬 (異)
t	[55]丹單 (單獨) 耽擔 (擔任) 鄲 (邯鄲) [35]旦 (花旦) 彈 (子彈) 蛋 (蛋花湯) 膽 [33]旦 (元旦) 誕擔 (挑擔) [13]淡 (鹹淡) [22]但淡 (冷淡) (地名：淡水)
tʰ	[55]坍灘攤貪 [35]坦毯 [33]碳炭嘆歎探 [21]檀壇彈 (彈琴) 潭譚談痰
n	[21]難 (難易) 南男 [22]難 (患難)
l	[35]欖 [21]蘭攔欄藍籃 [13]覽攬懶冷 [22]濫 (泛濫) 纜艦爛
tʃ	[55]簪爭掙睜猙 [35]斬盞 [33]蘸贊 [22]賺綻 (破綻) 棧撰暫鏨站
tʃʰ	[55]餐參攙 (攙扶) 撐 [35]鏟產慘橙 [33]燦杉掌 [21]殘蠶慚讒饞瞠倀
ʃ	[55]珊山刪閂拴三衫生牲甥 [35]散 (鞋帶散了) 省 [33]傘散 (分散) 疝 (疝氣) 篡涮 [21]潺
k	[55]艱間 (中間) 鰥 (鰥寡) 關艦監 (監獄) 更耕粳 [35]鹼簡襇柬繭跰 (手過度磨擦生厚皮) 減 [35]梗 [33]間 (間斷) 諫澗鋼 (車鋼) 慣鑑監 (太監) [22]逛
kʰ	[55]框筐眶 [33]逛
w	[55]彎灣 [21]頑還環灣 (銅鑼灣、長沙灣、土瓜灣) 橫 [13]挽 [22]幻患宦 (宦官)
h	[55]夯坑 [35]餡 [33]喊 [21]閒函咸鹹銜行桁 [22]限陷 (陷阱)
ø	[55]罌嬰 [33]晏 [21]顏巖岩 [13]眼 [22]雁梗

ak

p	[3]八捌泊百柏伯舶佰 [2]白帛
pʰ	[3]帕拍魄檗
m	[3]抹擘
f	[3]法髮發砝琺
t	[3]答搭 [2]達踏沓
tʰ	[3]韃撻躂遢獺搨塔榻塌
n	[2]辣捺
l	[3]瘌
tʃ	[3]札紮扎軋砸劄眨窄責 [2]雜閘集習襲鍘柵澤擇宅摘擲

tʃʰ	[3]插獺擦察刷拆策冊柵 [2]賊
ʃ	[3]殺撒薩煞索
j	[3]吃（又）喫
k	[3]刮夾裌甲胛挾胳格革隔骼鬲
kʰ	[3]聒（聒耳）摑
w	[3]挖斡 [2]滑猾或惑劃
h	[3]掐嚇（恐嚇）客嚇（嚇一跳）赫 [2]狹峽匣
ø	[3]鴨押壓 [2]額

ɐi

p	[55]跛 [33]蔽閉箅（蒸食物的竹箅子） [22]稗敝弊幣斃陛
pʰ	[55]批 [13]睥
m	[55]咪 [21]迷謎霾糜眯 [13]米眯弭
f	[55]麾揮輝徽麾暉 [35]痱疿 [33]廢肺費沸芾痱狒 [22]吠痱蜚
t	[55]低 [35]底抵邸砥 [33]帝蒂締諦疐 [22]第弟遞隸逮棣悌娣埭締弟
tʰ	[55]梯銻 [35]體軆睇梯 [33]替涕剃雉 [21]堤題提蹄啼 [22]弟悌娣
l	[21]犁黎泥尼來犂藜 [13]禮醴蠡 [22]例厲勵麗荔
tʃ	[55]擠劑 [35]濟仔囝 [33]祭際制製濟掣 [21]齊薺 [22]滯
tʃʰ	[55]妻棲凄悽 [33]砌切
ʃ	[55]篩西犀 [35]洗駛使 [33]世勢細婿 [22]誓逝噬
j	[13]曳 [22]拽
k	[55]雞圭閨龜歸笄鮭 [35]偈詭軌鬼簋 [33]計繼髻鱖桂癸季貴瑰劌悸蹶饋 [22]跪櫃饋匱餽悸柜
kʰ	[55]稽溪盔規虧窺谿蹊奎睽 [35]啟 [33]契愧 [21]攜畦逵葵畦揆夔馗 [13]揆
ŋ	[21]倪危 [22]藝巍偽桅魏
w	[55]威 [35]毀萎委 [33]穢畏慰 [21]桅為維惟遺唯違圍 [13]諱偉葦緯 [22]衛惠慧為位胃謂蝟

| h | [55]屎 [21]奚兮蹊豀 [22]繫系（中文系）係 |
| ø | [35]矮 [33]縊翳哎隘 [21]倪危 [13]蟻 [22]藝毅偽魏 |

ɐu

m	[55]痞 [33]卯 [21]謀牟眸蝥蟊 [13]某畝牡 [22]茂貿謬繆繆袤
f	[35]剖否 [21]浮 [22]埠阜復
t	[55]兜 [35]斗（一斗米）抖陡糾蚪 [33]鬥（鬥爭）[22]豆逗讀（句讀）竇痘荳
tʰ	[55]偷 [35]敨（展開）[33]透 [21]頭投
n	[35]紐扭朽
l	[55]樓騮 [21]樓耬流留榴硫琉劉餾榴嘍摟琉瘤瀏婁耬蹓鎏 [13]摟簍摟柳 [22]漏陋溜餾鏤遛蹓
tʃ	[55]擎鄒揫（巡夜打更）周舟州洲 [35]走酒肘帚 [33]奏晝皺縐咒 [22]就袖紂宙驟
tʃʰ	[55]秋鞦抽 [35]丑（小丑）醜（醜陋）[33]湊臭糗嗅 [21]囚泅綢稠籌酬
ʃ	[55]修羞颼蒐收 [35]臾搜手首守 [33]嗽秀宿鏽瘦漱獸 [21]愁仇 [22]受壽授售
j	[55]丘休憂優幽 [33]幼 [21]柔揉尤郵由油游猶悠 [13]有友酉莠誘 [22]又右祐柚鼬釉
k	[55]鳩鬮 [35]狗苟九久韭 [33]夠灸救究咎 [22]舊柩
kʰ	[55]溝摳瞘（眼瞘）[33]構購叩扣寇 [21]求球 [13]臼舅
ŋ	[21]牛 [13]藕偶耦
h	[55]吼 [35]口 [21]侯喉猴瘊（皮膚所生的小贅肉）[13]厚 [22]後后（皇后）候
ø	[55]勾鉤歐甌 [35]嘔毆 [33]漚慪

ɐn

p	[55]杉賓檳奔 [35]稟品 [33]殯鬢 [22]笨
pʰ	[33]噴 [21]貧頻
m	[55]蚊 [21]民文紋聞 [13]澠閩憫敏抿吻刎 [22]問璺

f	[55]昏婚分芬紛熏勳薰葷 [35]粉 [33]糞訓 [21]墳焚 [13]奮憤忿 [22]份
tʰ	[55]吞 [33]褪 [21]騰謄藤疼
l	[21]林淋臨 [13]檁（正檁）
tʃ	[55]斟珍真 [35]枕 [33]浸枕鎮振震
tʃʰ	[55]侵參（參差）親（親人） [35]寢診疹 [33]親（親家）趁襯 [21]尋沉陳塵
ʃ	[55]心森參（人參）深辛新薪身申伸娠 [35]沈審嬸 [33]滲 [21]岑神辰晨臣 [22]葚甚腎慎順
j	[55]欽音陰恩姻欣殷 [35]飲隱 [33]蔭飲（飲馬）印 [21]壬吟淫人仁寅 [13]忍引 [22]賃任紝刃韌
k	[55]甘柑泔今跟根巾筋均鈞君 [35]感敢橄錦僅緊謹滾 [33]禁棍 [22]撳近（接近）郡
kʰ	[55]襟昆崑坤 [35]綑菌 [33]困窘 [21]琴禽擒勤芹群裙 [13]妗
ŋ	[21]銀艮齦
w	[55]溫瘟 [35]穩 [33]熨 [21]魂餛匀云（子云）雲暈宏 [13]允尹 [22]渾混運
h	[55]堪龕蚶憨 [35]坎砍懇墾齦很 [33]勘 [21]含醎痕 [22]撼憾嵌恨
ø	[55]庵 [35]揞（揞住）埯 [33]暗 [21]銀

ɐŋ

p	崩
pʰ	[21]朋憑
m	[21]萌盟
t	[55]登燈瞪 [35]等 [33]凳 [22]鄧澄
tʰ	[21]騰謄藤疼
l	[21]能
ts	[55]曾增憎僧爭箏睜
tsʰ	[21]曾（曾經）
s	[55]生（出生）
k	[55]更（更換）庚粳羹耕轟揈 [35]哽埂梗耿 [33]更（更加）

kʰ	[13]妗
h	[55]亨 [21]行（行為）衡 [22]行（品行）幸

ɐt

p	[2]拔鈸弼
m	[2]襪密蜜物勿
f	[2]乏伐筏罰佛
n	[5]粒
l	[2]立
tʃ	[2]疾姪
ʃ	[2]十什拾
j	[2]入日逸
k	[3]合（十合為一升）蛤鴿 [2]掘倔
kʰ	[2]及
w	[2]核（核桃）
ŋ	[2]訖
h	[2]合（合作）盒磕洽瞎轄核（審核）

ɐk

p	[2]北
m	[2]墨默陌麥脈
t	[5]得德 [2]特
l	[2]肋勒
ts	[5]則側
tsʰ	[5]測
s	[5]塞
h	[5]刻克黑
ø	[5]扼

ɛ

t	[55]爹
tʃ	[55]遮 [35]姐者 [33]借藉蔗 [22]謝
tʃʰ	[55]車奢 [35]且扯 [21]邪斜
ʃ	[55]些賒 [35]寫捨 [33]瀉卸赦舍 [21]蛇佘 [13]社 [22]射麝
j	[21]耶爺 [13]惹野 [22]夜
kʰ	[21]茄瘸
h	[55]靴

ɛŋ

p	[35]餅 [33]柄 [22]病
t	[55]釘 [35]頂 [33]掟 [22]訂
tʰ	[55]聽廳 [13]艇
l	[33]靚 [21]靈鯪 [13]領嶺 [22]
tʃ	[55]精 [35]井阱 [33]正 [22]淨鄭阱
tʃʰ	[55]青 [35]請
ʃ	[55]聲星腥 [35]醒 [21]成城
k	[55]驚 [35]頸 [33]鏡
h	[55]輕

ɛk

p	[3]壁
pʰ	[3]劈
t	[2]笛糴（糴米）
tʰ	[3]踢
tʃ	[3]隻炙脊
tʃʰ	[3]赤尺呎
ʃ	[3]錫 [2]石

k^h	[2]劇屐
h	[3]吃喫

ei

p	[55]篦碑卑悲 [35]彼俾比秕 [33]臂祕泌彎庇痹 [22]被避備鼻
p^h	[55]披丕 [35]鄙 [33]譬屁 [21]皮疲脾琶枇 [13]被婢
m	[21]糜眉楣微 [13]靡美尾 [22]媚寐未味
f	[55]非飛妃 [35]匪榧翡 [21]肥
t	[22]地
n	[21]彌 [13]你 [22]餌
l	[55]璃 [21]離梨釐狸 [13]履李里裡理鯉 [22]膩利吏
ʃ	[35]死 [33]四
k	[55]飢几（茶几）基幾（幾乎）機饑 [35]已紀杞幾（幾個）[33]寄記既 [22]技妓忌
k^h	[33]冀 [21]奇（奇怪）騎（輕騎）祁鰭其棋期旗祈 [13]企徛（站立）
h	[55]犧欺嬉熙希稀 [35]起喜蟢豈 [33]戲器棄氣汽

eŋ

p	[55]冰兵 [35]丙秉 [33]迸柄併 [22]並
p^h	[55]姘拼 [33]聘 [21]平坪評瓶屏萍
m	[21]鳴明名銘 [13]皿 [22]命
t	[55]丁釘靪疔 [35]頂鼎 [33]釘 [22]訂錠定
t^h	[55]聽廳汀（水泥）[33]聽（聽其自然）[21]亭停廷蜓 [13]艇挺
n	[21]寧 [22]佞
l	[55]拎 [21]楞陵凌菱靈零鈴伶翎 [13]領嶺 [22]令另
tʃ	[55]徵蒸精晶睛貞偵正（正月）征 [35]拯井整 [33]證症正（正常）政 [22]靜靖淨
tʃ^h	[55]稱（稱呼）清蜻青蜻 [35]請逞 [33]稱（相稱）秤 [21]澄懲澄（水清）晴呈程
ʃ	[55]升勝聲星（星空）腥 [35]省醒（醒目）[33]勝性姓聖 [21]乘繩塍承丞成（成事）城（城市）誠 [22]剩盛

j	[55]應鷹鶯鸚櫻英嬰纓 [35]影映 [33]應（應對）[21]仍凝蠅迎盈贏形型刑 [22]認
k	[55]京荊驚經 [35]境景警竟 [33]莖敬勁徑 [22]勁競
kʰ	[55]傾 [35]頃 [21]擎鯨瓊
w	[55]扔 [21]榮 [13]永 [22]泳詠穎
h	[55]興（興旺）卿輕（輕重）馨兄 [33]興（高興）慶磬

ek

p	[5]逼迫碧壁璧
pʰ	[5]僻闢劈
m	[2]覓
t	[5]的嫡 [2]滴迪
tʰ	[5]剔
n	[5]匿 [2]溺
tʃ	[5]即鯽織職積跡績脊
tʃʰ	[5]斥戚
ʃ	[5]悉息熄媳嗇識式飾惜昔適釋析 [3]錫（用於人名）[2]食蝕
j	[5]憶億抑益 [2]翼逆亦譯易（交易）液腋疫役
k	[5]戟擊激虢 [2]極
w	[2]域

i

tʃ	[55]豬諸誅蛛株朱硃珠知蜘支枝肢梔資咨姿脂茲滋輜之芝 [35]煮拄主紫紙只（只有）姊旨指子梓滓止趾址 [33]著駐註注鑄智致至置志（志氣）誌（雜誌）痣 [22]箸住自雉稚字伺祀巳寺嗣飼痔治
tʃʰ	[55]雌疵差（參差不齊）眵癡嗤 [35]處杵此侈豕恥柿齒始 [33]處（處所）刺賜翅次廁 [21]廚臍池馳匙瓷餈遲慈磁辭詞祠持 [13]褚（姓）儲苧署柱似恃
ʃ	[55]書舒樞輸斯廝施私師獅尸（尸位素餐）屍司絲思詩 [35]暑鼠黍屎使（使用）史 [33]庶恕戍肆思（意思）試 [21]薯殊時鰣 [13]市 [22]豎樹是氏豉示視士（士兵）仕（仕途）事侍

j	[55]於淤迂于伊醫衣依 [35]倚椅 [33]意 [21]如魚漁余餘儒愚虞娛盂榆愉兒宜儀移夷姨而疑飴沂 [13]汝語與乳雨宇禹羽爾議耳擬矣已以 [22]御禦譽預遇愈喻裕誼義（義務）易（難易）二肄異

iu

p	[55]膘標錶彪 [35]表
pʰ	[55]飄漂（漂浮） [33]票漂（漂亮） [21]瓢嫖 [13]鰾
m	[21]苗描 [13]藐渺秒杳 [22]廟妙
t	[55]刁貂雕丟 [33]釣弔吊 [22]掉調（調查）
tʰ	[55]挑 [33]跳糶跳 [21]條調（調和）
n	[13]鳥 [22]尿
l	[21]燎療聊遼撩寥嘹 [13]了 [22]料（預料）廖
tʃ	[55]焦蕉椒朝（今朝）昭（昭雪）招 [35]剿沼（沼氣） [33]醮照詔（詔書） [22]噍趙召
tʃʰ	[55]超 [35]悄 [33]俏鞘 [21]樵瞧朝（朝代）潮
ʃ	[55]消宵霄硝銷燒蕭簫 [35]小少（多少） [33]笑少（少年） [21]韶 [22]兆紹邵
j	[55]妖邀腰要（要求）么吆（大聲吆喝） [33]要 [21]饒橈搖瑤謠姚堯 [13]擾繞舀 [22]耀鷂
k	[55]驕嬌 [35]矯轎繳 [33]叫
kʰ	[33]竅 [21]喬僑橋蕎
h	[55]囂僥 [35]曉

in

p	[55]鞭邊蝙辮 [35]貶扁匾 [33]變遍 [22]辨辯汴便（方便）
pʰ	[55]編篇偏 [33]騙片 [21]便（便宜）
m	[21]綿棉眠 [13]免勉娩緬 [22]面（面子）麵（粉麵）
t	[55]掂顛端 [35]點典短 [33]店墊斷（決斷）鍛 [13]簟 [22]電殿奠佃斷（斷絕）段緞椴
tʰ	[55]添天 [35]舔腆 [21]甜田填團屯豚臀
n	[35]撚 [21]年 [13]碾

l	[55]拈 [35]孿 [21]黏廉鐮鮎連聯憐蓮鸞 [13]斂殮臉輦撋暖 [22]念練鍊棟亂嫩
tʃ	[55]尖沾粘瞻占（占卜）煎氈羶箋鑽（動詞）專尊遵 [35]剪展纂轉 [33]佔（侵佔）箭濺餞顫薦鑽（鑽子）轉（轉螺絲）[22]漸賤傳（傳記）
tʃʰ	[55]殲籤遷千川穿村 [35]揣淺喘忖 [33]竄串寸吋 [21]潛錢纏前全泉傳（傳達）椽存 [13]踐
ʃ	[55]仙鮮（新鮮）先酸宣孫 [35]陝閃鮮（鮮少）癬選損 [33]線搧扇算蒜 [21]蟾簷蟬禪旋鏇船 [22]羨善膳單（姓）禪篆
j	[55]淹閹醃腌煙燕（燕京）冤淵 [35]掩演堰丸阮宛 [33]厭燕（燕子）嚥宴怨 [21]炎鹽閻嚴嫌涎然燃焉延筵言研賢完圓員緣沿鉛元原源袁轅援玄懸 [13]染冉儼軟遠 [22]驗豔焰莧諺硯現院願縣眩
k	[55]兼肩堅捐 [35]檢捲卷 [33]劍建見眷絹 [22]儉件鍵健圈倦
kʰ	[21]鉗乾虔拳權顴
h	[55]謙軒掀牽圈喧 [35]險遣顯犬 [33]欠憲獻勸券 [21]弦

it

p	[5]必 [3]鱉憋 [2]別
pʰ	[3]撇
m	[2]滅篾
t	[3]跌 [2]疊碟牒蝶諜奪
tʰ	[3]帖貼鐵脫
l	[3]捋劣 [2]聶鑷躡獵列烈裂捏
tʃ	[2]接摺褶哲蜇折節拙
tʃʰ	[3]妾徹撤轍設切（切開）撮猝
ʃ	[3]攝涉薛泄屑楔雪說 [2]舌
j	[3]乙 [2]葉頁業熱薛悅月閱越曰粵穴
k	[3]劫澀結潔 [2]傑
kʰ	[3]揭厥決訣缺
h	[3]怯脅歉協歇蠍血

ɔ

p	[55]波菠玻 [33]簸播
pʰ	[55]坡 [35]頗 [33]破 [21]婆
m	[55]魔摩 [35]摸 [21]磨（動詞）饃 [22]磨（石磨）
f	[55]科 [35]棵火夥 [33]課貨
t	[55]多 [35]朵躲剁 [22]惰
tʰ	[55]拖 [33]唾 [21]駝馱（馱起來）舵 [13]妥橢 [22]馱（牲畜背上所背的貨物）
n	[21]挪
l	[55]囉 [35]裸 [21]羅鑼籮騾臝 [22]糯
tʃ	[35]左阻 [33]佐 [22]佐坐（坐立不安）座助
tʃʰ	[55]搓初雛 [35]楚礎 [33]銼錯 [21]鋤
ʃ	[55]蓑梭唆莎梳疏蔬 [35]鎖瑣所 [21]傻
k	[55]歌哥戈 [35]果裹餜 [33]個過
kʰ	[35]顆
ŋ	[21]訛蛾俄鵝 [22]卧餓
w	[55]鍋倭窩蝸 [21]和禾 [22]禍
h	[55]靴 [35]可 [21]荷河何 [22]賀
ø	[55]阿（阿膠）

ɔi

t	[22]待殆代袋
tʰ	[55]胎 [21]台臺抬 [13]怠
n	[22]耐奈
l	[21]來 [22]內
tʃ	[55]災栽 [35]宰載 [33]再載 [22]在
tʃʰ	[35]彩採睬 [33]菜賽蔡 [21]才材財裁纔（方纔）
ʃ	[55]腮鰓

k	[55]該 [35]改 [33]蓋
kʰ	[33]概溉慨丐
ŋ	[22]礙外
h	[55]開 [35]凱海 [22]亥害駭
ø	[55]哀埃 [35]藹 [33]愛 [21]呆

ɔn

k	[55]干（干戈）肝竿乾（乾濕）桿疆 [35]稈趕 [33]幹（幹部）
ŋ	[22]岸
h	[55]看（看守）刊 [35]罕 [33]看（看見）漢 [21]犴寒韓 [13]旱 [22]汗銲翰
ø	[55]安鞍 [33]按案

ɔŋ

p	[55]幫邦 [35]榜綁 [22]傍（傍晚）
pʰ	[33]謗 [21]滂旁螃龐 [13]蚌
m	[55]虻 [21]忙茫芒亡 [13]莽蟒網輞妄 [22]忘望
f	[55]荒慌方肪芳 [35]謊晃倣紡仿彷訪 [33]放況 [21]妨房防
t	[55]當（當時）[35]黨擋 [33]當（典當）[22]宕蕩
tʰ	[55]湯 [35]倘躺 [33]燙趟 [21]堂棠螳唐糖塘
n	[21]囊瓢 [23]曩攮
l	[35]兩（幾兩幾錢）[13]朗兩（兩個）[22]浪亮諒輛量
tʃ	[55]臟髒將漿張莊裝章樟樁（打樁）[35]蔣獎槳長（生長）掌 [33]莽醬將漲帳賬脹壯障瘴 [22]藏（西藏）臟匠象像橡丈仗杖狀撞
tʃʰ	[55]倉蒼槍瘡昌菖窗 [35]搶闖廠 [33]暢唱倡（提倡）[21]藏（隱藏）牆詳祥長（長短）腸場床
ʃ	[55]桑喪相（互相）箱廂湘襄鑲霜孀商傷雙 [35]嗓想爽賞鯗（鯗魚：曬乾和醃過的魚）[33]喪相（相貌）[21]常嘗裳償 [13]上（上山）[22]尚（和尚）上（上面）
j	[55]央秧殃 [21]羊洋烊楊（姓）陽揚瘍 [13]攘嚷仰養癢 [22]釀壤讓樣

k	[55]岡崗剛綱缸疆僵薑礓（礓石）韁姜羌光江扛豇（豇豆）[35]廣講港 [33]鋼杠降
kʰ	[33]抗炕曠擴礦 [21]強狂 [13]強（勉強）
ŋ	[21]昂
w	[55]汪 [35]枉 [21]黃簧皇蝗王 [13]往 [22]旺
h	[55]康糠香鄉匡筐眶腔 [35]慷晌餉享響 [33]向 [21]行（行列）航杭降（投降）[22]項巷
ø	[55]骯

ɔt

| k | [3]割葛 |
| h | [3]喝渴 |

ɔk

p	[3]博縛駁 [2]薄泊（澹泊名利）
pʰ	[3]樸朴撲
m	[5]剝 [2]莫膜幕寞
f	[3]霍藿（藿香）
t	[3]琢啄涿（涿鹿）[2]鐸躍
tʰ	[3]託托
n	[2]諾
l	[2]落烙駱酪洛絡樂（快樂）略掠
tʃ	[3]作爵雀鵲嚼著（著衣）酌勺 [2]鑿昨著（附著）
tʃʰ	[3]錯綽焯芍卓桌戳
ʃ	[3]索朔
j	[3]約（公約）[2]若弱虐瘧鑰躍
k	[3]各閣擱腳郭覺（知覺）角國腳
kʰ	[3]郝卻廓確推（搉蒜）

ŋ	[2]鄂獄岳樂（音樂）愕鱷嶽噩萼鶚
w	[2]鑊獲
h	[3]殼 [2]鶴學
ø	[3]惡（善惡）

ou

p	[55]褒 [35]補保堡寶 [33]布佈報 [22]怖部簿（簿記）步捕暴菢（菢雞仔）
pʰ	[55]鋪（鋪設）[35]譜普浦脯甫（幾甫路）脯（杏脯）[33]鋪（店鋪）[21]蒲菩袍 [13]抱
m	[55]蟆（蝦蟆）[21]模摹無巫誣毛 [13]武舞侮鵡母拇 [22]暮慕墓募務霧冒帽戊
t	[55]都刀叨 [35]堵賭島倒 [33]妒到 [22]杜度渡鍍道稻盜導
tʰ	[55]滔 [35]土禱討 [33]吐兔套 [21]徒屠途塗圖掏桃逃淘陶萄濤 [13]肚
n	[21]奴 [13]努腦惱 [22]怒
l	[21]盧爐蘆櫨勞牢嘮 [13]魯櫓虜滷老 [22]路賂露鷺澇
tʃ	[55]租糟遭 [35]祖組早棗蚤澡 [33]灶 [22]做皂造
tʃʰ	[55]粗操（操作）[35]草 [33]醋措躁糙 [21]曹槽
ʃ	[55]蘇酥鬚騷 [35]數（動詞）嫂 [33]素訴塑數（數目）掃
k	[55]高膏（膏腴）篙羔糕 [35]稿 [33]告膏（動詞，把毛筆蘸上墨後，在硯臺邊上搋：膏筆）
h	[55]蒿薅（薅鋤）[35]好（好壞）[33]犒好（喜好）耗 [21]豪壕毫號（呼號）[22]浩號（號數）
ø	[35]襖 [33]懊奧 [22]傲

oŋ

pʰ	[35]捧 [21]篷蓬
m	[21]蒙 [13]懵蠓 [22]夢
f	[55]風楓瘋豐封峰蜂鋒 [35]俸 [33]諷 [21]馮逢縫（縫衣）[22]鳳奉縫（一條縫）
t	[55]東冬 [35]董懂 [33]凍 [22]棟動洞
tʰ	[55]通熥（以火暖物）[35]桶捅統 [33]痛 [21]同銅桐筒童瞳

n	[21]農膿儂濃
l	[21]籠聾隆龍 [13]攏隴壟 [22]弄
tʃ	[55]椶鬃宗中（當中）忠終蹤縱鐘鍾盅舂 [35]總粽種（種類）腫 [33]綜中（射中）眾縱種（種樹）[22]仲誦頌訟
tʃʰ	[55]聰匆葱（洋葱）囪（煙囪）充衝 [35]冢寵 [21]叢蟲從松重（重複）[13]重（輕重）
ʃ	[55]鬆嵩從（從容不迫）[35]慫 [33]送宋 [21]崇
j	[55]翁雍癰（生背癰）[35]擁壅甬湧 [21]戎絨融茸容蓉鎔庸 [13]冗（冗員）勇 [22]用
k	[55]公蚣工功攻弓躬宮恭供（供給）[35]拱鞏 [33]貢供（供養）[22]共
kʰ	[21]窮
h	[55]空胸凶（吉凶）兇（兇惡）[35]孔恐 [33]控烘哄汞鬨嗅 [21]虹紅洪鴻熊雄
ø	[33]甕

ok

p	[5]卜（占卜）[2]僕曝瀑
pʰ	[5]仆（前仆後繼）
m	[2]木目穆牧
f	[5]福幅蝠複腹覆（反覆）[2]復（復興）服伏
t	[5]篤督 [2]獨讀牘犢毒
tʰ	[5]禿
l	[2]鹿祿六陸綠錄
tʃ	[5]浞竹築祝粥足燭囑觸捉 [2]續濁鐲族逐軸俗
tʃʰ	[5]速畜蓄促束
ʃ	[5]肅宿縮叔粟 [2]熟淑贖蜀屬
j	[5]沃郁 [2]肉育辱褥玉獄欲（搖搖欲墜）慾（意慾）浴
k	[5]穀谷（山谷）菊掬（笑容可掬）麴（酒麴）[2]局
kʰ	[5]曲（曲折）
h	[5]哭 [2]斛酷
ø	[5]屋

u

f	[55]枯呼夫膚敷俘孵麩 [35]苦卡府腑斧撫釜 [33]庫褲戽賦富副 [21]乎符扶芙 [13]婦 [22]付傅赴訃父腐輔附負
k	[55]姑孤 [35]古估牯股鼓 [33]故固錮雇顧
kʰ	[55]箍
w	[55]烏污塢 [35]滸 [33]惡（可惡） [21]胡湖狐壺瓠鬍 [22]戶滬互護芋

ui

p	[55]杯 [33]貝輩背 [22]背（背誦）焙（焙乾）
pʰ	[55]胚坯 [33]沛配佩 [21]培陪賠裴 [13]倍
m	[21]梅枚媒煤 [13]每 [22]妹昧
f	[55]魁恢灰奎 [33]悔晦
kʰ	[35]賄潰劊檜繪
w	[55]煨 [21]回茴 [13]會（懂得）[22]匯會（會計）彙匯

un

p	[55]般搬 [35]本 [33]半 [22]絆伴拌叛胖
pʰ	[55]潘 [33]拚判 [21]盤盆
m	[21]瞞門 [13]滿 [22]悶
f	[55]寬歡 [35]款
k	[55]官棺觀（參觀）冠（衣冠）[35]管館 [33]貫灌罐觀（寺觀）冠（冠軍）
w	[35]玩（玩味）踠剜碗腕 [21]桓（春秋時代齊桓公）[13]皖 [22]喚煥緩換玩（玩味）

ut

p	[2]撥勃
pʰ	[3]潑
m	[3]抹 [2]末沫沒
f	[3]闊

k^h	[3]括豁
w	[2]活

ɵy

t	[55]堆 [33]對碓兌 [22]隊
t^h	[55]推 [35]腿 [33]退蛻
n	[55]旅縷屢僂累壘女驢 [21]雷 [13]女
l	[55]呂 [13]呂稆旅屢僂累壘 [22]濾濾累類淚慮
tʃ	[55]追錐蛆 [35]嘴 [33]最醉 [21]徐 [22]聚罪贅墜序聚
$tʃ^h$	[55]趨催崔吹炊 [35]取娶 [33]趣脆翠 [21]除隨槌錘徐
ʃ	[55]須需雖綏衰 [35]水 [33]碎歲稅帥 [21]垂誰 [13]髓絮緒（情緒） [22]睡瑞粹遂隧穗緒（光緒）
j	[13]蕊 [22]芮銳
k	[55]居車（車馬砲） [21]渠瞿 [13]佢拒距
k^h	[55]驅 [21]渠瞿 [33]鋦 [13]佢拒距
h	[55]墟虛噓吁 [35]許 [33]去

ɵn

t	[55]敦墩蹲 [22]頓囤沌鈍遁
t^h	[55]飩 [13]盾
l	[55]卵 [21]鄰鱗燐倫淪輪 [22]吝論
tʃ	[55]津榛臻 [35]準准 [33]進晉俊濬 [22]盡
$tʃ^h$	[55]椿春 [35]蠢 [21]秦旬循巡曾（曾經）
ʃ	[55]荀殉 [35]筍榫 [33]信訊遜迅 [21]純醇 [22]舜
j	[22]潤閏孕
k	[55]更（更加）庚粳羹耕轟揯

ɵt

l	[2]律率
ʃ	[2]尤術述秫

ṃ

[21]唔	

ŋ̀

[13]午伍五 [21]吳蜈吾梧 [22]誤悟	

第六節　香港新界離島西貢糧船灣同音字彙

a

p	[55]巴芭疤爸 [35]把 [33]霸壩（水壩）埧（堤塘）[21]爸⁵⁵⁻²¹ [22]罷
pʰ	[55]趴 [33]怕 [21]爬琶耙杷鈀
m	[55]媽 [21]媽⁵³⁻²¹麻嗎 [13]馬碼 [22]罵
f	[55]花 [33]化
t	[55]打²¹⁻³⁵（一打·來自譯音）[35]打
tʰ	[55]他她它祂牠佗㑚
l	[55]啦 [35]㘓 [21]拿 [13]哪那
tʃ	[55]查（山查）碴渣髿（鬖髿：抓髻）吒（哪吒：神話人物）[33]詐榨炸乍炸
tʃʰ	[55]又杈差（差別）[33]岔妊（妊紫嫣紅）衩（衩衣，開衩）[21]茶搽荂（麥荂，麥收割後留在地裡的根）查（調查）
ʃ	[55]沙紗砂莎卅鯊痧（刮痧）[35]灑耍灑嗄（聲音嘶啞）[21]卅（異）
j	[13]也 [22]廿卅
k	[55]家加痂嘉傢瓜枷迦嘎伽袈鎵葭珈珈笳跏茄 [35]假（真假）賈（姓）寡剮斝（玉製的盛酒器具）[33]假（放假）架駕嫁稼價掛卦（新）
kʰ	[55]誇垮（搞垮）跨夸（奢侈）[35]侉（誇大不實際）[33]卦（老）
w	[55]划（划船）蛙窪 [35]畫（名）[21]華（中華）華（華夏）鏵（犁鏵）樺（又）[22]華（華山、姓氏）樺話（說話）
h	[55]蝦（魚蝦）蝦（蝦蟆）哈 [21]霞瑕遐（名聞遐邇）[22]廈（大廈）廈（廈門）下（底下、下降）夏（春夏）夏（姓氏）暇（分身不暇）

| ø | [55]鴉丫椏 [35]啞 [33]亞 [21]牙芽衙伢 (小孩子) [13]雅瓦 (瓦片) [22]砑 (砑平：碾壓成扁平) |

ai

p	[55]掰 (掰開) 拜³³⁻⁵⁵擘 [35]擺 [33]拜湃 [22]敗
p^h	[55]派 (派頭) [35]牌²¹⁻³⁵ (打牌) [33]派湃 (又) [21]排牌簲 (竹筏) 霾 (陰霾)
m	[21]埋 [13]買 [22]賣邁
f	[33]傀塊快筷
t	[55]呆 (異) 獃 (書獃子) [35]歹傣³³⁻³⁵ [33]戴帶傣 (傣族) [22]大 (大量) 大 (大夫)
t^h	[55]呔 (方：車呔) [33]太態泰貸汰 (汰弱留強) 鈦 (鈦合金) 舦 (舦盤) 舵 (異)
l	[55]拉藞 (方：藞仔) [35]舐 (異) 瀨²¹⁻³⁵ (瀨粉) [33]癩 (癩瘡) [21]奶¹³⁻²¹ [13]乃奶 [22]賴籟 (萬籟無聲) 瀨 (方：瀨尿) 醨 (醨酒) 癩 (異)
tʃ	[55]齋 [33]債 [22]寨
tʃ^h	[55]猜釵差 (出差) [35]踩 (踩高蹺) 踹 (踹路) [21]豺柴
ʃ	[35]璽徙舐 (舐犢情深) [33]晒曬 (晒之異體字)
j	[35]踹
k	[55]皆階稭佳街乖 [35]解 (解開) 解 (曉) 蒯 (姓) 拐 (拐杖) [33]介階偕界芥尬疥屆戒
k^h	[35]楷
w	[55]歪 [33]餧 (同「餵」字) [21]懷槐淮 [22]壞
h	[55]揩 (揩油) [21]孩諧鞋骸 [13]蟹懈駭 [22]邂械懈解 (姓氏)
ø	[55]挨哎唉埃 [33]隘 (氣量狹隘) [21]涯崖捱睚 [22]艾刈 (鐮刀)

au

p	[55]包胞鮑 (姓) 鮑²²⁻⁵⁵ (鮑魚) 苞 (苞子) [35]飽 [33]爆5
p^h	[55]泡 (一泡尿) 拋 [35]跑 [33]豹炮 (槍炮) 泡 (泡茶) (砲鈞) 爆 [21]刨鉋 (木鉋)
m	[55]貓 [21]茅錨矛 [13]卯牡鉚 (鉚釘) [22]貌
l	[55]撈 (異) [21]撈鐃撓 (百折不撓) 撈 (異) [22]鬧

tʃ	[55]嘲喌 [35]抓爪找肘帚 [33]罩笊(笊籬) [22]櫂(櫂槳湖上)驟棹
tʃʰ	[55]抄鈔 [35]炒吵 [21]巢
ʃ	[55]梢(樹梢)捎(捎帶)筲鞘艄 [35]稍 [33]哨潲(豬潲，豬食物)
k	[55]交郊膠蛟(蛟龍)鮫 [35]絞狡攪(攪勻)搞(搞清楚)餃(餃子) [33]教覺(睡覺)較校(校對)校(上校)窖滘斠
kʰ	[33]靠
h	[55]酵(酵母)敲吼烤拷酵 [35]考烤巧 [33]孝酵 [21]姣(方：發姣) [22]效校(學校)傚
ø	[35]拗(拗斷) [33]坳(山坳)拗(拗口) [21]熬肴淆 [13]咬

aŋ

p	[55]班斑頒扳 [35]板版閫阪(日本地名：大阪)扳(異) [22]扮辦
pʰ	[55]扳(扳回一局棋)攀頒(異)烹 [33]盼襻(紐襻) [21]彭膨棚鵬 [13]棒
m	[21]蠻 [13]晚猛蜢錳 [22]慢饅漫幔萬蔓孟
f	[55]翻番(番幾番)幡(轎幡)反(反切) [35]返 [33]販泛(廣泛、泛泛之交)氾反(平反) [21]凡帆藩(藩鎮之亂)煩攀繁芃氾(姓) [22]范範犯瓣飯范範犯瓣礬(異)
t	[55]丹單(單獨)耽擔(擔任)鄲(邯鄲) [35]旦(花旦)彈(子彈)蛋(蛋花湯)膽 [33]旦(元旦)誕擔(挑擔) [13]淡(鹹淡) [22]但淡(冷淡)(地名：淡水)
tʰ	[55]坍灘攤貪 [35]坦毯 [33]碳炭嘆歎探 [21]檀壇彈(彈琴)潭譚談痰
l	[35]欖 [21]難(難易)蘭攔欄南男藍籃 [13]覽攬懶冷檁 [22]濫(泛濫)纜艦難(思難)爛林淋臨
tʃ	[55]簪爭掙睜猙 [35]斬盞 [33]蘸贊 [22]賺綻(破綻)棧撰暫鏨站掙
tʃʰ	[55]餐參攙(攙扶)撐侵 [35]鏟產慘橙 [33]燦杉掌寢 [21]殘蠶慚讒饞瞪悵尋沉
ʃ	[55]珊山刪閂拴三衫生牲甥心森參(人參) [35]散(鞋帶散了)省 [33]傘散(分散)疝(疝氣)篡涮滲 [21]潺岑 [22]甚
j	[55]欽音陰 [35]飲 [33]蔭飲(飲馬) [21]壬吟淫 [22]賃任紝
k	[55]艱間(中間)鰥(鰥寡)關檻監(監獄)更耕粳甘柑泔今 [35]鹻簡襉捒繭趼(手過度摩擦生厚皮)減梗感敢橄錦 [33]間(間斷)諫澗鋼(車鋼)慣鑑監(太監) [22]逛

k^h	[55]框筐眶襟 [33]逛 [13]妗
w	[55]彎灣 [21]頑還環灣（銅鑼灣、長沙灣、土瓜灣） 橫 [13]挽 [22]幻患宦（宦官）
h	[55]夯坑 [35]餡坎砍 [33]喊勘 [21]閒函咸鹹銜行桁含酣 [22]限陷（陷阱）撼憾嵌
ø	[55]罌甖庵 [35]揞（揞住）埯 [33]晏暗 [21]顏巖岩癌 [13]眼 [22]雁硬

ak

p	[3]泊百柏伯舶佰八捌 [2]白帛
p^h	[3]帕拍魄檗
m	[3]擘抹
f	[3]法髮發砝琺
t	[3]答搭 [2]達踏杏
t^h	[3]韃撻躂遢獺撘塔榻塌
l	[3]瓓 [2]辣捺
tʃ	[3]窄責札紮扎軋砸劄眨 [2]澤擇宅摘擲雜閘集習襲鍘柵
$tʃ^h$	[3]拆策冊柵插獺擦察刷 [2]賊
ʃ	[3]索殺撒薩煞十什拾
j	[3]吃（又）喫
k	[3]胳格革隔骼鬲刮夾裌甲胛挾合（十合一升） 蛤鴿
k^h	[3]聒（聒耳）摑 [2]及
w	[3]挖幹 [2]惑劃滑猾或
h	[3]嚇（恐嚇）客嚇（嚇一跳）赫掐 [2]狹峽匣合（合作）盒磕
ø	[3]鴨押壓 [2]額逆

ɐi

p	[55]跛 [33]蔽閉箅（蒸食物的竹箅子）[22]稗敝弊幣斃陛
p^h	[55]批 [13]睥
m	[55]咪 [21]迷謎霾糜眯 [13]米眯弭

f	[55]麾揮輝徽麾暉 [35]疿痱 [33]廢肺費沸芾痱狒 [22]吠痱蜚
t	[55]低 [35]底抵邸砥 [33]帝蒂締諦寁 [22]第弟遞隸逮棣悌娣埭締弟
tʰ	[55]梯銻 [35]體體睇梯 [33]替涕剃雁 [21]堤題提蹄啼 [22]弟悌娣
l	[21]犁黎泥尼來犁藜 [13]禮醴蠡 [22]例厲勵麗荔
tʃ	[55]擠劑 [35]濟仔囝 [33]祭際制製濟掣 [21]齊薺 [22]滯
tʃʰ	[55]妻棲淒悽 [33]砌切
ʃ	[55]篩西犀 [35]洗駛使 [33]世勢細婿 [22]誓逝噬
j	[13]曳 [22]拽
k	[55]雞圭閨龜歸笄鮭 [35]偈詭軌鬼簋 [33]計繼髻鱖桂癸季貴瑰劌悸蹶饋 [22]跪櫃饋匱餽悸柜
kʰ	[55]稽溪盔規虧窺谿蹊奎睽 [35]啟 [33]契愧 [21]攜畦逵葵畦揆夔馗 [13]揆
w	[55]威 [35]毀萎委 [33]穢畏慰 [21]桅為維惟遺唯違圍 [13]諱偉葦緯 [22]衛惠慧為位胃謂蝟
h	[55]屄 [21]奚兮蹊稀 [22]繫系（中文系）係
ø	[35]矮 [33]縊縊哎隘 [21]倪危 [13]蟻 [22]藝毅偽魏

ɐu

m	[55]痞 [33]卯 [21]謀牟眸蝥蟊 [13]某畝牡 [22]茂貿謬謬繆袤
f	[35]剖否 [21]浮 [22]埠阜復
t	[55]兜 [35]斗（一斗米）抖唞糾蚪 [33]鬥（鬥爭） [22]豆逗讀（句讀）竇痘荳
tʰ	[55]偷 [35]敨（展開） [33]透 [21]頭投
l	[55]褸騮 [35]紐扭朽 [21]樓耬流留榴硫琉劉餾榴嘍摟琉瘤瀏婁耬蹓鎏 [13]摟簍摟柳 [22]漏陋溜餾鏤遛蹓
tʃ	[55]揫鄒掫（巡夜打更）周舟州洲 [35]走酒肘帚 [33]奏晝皺縐咒 [22]就袖紂宙驟
tʃʰ	[55]秋鞦抽 [35]丑（小丑）醜（醜陋） [33]湊臭糗嗅 [21]囚泅綢稠籌酬
ʃ	[55]修羞颼蒐收 [35]叟搜手首守 [33]嗽秀宿鏽瘦漱獸 [21]愁仇 [22]受壽授售

j	[55]丘休憂優幽 [33]幼 [21]柔揉尤郵由油游猶悠 [13]有友酉莠誘 [22]又右祐柚鼬釉
k	[55]鳩鬮 [35]狗苟九久韭 [33]夠灸救究咎 [22]舊柩
kʰ	[55]溝摳瞘（眼瞘）[33]構購叩扣寇 [21]求球 [13]臼舅
h	[55]吼 [35]口 [21]侯喉猴瘊（皮膚所生的小贅肉）[13]厚 [22]後后（皇后）候
ø	[55]勾鉤歐甌 [35]嘔毆 [33]漚慪 [21]牛 [13]藕偶耦

un

p	[55]杉賓檳奔崩 [35]稟品 [33]殯鬢 [22]笨
pʰ	[33]噴 [21]貧頻朋憑
m	[55]蚊 [21]民文紋聞萌盟 [13]澠閩憫敏抿吻刎 [22]問璺
f	[55]昏婚分芬紛熏勳薰葷 [35]粉 [33]糞訓 [21]墳焚 [13]奮憤忿 [22]份
t	[55]敦墩蹲登燈瞪 [35]等 [33]凳 [22]頓囤沌鈍遁鄧澄
tʰ	[55]吞飩 [33]褪 [21]騰謄藤疼 [13]盾
l	[35]卵 [21]鄰鱗燐崙倫淪輪能 [22]吝論
tʃ	[55]斟津珍榛臻真肫曾增憎僧爭箏睜 [35]準准 [33]進晉鎮振震俊濬 [22]盡陣
tʃʰ	[55]侵親（親人）[35]診疹蠢 [33]親（親家）趁襯 [21]秦陳塵旬循巡曾（曾經）
ʃ	[55]深辛新薪身申伸娠荀殉生（出生）[35]筍榫（榫頭）[33]信訊遜迅 [21]神辰晨臣純醇 [22]腎慎順舜
j	[55]恩姻欣殷 [35]隱 [33]印 [21]人仁寅 [13]忍引 [22]刃韌潤閏孕
k	[55]跟根巾筋均鈞君更（更換）庚粳羹耕轟搄 [35]僅緊謹滾哽埂梗耿 [33]禁棍更（更加）[22]搄近（接近）郡
kʰ	[55]昆崑坤 [35]綑菌 [33]困窘 [21]琴禽擒勤芹群裙
w	[55]溫瘟 [35]穩 [33]熨 [21]魂餛勻云（子云）雲暈宏 [13]允尹 [22]渾混運
h	[55]堪龕蚶憨亨 [35]懇墾齦很 [21]痕恆行（行為）衡 [22]恨杏行（品行）幸
ø	[21]銀艮齦

ɐt

p	[2]拔鈸鵓
m	[2]襪密蜜物勿墨默陌麥脈
f	[2]乏伐筏罰佛
t	[2]突特
l	[2]立律率肋勒
tʃ	[2]疾姪
ʃ	[2]十什拾朮術述秫
j	[2]日逸
k	[3]合（十合一升）蛤鴿 [2]掘倔
kʰ	[2]及
w	[2]核（核桃）
h	[2]盒磕洽瞎轄核（審核）
ø	[2]迄

ɛ

t	[55]爹
tʃ	[55]遮 [35]姐者 [33]借藉蔗 [22]謝
tʃʰ	[55]車奢 [35]且扯 [21]邪斜
ʃ	[55]些賒 [35]寫捨 [33]瀉卸赦舍 [21]蛇佘 [13]社 [22]射麝
j	[21]耶爺 [13]惹野 [22]夜
kʰ	[21]茄瘸
h	[55]靴

ɛŋ

p	[35]餅 [33]柄 [22]病
t	[55]釘 [35]頂 [33]掟 [22]訂
tʰ	[55]聽廳 [13]艇

l	[33]靚 [21]靈鯪 [13]領嶺
tʃ	[55]精 [35]井阱 [33]正 [22]淨鄭阱
tʃʰ	[55]青 [35]請
ʃ	[55]聲星腥 [35]醒 [21]成城

k	[55]驚 [35]頸 [33]鏡
h	[55]輕

ɛk

p	[3]壁
pʰ	[3]劈
t	[2]笛糴（糴米）
tʰ	[3]踢
tʃ	[3]隻炙脊
tʃʰ	[3]赤尺呎
ʃ	[3]錫 [2]石
kʰ	[2]劇屐
h	[3]吃喫

ei

p	[55]篦碑卑悲 [35]彼俾比秕 [33]臂祕泌轡庇痺 [22]被避備鼻
pʰ	[55]披丕 [35]鄙 [33]譬屁 [21]皮疲脾琵枇 [13]被婢
m	[21]糜眉楣微 [13]靡美尾 [22]媚寐未味
f	[55]非飛妃 [35]匪榧翡 [21]肥
t	[22]地
l	[55]璃 [21]彌離梨釐狸 [13]履你李里裡理鯉 [22]膩利吏餌
ʃ	[35]死 [33]四
k	[55]飢几（茶几）基幾（幾乎）機饑 [35]己紀杞幾（幾個）[33]寄記既 [22]技妓忌

| k^h | [33]冀 [21]奇（奇怪）騎（輕騎）祁鰭其棋期旗祈 [13]企徛（站立） |
| h | [55]犧欺嬉熙希稀 [35]起喜蟢豈 [33]戲器棄氣汽 |

eŋ

p	[55]冰兵 [35]丙秉 [33]迸柄併 [22]並
p^h	[55]姘拼 [33]聘 [21]平坪評瓶屏萍
m	[21]鳴明名銘 [13]皿 [22]命
t	[55]丁釘靪疔 [35]頂鼎 [33]釘 [22]訂錠定
t^h	[55]聽廳汀（水泥）[33]聽（聽其自然）[21]亭停廷蜓 [13]艇挺
l	[55]拎 [21]楞陵凌菱寧靈零鈴伶翎 [13]領嶺 [22]令佞另
tʃ	[55]徵蒸精晶晴貞偵正（正月）征 [35]拯井整 [33]證症正（正常）政 [22]靜靖淨
tʃ^h	[55]稱（稱呼）清蟶青蜻 [35]請逞 [33]稱（相稱）秤 [21]澄懲澄（水清）晴呈程
ʃ	[55]升勝聲星（星空）腥 [35]省醒（醒目）[33]勝性姓聖 [21]乘繩塍承丞成（成事）城（城市）誠 [22]剩盛
j	[55]應鷹鶯鸚櫻英嬰纓 [35]影映 [33]應（應對）[21]仍凝蠅迎盈贏形型刑 [22]認
k	[55]京荊驚經 [35]境景警竟 [33]莖敬勁徑 [22]勁競
k^h	[55]傾 [35]頃 [21]擎鯨瓊
w	[55]扔 [21]榮 [13]永 [22]泳詠潁
h	[55]興（興旺）卿輕（輕重）馨兄 [33]興（高興）慶罄

ek

p	[5]逼迫碧壁璧
p^h	[5]僻闢劈
m	[2]覓
t	[5]的嫡 [2]滴迪
t^h	[5]剔
l	[5]匿 [2]力溺歷曆

tʃ	[5]即鯽織職積跡績斥
tʃʰ	[5]斥戚
ʃ	[5]悉息熄媳嗇識式飾惜昔適釋析 [3]錫（用於人名）[2]食蝕
j	[5]憶億抑益 [2]翼逆亦譯易（交易）液腋疫役
k	[5]戟擊激虢 [2]極
w	[2]域

i

tʃ	[55]豬諸誅蛛株朱硃珠知蜘支枝肢梔資咨姿脂茲滋輜之芝 [35]煮拄主紫紙只（只有）姊旨指子梓滓止趾址 [33]著駐註注鑄智致至置志（志氣）誌（雜誌）痣 [22]箸住自雉稚字伺祀巳寺嗣飼痔治
tʃʰ	[55]雌疵差（參差不齊）眵癡嗤 [35]處杵此佌豕恥柿齒始 [33]處（處所）刺賜翅次廁 [21]廚臍池馳匙瓷瓻遲慈磁辭詞祠持 [13]褚（姓）儲苧署柱似恃
ʃ	[55]書舒樞輸斯廝施私師獅尸（尸位素餐）屍司絲思詩 [35]暑鼠黍屎使（使用）史 [33]庶恕戍肆思（意思）試 [21]薯殊時鰣 [13]市 [22]豎樹是氏豉示視士（士兵）仕（仕途）事侍
j	[55]於淤迂于伊醫衣依 [35]倚椅 [33]意 [21]如魚漁余餘儒愚虞娛盂榆愉兒宜儀移夷姨而疑飴沂 [13]汝語與乳雨宇禹羽爾擬矣已以 [22]御禦譽預遇愈喻裕誼義（義務）易（難易）二肄異

iu

p	[55]臕標錶彪 [35]表
pʰ	[55]飄漂（漂浮）[33]票漂（漂亮）[21]瓢嫖 [13]鰾
m	[21]苗描 [13]藐渺秒杳 [22]廟妙
t	[55]刁貂雕丟 [33]釣弔吊 [22]掉調（調查）
tʰ	[55]挑 [33]跳糶跳 [21]條調（調和）
l	[21]燎療聊遼撩寥瞭 [13]鳥了 [22]尿料（預料）廖
tʃ	[55]焦蕉椒朝（今朝）昭（昭雪）招 [35]剿沼（沼氣）[33]醮照詔（詔書）[22]噍趙召
tʃʰ	[55]超 [35]悄 [33]俏鞘 [21]樵瞧朝（朝代）潮

∫	[55]消宵霄硝銷燒蕭簫 [35]小少（多少）[33]笑少（少年）[21]韶 [22]兆紹邵
j	[55]妖邀腰要（要求）么吆（大聲吆喝）[33]要 [21]饒橈搖瑤謠姚堯 [13]擾繞舀 [22]耀鷂
k	[55]驕嬌 [35]矯轎繳 [33]叫
kʰ	[33]竅 [21]喬僑橋蕎
h	[55]囂僥 [35]曉

in

p	[55]鞭邊蝙辮 [35]貶扁匾 [33]變遍 [22]辨辯汴便（方便）
pʰ	[55]編篇偏 [33]騙片 [21]便（便宜）
m	[21]綿棉眠 [13]免勉娩緬 [22]面（面子）麵（粉麵）
t	[55]掂顛端 [35]點典短 [33]店墊斷（決斷）鍛 [13]簟 [22]電殿奠佃斷（斷絕）段緞椴
tʰ	[55]添天 [35]舔腆 [21]甜田填團屯豚臀
l	[55]拈 [35]撚戀 [21]黏廉鐮鮎連聯年憐蓮鸞 [13]斂殮臉碾輦攆暖 [22]念練鍊楝亂嫩
t∫	[55]尖沾粘瞻占（占卜）煎氈氊箋鑽（動詞）專尊遵 [35]剪展纂轉 [33]佔（侵佔）箭濺餞顫薦鑽（鑽子）轉（轉螺絲）[22]漸賤傳（傳記）
t∫ʰ	[55]殲籤遷千川穿村 [35]揣淺喘忖 [33]竄串寸吋 [21]潛錢纏前全泉傳（傳達）椽存 [13]踐
∫	[55]仙鮮（新鮮）先酸宣孫 [35]陝閃鮮（鮮少）癬選損 [33]線搧扇算蒜 [21]蟾簷蟬禪旋鏇船 [22]羨善膳單（姓）禪篆
j	[55]淹閹醃腌煙燕（燕京）冤淵 [35]掩演堰丸阮宛 [33]厭燕（燕子）嚥宴怨 [21]炎鹽閻嚴嫌涎然燃焉延筵言研賢完圓員緣沿鉛元原源袁轅援玄懸 [13]染冉儼軟遠 [22]驗鹽焰諺硯現院願縣眩
k	[55]兼肩堅捐 [35]檢捲卷 [33]劍建見眷絹 [22]儉件鍵健圈倦
kʰ	[21]鉗乾虔拳權顴
h	[55]謙軒掀牽圈喧 [35]險遣顯犬 [33]欠憲獻勸券 [21]弦

it

p	[5]必 [3]鱉憋 [2]別
pʰ	[3]撇
m	[2]滅篾
t	[3]跌 [2]疊碟喋蝶諜奪
tʰ	[3]帖貼鐵脫
l	[3]捋劣 [2]聶鑷躡獵列烈裂捏
tʃ	[2]接摺褶哲蜇折節拙
tʃʰ	[3]妾徹撤轍設切（切開）撮猝
ʃ	[3]攝涉薛泄屑楔雪說 [2]舌
j	[3]乙 [2]葉頁業熱薛悅月閱越曰粵穴
k	[3]劫澀結潔 [2]傑
kʰ	[3]揭厥決訣缺
h	[3]怯脅歉協歇蠍血

ɔ

p	[55]波菠玻 [33]簸播
pʰ	[55]坡 [35]頗 [33]破 [21]婆
m	[55]魔摩 [35]摸 [21]磨（動詞）饃 [22]磨（石磨）
f	[55]科 [35]棵火夥 [33]課貨
t	[55]多 [35]朵躲剁 [22]惰
tʰ	[55]拖 [33]唾 [21]駝馱（馱起來）舵 [13]妥橢 [22]馱（牲畜背上所背的貨物）
l	[55]囉 [35]裸 [21]挪羅鑼籮騾腡 [22]糯
tʃ	[35]左阻 [33]佐 [22]佐坐（坐立不安）座助
tʃʰ	[55]搓初雛 [35]楚礎 [33]銼錯 [21]鋤
ʃ	[55]蓑梭唆莎梳疏蔬 [35]鎖瑣所 [21]傻
k	[55]歌哥戈 [35]果裹餜 [33]個過

kʰ	[35]顆
w	[55]鍋倭窩蝸 [21]和禾 [22]禍
h	[55]靴 [35]可 [21]荷河何 [22]賀
ø	[55]阿（阿膠） [21]訛 [13]我 [22]臥餓

ɔi

t	[22]待殆代袋
tʰ	[55]胎 [21]台臺抬 [13]怠
l	[21]來 [22]耐奈內
tʃ	[55]災栽 [35]宰載 [33]再載 [22]在
tʃʰ	[35]彩採睬 [33]菜賽蔡 [21]才材財裁纔（方纔）
ʃ	[55]腮鰓
k	[55]該 [35]改 [33]蓋
kʰ	[33]概溉慨丐
h	[55]開 [35]凱海 [22]亥害駭
ø	[55]哀埃 [35]藹 [33]愛 [21]呆 [22]礙外

ɔn

k	[55]干（干戈）肝竿乾（乾濕）桿疆 [35]稈趕 [33]幹（幹部）
h	[55]看（看守）刊 [35]罕 [33]看（看見）漢 [21]鼾寒韓 [13]旱 [22]汗銲翰
ø	[55]安鞍 [33]按案 [22]岸

ɔŋ

p	[55]幫邦 [35]榜綁 [22]傍（傍晚）
pʰ	[33]謗 [21]滂旁螃龐 [13]蚌
m	[55]虻 [21]忙茫芒亡 [13]莽蟒網輞妄 [22]忘望
f	[55]荒慌方肪芳 [35]謊晃倣紡仿彷訪 [33]放況 [21]妨房防
t	[55]當（當時） [35]黨擋 [33]當（典當） [22]宕蕩

tʰ	[55]湯 [35]倘躺 [33]燙趟 [21]堂棠螳唐糖塘
l	[35]兩（幾兩幾錢）[21]囊瓤 [13]朗兩（兩個）[22]浪亮諒輛量
tʃ	[55]賍髒將漿張莊裝章樟椿（打椿）[35]蔣獎槳長（生長）掌 [33]莽醬將漲帳賬脹壯障瘴 [22]藏（西藏）臟匠象像橡丈仗杖狀撞
tʃʰ	[55]倉蒼槍瘡昌菖窗 [35]搶闖廠 [33]暢唱倡（提倡）[21]藏（隱藏）牆詳祥長（長短）腸場床
ʃ	[55]桑喪相（互相）箱廂湘襄鑲霜孀商傷雙 [35]嗓想爽賞鯗（鯗魚：曬乾和醃過的魚）[33]喪相（相貌）[21]常嘗裳償 [13]上（上山）[22]尚（和尚）上（上面）
j	[55]央秧殃 [21]羊洋烊楊（姓）陽揚瘍 [13]攘嚷仰養癢 [22]釀壤讓樣
k	[55]岡崗剛綱缸疆僵薑礓（礓石）犟姜羌光江扛豇（豇豆）[35]廣講港 [33]鋼杠降
kʰ	[33]抗炕曠擴礦 [21]強狂 [13]強（勉強）
w	[55]汪 [35]枉 [21]黃簧皇蝗王 [13]往 [22]旺
h	[55]康糠香鄉匡筐眶腔 [35]慷晌餉享響 [33]向 [21]行（行列）航杭降（投降）[22]項巷
ø	[55]骯 [21]昂 [13]

ɔk

k	[3]割葛
h	[3]喝渴 [2]

ɔk

p	[3]博縛駁 [2]薄泊（濚泊名利）
pʰ	[3]樸朴撲
m	[5]剝 [2]莫膜幕寞
f	[3]霍藿（藿香）
t	[3]琢啄涿（涿鹿）[2]鐸踱
tʰ	[3]託托
l	[2]諾落烙駱酪洛絡樂（快樂）略掠

tʃ	[3]作爵雀鵲嚼著（著衣）酌勺 [2]鑿昨著（附著）
tʃʰ	[3]錯綽焯芍卓桌戳
ʃ	[3]索朔
j	[3]約（公約）[2]若弱虐瘧鑰躍
k	[3]各閣擱腳郭覺（知覺）角國
kʰ	[3]郝卻廓確搉（搉蒜）
w	[2]鑊獲
h	[3]殼 [2]鶴學
ø	[3]惡（善惡）[2]鄂岳樂（音樂）鱷噩嶽鍔愕萼鶚

ou

p	[55]褒 [35]補保堡寶 [33]布佈報 [22]怖部簿（簿記）步捕暴苞（苞雞仔）
pʰ	[55]鋪（鋪設）[35]譜普浦脯甫（幾甫路）脯（杏脯）[33]鋪（店鋪）[21]蒲菩袍 [13]抱
m	[55]蟆（蝦蟆）[21]模摹無巫誣毛 [13]武舞侮鵡母拇 [22]暮慕墓募務霧冒帽戊
t	[55]都刀叨 [35]堵賭島倒 [33]妒到 [22]杜度渡鍍道稻盜導
tʰ	[55]滔 [35]土禱討 [33]吐兔套 [21]徒屠途塗圖掏桃逃淘陶萄濤 [13]肚
l	[21]奴盧爐蘆廬勞牢嘮 [13]努魯櫓虜滷腦惱老 [22]怒路賂露鷺澇
tʃ	[55]租糟遭 [35]祖組早棗蚤澡 [33]灶 [22]做皂造
tʃʰ	[55]粗操（操作）[35]草 [33]醋措躁糙 [21]曹槽
ʃ	[55]蘇酥鬚騷 [35]數（動詞）嫂 [33]素訴塑數（數目）掃
k	[55]高膏（膏腴）篙羔糕 [35]稿 [33]告膏（動詞，把毛筆蘸上墨後，在硯臺邊上搔：膏筆）
h	[55]蒿薅（薅鋤）[35]好（好壞）[33]犒好（喜好）耗 [21]豪壕毫號（呼號）[22]浩號（號數）
ø	[35]襖 [33]懊奧 [22]傲

oŋ

pʰ	[35]捧 [21]篷蓬
m	[21]蒙 [13]懵蠓 [22]夢
f	[55]風楓瘋豐封峰蜂鋒 [35]俸 [33]諷 [21]馮逢縫（縫衣） [22]鳳奉縫（一條縫）
t	[55]東冬 [35]董懂 [33]凍 [22]棟動洞
tʰ	[55]通烔（以火暖物）[35]桶捅統 [33]痛 [21]同銅桐筒童瞳
l	[21]籠聾農膿儂隆濃龍 [13]攏隴壟 [22]弄
tʃ	[55]棕鬃宗中（當中）忠終蹤縱鐘鍾盅舂 [35]總粽種（種類）腫 [33]綜中（射中） 眾縱種（種樹）[22]仲誦頌訟
tʃʰ	[55]聰匆蔥（洋蔥）囪（煙囪）充衝 [35]冢寵 [21]叢蟲從松重（重複）[13]重（輕重）
ʃ	[55]鬆嵩從（從容不迫）[35]慫 [33]送宋 [21]崇
j	[55]翁雍臃（生背臃）[35]擁壅甬湧 [21]戎絨融茸容蓉鏞庸 [13]冗（冗員）勇 [22]用
k	[55]公蚣工功攻弓躬宮恭供（供給）[35]拱鞏 [33]貢供（供養）[22]共
kʰ	[21]窮
h	[55]空胸凶（吉凶）兇（兇惡）[35]孔恐 [33]控烘哄汞閧嗊 [21]虹紅洪鴻熊雄
ø	[33]甕

ok

p	[5]卜（占卜）[2]僕曝瀑
pʰ	[5]仆（前仆後繼）
m	[2]木目穆牧
f	[5]福幅蝠複腹覆（反覆）[2]復（復興）服伏
t	[5]篤督 [2]獨讀牘犢毒
tʰ	[5]禿
l	[2]鹿祿六陸綠錄
tʃ	[5]浞竹築祝粥足燭囑觸捉 [2]續濁鐲族逐軸俗

tʃʰ	[5]速畜蓄促束
ʃ	[5]蕭宿縮叔粟 [2]熟淑贖蜀屬
j	[5]沃郁 [2]肉育辱褥玉獄欲（搖搖欲墜）慾（意慾）浴
k	[5]穀谷（山谷）菊掬（笑容可掬）麴（酒麴）[2]局
kʰ	[5]曲（曲折）
h	[5]哭 [2]斛酷
ø	[5]屋

u

f	[55]枯呼夫膚敷俘孵麩 [35]苦卡府腑斧撫釜 [33]庫褲戽賦富副 [21]乎符扶芙 [13]婦 [22]付傅赴訃父腐輔附負
k	[55]姑孤 [35]古估牯股鼓 [33]故固錮雇顧
kʰ	[55]箍
w	[55]烏污塢 [35]滸 [33]惡（可惡）[21]胡湖狐壺瓠鬍 [22]戶滬互護芋

ui

p	[55]杯 [33]貝輩背 [22]背（背誦）焙（焙乾）
pʰ	[55]胚坯 [33]沛配佩 [21]培陪賠裴 [13]倍
m	[21]梅枚媒煤 [13]每 [22]妹昧
f	[55]魁恢灰奎 [33]悔晦
t	[55]堆 [33]對碓兌 [22]隊
tʰ	[55]推 [35]腿 [33]退蛻
l	[55]呂旅縷屢儡累壘女 [21]濾累（連累）類淚慮
tʃ	[55]追錐 [35]嘴 [33]最醉 [22]聚罪贅墜
tʃʰ	[55]趨催崔吹炊 [35]取娶 [33]趣脆翠 [21]除隨槌鎚徐
ʃ	[55]須需雖綏衰 [35]水 [33]碎歲稅帥 [21]垂誰 [13]髓 [22]睡瑞粹遂隧穗
j	[13]蕊 [22]芮銳
k	[33]鍋

kʰ	[35]賄潰劊檜繪
w	[55]煨 [21]回峗 [13]會（懂得） [22]匯會（會計）彙匯

un

p	[55]般搬 [35]本 [33]半 [22]絆伴拌叛胖
pʰ	[55]潘 [33]拚判 [21]盤盆
m	[21]瞞門 [13]滿 [22]悶
f	[55]寬歡 [35]款
k	[55]官棺觀（參觀）冠（衣冠） [35]管館 [33]貫灌罐觀（寺觀）冠（冠軍）
w	[35]玩（玩味）豌剜碗腕 [21]桓（春秋時代齊桓公） [13]皖 [22]喚煥緩換玩（玩味）

ut

p	[2]撥勃
pʰ	[3]潑
m	[3]抹 [2]末沫沒
f	[3]闊
kʰ	[3]括豁
w	[2]活

θy

t	[55]堆 [33]對碓兌 [22]隊
tʰ	[55]推 [35]腿 [33]退蛻
l	[21]雷 [13]女呂稆旅屢儡累壘 [22]濾瀘累類淚慮
tʃ	[55]追錐蛆 [35]嘴 [33]最醉 [21]徐 [22]聚罪贅墜序聚
tʃʰ	[55]趨催崔吹炊 [35]取娶 [33]趣脆翠 [21]除隨槌錘徐
ʃ	[55]須需雖綏衰 [35]水 [33]碎歲稅帥 [21]垂誰 [13]髓絮緒（情緒）[22]睡瑞粹遂隧穗緒（光緒）
j	[13]蕊 [22]芮銳

k	[55]居車（車馬砲）驅 [21]渠瞿 [33]錮 [13]佢拒距
kʰ	[55]驅 [21]渠瞿 [33]錮 [13]佢拒距
h	[55]墟虛噓吁 [35]許 [33]去

m̩

| | [13]午伍五 [21]唔吳蜈吾梧 [22]誤悟 |

第七節　香港新界西貢坑口水邊村同音字彙

a

p	[55]巴芭疤爸 [35]把 [33]霸壩（水壩）垻（堤塘）[21]爸⁵⁵⁻²¹ [22]罷
pʰ	[55]趴 [33]怕 [21]爬琶耙杷鈀
m	[55]媽 [21]媽⁵³⁻²¹麻嘛 [13]馬碼 [22]罵
f	[55]花 [33]化
t	[55]打²¹⁻³⁵（一打・來自譯音）[35]打
tʰ	[55]他她它祂牠佗怹
l	[55]啦 [35]攋 [21]拿 [13]哪那
tʃ	[55]查（山查）碴渣髽（髽髻：抓髻）吒（哪吒：神話人物）[33]詐榨炸乍炸
tʃʰ	[55]叉杈差（差別）[33]岔奼（奼紫嫣紅）衩（衩衣，開衩）[21]茶搽茬（麥茬，麥收割後留在地的根）查（調查）
ʃ	[55]沙紗砂莎卅鯊痧（刮痧）[35]灑耍灑嗄（聲音嘶啞）[21]卅（異）
j	[13]也 [22]廿卄
k	[55]家加痂嘉傢瓜枷迦嘎伽袈鎵葭泇珈笳跏茄 [35]假（真假）賈（姓）寡剮斝（玉製的盛酒器具）[33]假（放假）架駕嫁稼價掛卦（新）
kʰ	[55]誇垮（搞垮）跨夸（奢侈）[35]侉（誇大不實際）[33]卦（老）
w	[55]划（划船）蛙窪 [35]畫（名）[21]華（中華）華（華夏）鏵（犁鏵）樺（又）[22]華（華山、姓氏）樺話（說話）
ŋ	[21]牙芽衙伢（小孩子）

h	[55]蝦（魚蝦）蝦（蝦蟆）哈 [21]霞瑕遐（名聞遐邇）[22]廈（大廈）廈（廈門）下（底下、下降）夏（春夏）夏（姓氏）暇（分身不暇）
ø	[55]鴉丫椏 [35]啞 [33]亞 [13]雅瓦（瓦片）[22]砑（砑平：碾壓成扁平）

ai

p	[55]掰（掰開）拜$^{33-55}$擘 [35]擺 [33]拜湃 [22]敗
pʰ	[55]派（派頭）[35]牌$^{21-35}$（打牌）[33]派湃（又）[21]排牌簰（竹筏）霾（陰霾）
m	[21]埋 [13]買 [22]賣邁
f	[33]傀塊快筷
t	[55]呆（異）獃（書獃子）[35]歹傣$^{33-35}$ [33]戴帶傣（傣族）[22]大（大量）大（大夫）
tʰ	[55]呔（方：車呔）[33]太態泰貸汰（汰弱留強）鈦（鈦合金）舦（舦盤）舵（異）
l	[55]拉菈（方：菈仔）[35]舐（異）瀨$^{21-35}$（瀨粉）[33]癩（癩痦）[21]奶$^{13-21}$ [13]乃奶 [22]賴籟（萬籟無聲）瀨（方：瀨尿）醨（醨酒）癩（異）
tʃ	[55]齋 [33]債 [22]寨
tʃʰ	[55]猜釵差（出差）[35]踩（踩高蹺）踹（踹踏）[21]豺柴
ʃ	[35]璽徙舐（舐犢情深）[33]晒曬（晒之異體字）
j	[35]踹
k	[55]皆階稭佳街乖 [35]解（解開）解（曉）劏（姓）拐（拐杖）[33]介階偕界芥尬疥屆戒
kʰ	[35]楷
ŋ	[21]涯崖捱睚
w	[55]歪 [33]餒（同「餧」字）[21]懷槐淮 [22]壞
h	[55]揩（揩油）[21]孩諧鞋骸 [13]蟹懈駭 [22]邂械懈解（姓氏）
ø	[55]挨哎唉埃 [33]隘（氣量狹隘）[22]艾刈（鐮刀）

au

p	[55]包胞鮑（姓）鮑$^{22-55}$（鮑魚）孢（孢子）[35]飽 [33]爆5
pʰ	[55]泡（一泡尿）拋 [35]跑 [33]豹炮（槍炮）泡（泡茶）（砲鈞）爆 [21]刨鉋（木鉋）

m	[55]貓 [21]茅錨矛 [13]卯牡鉚（鉚釘）[22]貌
l	[55]撈（異）[21]撈鐃撓（百折不撓）撈（異）[22]鬧
tʃ	[55]嘲啁 [35]抓爪找肘帚 [33]罩笊（笊籬）[22]櫂（櫂槳湖上）驟棹
tʃʰ	[55]抄鈔 [35]炒吵 [21]巢
ʃ	[55]梢（樹梢）捎（捎帶）筲鞘艄 [35]稍 [33]哨潲（豬潲：豬食物）
k	[55]交郊膠蛟（蛟龍）鮫 [35]絞狡攪（攪勻）搞（搞清楚）餃（餃子）[33]教覺（睡覺）較校（校對）校（上校）窖滘斠
kʰ	[33]靠
h	[55]酵（酵母）敲吼烤拷酵 [35]考烤巧 [33]孝酵 [21]姣（方：發姣）[22]效校（學校）傚
ø	[35]拗（拗斷）[33]坳（山坳）拗（拗口）[21]熬肴淆 [13]咬

aŋ

p	[55]班斑頒扳 [35]板版闆阪（日本地名：大阪）扳（異）[22]扮辦
pʰ	[55]扳（扳回一局棋）攀頒（異）烹 [33]盼襻（紐襻）[21]彭膨棚鵬 [13]棒
m	[21]蠻 [13]晚猛蜢錳 [22]慢饅漫幔萬蔓孟
f	[55]翻番（番幾番）幡（幡幡）反（反切）[35]返 [33]販泛（廣泛，泛泛之交）氾反（平反）[21]凡帆藩（藩鎮之亂）煩攀繁芃氾（姓）[22]范範犯瓣飯范範犯瓣礬（異）
t	[55]丹單（單獨）耽擔（擔任）鄲（邯鄲）[35]旦（花旦）彈（子彈）蛋（蛋花湯）膽 [33]旦（元旦）誕擔（挑擔）[13]淡（鹹淡）[22]但淡（冷淡）（地名：淡水）
tʰ	[55]坍灘攤貪 [35]坦毯 [33]碳炭嘆歎探 [21]檀壇彈（彈琴）潭譚談痰
l	[35]欖 [21]難（難易）蘭攔欄南男藍籃 [13]覽攬懶冷 [22]濫（泛濫）纜艦難（患難）爛
tʃ	[55]簪爭掙睜猙 [35]斬盞 [33]蘸贊 [22]賺綻（破綻）棧撰暫鏨站掙
tʃʰ	[55]餐參攙（攙扶）撐 [35]鏟產慘橙 [33]燦杉掌 [21]殘蠶慚讒饞瞪倀
ʃ	[55]珊山刪閂拴三衫生牲甥 [35]散（鞋帶散了）省 [33]傘散（分散）疝（疝氣）篡涮 [21]潺
k	[55]艱間（中間）鰥（鰥寡）關艱監（監獄）更耕粳 [35]鹼簡襇柬繭跰（手過度磨擦生厚皮）減梗 [33]間（間斷）諫澗鋼（車鋼）慣鑑監（太監）

kʰ	[55]框筐眶 [33]逛
ŋ	[21]顏巖岩
w	[55]彎灣 [21]頑還環灣（銅鑼灣、長沙灣、土瓜灣）橫 [13]挽 [22]幻患宦（宦官）
h	[55]夯坑 [35]餡 [33]喊 [21]閒函咸鹹銜行桁 [22]限陷（陷阱）
ø	[55]罌甖 [33]晏 [13]眼 [22]雁梗

ak

p	[3]八捌泊百柏伯舶佰 [2]白帛
pʰ	[3]帕拍魄礴
m	[3]抹擘
f	[3]法髮發砝琺
t	[3]答搭 [2]達踏沓
tʰ	[3]韃撻躂遢獺搨塔榻塌
l	[3]瘌 [2]辣捋
tʃ	[3]札紥扎軋砸劄眨窄責 [2]雜閘集習襲鍘柵澤擇宅摘擲
tʃʰ	[3]插獺擦察刷拆策冊柵 [2]賊
ʃ	[3]殺撒薩煞索
j	[3]吃（又）喫
k	[3]刮夾袷甲胛挾胳格革隔骼鬲
kh	[3]聒（聒耳）摑
ŋ	[2]額逆
w	[3]挖斡 [2]滑猾或惑劃
h	[3]招嚇（恐嚇）客赫 [2]狹峽匣
ø	[3]鴨押壓

ɐi

p	[55]跛 [33]蔽閉箅（蒸食物的竹箅子）[22]稗敝弊幣斃陛
pʰ	[55]批 [13]睥

m	[55]咪 [21]迷謎霾麇眯 [13]米眯弭
f	[55]麾揮輝徽麾暉 [35]痱疿 [33]廢肺費沸芾痹狒 [22]吠疿蜚
t	[55]低 [35]底抵邸砥 [33]帝蒂締諦寘 [22]第弟遞隸逮棣悌娣埭締弟
tʰ	[55]梯銻 [35]體軆睇梯 [33]替涕剃雁 [21]堤題提蹄啼 [22]弟悌娣
l	[21]犁黎泥尼來犁藜 [13]禮醴蠡 [22]例厲勵麗荔
tʃ	[55]擠劑 [35]濟仔囝 [33]祭際制製濟掣 [21]齊薺 [22]滯
tʃʰ	[55]妻棲淒悽 [33]砌切
ʃ	[55]篩西犀 [35]洗駛使 [33]世勢細婿 [22]誓逝噬
j	[13]曳 [22]拽
k	[55]雞圭閨龜歸笄鮭 [35]偈詭軌鬼簋 [33]計繼髻鱖桂癸季貴瑰劌悸蹶饋 [22]跪櫃饋匱餽悸柜
kʰ	[55]稽溪盔規虧窺谿蹊奎睽 [35]啟 [33]契愧 [21]攜畦逵葵畦揆夔馗 [13]揆
ŋ	[21]倪危 [22]藝毅偽魏
w	[55]威 [35]毀萎委 [33]穢畏慰 [21]桅為維惟遺唯違圍 [13]諱偉葦緯 [22]衛惠慧為位胃謂蝟
h	[55]屄 [21]奚兮蹊稽 [22]繫系（中文系）係
ø	[35]矮 [33]縊饐哎隘 [13]蟻

uɐ

m	[55]痞 [33]卯 [21]謀牟眸蝥蟊 [13]某畝牡 [22]茂貿謬謬繆袤
f	[35]剖否 [21]浮 [22]埠阜復
t	[55]兜 [35]斗（一斗米）抖陡糾蚪 [33]鬥（鬥爭） [22]豆逗讀（句讀）竇痘荳
tʰ	[55]偷 [35]敨（展開） [33]透 [21]頭投
l	[55]褸騮 [35]紐扭朽 [21]樓耬流留榴硫琉劉餾榴嘍摟琉瘤瀏婁耬蹓鎏 [13]摟簍摟柳 [22]漏陋溜餾鏤遛蹓
tʃ	[55]揫鄒掫（巡夜打更）周舟州洲 [35]走酒肘帚 [33]奏晝皺縐咒 [22]就袖紂宙驟

tʃʰ	[55]秋鞦抽 [35]丑（小丑）醜（醜陋）[33]湊臭糗嗅 [21]囚泅綢稠籌酬
ʃ	[55]修羞颼蒐收 [35]臾搜手首守 [33]嗽秀宿鏽瘦漱獸 [21]愁仇 [22]受壽授售
j	[55]丘休憂優幽 [33]幼 [21]柔揉尤郵由油游猶悠 [13]有友羑莠誘 [22]又右祐柚鼬釉
k	[55]鳩龜 [35]狗苟九久韭 [33]夠灸救究咎 [22]舊柩
kʰ	[55]溝摳瞘（眼瞘）[33]構購叩扣寇 [21]求球 [13]臼舅
ŋ	[21]牛 [13]藕偶耦
h	[55]吼 [35]口 [21]侯喉猴瘊（皮膚所生的小贅肉）[13]厚 [22]後后（皇后）候
ø	[55]勾鉤歐甌 [35]嘔毆 [33]漚慪

ɐn

p	[55]杉賓檳奔崩 [35]稟品 [33]殯鬢 [22]笨
pʰ	[33]噴 [21]貧頻朋憑
m	[55]蚊 [21]民文紋聞萌盟 [13]澠閩憫敏抿吻刎 [22]問璺
f	[55]昏婚分芬紛熏勳薰葷 [35]粉 [33]糞訓 [21]墳焚 [13]奮憤忿[22]份
t	[55]敦墩蹲登燈瞪 [35]等 [33]凳 [22]頓囤沌鈍遁鄧澄
tʰ	[55]吞氽 [33]褪 [21]騰謄藤疼 [13]盾
l	[35]卵 [21]林淋臨鄰鱗燐崙倫淪輪能 [13]檁（正檁）[22]吝論
tʃ	[55]斟津珍榛臻真朕曾增憎僧爭箏睜 [35]枕準准 [33]浸枕進晉鎮振震俊濬 [22]盡陣
tʃʰ	[55]侵參（參差）親（親人）椿春 [35]寢診疹蠢 [33]親（親家）趁襯 [21]尋沉秦陳塵旬循巡曾（曾經）
ʃ	[55]心森參（人參）深辛新薪身申伸娠荀殉生（出生）[35]沈審嬸筍榫（榫頭）[33]滲信訊遜迅 [21]岑神辰晨臣純醇 [22]甚葚腎慎順舜
j	[55]欽音陰恩姻欣殷 [35]飲隱 [33]蔭飲（飲馬）印 [21]壬吟淫人仁寅 [13]忍引 [22]賃任紉刃靭潤閏孕
k	[55]甘柑泔今跟根巾筋均鈞君更（更換）庚粳羹耕轟搄 [35]感敢橄錦僅緊謹滾哽埂梗耿 [33]禁棍更（更加）[22]撳近（接近）郡

kʰ	[55]襟昆崑坤 [35]綑菌 [33]困窘 [21]琴禽擒勤芹群裙 [13]妗
w	[55]溫瘟 [35]穩 [33]熨 [21]魂餛勻云（子云）雲暈宏 [13]允尹 [22]渾混運
h	[55]堪龕蚶憨亨 [35]坎砍懇墾齦很 [33]勘 [21]含醅痕恆行（行為）衡 [22]撼憾嵌恨杏行（品行）幸
ø	[55]庵 [35]揞（揞住）掩 [33]暗 [21]銀垠齦

et

p	[2]拔鈸弼
m	[2]襪密蜜物勿墨默陌麥脈
f	[2]乏伐筏罰佛
t	[2]突特
l	[2]立律率肋勒
tʃ	[2]疾姪
ʃ	[2]十什拾朮術述秫
j	[2]入日逸
k	[3]蛤鴿 [2]掘倔
kʰ	[2]及
ŋ	[2]訖
w	[2]核（核桃）
h	[2]合（合作）盒磕洽瞎轄核（審核）

ɛ

t	[55]爹
tʃ	[55]遮 [35]姐者 [33]借藉蔗 [22]謝
tʃʰ	[55]車奢 [35]且扯 [21]邪斜
ʃ	[55]些賒 [35]寫捨 [33]瀉卸赦舍 [21]蛇佘 [13]社 [22]射麝
j	[21]耶爺 [13]惹野 [22]夜
kʰ	[21]茄瘸

εŋ

p	[35]餅 [33]柄 [22]病
t	[55]釘 [35]頂 [33]掟 [22]訂
tʰ	[55]聽廳 [13]艇
l	[33]靚 [21]靈鯪 [13]領嶺
tʃ	[55]精 [35]井阱 [33]正 [22]淨鄭阱
tʃʰ	[55]青 [35]請
ʃ	[55]聲星腥 [35]醒 [21]成城
k	[55]驚 [35]頸 [33]鏡
h	[55]輕

εk

p	[3]壁
pʰ	[3]劈
t	[2]笛糴（糴米）
tʰ	[3]踢
tʃ	[3]隻炙脊
tʃʰ	[3]赤尺呎
ʃ	[3]錫 [2]石
kʰ	[2]劇屐
h	[3]吃喫

ei

p	[55]篦碑卑悲 [35]彼俾比秕 [33]臂祕泌轡庇痺 [22]被避備鼻
pʰ	[55]披丕 [35]鄙 [33]譬屁 [21]皮疲脾琶枇 [13]被婢
m	[21]糜眉楣微 [13]靡美尾 [22]媚寐未味
f	[55]非飛妃 [35]匪榧翡 [21]肥
t	[22]地

l	[55]璃 [21]彌離梨釐狸 [13]履你李里裡理鯉 [22]膩利吏餌
ʃ	[35]死 [33]四
k	[55]飢几（茶几）基幾（幾乎）機饑 [35]己紀杞幾（幾個）[33]寄記既 [22]技妓忌
kʰ	[33]冀 [21]奇（奇怪）騎（輕騎）祁鰭其棋期旗祈 [13]企徛（站立）
h	[55]犧欺嬉熙希稀 [35]起喜蟢豈 [33]戲器棄氣汽

eŋ

p	[55]冰兵 [35]丙秉 [33]迸柄併 [22]並
pʰ	[55]姘拼 [33]聘 [21]平坪評瓶屏萍
m	[21]鳴明名銘 [13]皿 [22]命
t	[55]丁釘靪疔 [35]頂鼎 [33]釘 [22]訂錠定
tʰ	[55]聽廳汀（水泥）[33]聽（聽其自然）[21]亭停廷蜓 [13]艇挺
l	[55]拎 [21]楞陵凌菱寧靈零鈴伶翎 [13]嶺嶺 [22]令佞另
tʃ	[55]徵蒸精晶睛貞偵正（正月）征 [35]拯井整 [33]證症正（正常）政 [22]靜靖淨
tʃʰ	[55]稱（稱呼）清蟶青蜻 [35]請逞 [33]稱（相稱）秤 [21]澄懲澄（水清）晴呈程
ʃ	[55]升勝聲星（星空）腥 [35]省醒（醒目）[33]勝性姓聖 [21]乘繩塍承丞成（成事）城（城市）誠 [22]剩盛
j	[55]應鷹鶯鸚櫻英嬰纓 [35]影映 [33]應（應對）[21]仍凝蠅迎盈贏形型刑 [22]認
k	[55]京荊驚經 [35]境景警竟 [33]莖敬勁徑 [22]勁競
kʰ	[55]傾 [35]頃 [21]擎鯨瓊
w	[55]扔 [21]榮 [13]永 [22]泳詠潁
h	[55]興（興旺）卿輕（輕重）馨兄 [33]興（高興）慶磬

ek

p	[5]逼迫碧壁璧
pʰ	[5]僻闢劈
m	[2]覓

t	[5]的嫡 [2]滴廸
tʰ	[5]剔
l	[5]匿 [2]力溺歷曆
tʃ	[5]即鯽織職積跡績斥
tʃʰ	[5]斥戚
ʃ	[5]悉息熄媳嗇識式飾惜昔適釋析 [3]錫 (用於人名) [2]食蝕
j	[5]憶億抑益 [2]翼逆亦譯易 (交易) 液腋疫役
k	[5]戟擊激虢 [2]極
w	[2]域

i

tʃ	[55]豬諸誅蛛株朱硃珠知蜘支枝肢梔資咨姿脂茲滋輜之芝 [35]煮拄主紫紙只 (只有) 姊旨指子梓滓止趾址 [33]著駐註注鑄智致至置志 (志氣) 誌 (雜誌) 痣 [22]箸住自雉稚字伺祀巳寺嗣飼痔治
tʃʰ	[55]雌疵差 (參差不齊) 眵癡嗤 [35]處杵此侈豸恥柿齒始 [33]處 (處所) 刺賜翅次廁 [21]廚臍池馳匙瓷餈遲慈磁辭詞祠持 [13]褚 (姓) 儲苧署柱似恃
ʃ	[55]書舒樞輸斯廝施私師獅尸 (尸位素餐) 屍司絲思詩 [35]暑鼠黍屎使 (使用) 史 [33]庶恕戍肆思 (意思) 試 [21]薯殊時鰣 [13]市 [22]豎樹是氏豉示視士 (士兵) 仕 (仕途) 事侍
j	[55]於淤迂于伊醫衣依 [35]倚椅 [33]意 [21]如魚漁余餘儒愚虞娛盂榆愉兒宜儀移夷姨而疑飴沂 [13]汝語與乳雨宇禹羽爾議耳擬矣已以 [22]御禦譽預遇愈喻裕誼義 (義務) 易 (難易) 二肆異

iu

p	[55]臕標錶彪 [35]表
pʰ	[55]飄漂 (漂浮) [33]票漂 (漂亮) [21]瓢嫖 [13]鰾
m	[21]苗描 [13]藐渺秒杳 [22]廟妙
t	[55]刁貂雕丟 [33]釣弔吊 [22]掉調 (調查)
tʰ	[55]挑 [33]跳糶朓 [21]條調 (調和)

l	[21]燎療聊遼撩寥瞭 [13]鳥了 [22]尿料（預料）廖
tʃ	[55]焦蕉椒朝（今朝）昭（昭雪）招 [35]剿沼（沼氣）[33]醮照詔（詔書）[22]噍趙召
tʃʰ	[55]超 [35]悄 [33]俏鞘 [21]樵瞧朝（朝代）潮
ʃ	[55]消宵霄硝銷燒蕭簫 [35]小少（多少）[33]笑少（少年）[21]韶 [22]兆紹邵
j	[55]妖邀腰要（要求）么吆（大聲吆喝）[33]要 [21]饒橈搖瑤謠姚堯 [13]擾繞舀 [22]耀鷂
k	[55]驕嬌 [35]矯轎繳 [33]叫
kʰ	[33]竅 [21]喬僑橋蕎
h	[55]囂僥 [35]曉

in

p	[55]鞭邊蝙辮 [35]貶扁匾 [33]變遍 [22]辨辯汴便（方便）
pʰ	[55]編篇偏 [33]騙片 [21]便（便宜）
m	[21]綿棉眠 [13]免勉娩緬 [22]面（面子）麵（粉麵）
t	[55]掂顛端 [35]點典短 [33]店墊斷（決斷）鍛 [13]簞 [22]電殿奠佃斷（斷絕）段緞椴
tʰ	[55]添天 [35]舔腆 [21]甜田填團屯豚臀
l	[55]拈 [35]撚戀 [21]黏廉鐮鮎連聯年憐蓮鸞 [13]斂殮臉碾輦攆暖 [22]念練鍊棟亂嫩
tʃ	[55]尖沾粘瞻占（占卜）煎氈氊箋鑽（動詞）專尊遵 [35]剪展纂轉 [33]佔（侵佔）箭濺餞顫薦鑽（鑽子）轉（轉螺絲）[22]漸賤傳（傳記）
tʃʰ	[55]殲籤遷千川穿村 [35]揣淺喘忖 [33]竄串寸吋 [21]潛錢纏前全泉傳（傳達）椽存 [13]踐
ʃ	[55]仙鮮（新鮮）先酸宣孫 [35]陝閃鮮（鮮少）癬選損 [33]線搧扇算蒜 [21]蟾簷蟬禪旋鏇船 [22]羨善膳單（姓）禪篆
j	[55]淹閹醃腌煙燕（燕京）冤淵 [35]掩演堰丸阮宛 [33]厭燕（燕子）嚥宴怨 [21]炎鹽閻嚴嫌涎然燃焉延筵言研賢完圓員緣沿鉛元原源袁轅援玄懸 [13]染冉儼軟遠 [22]驗豔焰莧諺硯現院願縣眩
k	[55]兼肩堅捐 [35]檢捲卷 [33]劍建見眷絹 [22]儉件鍵健圈倦

k^h	[21]鉗乾虔拳權顴
h	[55]謙軒掀牽圈喧 [35]險遣顯犬 [33]欠憲獻勸券 [21]弦

it

p	[5]必 [3]鱉憋 [2]別
p^h	[3]撇
m	[2]滅篾
t	[3]跌 [2]疊碟牒蝶諜奪
t^h	[3]帖貼鐵脫
l	[3]捋劣 [2]聶鑷躡獵列烈裂捏
tʃ	[2]接摺褶哲蜇折節拙
$tʃ^h$	[3]妾徹撤轍設切（切開）撮猝
ʃ	[3]攝涉薛泄屑楔雪說 [2]舌
j	[3]乙 [2]葉頁業熱薛悅月閱越曰粵穴
k	[3]劫澀結潔 [2]傑
k^h	[3]揭厥決訣缺
h	[3]怯脅歉協歇蠍血

ɔ

p	[55]波菠玻 [33]簸播
p^h	[55]坡 [35]頗 [33]破 [21]婆
m	[55]魔摩 [35]摸 [21]磨（動詞）饃 [22]磨（石磨）
f	[55]科 [35]棵火夥 [33]課貨
t	[55]多 [35]朵躲剁 [22]惰
t^h	[55]拖 [33]唾 [21]駝馱（馱起來）舵 [13]妥橢 [22]馱（牲畜背上所背的貨物）
l	[55]囉 [35]裸 [21]挪羅鑼籮騾臝 [22]糯
tʃ	[35]左阻 [33]佐 [22]佐坐（坐立不安）座助
$tʃ^h$	[55]搓初雛 [35]楚礎 [33]銼錯 [21]鋤

ʃ	[55]蓑梭唆莎梳疏蔬 [35]鎖瑣所 [21]傻
k	[55]歌哥戈 [35]果裹餜 [33]個過
kʰ	[35]顆
ŋ	[21]訛蛾俄鵝哦 [13]我 [22]臥餓
w	[55]鍋倭窩蝸 [21]和禾 [22]禍
h	[55]靴 [35]可 [21]荷河何 [22]賀
ø	[55]阿 (阿膠)

ɔi

t	[22]待殆代袋
tʰ	[55]胎 [21]台臺抬 [13]怠
l	[21]來 [22]耐奈內
tʃ	[55]災栽 [35]宰載 [33]再載 [22]在
tʃʰ	[35]彩採睬 [33]菜賽蔡 [21]才材財裁繬 (方繬)
ʃ	[55]腮鰓
k	[55]該 [35]改 [33]蓋
kʰ	[33]概溉慨丐
ŋ	[22]礙外
h	[55]開 [35]凱海 [22]亥害駭
ø	[55]哀埃 [35]藹 [33]愛 [21]呆

ɔn

k	[55]干 (干戈) 肝竿乾 (乾濕) 桿疆 [35]稈趕 [33]幹 (幹部)
ŋ	[22]岸
h	[55]看 (看守) 刊 [35]罕 [33]看 (看見) 漢 [21]鼾寒韓 [13]旱 [22]汗銲翰
ø	[55]安鞍 [33]按案

ɔŋ

p	[55]幫邦 [35]榜綁 [22]傍（榜晚）
pʰ	[33]謗 [21]滂旁螃龐 [13]蚌
m	[55]虻 [21]忙茫芒亡 [13]莽蟒網輞妄 [22]忘望
f	[55]荒慌方肪芳 [35]謊晃倣紡仿彷訪 [33]放況 [21]妨房防
t	[55]當（當時） [35]黨擋 [33]當（典當） [22]宕蕩
tʰ	[55]湯 [35]倘躺 [33]燙趟 [21]堂棠螳唐糖塘
l	[35]兩（幾兩幾錢） [21]囊瓤 [13]朗兩（兩個） [22]浪亮諒輛量
tʃ	[55]贓髒將漿張莊裝章樟椿（打樁） [35]蔣獎槳長（生長）掌 [33]莽醬將漲帳賬脹壯障瘴 [22]藏（西藏）臟匠象像橡丈仗杖狀撞
tʃʰ	[55]倉蒼槍瘡昌菖窗 [35]搶闖廠 [33]暢唱倡（提倡） [21]藏（隱藏）牆詳祥長（長短）腸場床
ʃ	[55]桑喪相（互相）箱廂湘襄鑲霜孀商傷雙 [35]嗓想爽賞鯗（鯗魚：曬乾和醃過的魚）[33]喪相（相貌）[21]常嘗裳償 [13]上（上山）[22]尚（和尚）上（上面）
j	[55]央秧殃 [21]羊洋烊楊（姓）陽揚瘍 [13]攘嚷仰養癢 [22]釀壤讓樣
k	[55]岡崗剛綱缸疆僵薑礓（礓石）韁姜羌光江扛豇（豇豆）[35]廣講港 [33]鋼杠降
kʰ	[33]抗炕曠擴礦 [21]強狂 [13]強（勉強）
ŋ	[21]昂
w	[55]汪 [35]枉 [21]黃簧皇蝗王 [13]往 [22]旺
h	[55]康糠香鄉匡筐眶腔 [35]慷晌餉享響 [33]向 [21]行（行列）航杭降（投降）[22]項巷
ø	[55]魟

ɔt

k	[3]割葛
h	[3]喝渴

ɔk

p	[3]博縛駁 [2]薄泊（澹泊名利）
pʰ	[3]樸朴撲
m	[5]剝 [2]莫膜幕寞
f	[3]霍藿（藿香）
t	[3]琢啄涿（涿鹿） [2]鐸踱
tʰ	[3]託托
l	[2]諾落烙駱酪洛絡樂（快樂）略掠
tʃ	[3]作爵雀鵲嚼著（著衣）酌勺 [2]鑿昨著（附著）
tʃʰ	[3]錯綽焯芍卓桌戳
ʃ	[3]索朔
j	[3]約（公約）[2]若弱虐瘧鑰躍
k	[3]各閣擱腳郭覺（知覺）角國
kʰ	[3]郝卻廓確搉（搉蒜）
ŋ	[2]鄂岳樂（音樂）鱷噩顎嶽萼愕鶚
w	[2]鑊獲
h	[3]殼 [2]鶴學
ø	[3]惡（善惡）

ou

p	[55]褒 [35]補保堡寶 [33]布佈報 [22]怖部簿（簿記）步捕暴菢（菢雞仔）
pʰ	[55]鋪（鋪設）[35]譜普浦脯甫（幾甫路）脯（杏脯）[33]鋪（店鋪）[21]蒲菩袍 [13]抱
m	[55]蟆（蝦蟆）[21]模摹無巫誣毛 [13]武舞侮鵡母拇 [22]暮慕墓募務霧冒帽戊
t	[55]都刀叨 [35]堵賭島倒 [33]妒到 [22]杜度渡鍍道稻盜導
tʰ	[55]滔 [35]土禱討 [33]吐兔套 [21]徒屠途塗圖掏桃逃淘陶萄濤 [13]肚
l	[21]奴盧爐蘆廬勞牢嘮 [13]努魯櫓虜滷腦惱老 [22]怒路賂露鷺澇
tʃ	[55]租糟遭 [35]祖組早棗蚤澡 [33]灶 [22]做皂造

tʃʰ	[55]粗操（操作）[35]草 [33]醋措躁糙 [21]曹槽
ʃ	[55]蘇酥鬚騷 [35]數（動詞）嫂 [33]素訴塑數（數目）掃
k	[55]高膏（膏腴）篙羔糕 [35]稿 [33]告膏（動詞，把毛筆蘸上墨後，在硯臺邊上捺；膏筆）
h	[55]蒿薅（蘋鋤）[35]好（好壞）[33]犒好（喜好）耗 [21]豪壕毫號（呼號）[22]浩號（號數）
ø	[35]襖 [33]懊奧 [22]傲

oŋ

pʰ	[35]捧 [21]篷蓬
m	[21]蒙 [13]懵蠓 [22]夢
f	[55]風楓瘋豐封峰蜂鋒 [35]俸 [33]諷 [21]馮逢縫（縫衣）[22]鳳奉縫（一條縫）
t	[55]東冬 [35]董懂 [33]凍 [22]棟動洞
tʰ	[55]通烔（以火暖物）[35]桶捅統 [33]痛 [21]同銅桐筒童瞳
l	[21]籠聾農膿儂隆濃龍 [13]攏隴壟 [22]弄
tʃ	[55]棕鬃宗中（當中）忠終蹤縱鐘鍾盅舂 [35]總粽種（種類）腫 [33]綜中（射中）眾縱種（種樹）[22]仲誦頌訟
tʃʰ	[55]聰匆葱（洋葱）囱（煙囪）充衝 [35]冢寵 [21]叢蟲從松重（重複）[13]重（輕重）
ʃ	[55]鬆嵩從（從容不迫）[35]慫 [33]送宋 [21]崇
j	[55]翁雍癰（生背癰）[35]擁壅甬湧 [21]戎絨融茸容蓉鎔庸 [13]冗（冗員）勇 [22]用
k	[55]公蚣工功攻弓躬宮恭供（供給）[35]拱鞏 [33]貢供（供養）[22]共
kʰ	[21]窮
h	[55]空胸凶（吉凶）兇（兇惡）[35]孔恐 [33]控烘哄汞鬨嗅 [21]虹紅洪鴻熊雄
ø	[33]甕

ok

p	[5]卜（占卜）[2]僕曝瀑
pʰ	[5]仆（前仆後繼）

m	[2]木目穆牧
f	[5]福幅蝠複腹覆（反覆）[2]復（復興）服伏
t	[5]篤督 [2]獨讀牘犢毒
tʰ	[5]禿
l	[2]鹿祿六陸綠錄
tʃ	[5]浞竹築祝粥足燭囑觸捉 [2]續濁鐲族逐軸俗
tʃʰ	[5]速畜蓄促束
ʃ	[5]蕭宿縮叔粟 [2]熟淑贖蜀屬
j	[5]沃郁 [2]肉育辱褥玉獄欲（搖搖欲墜）慾（意慾）浴
k	[5]穀谷（山谷）菊掬（笑容可掬）麴（酒麴）[2]局
kʰ	[5]曲（曲折）錮
h	[5]哭 [2]斛酷
ø	[5]屋

u

f	[55]枯呼夫膚敷俘孵麩 [35]苦卡府腑斧撫釜 [33]庫褲戽賦富副 [21]乎符扶芙 [13]婦 [22]付傅赴訃父腐輔附負
k	[55]姑孤 [35]古估牯股鼓 [33]故固錮雇顧
kʰ	[55]箍
w	[55]烏污塢 [35]滸 [33]惡（可惡）[21]胡湖狐壺瓠鬍 [22]戶滬互護芋

ui

p	[55]杯 [33]貝輩背 [22]背（背誦）焙（焙乾）
pʰ	[55]胚坯 [33]沛配佩 [21]培陪賠裴 [13]倍
m	[21]梅枚媒煤 [13]每 [22]妹昧
f	[55]魁恢灰奎 [33]悔晦
kʰ	[35]賄潰劊檜繪
w	[55]煨 [21]回茴 [13]會（懂得）[22]匯會（會計）彙匯

un

p	[55]般搬 [35]本 [33]半 [22]絆伴拌叛胖
pʰ	[55]潘 [33]拚判 [21]盤盆
m	[21]瞞門 [13]滿 [22]悶
f	[55]寬歡 [35]款
k	[55]官棺觀（參觀）冠（衣冠）[35]管館 [33]貫灌罐觀（寺觀）冠（冠軍）
w	[35]玩（玩味）豌剜碗腕 [21]桓（春秋時代齊桓公）[13]皖 [22]喚煥緩換玩（玩味）

ut

p	[2]撥勃
pʰ	[3]潑
m	[3]抹 [2]末沫沒
f	[3]闊
kʰ	[3]括豁
w	[2]活

ɵy

t	[55]堆 [33]對碓兌 [22]隊
tʰ	[55]推 [35]腿 [33]退蛻
l	[55]呂旅縷屢儡累壘女驢 [13]女呂稆旅屢儡壘 [21]雷 [22]濾濾累類淚慮
tʃ	[55]追錐蛆 [35]嘴 [33]最醉 [21]徐 [22]聚罪贅墜序聚
tʃʰ	[55]趨催崔吹炊 [35]取娶 [33]趣脆翠 [21]除隨槌錘徐
ʃ	[55]須需雖綏衰 [35]水 [33]碎歲稅帥 [21]垂誰 [13]髓絮緒（情緒）[22]睡瑞粹遂隧穗緒（光緒）
j	[13]蕊 [22]芮銳
k	[55]居車（車馬砲）驅 [21]渠瞿 [33]鋸 [13]佢拒距
h	[55]墟虛噓吁 [35]許 [33]去

m̩

	[13]午伍五 [21]唔吳蜈吾梧 [22]誤悟

第八節　香港新界西貢離島滘西同音字彙

a

p	[55]巴芭疤爸 [35]把 [33]霸壩（水壩）垻（堤塘） [21]爸$^{55\text{-}21}$ [22]罷
p^h	[55]趴 [33]怕 [21]爬琶耙杷鈀
m	[55]媽 [21]媽$^{53\text{-}21}$麻痳 [13]馬碼 [22]罵
f	[55]花 [33]化
t	[55]打$^{21\text{-}35}$（一打。來自譯音） [35]打
t^h	[55]他她它祂牠佗怹
n	[21]拿 [13]哪那
l	[55]啦 [35]乸
tʃ	[55]查（山查）碴渣髽（髽髻：抓髻）吒（哪吒：神話人物） [33]詐榨炸乍炸
$tʃ^h$	[55]叉杈差（差別） [33]岔奼（奼紫嫣紅）衩（衩衣，開衩） [21]茶搽茬（麥茬，麥收割後留在地的根）查（調查）
ʃ	[55]沙紗砂莎卅鯊痧（刮痧） [35]灑耍灑嗄（聲音嘶啞） [21]卅（異）
j	[13]也 [22]廾廿
k	[55]家加痂嘉傢瓜枷迦嘎伽袈鎵葭泇珈笳跏茄 [35]假（真假）賈（姓）寡剮斝（玉製的盛酒器具） [33]假（放假）架駕嫁稼價掛卦（新）
k^h	[55]誇垮（搞垮）跨夸（奢侈） [35]侉（誇大不實際） [33]卦（老）
w	[55]划（划船）蛙窪 [35]畫（名） [21]華（中華）華（華夏）鏵（犁鏵）樺（又） [22]華（華山、姓氏）樺話（說話）
h	[55]蝦（魚蝦）蝦（蝦蟆）哈 [21]霞瑕遐（名聞遐邇） [22]廈（大廈）廈（廈門）下（底下、下降）夏（春夏）夏（姓氏）暇（分身不暇）
ø	[55]鴉丫椏 [35]啞 [33]亞 [21]牙芽衙伢（小孩子） [13]雅瓦（瓦片） [22]砑（砑平：碾壓成扁平）

ai

p	[55]掰（掰開）拜³³⁻⁵⁵掔 [35]擺 [33]拜湃 [22]敗
pʰ	[55]派（派頭）[35]牌²¹⁻³⁵（打牌）[33]派湃（又）[21]排牌簰（竹筏）霾（陰霾）
m	[21]埋 [13]買 [22]賣邁
f	[33]傀塊快筷
t	[55]呆（異）獃（書獃子）[35]歹傣³³⁻³⁵ [33]戴帶傣（傣族）[22]大（大量）大（大夫）
tʰ	[55]呔（方：車呔）[33]太態泰貸汰（汰弱留強）鈦（鈦合金）舦（舦盤）舵（異）
n	[13]乃奶
l	[55]拉薖（方：薖仔）[35]舐（異）瀨²¹⁻³⁵（瀨粉）[33]癩（癩痼）[22]賴籟（萬籟無聲）瀨（方：瀨尿）酹（酹酒）癩（異）
tʃ	[55]齋 [33]債 [22]寨
tʃʰ	[55]猜釵差（出差）[35]踩（踩高蹺）踹（踹踏）[21]豺柴
ʃ	[35]璽徙舐（舐犢情深）[33]晒曬（晒之異體字）
j	[35]踹
k	[55]皆階稭佳街乖 [35]解（解開）解（曉）蒯（姓）拐（拐杖）[33]介階偕界芥尬疥屆戒
kʰ	[35]楷
w	[55]歪 [33]餧（同「餵」字）[21]懷槐淮 [22]壞
h	[55]揩（揩油）[21]孩諧鞋骸 [13]蟹懈駭 [22]邂械懈解（姓氏）
ø	[55]挨哎唉埃 [33]隘（氣量狹隘）[21]涯崖捱睚 [22]艾刈（鐮刀）

au

p	[55]包胞鮑（姓）鮑²²⁻⁵⁵（鮑魚）孢（孢子）[35]飽 [33]爆5
pʰ	[55]泡（一泡尿）拋 [35]跑 [33]豹炮（槍炮）泡（泡茶）（砲豹）爆 [21]刨鉋（木鉋）
m	[55]貓 [21]茅錨矛 [13]卯牡鉚（鉚釘）[22]貌
n	[21]撈鐃撓（百折不撓）[22]鬧
l	[55]撈（異）撈（異）

tʃ	[55]嘲啁 [35]抓爪找肘帚 [33]罩笊（笊籬） [22]櫂（櫂槳湖上）騾棹
tʃʰ	[55]抄鈔 [35]炒吵 [21]巢
ʃ	[55]梢（樹梢）捎（捎帶）筲鞘艄 [35]稍 [33]哨潲（豬潲：豬食物）
k	[55]交郊膠蛟（蛟龍）鮫 [35]絞狡攪（攪勻）搞（搞清楚）餃（餃子） [33]教覺（睡覺）較校（校對）校（上校）窖滘斠
kʰ	[33]靠
h	[55]酵（酵母）敲吼烤拷酵 [35]考烤巧 [33]孝酵 [21]姣（方：發姣） [22]效校（學校）傚
ø	[35]拗（拗斷） [33]坳（山坳）拗（拗口） [21]熬肴淆 [13]咬

aŋ

p	[55]班斑頒扳烹 [35]板版闆阪（日本地名：大阪）扳（異） [21]彭膨棚鵬 [13]棒 [22]扮辦
pʰ	[55]扳（扳回一局棋）攀頒（異） [33]盼襻（紐襻）
m	[21]蠻 [13]晚猛蜢錳 [22]慢饅漫幔萬蔓孟
f	[55]翻番（番幾番）幡（幛幡）反（反切） [35]返 [33]販泛（廣泛，泛泛之交）氾反（平反） [21]凡帆藩（藩鎮之亂）煩攀繁芃氾（姓） [22]范範犯瓣飯范範犯瓣飯攀（異）
t	[55]丹單（單獨）耽擔（擔任）鄲（邯鄲） [35]旦（花旦）彈（子彈）蛋（蛋花湯）膽 [33]旦（元旦）誕擔（挑擔） [13]淡（鹹淡） [22]但淡（冷淡）（地名：淡水）
tʰ	[55]坍灘攤貪 [35]坦毯 [33]碳炭嘆歎探 [21]檀壇彈（彈琴）潭譚談痰
n	[21]難（難易）南男 [22]難（患難）爛
l	[35]欖 [21]蘭攔欄藍籃 [13]覽攬懶冷 [22]濫（泛濫）纜艦
tʃ	[55]簪爭掙睜崢 [35]斬盞 [33]蘸贊 [22]賺綻（破綻）棧撰暫鏨站掙
tʃʰ	[55]餐參攙（攙扶）撐 [35]鏟產慘橙 [33]燦杉掌 [21]殘蠶慚讒饞瞪倀
ʃ	[55]珊山刪閂拴三衫生牲甥 [35]散（鞋帶散了）省 [33]傘散（分散）疝（疝氣）篡涮 [21]潺
k	[55]艱間（中間）鰥（鰥寡）關艦監（監獄）更耕粳 [35]鹼簡襇柬繭趼（手過度磨擦生厚皮）減梗 [33]間（間斷）諫澗鋼（車鋼）慣鑑監（太監） [22]逛
kʰ	[55]框筐眶 [33]逛

w	[55]彎灣 [21]頑還環灣（銅鑼灣、長沙灣、土瓜灣）橫 [13]挽 [22]幻患宦（宦官）
h	[55]夯坑 [35]餡 [33]喊 [21]閒函咸鹹銜行桁 [22]限陷（陷阱）
ø	[55]嚚嬲 [33]晏 [21]顏巖岩癌 [13]眼 [22]雁硬

ak

p	[3]八捌泊百柏伯舶佰 [2]白帛
pʰ	[3]帕拍魄礕
m	[3]抹擘
f	[3]法髮發砝琺
t	[3]答搭 [2]達踏沓
tʰ	[3]韃撻躂遢獺撻塔榻塌
n	[2]捺
l	[3]瘌 [2]辣
tʃ	[3]札紮扎軋砸劄眨窄責 [2]雜閘集習襲鍘柵 [2]澤擇宅摘擲
tʃʰ	[3]插獺擦察刷拆策冊柵 [2]賊
ʃ	[3]殺撒薩煞 [3]索
j	[3]吃（又）喫
k	[3]刮夾袷甲胛挾胳格革隔骼鬲
kʰ	[3]聉（聉耳）摑
w	[3]挖幹 [2]滑猾或惑劃
h	[3]掐嚇（恐嚇）客赫 [2]狹峽匣
ø	[3]鴨押壓 [2]額

ɐi

p	[55]跛 [33]蔽閉箅（蒸食物的竹箅子）[22]稗敝弊幣斃陛
pʰ	[55]批 [13]睥
m	[55]咪 [21]迷謎霾糜瞇 [13]米瞇弭
f	[55]麾揮輝徽麾暉 [35]痱疿 [33]廢肺費沸芾痱狒 [22]吠疿蜚

t	[55]低 [35]底抵邸砥 [33]帝蒂締諦寠 [22]第弟遞隸逮棣悌娣埭締弟
tʰ	[55]梯銻 [35]體體睇梯 [33]替涕剃雁 [21]堤題提蹄啼 [22]弟悌娣
n	[21]泥尼
l	[21]犁黎來犁藜 [13]禮醴蠡 [22]例厲勵麗荔
tʃ	[55]擠劑 [35]濟仔囝 [33]祭際制製濟掣 [21]齊薺 [22]滯
tʃʰ	[55]妻棲淒悽 [33]砌切
ʃ	[55]篩西犀 [35]洗駛使 [33]世勢細婿 [22]誓逝噬
j	[13]曳 [22]拽
k	[55]雞圭閨龜歸笄鮭 [35]偈詭軌鬼簋 [33]計繼髻鱖桂癸季貴瑰劌悸蹶饋 [22]跪櫃饋匱餽悸柜
kʰ	[55]稽溪盔規虧窺谿蹊奎睽 [35]啟 [33]契愧 [21]攜畦逵葵睽揆夔馗 [13]揆
w	[55]威 [35]毀萎委 [33]穢畏慰 [21]桅為維惟遺唯違圍 [13]諱偉葦緯 [22]衛惠慧為位胃謂蝟
h	[55]屄 [21]奚兮蹊稽 [22]繫系（中文系）係
ø	[35]矮 [33]繼翳哎隘 [21]倪危 [13]蟻 [22]藝毅偽魏

ɐu

m	[55]痞 [33]卯 [21]謀牟眸蝥蟊 [13]某畝牡 [22]茂貿謬繆繆袤
f	[35]剖否 [21]浮 [22]埠阜復
t	[55]兜 [35]斗（一斗米）抖陡糾蚪 [33]鬥（鬥爭） [22]豆逗讀（句讀）竇痘荳
tʰ	[55]偷 [35]敨（展開） [33]透 [21]頭投
n	[35]紐扭朽
l	[55]樓騮 [21]樓耬流留榴硫琉劉餾榴嘍摟琉瘤瀏婁耬蹓鎏 [13]摟簍摟柳 [22]漏陋溜餾鏤遛蹓
tʃ	[55]揫鄒掫（巡夜打更）周舟州洲 [35]走酒肘帚 [33]奏晝皺縐咒 [22]就袖紂宙驟
tʃʰ	[55]秋鞦抽 [35]丑（小丑）醜（醜陋） [33]湊臭糗嗅 [21]囚泅綢稠籌酬

ʃ	[55]修羞颼蒐收 [35]臾搜手首守 [33]嗽秀宿鏽瘦漱獸 [21]愁仇 [22]受壽授售
j	[55]丘休憂優幽 [33]幼 [21]柔揉尤郵由油游猶悠 [13]有友酉莠誘 [22]又右祐柚鼬釉
k	[55]鳩鬮 [35]狗苟九久韮 [33]夠灸救究咎 [22]舊柩
kʰ	[55]溝摳嘔（眼嘔）[33]構購叩扣寇 [21]求球 [13]臼舅

h	[55]吼 [35]口 [21]侯喉猴瘊（皮膚所生的小贅肉）[13]厚 [22]後后（皇后）候
ø	[55]勾鉤歐甌 [35]嘔毆 [33]漚慪 [21]牛 [13]藕偶

ɐn

p	[55]杉賓檳奔崩 [35]稟品 [33]殯鬢 [22]笨
pʰ	[33]噴 [21]貧頻朋憑
m	[55]蚊 [21]民文紋聞萌盟 [13]澠閩憫敏抿吻刎 [22]問璺
f	[55]昏婚分芬紛熏勳薰葷 [35]粉 [33]糞訓 [21]墳焚 [13]奮憤忿 [22]份
t	[55]敦墩蹲登燈瞪 [35]等 [33]凳 [22]頓囤沌鈍遁鄧澄
tʰ	[55]吞飩 [33]褪 [21]騰謄藤疼 [13]盾
n	[21]能
l	[35]卵 [21]林淋臨鄰鱗燐崙倫淪輪 [13]檁（正檁）[22]吝論
tʃ	[55]斟津珍榛臻真朕曾增憎僧爭箏睜 [35]枕準准 [33]浸枕進晉鎮振震俊濬 [22]盡陣
tʃʰ	[55]侵參（參差）親（親人）椿春 [35]寢診疹蠢 [33]親（親家）趁櫬 [21]尋沉秦陳塵旬循巡曾（曾經）
ʃ	[55]心森參（人參）深辛新薪身申伸娠荀殉生（出生）[35]沈審嬸筍榫（榫頭）[33]滲信訊遜迅 [21]岑神辰晨臣純醇 [22]甚葚腎慎順舜
j	[55]欽音陰恩姻欣殷 [35]飲隱 [33]蔭飲（飲馬）印 [21]壬吟淫人仁寅 [13]忍引 [22]賃任紉刃韌潤閏孕
k	[55]甘柑泔今跟根巾筋均鈞君更（更換）庚粳羹耕轟搄 [35]感敢橄錦僅緊謹滾哽埂梗耿 [33]禁棍更（更加）[22]撳近（接近）郡

k^h	[55]襟昆崑坤 [35]綑菌 [33]困窘 [21]琴禽擒勤芹群裙 [13]妗
w	[55]溫瘟 [35]穩 [33]熨 [21]魂餛匀云（子云）雲暈宏 [13]允尹 [22]渾混運
h	[55]堪龕蚶憨亨 [35]坎砍懇墾齦很 [33]勘 [21]含酣痕恆行（行為）衡 [22]撼憾嵌恨杏行（品行）幸
ø	[55]庵 [35]揞（揞住）埯 [33]暗 [21]銀

ɐt

p	[2]拔鈸弼
m	[2]襪密蜜物勿墨默陌麥脈
f	[2]乏伐筏罰佛
t	[2]突特
l	[5]粒 [2]立律率肋勒
tʃ	[2]疾姪
ʃ	[2]十什拾朮術述秫
j	[2]入日逸
k	[3]蛤鴿 [2]掘倔
k^h	[2]及
w	[2]核（核桃）
h	[2]合（合作）盒磕洽瞎轄核（審核）
ø	[2]訖

ɛ

t	[55]爹
tʃ	[55]遮 [35]姐者 [33]借藉蔗 [22]謝
$tʃ^h$	[55]車奢 [35]且扯 [21]邪斜
ʃ	[55]些賒 [35]寫捨 [33]瀉卸赦舍 [21]蛇佘 [13]社 [22]射麝
j	[21]耶爺 [13]惹野 [22]夜

kʰ	[21]茄瘸
h	[55]靴

εŋ

p	[35]餅 [33]柄 [22]病
t	[55]釘 [35]頂 [33]掟 [22]訂
tʰ	[55]聽廳 [13]艇
l	[33]靚 [21]靈鯪 [13]領嶺
tʃ	[55]精 [35]井阱 [33]正 [22]淨鄭阱
tʃʰ	[55]青 [35]請
ʃ	[55]聲星腥 [35]醒 [21]成城
k	[55]驚 [35]頸 [33]鏡
h	[55]輕

εk

p	[3]壁
pʰ	[3]劈
t	[2]笛糴（糴米）
tʰ	[3]踢
tʃ	[3]隻炙脊
tʃʰ	[3]赤尺呎
ʃ	[3]錫 [2]石
kʰ	[2]劇屐
h	[3]吃喫

ei

p	[55]篦碑卑悲 [35]彼俾比秕 [33]臂祕泌泌彎庇痺 [22]被避備鼻
pʰ	[55]披丕 [35]鄙 [33]譬屁 [21]皮疲脾琶枇 [13]被婢

m	[21]麋眉楣微 [13]靡美尾 [22]媚寐未味
f	[55]非飛妃 [35]匪榧翡 [21]肥
t	[22]地
n	[21]彌 [13]你 [22]膩餌
l	[55]璃 [21]離梨釐狸 [13]履李里裡理鯉 [22]利吏
ʃ	[35]死 [33]四
k	[55]飢几（茶几）基幾（幾乎）機饑 [35]己紀杞幾（幾個） [33]寄記既 [22]技妓忌
kʰ	[33]冀 [21]奇（奇怪）騎（輕騎）祁鰭其棋期旗祈 [13]企徛（站立）
h	[55]犧欺嬉熙希稀 [35]起喜嬉豈 [33]戲器棄氣汽

eŋ

p	[55]冰兵 [35]丙秉 [33]迸柄併 [22]並
pʰ	[55]姘拼 [33]聘 [21]平坪評瓶屏萍
m	[21]鳴明名銘 [13]皿 [22]命
t	[55]丁釘靪疔 [35]頂鼎 [33]釘 [22]訂錠定
tʰ	[55]聽廳汀（水泥） [33]聽（聽其自然） [21]亭停廷蜓 [13]艇挺
n	[21]寧 [22]佞
l	[55]拎 [21]楞陵凌菱靈零鈴伶翎 [13]嶺嶺 [22]令另
tʃ	[55]徵蒸精晶晴貞偵正（正月）征 [35]拯丼整 [33]證症正（正常）政 [22]靜靖淨
tʃʰ	[55]稱（稱呼）清蟶青蜻 [35]請逞 [33]稱（相稱）秤 [21]澄懲澄（水清）晴呈程
ʃ	[55]升勝聲星（星空）腥 [35]省醒（醒目） [33]勝性姓聖 [21]乘繩塍承丞成（成事）城（城市）誠 [22]剩盛
j	[55]應鷹鶯鸚櫻英嬰纓 [35]影映 [33]應（應對） [21]仍凝蠅迎盈贏形型刑 [22]認
k	[55]京荊驚經 [35]境景警竟 [33]莖敬勁徑 [22]勁競
kʰ	[55]傾 [35]頃 [21]擎鯨瓊
w	[55]扔 [21]榮 [13]永 [22]泳詠潁
h	[55]興（興旺）卿輕（輕重）馨兄 [33]興（高興）慶磬

ek

p	[5]逼迫碧<u>壁</u>璧
pʰ	[5]僻闢劈
m	[2]覓
t	[5]的嫡 [2]滴廸
tʰ	[5]剔
n	[5]匿 [2]溺
l	[2]力歷曆
tʃ	[5]即鯽織職積跡績斥
tʃʰ	[5]斥戚
ʃ	[5]悉息熄媳嗇識式飾惜昔適釋析 [3]錫（用於人名）[2]食蝕
j	[5]憶億抑益 [2]翼逆亦譯易（交易）液腋疫役
k	[5]戟擊激虢 [2]極
w	[2]域

i

tʃ	[55]豬諸誅蛛株朱硃珠知蜘支枝肢梔資咨姿脂茲滋輜之芝 [35]煮拄主紫紙只（只有）姊旨指子梓滓止趾址 [33]著駐註注鑄智致至置志（志氣）誌（雜誌）痣 [22]箸住自雉稚字伺祀巳寺嗣飼痔治
tʃʰ	[55]雌疵差（參差不齊）眵癡嗤 [35]處杵此侈豸恥柿齒始 [33]處（處所）刺賜翅次廁 [21]廚臍池馳匙瓷饞遲慈磁辭詞祠持 [13]褚（姓）儲苧署柱似恃
ʃ	[55]書舒樞輸斯嘶施私師獅尸（尸位素餐）屍司絲思詩 [35]暑鼠黍屎使（使用）史 [33]庶恕戍肆思（意思）試 [21]薯殊時鰣 [13]市 [22]豎樹是氏豉示視士（士兵）仕（仕途）事侍
j	[55]於淤迂于伊醫衣依 [35]倚椅 [33]意 [21]如魚漁余餘儒愚虞娛盂榆愉兒宜儀移夷姨而疑飴沂 [13]汝語與乳雨宇禹羽爾議耳擬矣已以 [22]御禦譽預遇愈喻裕誼義（義務）易（難易）二肄異

iu

p	[55]臕標錶彪 [35]表
pʰ	[55]飄漂（漂浮） [33]票漂（漂亮） [21]瓢嫖 [13]鰾
m	[21]苗描 [13]藐渺秒杳 [22]廟妙
t	[55]刁貂雕丟 [33]釣弔吊 [22]掉調（調查）
tʰ	[55]挑 [33]跳糶跳 [21]條調（調和）
n	[13]鳥 [22]尿
l	[21]燎療聊遼撩寥瞭 [13]了 [22]料（預料）廖
tʃ	[55]焦蕉椒朝（今朝）昭（昭雪）招 [35]剿沼（沼氣） [33]醮照詔（詔書） [22]噍趙召
tʃʰ	[55]超 [35]悄 [33]俏鞘 [21]樵瞧朝（朝代）潮
ʃ	[55]消宵霄硝銷燒蕭簫 [35]小少（多少） [33]笑少（少年） [21]韶 [22]兆紹邵
j	[55]妖邀腰要（要求）么吆（大聲吆喝） [33]要 [21]饒橈搖瑤謠姚堯 [13]擾繞舀 [22]耀鷂
k	[55]驕嬌 [35]矯轎繳 [33]叫
kʰ	[33]竅 [21]喬僑橋蕎
h	[55]囂僥 [35]曉

in

t	[55]掂端 [35]點短 [33]店斷（決斷）鍛 [13]簞 [22]斷（斷絕）段緞椴
tʰ	[55]添 [21]甜團屯豚臀
l	[55]拈 [35]戀 [21]黏廉鐮鮎連聯鸞 [13]斂殮臉暖 [22]念亂嫩
tʃ	[55]尖沾粘瞻占（占卜）鑽（動詞）專尊遵 [35]纂轉 [33]佔（侵佔）鑽（鑽子）轉（轉螺絲） [22]漸傳（傳記）
tʃʰ	[55]殲籤川穿村 [35]揣喘忖 [21]潛全泉傳（傳達）椽存
ʃ	[55]酸宣孫 [35]陝閃選損 [33]算蒜 [21]蟾簷蟬禪旋鏇船 [22]禪篆
j	[55]淹閹醃腌冤淵 [35]掩演堰丸阮宛 [33]厭怨 [21]炎鹽閻嚴嫌完圓員緣沿鉛元原源袁轅援玄懸 [13]染冉儼軟遠 [22]驗豔焰院願縣眩
k	[55]兼捐 [35]檢捲卷 [33]劍眷絹 [22]儉圈倦

k^h	[21]鉗拳權顴
h	[55]謙圈喧 [35]險犬 [33]欠勸券

iŋ

p	[55]鞭邊蝙辮 [35]貶扁匾 [33]變遍 [22]辨辯汴便 _(方便)
p^h	[55]編篇偏 [33]騙片 [21]便 _(便宜)
m	[21]綿棉眠 [13]免勉娩緬 [22]面 _(面子) 麵 _(粉麵)
t	[55]顛 [35]典 [33]墊 [22]電殿奠佃
t^h	[55]天 [35]腆 [21]田填
n	[35]撚 [21]年 [13]碾
l	[21]憐蓮 [13]輦攆 [22]練鍊楝
tʃ	[55]煎氈羶箋 [35]剪展 [33]箭濺餞顫薦 [22]賤
$tʃ^h$	[55]遷千 [35]淺 [21]錢纏前 [13]踐
ʃ	[55]仙鮮 _(新鮮) 先 [35]鮮 _(鮮少) 癬 [33]線搧扇 [22]羨善膳單 _(姓)
j	[55]煙燕 _(燕京) [33]燕 _(燕子) 嚥宴 [21]涎然燃焉延筵言研賢 [22]莧諺硯現
k	[55]肩堅 [33]建見 [22]件鍵健
k^h	[21]乾虔
h	[55]軒掀牽 [35]遣顯 [33]憲獻 [21]弦

it

t	[2]疊碟喋蝶諜奪
t^h	[3]帖貼脫
l	[3]捋劣 [2]聶鑷躡獵捏
tʃ	[2]接摺褶拙
$tʃ^h$	[3]妾撮猝
ʃ	[3]攝涉雪說
j	[3]乙 [2]葉頁業悅月閱越曰粵穴
k	[3]劫澀 [2]傑

kʰ	[3]厥決訣缺
h	[3]怯脅歉協血

ik

p	[5]必 [3]鱉憋 [2]別
pʰ	[3]撇
m	[2]滅篾
t	[3]跌
tʰ	[3]鐵
l	[2]列烈裂
tʃ	[2]哲蜇折節
tʃʰ	[3]徹撤轍設切（切開）
ʃ	[3]薛泄屑楔 [2]舌
j	[2]熱薛
k	[3]結潔 [2]傑
kʰ	[3]揭
h	[3]歇蠍

ɔ

p	[55]波菠玻 [33]簸播
pʰ	[55]坡 [35]頗 [33]破 [21]婆
m	[55]魔摩 [35]摸 [21]磨（動詞）饃 [22]磨（石磨）
f	[55]科 [35]棵火夥 [33]課貨
t	[55]多 [35]朵躲剁 [22]惰
tʰ	[55]拖 [33]唾 [21]駝駄（駄起來） 舵 [13]妥橢 [22]馱（牲畜背上所背的貨物）
n	[21]挪
l	[55]囉 [35]裸 [21]羅鑼籮騾臝 [22]糯
tʃ	[35]左阻 [33]佐 [22]佐坐（坐立不安）座助

tʃʰ	[55]搓初雛 [35]楚礎 [33]鉏錯 [21]鋤
ʃ	[55]蓑梭唆莎梳疏蔬 [35]鎖瑣所 [21]傻
k	[55]歌哥戈 [35]果裹餜 [33]個過
kʰ	[35]顆
w	[55]鍋倭窩蝸 [21]和禾 [22]禍
h	[55]靴 [35]可 [21]荷河何 [22]賀
ø	[55]阿 (阿膠) [21]訛蛾俄鵝 [22]臥餓

ɔi

t	[22]待殆代袋
tʰ	[55]胎 [21]台臺抬 [13]怠
l	[21]來 [22]耐奈內
tʃ	[55]災栽 [35]宰載 [33]再載 [22]在
tʃʰ	[35]彩採睬 [33]菜賽蔡 [21]才材財裁纔 (方纔)
ʃ	[55]腮鰓
k	[55]該 [35]改 [33]蓋
kʰ	[33]概溉慨丐
h	[55]開 [35]凱海 [22]亥害駭
ø	[55]哀埃 [35]藹 [33]愛 [21]呆 [22]礙外

ɔn

k	[55]干 (干戈) 肝竿乾 (乾濕) 桿疆 [35]趕趕 [33]幹 (幹部)
h	[55]看 (看守) 刊 [35]罕 [33]看 (看見) 漢 [21]鼾寒韓 [13]旱 [22]汗銲翰
ø	[55]安鞍 [33]按案 [22]岸

ɔŋ

| p | [55]幫邦 [35]榜綁 [22]傍 (傍晚) |
| pʰ | [33]謗 [21]滂旁螃龐 [13]蚌 |

m	[55]虻 [21]忙茫芒亡 [13]莽蟒網輞妄 [22]忘望
f	[55]荒慌方肪芳 [35]謊晃倣紡仿彷訪 [33]放況 [21]妨房防
t	[55]當（當時） [35]黨擋 [33]當（典當） [22]宕蕩
tʰ	[55]湯 [35]倘躺 [33]燙趟 [21]堂棠螳唐糖塘
n	[21]囊瓤 [13]曩攮
l	[35]兩（幾兩幾錢） [13]朗兩（兩個） [22]浪亮諒輛量
tʃ	[55]贓髒將漿張莊裝章樟椿（打椿） [35]蔣獎槳長（生長）掌 [33]莽醬將漲帳賬脹壯障瘴 [22]藏（西藏）臟匠象像橡丈仗杖狀撞
tʃʰ	[55]倉蒼槍瘡昌菖窗 [35]搶闖廠 [33]暢唱倡（提倡） [21]藏（隱藏）牆詳祥長（長短）腸場床
ʃ	[55]桑喪相（互相）箱廂湘襄鑲霜孀商傷雙 [35]嗓想爽賞鯗（鯗魚：曬乾和醃過的魚） [33]喪相（相貌） [21]常嘗裳償 [13]上（上山） [22]尚（和尚）上（上面）
j	[55]央秧殃 [21]羊洋烊楊（姓）陽揚瘍 [13]攘嚷仰養癢 [22]釀壤讓樣
k	[55]岡崗剛綱缸疆僵薑礓（礓石）韁姜羌光江扛豇（豇豆） [35]廣講港 [33]鋼杠降
kʰ	[33]抗炕曠擴礦 [21]強狂 [13]強（勉強）
w	[55]汪 [35]枉 [21]黃簧皇蝗王 [13]往 [22]旺
h	[55]康糠香鄉匡筐眶腔 [35]慷晌餉享響 [33]向 [21]行（行列）航杭降（投降） [22]項巷
ø	[55]骯 [21]昂

ɔt

k	[3]割葛
h	[3]喝渴

ɔk

p	[3]博縛駁 [2]薄泊（澹泊名利）
pʰ	[3]樸朴撲
m	[5]剝 [2]莫膜幕寞

f	[3]霍藿（藿香）
t	[3]琢啄涿（涿鹿） [2]鐸踱
tʰ	[3]託托
n	[2]諾
l	[2]落烙駱酪洛絡樂（快樂）略掠
tʃ	[3]作爵雀鵲嚼著（著衣）酌勺 [2]鑿昨著（附著）
tʃʰ	[3]錯綽焯芍卓桌斀
ʃ	[3]索朔
j	[3]約（公約）[2]若弱虐瘧鑰躍
k	[3]各閣擱腳郭覺（知覺）角國
kʰ	[3]郝卻廓確搉（搉蒜）
w	[2]鑊獲
h	[3]殼 [2]鶴學
ø	[3]惡（善惡）[2]鄂岳樂（音樂）嶽鱷噩顎萼鶚愕

ou

p	[55]褒 [35]補保堡寶 [33]布佈報 [22]怖部簿（簿記）步捕暴菢（菢雞仔）
pʰ	[55]鋪（鋪設）[35]譜普浦脯甫（幾甫路）脯（杏脯）[33]鋪（店鋪）[21]蒲菩袍 [13]抱
m	[55]蟆（蝦蟆）[21]模摹無巫誣毛 [13]武舞侮鵡母拇 [22]暮慕墓募務霧冒帽戊
t	[55]都刀叨 [35]堵賭島倒 [33]妒到 [22]杜度渡鍍道稻盜導
tʰ	[55]滔 [35]土禱討 [33]吐兔套 [21]徒屠途塗圖掏桃逃淘陶萄濤 [13]肚
n	[21]奴 [13]腦惱 [22]怒
l	[21]盧爐蘆廬勞牢嘮 [13]魯櫓虜滷老 [22]路略露鷺澇
tʃ	[55]租糟遭 [35]祖組早棗蚤澡 [33]灶 [22]做皂造
tʃʰ	[55]粗操（操作）[35]草 [33]醋措躁糙 [21]曹槽
ʃ	[55]蘇酥鬚騷 [35]數（動詞）嫂 [33]素訴塑數（數目）掃
k	[55]高膏（膏腴）篙羔糕 [35]稿 [33]告膏（動詞，把毛筆蘸上墨後，在硯臺邊上捺：膏筆）

h	[55]蒿薅（薅鋤）[35]好（好壞）[33]犒好（喜好）耗 [21]豪壕毫號（呼號）[22]浩號（號數）
ø	[35]襖 [33]懊奧 [22]傲

oŋ

pʰ	[35]捧 [21]篷蓬
m	[21]蒙 [13]懵蠓 [22]夢
f	[55]風楓瘋豐封峰蜂鋒 [35]俸 [33]諷 [21]馮逢縫（縫衣）[22]鳳奉縫（一條縫）
t	[55]東冬 [35]董懂 [33]凍 [22]棟動洞
tʰ	[55]通烔（以火暖物）[35]桶捅統 [33]痛 [21]同銅桐筒童瞳
n	[21]農膿儂濃
l	[21]籠聾隆龍 [13]攏隴壟 [22]弄
tʃ	[55]棕鬃宗中（當中）忠終蹤縱鐘鍾蚣舂 [35]總粽種（種類）腫 [33]綜中（射中）眾縱種（種樹）[22]仲誦頌訟
tʃʰ	[55]聰匆蔥（洋蔥）囪（煙囪）充衝 [35]冢寵 [21]叢蟲從松重（重複）[13]重（輕重）
ʃ	[55]鬆嵩從（從容不迫）[35]慫 [33]送宋 [21]崇
j	[55]翁雍癰（生背癰）[35]擁壅甬湧 [21]戎絨融茸容蓉鎔庸 [13]冗（冗員）勇 [22]用
k	[55]公蚣工功攻弓躬宮恭供（供給）[35]拱鞏 [33]貢供（供養）[22]共
kʰ	[21]窮
h	[55]空胸凶（吉凶）兇（兇惡）[35]孔恐 [33]控烘哄汞鬨嗅 [21]虹紅洪鴻熊雄
ø	[33]甕

ok

p	[5]卜（占卜）[2]僕曝瀑
pʰ	[5]仆（前仆後繼）
m	[2]木目穆牧
f	[5]福幅蝠複腹覆（反覆）[2]復（復興）服伏
t	[5]篤督 [2]獨讀牘犢毒

tʰ	[5]禿
l	[2]鹿祿六陸綠錄
tʃ	[5]浞竹築祝粥足燭囑觸捉 [2]續濁鐲族逐軸俗
tʃʰ	[5]速畜蓄促束
ʃ	[5]肅宿縮叔粟 [2]熟淑贖蜀屬
j	[5]沃郁 [2]肉育辱褥玉獄欲（搖搖欲墜）慾（意慾）浴
k	[5]穀谷（山谷）菊掬（笑容可掬）麴（酒麴）[2]局
kʰ	[5]曲（曲折）
h	[5]哭 [2]斛酷
ø	[5]屋

u

f	[55]枯呼夫膚敷俘孵麩 [35]苦卡府腑斧撫釜 [33]庫褲戽賦富副 [21]乎符扶芙 [13]婦 [22]付傅赴訃父腐輔附負
k	[55]姑孤 [35]古估牯股鼓 [33]故固錮雇顧
kʰ	[55]箍
w	[55]烏污塢 [35]滸 [33]惡（可惡）[21]胡湖狐壺瓠鬍 [22]戶滬互護芋

ui

p	[55]杯 [33]貝輩背 [22]背（背誦）焙（焙乾）
pʰ	[55]胚坯 [33]沛配佩 [21]培陪賠裴 [13]倍
m	[21]梅枚媒煤 [13]每 [22]妹昧
f	[55]魁恢灰奎 [33]悔晦
kʰ	[35]賄潰劊檜繪
w	[55]煨 [21]回茴 [13]會（懂得）[22]匯會（會計）彙匯

un

p	[55]般搬 [35]本 [33]半 [22]絆伴拌叛胖
pʰ	[55]潘 [33]拚判 [21]盤盆

m	[21]瞞門 [13]滿 [22]悶
f	[55]寬歡 [35]款
k	[55]官棺觀（參觀）冠（衣冠）[35]管館 [33]貫灌罐觀（寺觀）冠（冠軍）
w	[35]玩（玩味）豌剜碗腕 [21]桓（春秋時代齊桓公）[13]皖 [22]喚煥緩換玩（玩味）

ut

p	[2]撥勃
p^h	[3]潑
m	[3]抹 [2]末沫沒
f	[3]闊
k^h	[3]括豁
w	[2]活

ɵy

t	[55]堆 [33]對碓兌 [22]隊
t^h	[55]推 [35]腿 [33]退蛻
n	[13]女
l	[55]呂旅縷屢儡累壘女驢 [13]呂稆旅屢儡累壘 [21]雷 [22]濾濾累類淚慮
tʃ	[55]追錐蛆 [35]嘴 [33]最醉 [21]徐 [22]聚罪贅墜序聚
tʃ^h	[55]趨催崔吹炊 [35]取娶 [33]趣脆翠 [21]除隨槌錘徐
ʃ	[55]須需雖綏衰 [35]水 [33]碎歲稅帥 [21]垂誰 [13]髓絮緒（情緒）[22]睡瑞粹遂隧穗緒（光緒）
j	[13]蕊 [22]芮銳
k	[55]居車（車馬砲）驅 [21]渠瞿 [33]鋸 [13]佢拒距
h	[55]墟虛噓吁 [35]許 [33]去

m̩

| | [21]唔 |

ŋ

	[13]午伍五 [21]吳蜈吾 [22]梧誤悟

第九節　香港離島蒲臺島同音字彙

a

p	[55]巴芭疤爸 [35]把 [33]霸壩（水壩）堨（堤塘）[21]爸⁵⁵⁻²¹ [22]罷
pʰ	[55]趴 [33]怕 [21]爬琶耙杷鈀
m	[55]媽 [21]媽⁵³⁻²¹麻蔴 [13]馬碼 [22]罵
f	[55]花 [33]化
t	[55]打²¹⁻³⁵（一打。來自譯音）[35]打
tʰ	[55]他她它祂牠佗怹
l	[55]啦 [35]揦 [21]拿 [13]哪那
tʃ	[55]查（山查）碴渣髽（髽髻：抓髻）吒（哪吒：神話人物）[33]詐榨炸乍炸
tʃʰ	[55]叉杈差（差別）[33]岔妊（妊紫嫣紅）衩（衩衣，開衩）[21]茶搽茬（麥茬，麥收割後留在地的根）查（調查）
ʃ	[55]沙紗砂莎卅鯊痧（刮痧）[35]灑耍灑嗄（聲音嘶啞）[21]卌（異）
j	[13]也 [22]卅廿
k	[55]家加痂嘉傢瓜枷迦嘎伽袈鎵葭珈珈笳跏茄 [35]假（真假）賈（姓）寡剮斝（玉製的盛酒器具）[33]假（放假）架駕嫁稼價掛卦（新）
kʰ	[55]誇垮（搞垮）跨夸（奢侈）[35]侉（誇大不實際）[33]卦（老）
w	[55]划（划船）蛙窪 [35]畫（名）[21]華（中華）華（華夏）鏵（犁鏵）樺（又）[22]華（華山、姓氏）樺話（說話）
h	[55]蝦（魚蝦）蝦（蝦蟆）哈 [21]霞瑕遐（名聞遐邇）[22]廈（大廈）廈（廈門）下（底下、下降）夏（春夏）夏（姓氏）暇（分身不暇）
ø	[55]鴉丫椏 [35]啞 [33]亞 [21]牙芽衙伢（小孩子）[13]雅瓦（瓦片）[22]砑（砑平：碾壓成扁平）

ai

p	[55]掰（掰開）拜³³⁻⁵⁵擘 [35]擺 [33]拜湃 [22]敗
pʰ	[55]派（派頭）[35]牌²¹⁻³⁵（打牌）[33]派湃（又）[21]排牌簲（竹筏）霾（陰霾）
m	[21]埋 [13]買 [22]賣邁
f	[33]傀塊快筷
t	[55]呆（異）獃（書獃子）[35]歹傣³³⁻³⁵ [33]戴帶傣（傣族）[22]大（大量）大（大夫）
tʰ	[55]呔（方：車呔）[33]太態泰貸汰（汰弱留強）鈦（鈦合金）舣（舣盤）舵（異）
l	[55]拉薶（方：薶仔）[35]舐（異）瀨²¹⁻³⁵（瀨粉）[33]癩（癩瘡）[21]奶¹³⁻²¹ [13]乃奶 [22]賴籟（萬籟無聲）瀨（方：瀨尿）酹（酹酒）癩（異）
tʃ	[55]齋 [33]債 [22]寨
tʃʰ	[55]猜釵差（出差）[35]踩（踩高蹺）踹（踹踏）[21]豺柴
ʃ	[35]璽徙舐（舐犢情深）[33]晒曬（晒之異體字）
j	[35]踹
k	[55]皆階稭佳街乖 [35]解（解開）解（曉）蒯（姓）拐（拐杖）[33]介階偕界芥尬疥 屆戒
kʰ	[35]楷
w	[55]歪 [33]餧（同「餵」字）[21]懷槐淮 [22]壞
h	[55]揩（揩油）[21]孩諧鞋骸 [13]蟹懈駭 [22]邂械懈解（姓氏）
ø	[55]挨哎唉埃 [33]隘（氣量狹隘）[21]涯崖捱睚 [22]艾刈（鐮刀）

au

p	[55]包胞鮑（姓）鮑²²⁻⁵⁵（鮑魚）孢（孢子）[35]飽 [33]爆5
pʰ	[55]泡（一泡尿）拋 [35]跑 [33]豹炮（槍炮）泡（泡茶）砲（砲鬥）爆 [21]刨鉋（木鉋）
m	[55]貓 [21]茅錨矛 [13]卯牡鉚（鉚釘）[22]貌
l	[55]撈（異）[21]撈鐃撓（百折不撓）撈（異）[22]鬧
tʃ	[55]嘲啁 [35]抓爪找肘帚 [33]罩笊（笊籬）[22]櫂（櫂槳湖上）驟棹
tʃʰ	[55]抄鈔 [35]炒吵 [21]巢

ʃ	[55]梢(樹梢)捎(捎帶)筲鞘艄 [35]稍 [33]哨潲(豬潲，豬食物)
k	[55]交郊膠蛟(蛟龍)鮫 [35]絞狡攪(攪勻)搞(搞清楚)餃(餃子) [33]教覺(睡覺)較校(校對)校(上校)窖滘斠
kʰ	[33]靠
h	[55]酵(酵母)敲吼烤拷酵 [35]考烤巧 [33]孝酵 [21]姣(方：發姣) [22]效校(學校)傚
ø	[35]拗(拗斷) [33]坳(山坳)拗(拗口) [21]熬肴淆 [13]咬

an

p	[55]班斑頒扳 [35]板版闆阪(日本地名：大阪)扳(異) [22]扮辦
pʰ	[55]扳(扳回一局棋)攀頒(異) [33]盼襻(紐襻)
m	[21]蠻 [13]晚 [22]慢饅漫幔萬蔓
f	[55]翻番(番幾番)幡(幡幡)反(反切) [35]返 [33]販泛(廣泛，泛泛之交)氾反(平反) [21]凡帆藩(藩鎮之亂)煩礬繁芃氾(姓) [22]范範犯瓣飯范範犯瓣飯礬(異)
t	[55]丹單(單獨)耽擔(擔任)鄲(邯鄲) [35]旦(花旦)彈(子彈)蛋(蛋花湯)膽 [33]旦(元旦)誕擔(挑擔) [13]淡(鹹淡) [22]但淡(冷淡)(地名：淡水)
tʰ	[55]坍灘攤貪 [35]坦毯 [33]碳炭嘆歎探 [21]檀壇彈(彈琴)潭譚談痰
l	[35]欖 [21]難(難易)蘭攔欄南男藍籃 [13]覽攬懶 [22]濫(泛濫)纜艦難(患難)爛
tʃ	[55]簪 [35]斬盞 [33]蘸贊 [22]賺綻(破綻)棧撰暫鏨站
tʃʰ	[55]餐參攙(攙扶) [35]鏟產慘 [33]燦杉 [21]殘蠶慚讒饞
ʃ	[55]珊山刪閂拴三衫 [35]散(鞋帶散了) [33]傘散(分散)疝(疝氣)篡涮 [21]潺
k	[55]艱間(中間)鰥(鰥寡)關尷監(監獄) [35]鹸簡襇束繭跰(手過度磨擦生厚皮)減 [33]間(間斷)諫澗鋼(車鋼)慣鑑監(太監)
w	[55]彎灣 [21]頑還環灣(銅鑼灣、長沙灣、土瓜灣) [13]挽 [22]幻患宦(宦官)
h	[35]餡 [33]喊 [21]閒函咸鹹銜 [22]限陷(陷阱)
ø	[33]晏 [21]顏巖岩 [13]眼 [22]雁

aŋ

pʰ	[55]烹 [21]彭膨棚鵬 [13]棒
m	[13]猛蜢錳 [22]孟
l	[13]冷
tʃ	[55]爭掙睜猙 [22]掙
tʃʰ	[55]撐 [35]橙 [33]掌 [21]瞠倀
ʃ	[55]生牲甥 [35]省
k	[55]更耕粳 [35]梗 [22]逛
kʰ	[55]框筐眶 [33]逛
w	[21]橫
h	[55]夯坑 [21]行桁
ø	[55]罌甖 [22]硬

at

p	[3]八捌
m	[3]抹
f	[3]法髮發砝琺
t	[3]答搭 [2]達踏沓
tʰ	[3]韃撻躂遢獺撾塔榻塌
l	[3]瘌
tʃ	[3]札紮扎軋砸劄眨 [2]雜閘集習襲鍘柵
tʃʰ	[3]插獺擦察刷
ʃ	[3]殺撒薩煞
k	[3]刮夾袈甲胛挾
w	[3]挖斡 [2]滑猾或
h	[3]搯 [2]狹峽匣
ø	[3]鴨押壓

ak

p	[3]泊百柏伯舶佰 [2]白帛
ph	[3]帕拍魄檗
m	[3]擘
tʃ	[3]窄責 [2]澤擇宅摘擲
tʃh	[3]拆策冊柵 [2]賊
ʃ	[3]索
j	[3]吃（又）喫
k	[3]胳格革隔骼鬲
kh	[3]聒（聒耳）摑
w	[2]惑劃
h	[3]嚇（恐嚇）客嚇（嚇一跳）赫
ø	[2]額逆

ɐi

p	[55]跛 [33]蔽閉箅（蒸食物的竹箅子）[22]稗敝弊幣斃陛
pʰ	[55]批 [13]睥
m	[55]咪 [21]迷謎霾麛眯 [13]米眯弭
f	[55]麾揮輝徽靡暉 [35]疿痱 [33]廢肺費沸芾痱狒 [22]吠痱蜚
t	[55]低 [35]底抵邸砥 [33]帝蒂締諦寊 [22]第弟遞隸逮棣悌娣埭締弟
tʰ	[55]梯銻 [35]體體睇梯 [33]替涕剃屜 [21]堤題提蹄啼 [22]弟悌娣
l	[21]犁黎泥尼來犁藜 [13]禮醴蠡 [22]例厲勵麗荔
tʃ	[55]擠劑 [35]濟仔囝 [33]祭際制製濟掣 [21]齊薺 [22]滯
tʃʰ	[55]妻棲淒悽 [33]砌切
ʃ	[55]篩西犀 [35]洗駛使 [33]世勢細婿 [22]誓逝噬
j	[13]曳 [22]拽
k	[55]雞圭閨龜歸筓鮭 [35]偈詭軌鬼簋 [33]計繼髻鱖桂癸季貴瑰劌悸蹶饋 [22]跪櫃饋匱餽悸柜

k^h	[55]稽溪盔規虧窺谿蹊奎睽 [35]啟 [33]契愧 [21]攜畦逵葵畦揆夔馗 [13]揆
w	[55]威 [35]毀萎委 [33]穢畏慰 [21]桅為維惟遺唯違圍 [13]諱偉葦緯 [22]衛惠慧為位胃謂蝟
h	[55]屄 [21]奚兮蹊稀 [22]繫系（中文系）係
ø	[35]矮 [33]縊翳呿隘 [21]倪危 [13]蟻 [22]藝毅偽魏

ɐu

m	[55]痞 [33]卯 [21]謀牟眸蝥蟊 [13]某畝牡 [22]茂貿謬謬繆袤
f	[35]剖否 [21]浮 [22]埠阜復
t	[55]兜 [35]斗（一斗米）抖陡糾蚪 [33]鬥（鬥爭） [22]豆逗讀（句讀）竇痘荳
t^h	[55]偷 [35]敨（展開） [33]透 [21]頭投
l	[55]褸騮 [35]紐扭朽 [21]樓耬流留榴硫琉劉餾榴嘍摟琉瘤瀏婁耬蹓鎏 [13]摟簍摟柳 [22]漏陋溜餾鏤遛蹓
tʃ	[55]揫鄒揪（巡夜打更）周舟州洲 [35]走酒肘帚 [33]奏晝皺縐咒 [22]就袖紂宙驟
tʃ^h	[55]秋鞦抽 [35]丑（小丑）醜（醜陋） [33]湊臭糗嗅 [21]囚泅綢稠籌酬
ʃ	[55]修羞颼蒐收 [35]叟搜手首守 [33]嗽秀宿鏽瘦漱獸 [21]愁仇 [22]受壽授售
j	[55]丘休憂優幽 [33]幼 [21]柔揉尤郵由油游猶悠 [13]有友酉莠誘 [22]又右祐柚鼬釉
k	[55]鳩鬮 [35]狗苟九久韭 [33]夠灸救究咎 [22]舊柩
k^h	[55]溝摳瞘（眼瞘） [33]構購叩扣寇 [21]求球 [13]臼舅
h	[55]吼 [35]口 [21]侯喉猴瘊（皮膚所生的小贅肉） [13]厚 [22]後后（皇后）候
ø	[55]勾鉤歐甌 [35]嘔毆 [33]漚慪 [21]牛 [13]藕偶耦

ɐn

p	[55]杉賓檳奔 [35]稟品 [33]殯鬢 [22]笨
p^h	[33]噴 [21]貧頻

m	[55]蚊 [21]民文紋聞 [13]澠閩憫敏抿吻刎 [22]問睯
f	[55]昏婚分芬紛熏勳薰葷 [35]粉 [33]糞訓 [21]墳焚 [13]奮憤忿 [22]份
t	[55]敦墩蹲 [22]頓囤沌鈍遁
tʰ	[55]吞飩 [33]褪 [13]盾
l	[35]卵 [21]林淋臨鄰鱗燐崙倫淪輪 [13]檁（正檁） [22]吝論
tʃ	[55]斟津珍榛臻真朕 [35]枕準准 [33]浸枕進晉鎮振震俊濬 [22]盡陣
tʃʰ	[55]侵參（參差）親（親人）椿春 [35]寢診疹蠢 [33]親（親家）趁櫬 [21]尋沉秦陳塵旬循巡
ʃ	[55]心森參（人參）深辛新薪身申伸娠荀殉 [35]沈審嬸筍槬（槬頭） [33]滲信訊遜迅 [21]岑神辰晨臣純醇 [22]甚葚腎慎順舜
j	[55]欽音陰恩姻欣殷 [35]飲隱 [33]蔭飲（飲馬）印 [21]壬吟淫人仁寅 [13]忍引 [22]賃任紝刃韌潤閏孕

k	[55]甘柑泔今跟根巾筋均鈞君 [35]感敢橄錦僅緊謹滾 [33]禁棍 [22]撳近（接近）郡
kʰ	[55]襟昆崑坤 [35]綑菌 [33]困窘 [21]琴禽擒勤芹群裙 [13]妗
w	[55]溫瘟 [35]穩 [33]熨 [21]魂餛匀云（子云）雲暈 [13]允尹 [22]渾混運
h	[55]堪龕蚶憨 [35]坎砍墾齦很 [33]勘 [21]含酣痕恆行（行為）衡 [22]撼憾嵌恨
ø	[55]庵 [35]揞（揞住）埯 [33]暗 [21]銀垠齦

əŋ

p	[55]崩
pʰ	[21]朋憑
m	[21]萌盟
t	[55]登燈瞪 [35]等 [33]凳 [22]鄧澄
tʰ	[21]騰謄藤疼
l	[21]能

tʃ	[55]曾增憎僧爭箏睜
tʃʰ	[21]曾（曾經）
ʃ	[55]殉生（出生）
k	[55]更（更換）庚粳羹耕轟揯 [35]哽埂梗耿 [33]更（更加）
w	[55]宏
h	[55]亨 [21]恆行（行為）衡 [22]杏行（品行）幸
ø	[55]庵 [35]揞（揞住）掩 [33]暗 [21]銀

ɐt

p	[2]拔鈸鵓
m	[2]襪密蜜物勿
f	[2]乏伐筏罰佛
l	[2]肋勒
tʃ	[2]疾姪
ʃ	[2]十什拾朮術述秫
j	[2]入日逸
k	[3]蛤鴿 [2]掘倔
kʰ	[2]及
w	[2]核（核桃）
h	[2]合（合作）盒磕洽瞎轄核（審核）
ø	[2]訖

ɐk

p	[2]北
m	[2]墨默陌麥脈
t	[5]得德 [2]特
l	[2]肋勒
ts	[5]則側

ts^h	[5]測
s	[5]塞
h	[5]刻克黑
ø	[5]扼

ɛ

t	[55]爹
tʃ	[55]遮 [35]姐者 [33]借藉蔗 [22]謝
tʃ^h	[55]車奢 [35]且扯 [21]邪斜
ʃ	[55]些賒 [35]寫捨 [33]瀉卸赦舍 [21]蛇佘 [13]社 [22]射麝
j	[21]耶爺 [13]惹野 [22]夜
k^h	[21]茄瘸

ɛŋ

p	[35]餅 [33]柄 [22]病
t	[55]釘 [35]頂 [33]掟 [22]訂
t^h	[55]聽廳 [13]艇
l	[33]靚 [21]靈綾 [13]領嶺
tʃ	[55]精 [35]井阱 [33]正 [22]淨鄭阱
tʃ^h	[55]青 [35]請
ʃ	[55]聲星腥 [35]醒 [21]成城
k	[55]驚 [35]頸 [33]鏡
h	[55]輕

ɛk

p	[3]壁
p^h	[3]劈
t	[2]笛糴（糴米）

tʰ	[3]踢
tʃ	[3]隻炙脊
tʃʰ	[3]<u>赤</u><u>尺</u><u>呎</u>
ʃ	[3]<u>錫</u> [2]石
kʰ	[2]劇屐
h	[3]吃喫

ei

p	[55]篦碑卑悲 [35]彼俾比秕 [33]臂祕泌轡庇痹 [22]被避備鼻
pʰ	[55]披丕 [35]鄙 [33]譬屁 [21]皮疲脾琵枇 [13]被婢
m	[21]糜眉楣微 [13]靡美尾 [22]媚寐未味
f	[55]非飛妃 [35]匪榧翡 [21]肥
t	[22]地
l	[55]璃 [21]彌離梨釐狸 [13]履你李里裡理鯉 [22]膩利吏餌
ʃ	[35]死 [33]四
k	[55]飢几（茶几）基幾（幾乎）機饑 [35]己紀杞幾（幾個） [33]寄記既 [22]技妓忌
kʰ	[33]冀 [21]奇（奇怪）騎（輕騎）祁鰭其棋期旗祈 [13]企徛（站立）
h	[55]犧欺嬉熙希稀 [35]起喜蟢豈 [33]戲器棄氣汽

eŋ

p	[55]冰兵 [35]丙秉 [33]迸柄併 [22]並
pʰ	[55]姘拼 [33]聘 [21]平坪評瓶屏萍
m	[21]鳴明名銘 [13]皿 [22]命
t	[55]丁釘靪疔 [35]<u>頂</u>鼎 [33]<u>釘</u> [22]<u>訂</u>錠定
tʰ	[55]<u>聽</u>廳汀（水泥） [33]聽（聽其自然） [21]亭停廷蜓 [13]艇挺
l	[55]拎 [21]楞陵凌菱寧<u>靈</u>零鈴伶翎 [13]<u>領嶺</u> [22]令佞另
tʃ	[55]徵蒸精晶睛貞偵正（正月）征 [35]拯井整 [33]證症正（正常）政 [22]靜靖淨
tʃʰ	[55]稱（稱呼）清蜻<u>蜻</u>蜻 [35]請逞 [33]稱（相稱）秤 [21]澄懲澄（水清）晴呈程

ʃ	[55]升勝聲星（星空）腥 [35]省醒（醒目）[33]勝性姓聖 [21]乘繩塍承丞成（成事）城（城市）誠 [22]剩盛
j	[55]應鷹鶯鸚櫻英嬰纓 [35]影映 [33]應（應對）[21]仍凝蠅迎盈贏形型刑 [22]認
k	[55]京荊驚經 [35]境景警竟 [33]莖敬勁徑 [22]勁競
kʰ	[55]傾 [35]頃 [21]擎鯨瓊
w	[55]扔 [21]榮 [13]永 [22]泳詠潁
h	[55]興（興旺）卿輕（輕重）馨兄 [33]興（高興）慶罄

ek

p	[5]逼迫碧壁璧
pʰ	[5]僻闢劈
m	[2]覓
t	[5]的嫡 [2]滴廸
tʰ	[5]剔
l	[5]匿 [2]力溺歷曆
tʃ	[5]即鯽織職積跡績斥
tʃʰ	[5]斥戚
ʃ	[5]悉息熄媳嗇識式飾惜昔適釋析 [3]錫（用於人名）[2]食蝕
j	[5]憶億抑益 [2]翼逆亦譯易（交易）液腋疫役
k	[5]戟擊激虢 [2]極
w	[2]域

i

tʃ	[55]豬諸誅蛛株朱硃珠知蜘支枝肢梔資吇姿脂茲滋輜之芝 [35]煮拄主紫紙只（只有）姊旨指子梓滓止趾址 [33]著駐註注鑄智致至置志（志氣）誌（雜誌）痣 [22]箸住自雉稚字伺祀巳寺嗣飼痔治
tʃʰ	[55]雌疵差（參差不齊）眵癡嗤 [35]處杵此侈奓恥柿齒始 [33]處（處所）刺賜翅次廁 [21]廚臍池馳匙瓷餈遲慈磁辭詞祠持 [13]褚（姓）儲苧署柱似恃

| ʃ | [55]書舒樞輸斯厮施私師獅尸（尸位素餐）屍司絲思詩 [35]暑鼠黍屎使（使用）史 [33]庶恕戍肆思（意思）試 [21]薯殊時鰣 [13]市 [22]豎樹是氏豉示視士（士兵）仕（仕途）事侍 |
| j | [55]於淤迂于伊醫衣依 [35]倚椅 [33]意 [21]如魚漁余餘儒愚虞娛盂榆愉兒宜儀移夷姨而疑飴沂 [13]汝語與乳雨宇禹羽爾議耳擬矣已以 [22]御禦譽預遇愈喻裕誼義（義務）易（難易）二肄異 |

iu

p	[55]臕標錶彪 [35]表
pʰ	[55]飄漂（漂浮） [33]票漂（漂亮） [21]瓢嫖 [13]鰾
m	[21]苗描 [13]藐渺秒杳 [22]廟妙
t	[55]刁貂雕丟 [33]釣弔吊 [22]掉調（調查）
tʰ	[55]挑 [33]跳糶朓 [21]條調（調和）
l	[21]燎療聊遼撩寥瞭 [13]鳥了 [22]尿料（預料）廖
tʃ	[55]焦蕉椒朝（今朝）昭（昭雪）招 [35]剿沼（沼氣） [33]醮照詔（詔書） [22]噍趙召
tʃʰ	[55]超 [35]悄 [33]俏鞘 [21]樵瞧朝（朝代）潮
ʃ	[55]消宵霄硝銷燒蕭簫 [35]小少（多少） [33]笑少（少年） [21]韶 [22]兆紹邵
j	[55]妖邀腰要（要求）么吆（大聲吆喝） [33]要 [21]饒橈搖瑤謠姚堯 [13]擾繞舀 [22]耀鷂
k	[55]驕嬌 [35]矯轎繳 [33]叫
kʰ	[33]竅 [21]喬僑橋蕎
h	[55]囂僥 [35]曉

in

p	[55]鞭邊蝙辮 [35]貶扁匾 [33]變遍 [22]辨辯汴便（方便）
pʰ	[55]編篇偏 [33]騙片 [21]便（便宜）
m	[21]綿棉眠 [13]免勉娩緬 [22]面（面子）麵（粉麵）
t	[55]掂顛端 [35]點典短 [33]店墊斷（決斷）鍛 [13]簞 [22]電殿奠佃斷（斷絕）段緞椴

tʰ	[55]添天 [35]舔腆 [21]甜田填團屯豚臀
l	[55]拈 [35]撚戀 [21]黏廉鐮鮎連聯年憐蓮鸞 [13]斂殮臉碾輦撚暖 [22]念練鍊楝亂嫩
tʃ	[55]尖沾粘瞻占（占卜）煎氈羶箋鑽（動詞）專尊遵 [35]剪展纂轉 [33]佔（侵佔）箭濺餞顫薦鑽（鑽子）轉（轉螺絲）[22]漸賤傳（傳記）
tʃʰ	[55]韱籤遷千川穿村 [35]揣淺喘忖 [33]竄串寸吋 [21]潺錢纏前全泉傳（傳送）椽存 [13]踐
ʃ	[55]仙鮮（新鮮）先酸宣孫 [35]陝閃鮮（鮮少）癬選損 [33]線搧扇算蒜 [21]蟾簷蟬禪旋鏇船 [22]羨善膳單（姓）禪篆
j	[55]淹閹醃腌煙燕（燕京）冤淵 [35]掩演堰丸阮宛 [33]厭燕（燕子）嚥宴怨 [21]炎鹽閻嚴嫌涎然燃焉延筵言研賢完圓員緣沿鉛元原源袁轅援玄懸 [13]染冉儼軟遠 [22]驗豔焰莧諺硯現院願縣眩
k	[55]兼肩堅捐 [35]檢捲卷 [33]劍建見眷絹 [22]儉件鍵健圈倦
kʰ	[21]鉗乾虔拳權顴
h	[55]謙軒掀牽圈喧 [35]險遣顯犬 [33]欠憲獻勸券 [21]弦

it

p	[5]必 [3]鱉憋 [2]別
pʰ	[3]撇
m	[2]滅篾
t	[3]跌 [2]疊碟牒蝶諜奪
tʰ	[3]帖貼鐵脫
l	[3]捋劣 [2]聶鑷躡獵列烈裂捏
tʃ	[2]接摺褶哲蜇折節拙
tʃʰ	[3]妾徹撤轍設切（切開）攝猝
ʃ	[3]攝涉薛泄屑楔雪說 [2]舌
j	[3]乙 [2]葉頁業熱薛悅月閱越曰粵穴
k	[3]劫澀結潔 [2]傑

kʰ	[3]揭厥決訣缺
h	[3]怯脅歉協歇蠍血

ɔ

p	[55]波菠玻 [33]簸播
pʰ	[55]坡 [35]頗 [33]破 [21]婆
m	[55]魔摩 [35]摸 [21]磨（動詞）饃 [22]磨（石磨）
f	[55]科 [35]棵火夥 [33]課貨
t	[55]多 [35]朵躲剁 [22]惰
tʰ	[55]拖 [33]唾 [21]駝馱（馱起來）舵 [13]妥橢 [22]馱（牲畜背上所背的貨物）
l	[55]囉 [35]裸 [21]挪羅鑼籮騾腡 [22]糯
tʃ	[35]左阻 [33]佐 [22]佐坐（坐立不安）座助
tʃʰ	[55]搓初雛 [35]楚礎 [33]銼錯 [21]鋤
ʃ	[55]蓑梭唆莎梳疏蔬 [35]鎖瑣所 [21]傻
k	[55]歌哥戈 [35]果裹餜 [33]個過
kʰ	[35]顆
w	[55]鍋倭窩蝸 [21]和禾 [22]禍
h	[55]靴 [35]可 [21]荷河何 [22]賀
ø	[55]阿（阿膠）[21]訛蛾俄鵝 [13]我 [22]臥餓

ɔi

t	[22]待殆代袋
tʰ	[55]胎 [21]台臺抬 [13]怠
l	[21]來 [22]耐奈內
tʃ	[55]災栽 [35]宰載 [33]再載 [22]在
tʃʰ	[35]彩採睬 [33]菜賽蔡 [21]才材財裁纔（方纔）
ʃ	[55]腮鰓
k	[55]該 [35]改 [33]蓋

kʰ	[33]概溉慨丐
h	[55]開 [35]凱海 [22]亥害駭
ø	[55]哀埃 [35]藹 [33]愛 [21]呆 [22]礙外

ɔn

k	[55]干（干戈）肝竿乾（乾濕）桿疆 [35]稈趕 [33]幹（幹部）
h	[55]看（看守）刊 [35]罕 [33]看（看見）漢 [21]鼾寒韓 [13]旱 [22]汗銲翰
ø	[55]安鞍 [33]按案 [22]岸

ɔŋ

p	[55]幫邦 [35]榜綁 [22]傍（傍晚）
pʰ	[33]謗 [21]滂旁螃龐 [13]蚌
m	[55]虻 [21]忙茫芒亡 [13]莽蟒網輞妄 [22]忘望
f	[55]荒慌方肪芳 [35]謊晃倣紡仿彷訪 [33]放況 [21]妨房防
t	[55]當（當時）[35]黨擋 [33]當（典當）[22]宕蕩
tʰ	[55]湯 [35]倘躺 [33]燙趟 [21]堂棠螳唐糖塘
l	[35]兩（幾兩幾錢）[21]囊瓤 [13]朗兩（兩個）[22]浪亮諒輛量
tʃ	[55]贓髒將漿張莊裝章樟椿（打樁）[35]蔣獎槳長（生長）掌 [33]莽醬將漲帳賬脹壯障璋 [22]藏（西藏）臟匠象像橡丈仗杖狀撞
tʃʰ	[55]倉蒼槍瘡昌菖窗 [35]搶闖廠 [33]暢唱倡（提倡）[21]藏（隱藏）牆詳祥長（長短）腸場床
ʃ	[55]桑喪相（互相）箱廂湘襄鑲霜孀商傷雙 [35]嗓想爽賞鯗（鯗魚：曬乾和醃過的魚）[33]喪相（相貌）[21]常嘗裳償 [13]上（上山）[22]尚（和尚）上（上面）
j	[55]央秧殃 [21]羊洋烊楊（姓）陽揚瘍 [13]攘嚷仰養癢 [22]釀壤讓樣
k	[55]岡崗剛綱缸疆僵薑礓（礓石）糧姜羌光江扛豇（豇豆）[35]廣講港 [33]鋼杠降
kʰ	[33]抗炕曠擴礦 [21]強狂 [13]強（勉強）
w	[55]汪 [35]枉 [21]黃簧皇蝗王 [13]往 [22]旺

h	[55]康糠香鄉匡筐眶腔 [35]慷眴餉享響 [33]向 [21]行（行列）航杭降（投降）[22]項巷
ø	[55]骯 [21]昂

ɔt

k	[3]割葛
h	[3]喝渴

ɔk

p	[3]博縛駁 [2]薄泊（澹泊名利）
pʰ	[3]樸朴撲
m	[5]剝 [2]莫膜幕寞
f	[3]霍藿（藿香）
t	[3]琢啄涿（涿鹿）[2]鐸踱
tʰ	[3]託托
l	[2]諾落烙駱酪洛絡樂（快樂）略掠
tʃ	[3]作爵雀鵲嚼著（著衣）酌勺 [2]鑿昨著（附著）
tʃʰ	[3]錯綽焯芍卓桌戳
ʃ	[3]索朔
j	[3]約（公約）[2]若弱虐瘧鑰躍
k	[3]各閣擱腳郭覺（知覺）角國
kʰ	[3]郝卻廓確搉（搉蒜）
w	[2]鑊獲
h	[3]殼 [2]鶴學
ø	[3]惡（善惡）[2]鄂岳樂（音樂）嶽鱷噩萼愕顎鴞

ou

p	[55]褒 [35]補保堡寶 [33]布佈報 [22]怖部簿（簿記）步捕暴菢（菢雞仔）
pʰ	[55]鋪（鋪設）[35]譜普浦脯甫（幾甫路）脯（杏脯）[33]鋪（店鋪）[21]蒲菩袍 [13]抱

m	[55]蟆(蝦蟆) [21]模摹無巫誣毛 [13]武舞侮鵡母拇 [22]暮慕墓募務霧冒帽戊
t	[55]都刀叨 [35]堵賭島倒 [33]妒到 [22]杜度渡鍍道稻盜導
tʰ	[55]滔 [35]土禱討 [33]吐兔套 [21]徒屠途塗圖掏桃逃淘陶萄濤 [13]肚
l	[21]奴盧爐蘆廬勞牢嘮 [13]努魯櫓虜滷腦惱老 [22]怒路賂露鷺澇
tʃ	[55]租糟遭 [35]祖組早棗蚤澡 [33]灶 [22]做皂造
tʃʰ	[55]粗操(操作) [35]草 [33]醋措躁糙 [21]曹槽
ʃ	[55]蘇酥鬚騷 [35]數(動詞)嫂 [33]素訴塑數(數目)掃
k	[55]高膏(膏腴)篙羔糕 [35]稿 [33]告膏(動詞,把毛筆蘸上墨後,在硯臺邊上搵:膏筆)
h	[55]蒿薅(薅鋤) [35]好(好壞) [33]犒好(喜好)耗 [21]豪壕毫號(呼號) [22]浩號(號數)
ø	[35]襖 [33]懊奧 [22]傲

oŋ

pʰ	[35]捧 [21]篷蓬
m	[21]蒙 [13]懵蠓 [22]夢
f	[55]風楓瘋豐封峰蜂鋒 [35]俸 [33]諷 [21]馮逢縫(縫衣) [22]鳳奉縫(一條縫)
t	[55]東冬 [35]董懂 [33]凍 [22]棟動洞
tʰ	[55]通熥(以火暖物) [35]桶捅統 [33]痛 [21]同銅桐筒童瞳
l	[21]籠聾農膿儂隆濃龍 [13]攏隴壟 [22]弄
tʃ	[55]棕鬃宗中(當中)忠終蹤縱鐘鍾盅舂 [35]總粽種(種類)腫 [33]綜中(射中)眾縱種(種樹) [22]仲誦頌訟
tʃʰ	[55]聰匆蔥(洋蔥)囪(煙囪)充衝 [35]冢寵 [21]叢蟲從松重(重複) [13]重(輕重)
ʃ	[55]鬆嵩從(從容不迫) [35]慫 [33]送宋 [21]崇
j	[55]翁雍癰(生背癰) [35]擁壅甬湧 [21]戎絨融茸容蓉鎔庸 [13]冗(冗員)勇 [22]用
k	[55]公蚣工功攻弓躬宮恭供(供給) [35]拱鞏 [33]貢供(供養) [22]共
kʰ	[21]窮

h	[55]空胸凶（吉凶）兇（兇惡）[35]孔恐 [33]控烘哄汞鬨嗅 [21]虹紅洪鴻熊雄
ø	[33]甕

ok

p	[5]卜（占卜）[2]僕曝瀑
pʰ	[5]仆（前仆後繼）
m	[2]木目穆牧
f	[5]福幅蝠複腹覆（反覆）[2]復（復興）服伏
t	[5]篤督 [2]獨讀牘犢毒
tʰ	[5]禿
l	[2]鹿祿六陸綠錄
tʃ	[5]浞竹築祝粥足燭囑觸捉 [2]續濁鐲族逐軸俗
tʃʰ	[5]速畜蓄促束
ʃ	[5]肅宿縮叔粟 [2]熟淑贖蜀屬
j	[5]沃郁 [2]肉育辱褥玉獄欲（搖搖欲墜）慾（意慾）浴
k	[5]穀谷（山谷）菊掬（笑容可掬）麴（酒麴）[2]局
kʰ	[5]曲（曲折）
h	[5]哭 [2]斛酷
ø	[5]屋

u

f	[55]枯呼夫膚敷俘孵麩 [35]苦卡府腑斧撫釜 [33]庫褲戽賦富副 [21]乎符扶芙 [13]婦 [22]付傅赴訃父腐輔附負
k	[55]姑孤 [35]古估牯股鼓 [33]故固錮雇顧
kʰ	[55]箍
w	[55]烏污塢 [35]滸 [33]惡（可惡）[21]胡湖狐壺瓠鬍 [22]戶滬互護芋

ui

p	[55]杯 [33]貝輩背 [22]背（背誦）焙（焙乾）
pʰ	[55]胚坯 [33]沛配佩 [21]培陪賠裴 [13]倍
m	[21]梅枚媒煤 [13]每 [22]妹味
f	[55]魁恢灰奎 [33]悔晦
kʰ	[35]賄潰劊檜繪
w	[55]煨 [21]回茴 [13]會（懂得） [22]匯會（會計）彙匯

un

p	[55]般搬 [35]本 [33]半 [22]絆伴拌叛胖
pʰ	[55]潘 [33]拚判 [21]盤盆
m	[21]瞞門 [13]滿 [22]悶
f	[55]寬歡 [35]款
k	[55]官棺觀（參觀）冠（衣冠）[35]管館 [33]貫灌罐觀（寺觀）冠（冠軍）
w	[35]玩（玩味）豌剜碗腕 [21]桓（春秋時代齊桓公）[13]皖 [22]喚煥緩換玩（玩味）

ut

p	[2]撥勃
pʰ	[3]潑
m	[3]抹 [2]末沫沒
f	[3]闊
kʰ	[3]括豁
w	[2]活

ɵy

t	[55]堆 [33]對碓兌 [22]隊
tʰ	[55]推 [35]腿 [33]退蛻
l	[13]女呂稆旅屢儡累壘 [21]雷 [22]濾濾累類淚慮

tʃ	[55]追錐蛆 [35]嘴 [33]最醉 [21]徐 [22]聚罪贅墜序聚
tʃʰ	[55]趨催崔吹炊 [35]取娶 [33]趣脆翠 [21]除隨槌鎚徐
ʃ	[55]須需雖綏衰 [35]水 [33]碎歲稅帥 [21]垂誰 [13]髓絮緒（情緒）[22]睡瑞粹遂隧穗緒（光緒）
j	[13]蕊 [22]芮銳
k	[55]居車（車馬砲）驅 [21]渠瞿 [33]鋸 [13]佢拒距
h	[55]墟虛噓吁 [35]許 [33]去

m̩

| | [13]午伍五 [21]唔吳蜈吾梧 [22]誤悟 |

第十節　新界離島大澳同音字彙

a

p	[55]巴芭疤爸 [35]把 [33]霸壩（水壩）垻（堤塘）[21]爸⁵⁵⁻²¹ [22]罷
pʰ	[55]趴 [33]怕 [21]爬琶耙杷鈀
m	[55]媽 [21]媽⁵³⁻²¹麻嘛 [13]馬碼 [22]罵
f	[55]花 [33]化
t	[55]打²¹⁻³⁵（一打，來自譯音）[35]打
tʰ	[55]他她它祂牠佗慛
l	[55]啦 [35]欚 [21]拿 [13]哪那
tʃ	[55]查（山查）碴渣髽（髽髻：抓髻）吒（哪吒：神話人物）[33]詐榨炸乍炸
tʃʰ	[55]叉杈差（差別）[33]岔奼（奼紫嫣紅）衩（衩衣，開衩）[21]茶搽荏（麥荏，麥收割後留在地的根）查（調查）
ʃ	[55]沙紗砂莎卅鯊痧（刮痧）[35]灑耍灑嗄（聲音嘶啞）[21]卌（異）
j	[13]也 [22]廿廾
k	[55]家加痂嘉傢瓜枷迦嘎伽袈鎵葭泇珈笳跏茄 [35]假（真假）賈（姓）寡剮斝（玉製的盛酒器具）[33]假（放假）架駕嫁稼價掛卦（新）

kʰ	[55]誇垮（搞垮）跨夸（奢侈）[35]侉（誇大不實際）[33]卦（老）
ŋ	[21]牙芽衙伢（小孩子）[13]雅瓦（瓦片）
w	[55]划（划船）蛙窪 [35]畫（名）[21]華（中華）華（華夏）鏵（犁鏵）樺（又）[22]華（華山、姓氏）樺話（說話）
h	[55]蝦（魚蝦）蝦（蝦頓）哈 [21]霞瑕遐（名聞遐邇）[22]廈（大廈）廈（廈門）下（底下、下降）夏（春夏）夏（姓氏）暇（分身不暇）
ø	[55]鴉丫椏 [35]啞 [33]亞 [22]砑（砑平：碾壓成扁平）

ai

p	[55]掰（掰開）拜³³⁻⁵⁵擘 [35]擺 [33]拜湃 [22]敗
pʰ	[55]派（派頭）[35]牌²¹⁻³⁵（打牌）[33]派湃（又）[21]排牌簰（竹筏）霾（陰霾）
m	[21]埋 [13]買 [22]賣邁
f	[33]傀塊快筷
t	[55]呆（異）獃（書獃子）[35]歹傣³³⁻³⁵ [33]戴帶傣（傣族）[22]大（大量）大（大夫）
tʰ	[55]呔（方：車呔）[33]太態泰貸汰（汰弱留強）鈦（鈦合金）舦（舦盤）舵（異）
l	[55]拉蓏（方：蓏仔）[35]舐（異）瀨²¹⁻³⁵（瀨粉）[33]癩（癩搰）[21]奶¹³⁻²¹ [13]乃奶 [22]賴籟（萬籟無聲）瀨（方：瀨尿）醈（醈酒）癩（異）
tʃ	[55]齋 [33]債 [22]寨
tʃʰ	[55]猜釵差（出差）[35]踩（踩高蹺）踹（踹踏）[21]豺柴
ʃ	[35]璽徙舐（舐犢情深）[33]晒曬（晒之異體字）
j	[35]踹
k	[55]皆階稭佳街乖 [35]解（解開）解（曉）蒯（姓）拐（拐杖）[33]介階偕界芥尬疥屆戒
kʰ	[35]楷
ŋ	[21]涯崖捱睚
w	[55]歪 [33]餧（同「餵」字）[21]懷槐淮 [22]壞
h	[55]揩（揩油）[21]孩諧鞋骸 [13]蟹懈駭 [22]邂械懈解（姓氏）
ø	[55]挨哎唉埃 [33]隘（氣量狹隘）[22]艾刈（鐮刀）

au

p	[55]包胞鮑（姓）鮑²²⁻⁵⁵（鮑魚）孢（孢子）[35]飽 [33]爆5
pʰ	[55]泡（一泡尿）拋 [35]跑 [33]豹炮（槍炮）泡（泡茶）（砲豹）爆 [21]刨鉋（木鉋）
m	[55]貓 [21]茅錨矛 [13]卯牡鉚（鉚釘）[22]貌
l	[55]撈（異）[21]撈橈撓（百折不撓）撈（異）[22]鬧
tʃ	[55]嘲啁 [35]抓爪找肘帚 [33]罩笊（笊籬）[22]櫂（櫂樂湖上）驟棹
tʃʰ	[55]抄鈔 [35]炒吵 [21]巢
ʃ	[55]梢（樹梢）捎（捎帶）筲鞘艄 [35]稍 [33]哨潲（豬潲，豬食物）
k	[55]交郊膠蛟（蛟龍）鮫 [35]絞狡攪（攪匀）搞（搞清楚）餃（餃子）[33]教覺（睡覺）較 校（校對）校（上校）窖滘斠
kʰ	[33]靠
h	[55]酵（酵母）敲吼烤拷酵 [35]考烤巧 [33]孝酵 [21]姣（方：發姣）[22]效校（學校）傚
ø	[35]拗（拗斷）[33]坳（山坳）拗（拗口）[21]熬肴淆 [13]咬

an

p	[55]班斑頒扳 [35]板版闆阪（日本地名：大阪）扳（異）[22]扮辦
pʰ	[55]扳（扳回一局棋）攀頒（異）[33]盼襻（紐襻）
m	[21]蠻 [13]晚 [22]慢饅漫幔萬蔓
f	[55]翻番（番幾番）幡（幢幡）反（反切）[35]返 [33]販泛（廣泛，泛泛之交）氾反（平反）[21]凡帆藩（藩鎮之亂）煩攀繁芃氾（姓）[22]范範犯瓣飯范範犯瓣飯攀（異）
t	[55]丹單（單獨）耽擔（擔任）鄲（邯鄲）[35]旦（花旦）彈（子彈）蛋（蛋花湯）膽 [33]旦（元旦）誕擔（挑擔）[13]淡（鹹淡）[22]但淡（冷淡）（地名：淡水）
tʰ	[55]坍灘攤貪 [35]坦毯 [33]碳炭嘆歎探 [21]檀壇彈（彈琴）潭譚談痰
l	[35]欖 [21]難（難易）蘭攔欄南男藍籃 [13]覽攬懶 [22]濫（泛濫）纜艦難（患難）爛
tʃ	[55]簪 [35]斬盞 [33]蘸贊 [22]賺綻（破綻）棧撰暫鏨站

tʃʰ	[55]餐參攙（攙扶） [35]鏟產慘 [33]燦杉 [21]殘蠶慚讒饞
ʃ	[55]珊山刪閂拴三衫 [35]散（鞋帶散了） [33]傘散（分散）疝（疝氣）篹涮 [21]潺
k	[55]艱間（中間）鰥（鰥寡）關尷監（監獄）[35]鰜簡襇柬繭趼（手過度磨擦生厚皮）減[33]間（間斷）諫澗鋼（車鋼）慣鑑監（太監）
ŋ	[21]顏巖岩癌 [13]眼 [22]雁
w	[55]彎灣 [21]頑還環灣（銅鑼灣、長沙灣、土瓜灣）[13]挽 [22]幻患宦（宦官）
h	[35]餡 [33]喊 [21]閒函咸鹹銜 [22]限陷（陷阱）
ø	[33]晏

aŋ

pʰ	[55]烹 [21]彭膨棚鵬 [13]棒
m	[13]猛蜢錳 [22]孟
l	[13]冷
tʃ	[55]爭掙睜猙 [22]掙
tʃʰ	[55]撐 [35]橙 [33]牚 [21]瞪倀
ʃ	[55]生牲甥 [35]省
k	[55]更耕粳 [35]梗 [22]逛
kʰ	[55]框筐眶 [33]逛
ŋ	[22]硬
w	[21]橫
h	[55]夯坑 [21]行桁
ø	[55]嚶嫈

at

p	[3]八捌
m	[3]抹
f	[3]法髮發砝琺
t	[3]答搭 [2]達踏沓

tʰ	[3]韃撻躂遏獺搨塔榻塌
l	[3]瘌 [2]辣捺
tʃ	[3]札紮扎軋砸劄眨 [2]雜閘集習襲鍘柵
tʃʰ	[3]插獺擦察刷
ʃ	[3]殺撒薩煞
k	[3]刮夾裌甲胛挾
w	[3]挖斡 [2]滑猾或
h	[3]搯 [2]狹峽匣
ø	[3]鴨押壓

ak

p	[3]泊百柏伯舶佰 [2]白帛
pʰ	[3]帕拍魄檗
m	[3]擘
tʃ	[3]窄責 [2]澤擇宅摘擲
tʃʰ	[3]拆策冊柵 [2]賊
ʃ	[3]索
j	[3]吃（又）喫
k	[3]胳格革隔骼鬲
kʰ	[3]聒（聒耳）摑
ŋ	[2]額逆
w	[2]惑劃
h	[3]嚇（恐嚇）客嚇（嚇一跳）赫

ɐi

p	[55]跛 [33]蔽閉箅（蒸食物的竹箅子）[22]稗敝弊幣斃陛
pʰ	[55]批 [13]睥
m	[55]咪 [21]迷謎霾糜眯 [13]米眯弭

f	[55]麾揮輝徽麾暉 [35]疿疿 [33]廢肺費沸芾疿狒 [22]吠疿蜚
t	[55]低 [35]底抵邸砥 [33]帝蒂締諦寊 [22]第弟遞隸逮棣悌娣埭締弟
tʰ	[55]梯銻 [35]體體睇梯 [33]替涕剃屜 [21]堤題提蹄啼 [22]弟悌娣
l	[21]犁黎泥尼來犁藜 [13]禮醴蠡 [22]例厲勵麗荔
tʃ	[55]擠劑嚌 [35]濟仔囝 [33]祭際制製濟掣 [21]齊薺 [22]滯
tʃʰ	[55]妻棲淒悽 [33]砌切
ʃ	[55]篩西犀 [35]洗駛使 [33]世勢細婿 [22]誓逝噬
j	[13]曳 [22]拽
k	[55]雞圭閨龜歸笄鮭 [35]偈詭軌鬼簋 [33]計繼髻鱖桂癸季貴瑰劌悸蹶饋 [22]跪櫃饋匱餽悸柜
kʰ	[55]稽溪盔規虧窺谿蹊奎睽 [35]啟 [33]契愧 [21]攜畦逵葵畦揆夔馗 [13]揆
ŋ	[21]倪危 [13]蟻 [22]藝毅偽魏
w	[55]威 [35]毀萎委 [33]穢畏慰 [21]桅為維惟遺唯違圍 [13]諱偉葦緯 [22]衛惠慧為位胃謂蝟
h	[55]屄 [21]奚兮蹊醯 [22]繫系（中文系）係
ø	[35]矮 [33]縊翳哎隘

ɐu

m	[55]痞 [33]卯 [21]謀牟眸蝥蟊 [13]某畝牡 [22]茂貿謬謬繆袤
f	[35]剖否 [21]浮 [22]埠阜復
t	[55]兜 [35]斗（一斗米）抖陡糾蚪 [33]鬥（鬥爭） [22]豆逗讀（句讀）竇痘荳
tʰ	[55]偷 [35]敨（展開） [33]透 [21]頭投
l	[55]褸騮 [35]紐扭朽 [21]樓耬流留榴硫琉劉餾榴嘍摟琉瘤瀏婁耬蹓鎏 [13]摟簍摟柳 [22]漏陋溜餾鏤遛蹓
tʃ	[55]揫鄒揪（巡夜打更）周舟州洲 [35]走酒肘帚 [33]奏晝皺縐咒 [22]就袖紂宙驟
tʃʰ	[55]秋鞦抽 [35]丑（小丑）醜（醜陋） [33]湊臭糗嗅 [21]囚泅綢稠籌酬

∫	[55]修羞鬚蒐收 [35]叟搜手首守 [33]嗽秀宿鏽瘦漱獸 [21]愁仇 [22]受壽授售
j	[55]丘休憂優幽 [33]幼 [21]柔揉尤郵由油游猶悠 [13]有友酉莠誘 [22]又右祐柚鼬釉
k	[55]鳩鬮 [35]狗苟九久韭 [33]夠灸救究咎 [22]舊柩
kʰ	[55]溝摳瞘（眼瞘）[33]構購叩扣寇 [21]求球 [13]臼舅
ŋ	[21]牛 [13]藕偶耦
h	[55]吼 [35]口 [21]侯喉猴瘊（皮膚所生的小贅肉）[13]厚 [22]後后（皇后）候
ø	[55]勾鉤歐甌 [35]嘔毆 [33]漚慪

ʊŋ

p	[55]杉賓檳奔崩 [35]稟品 [33]殯鬢 [22]笨
pʰ	[33]噴 [21]貧頻朋憑
m	[55]蚊 [21]民文紋聞萌盟 [13]澠閩憫敏抿吻刎 [22]問璺
f	[55]昏婚分芬紛熏勳薰葷 [35]粉 [33]糞訓 [21]墳焚 [13]奮憤忿 [22]份
t	[55]敦墩蹲登燈瞪 [35]等 [33]凳 [22]頓囤沌鈍遁鄧澄
tʰ	[55]吞飩 [33]褪 [21]騰謄藤疼 [13]盾
l	[35]卵 [21]林淋臨鄰鱗燐崙倫淪輪能 [13]檁（正樑）[22]吝論
t∫	[55]斟津珍榛臻真肫曾增憎僧爭箏睜 [35]枕準准 [33]浸枕進晉鎮振震俊濬 [22]盡陣
t∫ʰ	[55]侵參（參差）親（親人）椿春 [35]寢診疹蠢 [33]親（親家）趁襯 [21]尋沉秦陳塵旬循巡曾（曾經）
∫	[55]心森參（人參）深辛新薪身申伸娠荀殉生（出生）[35]沈審嬸筍榫（榫頭）[33]滲信訊遜迅 [21]岑神辰晨臣純醇 [22]甚腎慎順舜
j	[55]欽音陰恩姻欣殷 [35]飲隱 [33]蔭飲（飲馬）印 [21]壬吟淫人仁寅 [13]忍引 [22]賃任紉刃韌潤閏孕
k	[55]甘柑泔今跟根巾筋均鈞君更（更換）庚粳羹耕轟揈 [35]感敢橄錦僅緊謹滾哽埂梗耿 [33]禁棍更（更加）[22]撳近（接近）郡
kʰ	[55]襟昆崑坤 [35]綑菌 [33]困窘 [21]琴禽擒勤芹群裙 [13]妗

w	[55]溫瘟 [35]穩 [33]熨 [21]魂餛勻云 (子云) 雲暈宏 [13]允尹 [22]渾混運
h	[55]堪龕蚶憨亨 [35]坎砍懇墾齦很 [33]勘 [21]含酣痕恆行 (行為) 衡 [22]撼憾嵌恨杏行 (品行) 幸
ø	[55]庵 [35]揞 (揞住) 埯 [33]暗 [21]銀艮齦

ɐt

p	[2]拔鈸弼
m	[2]襪密蜜物勿墨默陌麥脈
f	[2]乏伐筏罰佛
t	[2]突特
l	[2]立律率肋勒
tʃ	[2]疾姪
ʃ	[2]十什拾朮術述秫
j	[2]入日逸
k	[3]蛤鴿 [2]掘倔
kʰ	[2]及
w	[2]核 (核桃)
h	[2]合 (合作) 盒磕洽瞎轄核 (審核)
ø	[2]訖

ɛ

t	[55]爹
tʃ	[55]遮 [35]姐者 [33]借藉蔗 [22]謝
tʃʰ	[55]車奢 [35]且扯 [21]邪斜
ʃ	[55]些賒 [35]寫捨 [33]瀉卸赦舍 [21]蛇佘 [13]社 [22]射麝
j	[21]耶爺 [13]惹野 [22]夜
kʰ	[21]茄瘸

εŋ

p	[35]餅 [33]柄 [22]病
t	[55]釘 [35]頂 [33]掟 [22]訂
tʰ	[55]聽廳 [13]艇
l	[33]靚 [21]靈鯪 [13]領嶺
tʃ	[55]精 [35]井阱 [33]正 [22]淨鄭阱
tʃʰ	[55]青 [35]請
ʃ	[55]聲星腥 [35]醒 [21]成城
k	[55]驚 [35]頸 [33]鏡
h	[55]輕

εk

p	[3]壁
pʰ	[3]劈
t	[2]笛糴（糴米）
tʰ	[3]踢
tʃ	[3]隻炙脊
tʃʰ	[3]赤尺呎
ʃ	[3]錫 [2]石
kʰ	[2]劇屐
h	[3]吃喫

ei

p	[55]箆碑卑悲 [35]彼俾比秕 [33]臂祕泌轡庇痺 [22]被避備鼻
pʰ	[55]披丕 [35]鄙 [33]譬屁 [21]皮疲脾琶枇 [13]被婢
m	[21]糜眉楣微 [13]靡美尾 [22]媚寐未味
f	[55]非飛妃 [35]匪榧翡 [21]肥
t	[22]地

l	[55]璃 [21]彌離梨釐狸 [13]履你李里裡理鯉 [22]膩利吏餌
∫	[35]死 [33]四
k	[55]飢几（茶几）基幾（幾乎）機饑 [35]己紀杞幾（幾個）[33]寄記既 [22]技妓忌
kʰ	[33]冀 [21]奇（奇怪）騎（輕騎）祁鰭其棋期旗祈 [13]企徛（站立）
h	[55]犧欺嬉熙希稀 [35]起喜蟢豈 [33]戲器棄氣汽

eŋ

p	[55]冰兵 [35]丙秉 [33]迸柄併 [22]並
pʰ	[55]姘拼 [33]聘 [21]平坪評瓶屏萍
m	[21]鳴明名銘 [13]皿 [22]命
t	[55]丁釘靪疔 [35]頂鼎 [33]釘 [22]訂錠定
tʰ	[55]聽廳汀（水泥）[33]聽（聽其自然）[21]亭停廷蜓 [13]艇挺
l	[55]拎 [21]楞陵凌菱寧靈零鈴伶翎 [13]嶺嶺 [22]令佞另
t∫	[55]徵蒸精晶晴貞偵正（正月）征 [35]拯井整 [33]證症正（正常）政 [22]靜靖淨
t∫ʰ	[55]稱（稱呼）清蟶青蜻 [35]請逞 [33]稱（相稱）秤 [21]澄懲澄（水清）晴呈程
∫	[55]升勝聲星（星空）腥 [35]省醒（醒目）[33]勝性姓聖 [21]乘繩塍承丞成（成事）城（城市）誠 [22]剩盛
j	[55]應鷹鶯鸚櫻英嬰纓 [35]影映 [33]應（應對）[21]仍凝蠅迎盈贏形型刑 [22]認
k	[55]京荊驚經 [35]境景警竟 [33]莖敬勁徑 [22]勁競
kʰ	[55]傾 [35]頃 [21]擎鯨瓊
w	[55]扔 [21]榮 [13]永 [22]泳詠穎
h	[55]興（興旺）卿輕（輕重）馨兄 [33]興（高興）慶磬

ek

| p | [5]逼迫碧壁璧 |
| pʰ | [5]僻闢劈 |

m	[2]覓
t	[5]的嫡 [2]滴廸
t^h	[5]剔
l	[5]匿 [2]力溺歷曆
tʃ	[5]即鯽織職積跡績斥
tʃ^h	[5]斥戚
ʃ	[5]悉息熄媳嗇識式飾惜昔適釋析 [3]錫(用於人名) [2]食蝕
j	[5]憶億抑益 [2]翼逆亦譯易(交易)液腋疫役
k	[5]戟擊激虢 [2]極
w	[2]域

i

tʃ	[55]豬諸誅蛛株朱硃珠知蜘支枝肢梔資咨姿脂茲滋輜之芝 [35]煮拄主紫紙只(只有)姊旨指子梓滓止趾址 [33]著駐註注鑄智致至置志(志氣)誌(雜誌)痣 [22]箸住自雉稚字伺祀巳寺嗣飼痔治
tʃ^h	[55]雌疵差(參差不齊)眵癡嗤 [35]處杵此侈豸恥柿齒始 [33]處(處所)刺賜翅次廁 [21]廚臍池馳匙瓷餈遲慈磁辭詞祠持 [13]褚(姓)儲苧署柱似恃
ʃ	[55]書舒樞輸斯廝施私師獅尸(尸位素餐)屍司絲思詩 [35]暑鼠黍屎使(使用)史 [33]庶恕戍肆思(意思)試 [21]薯殊時鰣 [13]市 [22]豎樹是氏豉示視士(士兵)仕(仕途)事侍
j	[55]於淤迂于伊醫衣依 [35]倚椅 [33]意 [21]如魚漁余餘儒愚虞娛盂榆愉兒宜儀移夷姨而疑飴沂 [13]汝語與乳雨宇禹羽爾擬矣已以 [22]御禦譽預遇愈喻裕誼義(義務)易(難易)二肄異

iu

p	[55]臕標錶彪 [35]表
p^h	[55]飄漂(漂浮) [33]票漂(漂亮) [21]瓢嫖 [13]鰾
m	[21]苗描 [13]藐渺秒杳 [22]廟妙
t	[55]刁貂雕丟 [33]釣弔吊 [22]掉調(調查)

tʰ	[55]挑 [33]跳糶跳 [21]條調（調和）
l	[21]燎療聊遼撩嵺瞭 [13]鳥了 [22]尿料（預料）廖
tʃ	[55]焦蕉椒朝（今朝）昭（昭雪）招 [35]剿沼（沼氣）[33]醮照詔（詔書）[22]噍趙召
tʃʰ	[55]超 [35]悄 [33]俏鞘 [21]樵瞧朝（朝代）潮
ʃ	[55]消宵霄硝銷燒蕭簫 [35]小少（多少）[33]笑少（少年）[21]韶 [22]兆紹邵
j	[55]妖邀腰要（要求）么吆（大聲吆喝）[33]要 [21]饒橈搖瑤謠姚堯 [13]擾繞舀 [22]耀鷂
k	[55]驕嬌 [35]矯轎繳 [33]叫
kʰ	[33]竅 [21]喬僑橋蕎
h	[55]囂僥 [35]曉

in

p	[55]鞭邊蝙辮 [35]貶扁匾 [33]變遍 [22]辨辯汴便（方便）
pʰ	[55]編篇偏 [33]騙片 [21]便（便宜）
m	[21]綿棉眠 [13]免勉娩緬 [22]面（面子）麵（粉麵）
t	[55]掂顛端 [35]點典短 [33]店墊斷（決斷）鍛 [13]簟 [22]電殿奠佃斷（斷絕）段緞椴
tʰ	[55]添天 [35]舔腆 [21]甜田填團屯豚臀
l	[55]拈 [35]撚戀 [21]黏廉鐮鮎連聯年憐蓮鸞 [13]斂殮臉碾輦撚暖 [22]念練鍊楝亂嫩
tʃ	[55]尖沾粘瞻占（占卜）煎甎氈箋鑽（動詞）專尊遵 [35]剪展纂轉 [33]佔（侵佔）箭濺餞顫薦鑽（鑽子）轉（轉螺絲）[22]漸賤傳（傳記）
tʃʰ	[55]殲籤遷千川穿村 [35]揣淺喘忖 [33]竄串寸吋 [21]潛錢纏前全泉傳（傳達）椽存 [13]踐
ʃ	[55]仙鮮（新鮮）先酸宣孫 [35]陝閃鮮（鮮少）癬選損 [33]線搧扇算蒜 [21]蟾簷蟬禪旋鏇船 [22]羨善膳單（姓）禪篆
j	[55]淹閹醃腌煙燕（燕京）冤淵 [35]掩演堰丸阮宛 [33]厭燕（燕子）嚥宴怨 [21]炎鹽閻嚴嫌涎然燃焉延筵言研賢完圓員緣沿鉛元原源袁轅援玄懸 [13]染冉儼軟遠 [22]驗豔焰莧諺硯現院願縣眩

k	[55]兼肩堅捐 [35]檢捲卷 [33]劍建見眷絹 [22]儉件鍵健圈倦
kʰ	[21]鉗乾虔拳權顴
h	[55]謙軒掀牽圈喧 [35]險遣顯犬 [33]欠憲獻勸券 [21]弦

it

p	[5]必 [3]鱉憋 [2]別
pʰ	[3]撇
m	[2]滅篾
t	[3]跌 [2]疊碟牒蝶諜奪
tʰ	[3]帖貼鐵脫
l	[3]捋劣 [2]聶鑷躡獵列烈裂捏
tʃ	[2]接摺褶哲蜇折節拙
tʃʰ	[3]妾徹撤轍設切 （切開） 撮猝
ʃ	[3]攝涉薛泄屑楔雪說 [2]舌
j	[3]乙 [2]葉頁業熱薛悅月閱越曰粵穴
k	[3]劫澀結潔 [2]傑
kʰ	[3]揭厥決訣缺
h	[3]怯脅歉協歇蠍血

ɔ

p	[55]波菠玻 [33]簸播
pʰ	[55]坡 [35]頗 [33]破 [21]婆
m	[55]魔摩 [35]摸 [21]磨 （動詞） 饃 [22]磨 （石磨）
f	[55]科 [35]棵火夥 [33]課貨
t	[55]多 [35]朵躲剁 [22]惰
tʰ	[55]拖 [33]唾 [21]駝馱 （馱起來） 舵 [13]妥橢 [22]馱 （牲畜背上所背的貨物）
l	[55]囉 [35]裸 [21]挪羅鑼籮騾腡 [22]糯
tʃ	[35]左阻 [33]佐 [22]佐坐 （坐立不安） 座助

tʃʰ	[55]搓初雛 [35]楚礎 [33]鉎錯 [21]鋤
∫	[55]蓑梭唆莎梳疏蔬 [35]鎖瑣所 [21]傻
k	[55]歌哥戈 [35]果裸餜 [33]個過
kʰ	[35]顆
ŋ	[21]訛蛾俄鵝 [13]我 [22]臥餓
w	[55]鍋倭窩蝸 [21]和禾 [22]禍
h	[55]靴 [35]可 [21]荷河何 [22]賀
ø	[55]阿 （阿膠）

ɔi

t	[22]待殆代袋
tʰ	[55]胎 [21]台臺抬 [13]怠
l	[21]來 [22]耐奈內
tʃ	[55]災栽 [35]宰載 [33]再載 [22]在
tʃʰ	[35]彩採睬 [33]菜賽蔡 [21]才材財裁纔 （方纔）
∫	[55]腮鰓
k	[55]該 [35]改 [33]蓋
kʰ	[33]概溉慨丐
h	[55]開 [35]凱海 [22]亥害駭
ø	[55]哀埃 [35]藹 [33]愛 [21]呆 [22]礙外

ɔn

k	[55]干 （干戈） 肝竿乾 （乾濕） 桿疆 [35]趕趕 [33]幹 （幹部）
ŋ	[22]岸
h	[55]看 （看守） 刊 [35]罕 [33]看 （看見） 漢 [21]鼾寒韓 [13]旱 [22]汗銲翰
ø	[55]安鞍 [33]按案

ɔŋ

p	[55]幫邦 [35]榜綁 [22]傍（傍晚）
pʰ	[33]謗 [21]滂旁螃龐 [13]蚌
m	[55]虻 [21]忙茫芒亡 [13]莽蟒網輞妄 [22]忘望
f	[55]荒慌方肪芳 [35]謊晃倣紡仿彷訪 [33]放況 [21]妨房防
t	[55]當（當時） [35]黨擋 [33]當（典當） [22]宕蕩
tʰ	[55]湯 [35]倘躺 [33]燙趟 [21]堂棠螳唐糖塘
l	[35]兩（幾兩幾錢） [21]囊瓤 [13]朗兩（兩個） [22]浪亮諒輛量
tʃ	[55]臟髒將漿張莊裝章樟椿（打樁） [35]蔣獎槳長（生長）掌 [33]莽醬將漲帳賬脹壯障璋 [22]藏（西藏）臟匠象像橡丈仗杖狀撞
tʃʰ	[55]倉蒼槍瘡昌菖窗 [35]搶闖廠 [33]暢唱倡（提倡） [21]藏（隱藏）牆詳祥長（長短）腸場床
ʃ	[55]桑喪相（互相）箱廂湘襄鑲霜孀商傷雙 [35]嗓想爽賞鯗（鯗魚：曬乾和醃過的魚） [33]喪相（相貌） [21]常嘗裳償 [13]上（上山） [22]尚（和尚）上（上面）
j	[55]央秧殃 [21]羊洋烊楊（姓）陽揚瘍 [13]攘嚷仰養癢 [22]釀壤讓樣
k	[55]岡崗剛綱缸疆僵薑礓（礓石）韁姜羌光江扛豇（豇豆） [35]廣講港 [33]鋼槓降
kʰ	[33]抗炕曠擴礦 [21]強狂 [13]強（勉強）
ŋ	[21]昂
w	[55]汪 [35]枉 [21]黃簧皇蝗王 [13]往 [22]旺
h	[55]康糠香鄉匡筐眶腔 [35]慷晌餉享響 [33]向 [21]行（行列）航杭降（投降） [22]項巷
ø	[55]骯

ɔt

k	[3]割葛
h	[3]喝渴

ɔk

p	[3]博縛駁 [2]薄泊（濼泊名利）
pʰ	[3]樸朴撲
m	[5]剝 [2]莫膜幕寞
f	[3]霍藿（藿香）
t	[3]琢啄涿（涿鹿） [2]鐸踱
tʰ	[3]託托
l	[2]諾落烙駱酪洛絡樂（快樂）略掠
tʃ	[3]作爵雀鵲嚼著（著衣）酌勺 [2]鑿昨著（附著）
tʃʰ	[3]錯綽焯芍卓桌戳
ʃ	[3]索朔
j	[3]約（公約） [2]若弱虐瘧鑰躍
k	[3]各閣擱腳郭覺（知覺）角國
kʰ	[3]郝卻廓確搉（搉蒜）
ŋ	[2]鄂岳樂（音樂）嶽鱷噩顎萼鶚
w	[2]鑊獲
h	[3]殼 [2]鶴學
ø	[3]惡（善惡）

ou

p	[55]褒 [35]補保堡寶 [33]布佈報 [22]怖部簿（簿記）步捕暴莥（莥雞仔）
pʰ	[55]鋪（鋪設）[35]譜普浦脯甫（幾甫路）脯（杏脯）[33]鋪（店鋪）[21]蒲菩袍 [13]抱
m	[55]蟆（蝦蟆）[21]模摹無巫誣毛 [13]武舞侮鵡母拇 [22]暮慕墓募務霧冒帽戊
t	[55]都刀叨 [35]堵賭島倒 [33]妒到 [22]杜度渡鍍道稻盜導
tʰ	[55]滔 [35]土禱討 [33]吐兔套 [21]徒屠途塗圖掏桃逃淘陶萄濤 [13]肚
l	[21]奴盧爐蘆廬勞牢嘮 [13]努魯櫓虜滷腦惱老 [22]怒路賂露鷺澇

tʃ	[55]租糟遭 [35]祖組早棗蚤澡 [33]灶 [22]做皂造
tʃʰ	[55]粗操（操作） [35]草 [33]醋措躁糙 [21]曹槽
ʃ	[55]蘇酥鬚騷 [35]數（動詞）嫂 [33]素訴塑數（數目）掃
k	[55]高膏（膏腴）篙羔糕 [35]稿 [33]告膏（動詞，把毛筆蘸上墨後，在硯臺邊上捺：膏筆）
h	[55]蒿薅（薅鋤）[35]好（好壞）[33]犒好（喜好）耗 [21]豪壕毫號（呼號）[22]浩號（號數）
ø	[35]襖 [33]懊奧 [22]傲

oŋ

pʰ	[35]捧 [21]篷蓬
m	[21]蒙 [13]懵蠓 [22]夢
f	[55]風楓瘋豐封峰蜂鋒 [35]俸 [33]諷 [21]馮逢縫（縫衣）[22]鳳奉縫（一條縫）
t	[55]東冬 [35]董懂 [33]凍 [22]棟動洞
tʰ	[55]通熥（以火暖物）[35]桶捅統 [33]痛 [21]同銅桐筒童瞳
l	[21]籠聾農膿儂隆濃龍 [13]攏隴壟 [22]弄
tʃ	[55]椶鬃宗中（當中）忠終蹤縱鐘鍾盅舂 [35]總粽種（種類）腫 [33]綜中（射中）眾縱種（種樹）[22]仲誦頌訟
tʃʰ	[55]聰匆蔥（洋蔥）囪（煙囪）充衝 [35]冢寵 [21]叢蟲從松重（重複）[13]重（輕重）
ʃ	[55]鬆嵩從（從容不迫）[35]慫 [33]送宋 [21]崇
j	[55]翁雍癰（生背癰）[35]擁壅甬湧 [21]戎絨融茸容蓉鎔庸 [13]冗（冗員）勇 [22]用
k	[55]公蚣工功攻弓躬宮恭供（供給）[35]拱鞏 [33]貢供（供養）[22]共
kʰ	[21]窮
h	[55]空胸凶（吉凶）兇（兇惡）[35]孔恐 [33]控烘哄汞鬨嗊 [21]虹紅洪鴻熊雄
ø	[33]甕

ok

p	[5]卜（占卜）[2]僕曝瀑
p^h	[5]仆（前仆後繼）
m	[2]木目穆牧
f	[5]福幅蝠複腹覆（反覆）[2]復（復興）服伏
t	[5]篤督 [2]獨讀牘犢毒
t^h	[5]禿
l	[2]鹿祿六陸綠錄
tʃ	[5]浞竹築祝粥足燭囑觸捉 [2]續濁鐲族逐軸俗
tʃ^h	[5]速畜蓄促束
ʃ	[5]蕭宿縮叔粟 [2]熟淑贖蜀屬
j	[5]沃郁 [2]肉育辱褥玉獄欲（搖搖欲墜）慾（意慾）浴
k	[5]穀谷（山谷）菊掬（笑容可掬）麴（酒麴）[2]局
k^h	[5]曲（曲折）
h	[5]哭 [2]斛酷
ø	[5]屋

u

f	[55]枯呼夫膚敷俘孵麩 [35]苦卡府腑斧撫釜 [33]庫褲戽賦富副[21]乎符扶芙 [13]婦 [22]付傅赴訃父腐輔附負
k	[55]姑孤 [35]古估牯股鼓 [33]故固錮雇顧
k^h	[55]箍
w	[55]烏污塢 [35]滸 [33]惡（可惡）[21]胡湖狐壺瓠鬍 [22]戶滬互護芋

ui

p	[55]杯 [33]貝輩背 [22]背（背誦）焙（焙乾）
p^h	[55]胚坯 [33]沛配佩 [21]培陪賠裴 [13]倍
m	[21]梅枚媒煤 [13]每 [22]妹昧

f	[55]魁恢灰奎 [33]悔晦
kʰ	[35]賄潰劊檜繪
w	[55]煨 [21]回茴 [13]會（懂得） [22]匯會（會計）彙匯

un

p	[55]般搬 [35]本 [33]半 [22]絆伴拌叛胖
pʰ	[55]潘 [33]拚判 [21]盤盆
m	[21]瞞門 [13]滿 [22]悶
f	[55]寬歡 [35]款
k	[55]官棺觀（參觀）冠（衣冠）[35]管館 [33]貫灌罐觀（寺觀）冠（冠軍）
w	[35]玩（玩味）豌剜碗腕 [21]桓（春秋時代齊桓公）[13]皖 [22]喚煥緩換玩（玩味）

ut

p	[2]撥勃
pʰ	[3]潑
m	[3]抹 [2]末沫沒
f	[3]闊
kʰ	[3]括豁
w	[2]活

ɵy

t	[55]堆 [33]對碓兌 [22]隊
tʰ	[55]推 [35]腿 [33]退蛻
l	[13]女呂稆旅屢儡累壘 [21]雷 [22]濾濾累類淚慮
tʃ	[55]追錐蛆 [35]嘴 [33]最醉 [21]徐 [22]聚罪贅墜序聚
tʃʰ	[55]趨催崔吹炊 [35]取娶 [33]趣脆翠 [21]除隨槌錘徐
ʃ	[55]須需雖綏衰 [35]水 [33]碎歲稅帥 [21]垂誰 [13]髓絮緒（情緒）[22]睡瑞粹遂隧穗緒（光緒）
j	[13]蕊 [22]芮銳

| k | [55]居車（車馬砲）驅 [21]渠瞿 [33]鋸 [13]佢拒距 |
| h | [55]墟虛噓吁 [35]許 [33]去 |

m̩

| | [13]午伍五 [21]唔吳蜈吾梧 [22]誤悟 |

第七章
香港仔石排灣漁村音節表、文白異讀、變調

第一節　音節表

表一　陰聲韻音節

	a	ɛ	i	ɔ	u	ai	au	ɐi	ɐu	ei	iu	ɔi	ou	ui	ɵy
p	巴			波		拜	包	跛		碑	標		褒	杯	
pʰ	趴			破		派	拋	批		披	飄		鋪	胚	
m	媽			摩		埋	貓	咪	痞	眉	苗		蟆	梅	
f	花			科	呼	快		揮	剖	非				魁	
t	打	爹		多		歹		低	蚪	地	貂	待	都		堆
tʰ	他			拖		呔		梯	偷		挑	胎	滔		推
l	啦			裸		拉	撈	黎	騮	璃	聊	來	奴		旅
tʃ	渣	遮	支	左		齋	嘲	劑	周	聚	焦	栽	租		追
tʃʰ	叉	奢	雌	初		猜	抄	妻	秋	徐	超	彩	粗		吹
ʃ	沙	些	獅	梭		徙	梢	西	修	死	消	腮	蘇		需
j	也	耶	衣				踹	曳	休		妖				蕊
k	家			哥	姑	皆	交	雞	狗	飢	驕	該	高		錮
kʰ	誇	茄		顆	箍	楷	靠	溪	溝	冀	喬	概	蒿	潰	
w	蛙			鍋	烏	歪		威						煨	
h	蝦	靴				揩	酵	稀	吼	希	囂	開	襖		
ø	鴉			阿		挨	拗	矮	歐				鞍		

表二　陽聲韻音節

	an	aŋ	ɐn	ɛŋ	eŋ	in	ɔn	ɔŋ	oŋ	un
p	班		賓	餅	冰	鞭		幫		般
pʰ	攀	烹	噴		拼	篇		謗	捧	潘
m	蠻	猛	蚊		明	眠		虻	蒙	門
f	翻		昏					荒	風	寬
t	丹		敦	釘	鼎	顛		當	東	
tʰ	灘		吞	廳	亭	天		湯	通	
l	欖	冷	卵	靚	拎	拈		兩	籠	
tʃ	簪	爭	珍	鄭	徵	尖		賬	中	
tʃʰ	餐	撐	侵	責	蜻	千		倉	匆	
ʃ	珊	牲	心	醒	升	仙		桑	鬆	
j			音		應	煙		央	翁	
k	艱	更	甘	鏡	京	兼	肝	缸	公	官
kʰ		框	昆		傾	拳		抗	窮	
w	彎	橫	溫		扔			汪		腕
h	餡	坑	堪	輕	兄	軒	看	康	空	
ø	晏	罌	庵				安	航	甕	

表三 入聲韻音節

	at	ak	ɐt	ɛk	ek	it	ɔt	ɔk	ok	ut
p	八	百	拔	壁	迫	必		博	曝	撥
pʰ		拍		劈	僻	撇		樸	仆	潑
m	抹	擘	襪		覓	滅		莫	木	末
f	法		乏					霍	福	闊
t	答		特	羅	的	跌		琢	督	
tʰ	韃			踢	剔	帖		托	禿	
l	瘌		立		匿	劣		落	六	
tʃ	札	窄	姪	隻	即	接		作	竹	
tʃʰ	插	拆		尺	斥	妾		綽	速	
ʃ	薩	索	十	石	息	攝		朔	肅	
j		喫	日		憶	乙		若	沃	
k	刮	格	合		擊	澀	割	各	穀	
kʰ		摑	及	劇		揭		卻	曲	括
w	挖	劃	核		域			獲		活
h	狹	嚇	較	吃		怯	喝	殼	哭	
ø	鴨	額	訖					惡	屋	

表四　聲母韻母配合關係表

（石排灣漁民舉凡y、yn、yŋ時，則讀作i、in、eŋ，故沒有撮合呼）

	開口呼	齊齒呼	合口呼
p p^h m	巴趴媽波摩比眉米閉埋柴包跑茅考謬保毛暴母稟跟名平病烹棚盲朋萌邦畢匹密襪碧僻壁拍白北墨博薄	表飄鞭篇辨綿名（文）別滅八	判般本門般潑末勃沒木
f	花苦非揮否凡泛訓況荒法伐	發	父款封風闊
t t^h	打他多拖朵地帝帶胎斗投刀陶都土度添貪潭談旦灘檀替吞敦登騰當堂答塔達踢滴敵得特託	端團段定帖疊錢跌脫	童動冬禿獨
l	啦羅利泥禮賴奶耐女雷樓勞奴路臨男藍蘭鄰論能娘良郎立納臘辣律栗溺歷勒諾絡	料鳥連暖亂獵列抒劣	龍祿
k k^h h w	卡蝦家瓜卡誇哥苛可過靴幾豈寄啟奚葵龜鬼貴皆戒街蟹怪開海孩蓋害交敲考候口垢扣九求舊高好今感勘含甘感監關艱諫看寒肝頸（白）輕坑肯恆幸更行耿疆強鄉剛康江講降光曠狂急及合盒甲狹轄刮吉乞骨橘掘葛渴割擊格客赫革刻黑腳卻各鶴擴確學國郭	驕儉險檢兼謙虔件肩牽顯權宣頸（文）輕（文）兄刮協傑歇結闕決血極	話和孤狐壞還灣棍坤魂溫君郡云窘隕官換橫宏汪王枉旺公空紅弓熊共滑鬱活域或劃獲哭谷局

	開口呼	齊齒呼	合口呼
tʃ tʃʰ ʃ	渣叉沙左錯所過濟西妻世災蔡吹退摧罪碎最水抄巢稍偷走草曹掃浸心尋深岑蔘蠶慚三斬籤審衫燦殘山刪珍陳神昏津秦盡春準順俊旬爭撐增生贈張暢長丈將槍詳雙窗床莊執濕十集習緝雜插扎察殺刷姪實七瑟卒出術戍恤述石錫尺隻適積惜食澤摘責策則賊測酌鵲削朔昨索	豬書住知詩自朝兆昭沾閃減漸展戰善仙尊酸轉程徵聲(文)成精青(文)靜性接妾揖孽徹折舌切（切開）拙說絕雪	聰宗中鍾族速燭足
j	也移異魚衣閨	銳妖饒驗炎染嚴延煙然研淵緣袁迎仰洋秧業邑熱悅越穴一日逸逆瘧約藥若	翁肉獄欲育辱
ø	牙鴉鵝危藝艾矮礙哀咬偶朱襖眼顏銀岸安硬鶯昂鴨額惡		

（鼻韻m不歸類）

第二節　文白異讀

　　筆者之前出版的書，個人覺得水上族群說的方言與粵語的文白異讀、變調都是一致的，便覺得不用寫了。這幾年來，有些學者、香港大專院校學生來電郵問及這方面的特點如何，還涉及鹹水歌。今次不寫民俗，就把文白異讀和變調寫出來作一個交代，讓大家也了解一番。

一 古全濁上聲字，石排灣漁民有陽上與陽去兩讀

讀陽上的是白話音，讀陽去的是文讀。例如：

例字	文（陽去）	白（陽上）
近	kɐn²²	kʰɐn¹³
坐	tʃɔ²²	tʃʰɔ¹³
淡	tan²²	tʰan¹³

文讀是保留了古濁的調讀。香港仔石排灣漁民這方面的文白異讀，與粵語一致的。

二 送氣與不送氣

文讀為送氣音，白讀是不送氣音。例如：

例字	文（不送氣）	白（送氣）
坐（從）	tʃɔ²²	tʃʰɔ¹³
近（群）	kɐn²²	kʰɐn¹³
伴（並）	pun²²	pʰun¹³
臼（群）	kɐu³³	kʰɐu³³
溝	kɐu⁵⁵	kʰɐu⁵⁵
構	kɐu³³	kʰɐu³³
購	kɐu³³	kʰɐu³³
鳩	kɐu⁵⁵	kʰɐu⁵⁵
斷（斷絕）	tin²²	tʰin¹³
桌	tʃɔk³	tʃʰɔk³
哽（骨哽在喉）	kɐŋ³⁵	kʰɐŋ³⁵

三　聲母方面

（一）文讀輔音聲母為j，白讀輔音聲母為ø。例如：

例字	文	白
仰	$jɔŋ^{13}$	$ɔŋ^{13}$（仰高頭打仰瞓）
吟	$jɐn^{21}$	$ɐn^{21}$（吟吟沉沉）
韌	$jɐn^{22}$	$ɐn^{22}$（牛肉好韌）
擁	$jɔŋ^{35}$	$ɔŋ^{35}$（前呼後擁）

（二）不規則輔音聲母的變異

例字	文	白
錐	$tʃɵy^{55}$	$jɵy^{55}$
處	$tʃʰi^{33}$	$ʃi^{33}$
舐	$ʃai^{35}$	lai^{35}

（三）主要元音的變化

1　主要元音開口度較小是文讀，開口度較大是白讀

也可以說文讀為高元音，白讀為低元音。例如：

例字	文（開口度較小）	白讀（開口度較大）
列	lit^{2}	lat^{2}（一列屋）
簷	jin^{21}	$jɐn^{21}$（簷篷）
染	jin^{13}	jan^{13}（染的醋喇）
撚	lin^{13}	$lɐn^{13}$（撚化）

例字	文（開口度較小）	白讀（開口度較大）
徑	keŋ³³	kaŋ³³（徑水）
尼	lei²¹	lɐi²¹
使	ʃi³⁵	ʃɐi³⁵
抹	mut³	mat³

2 梗攝三四等字，文讀主要元音為e，白讀主要元音為ɛ

例如：

例字	文（e）	白（ɛ）
聲	ʃeŋ⁵⁵	ʃɛŋ⁵⁵
城	ʃeŋ²¹	ʃɛŋ²¹
腥	ʃeŋ⁵⁵	ʃɛŋ⁵⁵
精	tʃeŋ⁵⁵	tʃɛŋ⁵⁵

3 曾攝開口一等字，梗攝開口二等字的主要元音為ɐ是文讀，白讀主要元音為a

這點與粵語一樣，例如：

例字	文（ɐ）	白（a）
朋（曾開一）	pʰɐŋ²¹	pʰaŋ²¹
勒（曾開一）	lɐk²	lak²
賊（曾開一）	tʃʰɐt²	tʃʰak²
刻（曾開一）	hɐt⁵	hak⁵
黑（曾開二）	hɐt⁵	hak⁵
生（梗開二）	ʃɐŋ⁵⁵	ʃaŋ⁵⁵

例字	文（ɐ）	白（a）
牲（梗開二）	ʃɐŋ⁵⁵	ʃaŋ⁵⁵
爭（梗開二）	tʃɐŋ⁵⁵	tʃaŋ⁵⁵

4　文讀主要元音為前元音，白讀為後元音

例字	儲（前元音）	白（後元音）
儲	tʃʰi¹³	tʃʰou¹³
取	tʃʰɵy¹³	tʃʰou¹³
娶	tʃʰɵy¹³	tʃʰou¹³
廚	tʃʰi¹³	tʃʰɵy13

5　文讀是陰、陽聲韻，白讀為入聲韻

例字	文讀（陰、陽聲韻）	白讀（入聲韻）
泡	pʰau⁵⁵	pʰɔk⁵
餿	ʃɐu⁵⁵	ʃok⁵
塑	ʃou³³	ʃɔk³
醃	jin⁵⁵	jit³
腌	jin⁵⁵	jit³

從收上的各項得知，香港仔石排灣漁民或各村漁民，其文白異讀與粵語是一致性的。[1]

1　本節文白異讀，參考了白宛如〈廣州話元音變異舉例〉，但白女士並沒有將e-ɛ、ɐ-a 視為文白，《珠江三角洲方言字音對照》則對這方面如實反映，而《漢語方言字匯》第二版也視作為文白。白宛如：〈廣州話元音變化舉例〉，《方言》第二期（北京：中國社會科學出版社，1984年5月24），頁128-134。

第三節　變調

　　廣州話聲調的變化有兩種不同的情況，一是連讀變調，一是習慣變調。[2]

　　連讀變調是指說話時、朗讀時，由於字調間產生逆同化而起的變調，這點與字義、構詞法，語法連不上一丁兒關係。在石排灣方面，石排灣漁民並沒有這個問題，因為其陰平調調值只有55，不像粵語一個調類兩個變體（即一個調值是55，一個調值是53）。

　　習慣變調不是音與音相互影響的產物，乃是由於說話的習慣而某些字調發生了變化。習慣變調與詞的意義、語法、構詞有關。石排灣漁民話的變調，只有習慣變調（或稱非連讀變調）。石排灣漁民話並不像粵語習慣變調那麼豐富。從總的來看，也頗接近。現在分高平變調、高升調、親屬關係名詞性疊詞的變調和幼兒用語的變調各部探討石排灣漁民話的習慣變調。[3]

一　高平調

　　通過衍生的高平調與原調的對立，反映字義的分化。例如：

2　宗福邦：〈關於廣州話字調變讀問題〉，《武漢大學學報》（社會科學版）第四期（武漢：武漢大學出版社，1983年），頁80。宗文稱「習慣變調」為「非連讀變調」。

3　變調的調查材料，主要取材自宗福邦：〈關於廣州話字調變讀問題〉、〈關於廣州話陰平調的分化問題〉和饒秉才、歐陽覺亞、周無忌：《廣州話方言詞典》。此外，部分材料取自張日昇：〈香港粵語陰平調及變調問題〉。調查材料在此交代，不再在原文一一枚舉出處。

例字	原調	高平調
靚	靚lɛŋ³³女	lɛŋ³³⁻⁵⁵女
	（漂亮的姑娘）	（丫頭）
欄	欄lan²¹	lan²¹⁻⁵⁵
	（圍欄）	（欄，家畜的圈）
大	咁大tai²²	咁大tai²²⁻⁵⁵
	（這麼大）	（這樣小）

二　高升調

1　通過衍生的高升調與原調的對立，反映字義的分化

例如：

犯　fan²²：犯罪、犯法、侵犯

　　fan³⁵：監犯、走私犯、詐騙犯（表示犯人時，便讀高升調）

房　fɔŋ²¹：房屋、房東、平房、長房

　　fɔŋ³⁵：頭房、二房（第二間房間）

料　liu²²：料理、預料、照料、不出所料

　　liu³⁵：原料、加料、燃料（表示材料時便讀高升調）

2　通過變入與原調之對立，反映詞類之對立

例如：

鑿（動詞）tʃɔk²

　　（名詞）tʃɔk³⁵

盒（量詞）hɐt²

　　（名詞）hɐt³⁵

3 通過衍生的高升調、變入與原調的對立，反映構詞法的不同

凡前置的保留原調；凡後置的，便變讀高升調或變入。也可以說原調是處於修飾位置，而變讀高升調和變入的，該語素卻成了被修飾成分。例如：

（1）高升調方面

園 　jin²¹：園地、園丁

　　　jin³⁵：花園、公園

辦 　pan²¹：辦事處、辦理

　　　pan³⁵：買辦

圓 　jin²¹：圓形、圓角、圓圈

　　　jin³⁵：湯圓

棋 　kʰei²¹：棋手、棋局、棋譜

　　　kʰei³⁵：象棋、圍棋、跳棋

馬蹄粉　ma¹³ tʰei²¹fan³⁵

馬　蹄　ma¹³tʰei³⁵

番薯藤　fan⁵⁵ji²¹ tʰɐn²¹

番　薯　fan⁵⁵ji³⁵

最後兩例，一個變調詞語作了另一個語詞的修飾成分時，變調便消失，但其詞彙意義並沒有改變，只是結構成分性質變了──被修飾成分變成修飾成分。

（2）變入方面
反映語法意義的變化

非陰上調單音形容詞重疊，後字變讀高升調，再後加地tei$^{22-35}$，使原調帶上略有點味兒。例如：

紅紅地	hoŋ^{21}	hoŋ$^{21-35}$ tei$^{22-35}$	略帶點紅
甜甜地	t^{h}in^{21}	t^{h}in$^{21-35}$ tei$^{22-35}$	有點甜味
平平地	p^{h}ɛŋ^{21}	p^{h}ɛŋ$^{21-35}$ tei$^{21-35}$	不太貴

非陰上調單音動詞重疊，前字變讀高升調，使原詞帶上「一下」，表示動作短暫，重複次數不多。這個變讀的高升調會讀得重一些、長一些。例如：

叫叫	kiu$^{33-35}$	kiu^{33}	叫一下他
問問	mɐn$^{22-35}$	mɐn^{33}	老師問一下老師
坐坐	tʃʰɔ$^{13-35}$	tʃʰɔ^{13}	先走坐一坐再走

動詞重疊，而後置「下」字，而下「字」又變讀高升調，表示該動作正在進行。例如：

聽聽下	t^{h}ɛŋ^{55}	t^{h}ɛŋ^{55}	ha$^{22-35}$	聽著聽著
飄飄下	p^{h}iu^{55}	p^{h}iu^{55}	ha$^{22-35}$	飄著飄著
行行下	haŋ^{21}	haŋ^{21}	ha$^{22-35}$	走著走著

部分說明事物數量上狀況的形容詞，與前置的指示詞「咁」kɐn^{33}相組合，而這後置的形容詞通過聲調不同的變換，可表示不同程度上的變化。例如：

大	咁大	kɐn³³ tai²²	這麼大（強調大）
	咁大	kɐn³³ tai²²⁻³⁵	就這麼大（僅說明有多大）
	咁大	kɐn³³ tai²²⁻⁵⁵	這麼小（表示相反的意義）
長	咁長	kɐn³³ tʃʰɔŋ²¹	這麼長（強調長）
	咁長	kɐn³³ tʃʰɔŋ²¹⁻³⁵	就這麼長（僅論明有多長）
	咁長	kɐn³³ tʃʰɔŋ²¹⁻⁵⁵	這麼短（表示相反的意義）
	咁長長	kɐn³³ tʃʰɔŋ²¹⁻⁵⁵ tʃʰɔŋ²¹⁻⁵⁵	
			這麼短短的（表示進一步強調「短」）

修飾詞重疊：重疊詞中的後置者，變讀成高升調，在語法功能上有加強形容程度的作用。狀況大抵如下：

第一種情況，重疊形容式是 AAB，而 AB 一詞，在日常用語中，可以獨立存在。例如：

| 禽禽青 | kɐn²¹ kɐn²¹⁻³⁵ tʃʰɛŋ⁵⁵ |
| 踥踥腳 | ɐn³³ ɐn³³⁻³⁵ kɔk³ |

第二種情況，重疊的形式 AA 聲的擬音重疊。第一音節不變調，第二個音節變讀高升調。例如：

灑灑聲（表示下大雨聲）	ʃa²¹ʃa²¹⁻³⁵ʃɛŋ⁵⁵
吔吔聲（責示痛苦聲）	ja²¹ja²¹⁻³⁵ʃɛŋ⁵⁵
咕咕聲（表示怨恨聲）	ku²¹ku²¹⁻³⁵ʃɛŋ⁵⁵

三　親屬關係名詞性疊詞的變調

表示親屬關係的稱謂詞，當它疊音時，後面一個字讀或變讀高

平調或高升調。前面一個字不管原來屬甚麼調，一律要讀成低平調。
例如：

（1）55+55　➔　21+55

媽媽　　ma^{55} ma^{55}　➔　　ma$^{55-21}$ ma^{55}

爸爸　　pa^{55} pa^{55}　➔　　pa$^{55-21}$ pa^{55}

35+35　➔　21+35

仔仔　　tʃɐi^{35} tʃɐi^{35}　➔　　tʃɐi$^{35-21}$ tʃɐ^{35}

弟弟　　tɐi^{22} tɐi^{22}　➔　　tɐi$^{22-21}$ tɐi$^{22-35}$

四　幼兒用語的變調

訓覺覺　　fɐn^{33} kɐu^{33} kɐu^{33}　➔　　fɐn^{33} kɐu$^{33-21}$ kɐu$^{33-55}$

覺覺豬　　kɐu^{33} kɐu^{33} tʃi^{55}　➔　　kɐu$^{33-21}$ kɐu$^{33-35}$ tʃi^{55}

屙啡啡　　ɔ^{55} fɛ^{21} fɛ^{21}　➔　　ɔ^{55} fɛ^{21} fɛ$^{21-35}$

捉蟲蟲　　tʃok^{5} tʃʰoŋ^{21} tʃʰoŋ^{21}　➔　　tʃok^{5} tʃʰoŋ^{21} tʃʰoŋ$^{21-35}$

第八章
總結

　　香港白話漁村的方言特點特多，與其獨特的地理環境有極密切關係。香港地形的特殊，有為數不少曲折的海岸線和眾多的港灣，特別是岬角、灣澳、三角江和離島特多，如沙頭角、吐露港、西貢海和青山灣等。西貢那邊，離島特多，漁民分散，也是我調查最多的地方，先後調查了布袋澳、糧船灣、坑口水邊村、滘西四個方言點漁民口音。導致漁業發達因素很多，如港灣甚多、漁場廣闊、運輸便利、市場龐大、政府協助等。[1]由於這種地貌特徵對漁業的發展起著至關重要的作用。海岸線的彎曲和沉降式特徵使得香港的海域既曲折蜿蜒又深水豐富，為漁船提供了安全停泊的場所，同時也是豐富漁獲的寶地。這種地理環境的優勢促使香港的漁業蓬勃發展。正是由於這樣多樣的地理特點，香港漁村因其極分散，不集中，不容易讓為數不多的岸上人影響其口音粵化，便讓漁民容易保留了其許多獨特的方言特色，這使得它們與珠三角地區的白話漁村相比更顯出其保守性的獨特個性。這一點與廣州老四區不同，廣州則完全集中集中在海珠區珠江沿江一帶為主，特別是位於河南。珠三角地區由於其人口眾多，漁民的方言往往容易受到為數眾多的岸上人粵語的影響，導致方言逐漸粵語化的現象相對嚴重，因而其本身原來的特色便一一磨平。然而，也有例外，就是廣州市海珠區河南尾漁村和黃埔區九沙漁村這兩個地方，像受到岸上粵語的影響相對較少，這使得它們能夠保留許多各自

1　潘桂成等編繪：《香港地理圖集》（香港：地人社，1969年），頁18。

獨特自己的方言特色，這個可能是我恰巧找了保留語言個性特多的漁民進行調查使然。一九八二年，在廣州市統戰部安排下，我首次在海珠區河南尾[2]進行了調查，便遇上這個廣州最具特色的漁民漁村水上話，我便著迷地一路追下去不斷調查。珠江河一帶漁民甚多，比香港要多，岸上很多居民聚居，岸上人日常生活總會少不了吃上河鮮，從漁民角度來看，這就是一盤大生意，因而集結了許多漁民，漁民橫貫集結在廣州市珠江江邊一帶，特別是河南一帶。[3]

《香港白話漁村語音研究》的動機源於我對香港漁村語音的獨特性和多樣性特點深感興趣。這本書旨在從語音特徵的角度探討香港漁村方言的獨特之處，進一步了解和保存這些珍貴的語言資源。香港漁村的音韻結構以及特有的詞彙非常豐富，因此本研究將探討香港白話漁村語言的一致性和差異性，同時也分析香港白話漁村與珠三角白話漁村之間的共通性和差異性。

---

2 廣州市海珠區地方志編纂委員會編：《廣州市海珠區志》（廣州：廣東人民出版社，2000年8月），頁53-54：「河南」的範圍在不同時期也有廣義和狹義之別。從東漢至明代以前，河南泛指整個河南地區，即今海珠地區。明清至民國時期，由於河南地區西北部的開發，城區逐漸發展，人們習慣將當時廣州珠江江南西起白鵝潭，專止河南尾（今草芳圍），面積約三公里的城區部分稱「河南」。這是狹義上的河南。建國後，「河南」的範圍習慣上是指整個海珠地區。一九八二年廣州統戰部安排我調查的地方就是草芳圍那邊的河南尾。那邊的水上人也只稱他們是河南尾人，不稱海珠人。天河區漁民新村陳錦雄老漁民跟筆者稱今人稱之「河南尾」是指位於珠江「天字碼頭」對面一帶地方為河南尾。

3 中南行政委員會民族事務委員會辦公室編印：《關於珠江流域的蜑民》（武漢：中南行政委員會民族事務委員會內部出版，1953年），頁28：「廣州市水上居民共有54519人，13783人戶，特設一個珠江區（水上），橫貫廣州市中心的珠江，毗鄰大東、瀝滘、永漢、惠福、太平、沙面、芳村、河南、荔灣十個區（原文只列出九個點），並與南海禺番接壤，面積為全市各區之冠，從二沙頭粵海關分卡（指海關的分關）至海角紅樓，東西長達二十五華里，從白鵝潭至南石頭南北長達十華里，與東西通聯一起……廣州市珠江區的蜑民分布於東堤、南堤、新堤、黃沙、如意坊、花池口、永漢街等七處，估計有兩萬五千人。」

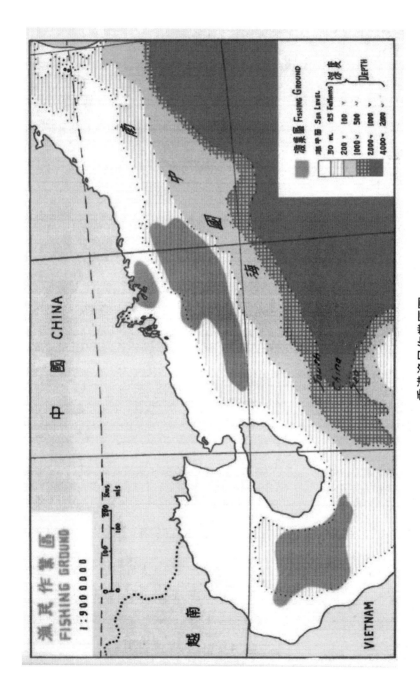

香港漁民作業區圖

來源：潘桂成等編繪：《香港地理圖集》（香港：地人社，1969年），頁19

在這本書中，我將深入研究香港漁村方言的音韻特點，包括音節結構以及聲韻調系統。同時，我也重點調查香港漁村方言中獨特的詞彙。透過研究，我希望能夠為保護和推廣香港漁村方言作出貢獻，同時豐富人們對於香港地區語言文化的認識，這也有助於提高人們對於方言多樣性和語言遺產的重視，進一步促進語言多樣性的保護和文化交流。

後記

　　《珠三角水上族群的語言承傳和文化變遷》一書中有石排灣、沙頭角、吉澳、塔門、布袋澳、糧船灣、坑口水邊村、滘西、蒲臺島、大澳十條漁村，由於寫是珠三角，對於香港十條漁村的同音字彙、音節表、文白異讀和變調，是該書沒有提及，也不方便在那裡交代的內容，現在寫《香港白話漁村語音研究》就很適合交代這方面。因寫同音字彙，發現石排灣、滘西，大澳三條漁村的韻母表，部分的韻母代表字有少許缺乏交代清楚，如石排灣漁村的it裡，當時寫了「熱別鐵缺」，缺了反映從ip讀成it的字，現在交代清楚，這四個字應該是「熱別帖缺」；滘西方面，韻母表缺了ɵy，現在加回上去；大澳方面，原是「答臘甲踏」，四個都是ap代表字，缺了反映還保留了at的讀音，現改成「法札挖踏」，便反映還有「法札挖」at的讀音，一個則反映「踏」ap讀成at，這樣子方對。

　　這大半生，在廣東先後進行了四十一年調查，特別是在珠三角進行最多調查，收穫頗豐。於一九八二年暑假，筆者便開始在廣州海珠區河南尾調查。四十多年來，在六十多條漁村進行了深度調查，包括鄉村村落間極細小漁村，這類小漁村，粵北地區的清遠、英德最多，這些小漁村，如清遠市山塘、白廟、平安二街北江橋下、清新區山塘鎮黃江基、英德黎溪鎮北江庫灣、英德連江口鎮三區、英德東岸嘴和不知名的村落間小漁村，都是隨著北江水道上分布於細小交叉水道口，因這些地方有細小的墟市在附近。此外，還有黃埔區長洲鎮的小漁村，如江瀝海、安來市、洪福市，這幾個地方聚集的小漁艇比英德

的稍多三四倍。英德那邊，基本是三四隻小漁艇聚集一起而已，量很少。除了語音調查，還調查了漁諺、兒歌、鹹水歌、漁俗，這些資料也先後寫成《珠三角水上族群的語言承傳和文化變遷》、《兩廣海南海洋捕撈漁諺輯注與其語言特色變遷》、《廣州黃埔區方音與漁農諺和鹹水歌民俗的變遷》、《珠三角海洋漁俗文化探微》，現在再下一城，寫了《香港白話漁村語音研究》。

自二○一五年出版《珠三角水上族群的語言承傳和文化變遷》後的八年裡，先後寫成以上五本與漁村有關的專書，差不多是兩年一本。至於兒歌，目前資料是足夠的，也打算動筆寫作，但還要看看有沒有時間。其中一本重要參考書是陸永恆著《廣州兒歌研究》，民國時期的廣州克文印務局出版，可惜沒有出版年分的交代。找了一年多，方發現這一本書在美國加州大學柏克萊分校圖書館方館藏了一本，而香港公共圖書館、香港各大學圖書館、廣州市省立中山圖書館、中國國家圖書館皆沒有收藏，筆者便請樹仁大學圖書館幫忙以館際互借及文獻傳遞服務方式複印了出來，十分珍貴；且掃描費竟是圖書館負責，真的不好意思；這次能把資料全部掃描出來，要多謝圖書館研究支援主任方艷笑（Cynthia Fong）小姐。珠三角的兒歌，不少是漁民的創作，旋律優美，流行於珠三角著名漁歌作品有《月光光》、《落雨大》（香港人卻是稱作《落大雨》）等為人熟知的兒歌。在跟漁民調查時，知道他們有一首童謠《賣魚姑》，即拜託他唱給我們聽，他便唱了起來。這一首童謠是傳統漁民童謠，主旨是讚美漁民姑嫂二人上街賣魚，銷路很好。此謠用直述法，反映了近代漁民售魚生活的概況，語言樸素明快。就是這個原因，在調查漁民方言時，筆者也順便錄了音。

漁諺是很好寫的，筆者是愛研究諺語，便寫了《兩廣海南海洋捕撈漁諺輯注與其語言特色變遷》一書。在廣州黃埔調查方言時，也順

道調查了鹹水歌和農諺，跟著也寫了《廣州黃埔區方音與漁農諺和鹹水歌口承民俗的變遷》一書。之後，筆者也會寫珠三角粵語農諺，這是頗有意思和有趣的研究題目。這類農諺是不好蒐集的，比蒐集漁諺更難。但筆者有這癖好，多年來的堅持，也蒐集不少，應該足以寫成一本書。內地這類農諺的書是不少的，總是大地區範圍的農諺，如華北地區，全國等地，只是列出諺語或加少許解釋，全無深度，其實還可以從語言學、押韻、句式、音節、文化內蘊、修辭學等不同角度來探討。

　　疫情前的暑假，原本打算與廣西南寧師範大學音樂舞蹈學院黃妙秋院長一起進行廣西、海南漁村調查，結果因疫情，無法成行。黃教授的碩士、博士論文，是寫廣西與珠三角的鹹水歌，十分專業。她的碩士論文是〈海韻飄謠——廣西北海市鹹水歌研究〉，博士論文是〈兩廣白話疍民音樂文化研究〉（中央音樂學院音樂學系）。筆者現在還有這個夢，希望再下一城，再寫一本書，涉及廣東、廣西、海南白話漁村方言調查。以前曾經來過廣西，海南調查，回憶起來，依稀是九十年代初的事，不是八十年代後期的事。由於現在與當地漁民失去聯繫，也與當時調查不夠全面，主要是來去太匆匆。廣西、海南兩地只調查共十天，這是與手上的調查經費不多有關，再加上候車、轉車、乘車、轉渡輪已花去大半時間，筆者覺得能進行一兩個月調查方能夠進行全面調查清楚，方能寫出好的音系、詞彙和完整的同音字彙。當然也會調查當地的鹹水歌、漁俗、鹹水歌、兒歌，希望知道當地鹹水歌、兒歌、漁俗與珠三角有何差異。若然再到海南調查，廣州暨南大學博導劉新中教授於二〇二一年十月十九月稱可以幫筆者找海南文昌、萬寧，陵水，三亞白話水上人配合協助，讓筆者順利調查。能夠如此方便，便不用請廣西、海南統戰部聯繫協助調查，這樣子會調查得較輕鬆。不過，要進行一兩個月調查，一定會驚動當地公安，

有統戰部協助，香港人在內地調查時便不會受到影響，也不會被找來
關心跟筆者和諧一兩句。兩種方法進行調查，各有好處。在過去，筆
者到當地調查，都是與統戰部聯繫，也是筆者較喜歡的安全方法。當
年筆者寫博碩士論文時，請了研究所所長寫信給香港新華社進行聯
繫，這樣子在八〇年代早期在廣州河南尾進行調查，覺得很方便。雖
然總會最少有一個科長貼在我身旁，探頭仔細看看我調查甚麼內容，
是否調查方言，還是臨時改變調查別的內容，手上還執著紙筆記錄筆
者調查的真實活動情況，真的難為了他們。在筆者來看，這絕對是一
件苦差事，時間一點也不好打發。那個年頭，他們是極其熱情、不作
假；有需要某些東西，跟他們說一說，能夠協助的，很快便提供給筆
者。至於何時要跑下一個方言點，跟他們說一聲，馬上會幫筆者聯繫
下一站，請那邊預先幫筆者聯繫好數位合作人，以便筆者調查。有些
人總是認為他們在你身旁活動，看著你做調查，會很不自然，也不尊
重學者，筆者認為這是他們的硬任務，國家也有這樣子要求，絕對有
責任不會讓調查出亂子，問了一些不宜問的問題，或問了一些敏感問
題，也妨止漁民跟筆者訴苦，也避免有合作人離開不接受漫長苦悶的
採訪。此外，統戰部一定安排合作人與我們一起吃午飯和晚飯，防止
他們離開不再回來，這真是好方法，值得學習。其實，他們如此辛苦
工作，是因為要向其上司交代，並要提交報告。因此，筆者不覺得是
麻煩，還會很樂於在這種環境下進行快樂的調查。這是真心的話，否
則便不會這麼多年來還老是以這種方式到大陸進行調查。不過，統戰
部也不一定會協助，如筆者的廣東老家統戰部就是不協助，即使是在
香港，老家的同鄉會會長也不出手相助，教人失望，也是很難理解。
所以要往大陸調查方言，是要碰運氣，幸好大部分會理睬的。

　　筆者是一個極不知名的學人，一個文人，一個教育者，即使如
此，他們總會客氣為筆者安排行程。除了統戰部，政協也是有提供協

助。寫碩士論文時，在韶關、曲江調查當地粵語方言時，除該市統戰部來協助，韶關市政協人員知道筆者到來，也主動出面跟筆者聯繫，協助筆者田野調查，如安排當地著名韶州土話研究者劉伯盛給筆者調查（劉伯盛是劉星先生的好友）。劉伯盛是韶關人，除了操韶州土話，也會操流利白話。劉星先生的安排，是讓筆者知道韶州土話的大概、分布、發音、音系和當地白話受到土話那些影響。會談過三次，都是在劉星先生的辦公室，會談時間都在晚上。當時韶關市政協副秘書長劉星先生在抗戰期間曾在香港教書多年，沒記錯的話，該校是勞工子弟學校，他也是一名抗日英雄。他告訴筆者，政協也是具有統戰的功能，所以他很樂於協助筆者；又或許筆者是香港人，他又曾經在香港教書。在調查後期，劉星先生兩次邀請筆者到他家吃便飯，筆者一一應約。劉夫人是粵北地區的傳統客家婦女，飯菜是她煮的，但她總是躲在廚房站著吃飯，真的極其傳統，筆者總覺得不好意思。劉夫人煮的菜，是道地美味的客家菜，還有筆者任何時候都愛吃的東江釀豆腐。

　　後來，劉先生成為筆者忘年的朋友，在他幫助下，取了不少頗有用的韶關市、樂昌、南雄、連山、連縣、連南、翁源、新豐、仁化、始興等地政協出版的《文史資料》，讓筆者可以參考，探討範圍頗齊全，只是全欠註腳。《韶關市志》辦公室副主任，後來成了筆者好友的彭祖熙先生，跟筆者稱《文史資料》這一類書，是撰文者憑著個人回憶和感受而寫成，從可信角度來看，他稱應該還算是真實的和頗算有用的，只是寫作時不學術化而已。他說得很委婉和很有技巧，看來他並不認同那些文章，但不好跟筆者說明。現在這些《文史資料》可以在大陸讀秀電子書平臺下載出來，但總不齊備，不及直接找政協來幫忙。

　　以上寫的是筆者自一九八二年算起共四十一年進行方言調查的總

體看法和感受。到大陸調查方言是不容易的，特別是香港人，沒有統戰部和政協的協助，基本是進行不了。偷偷前往也只限於一兩天，時間一長，酒店便會告知當地公安部，而且，當年的公安是每天也到酒店看客人入住名單的，這是筆者後來知悉的。所以偷偷進行調查，隨時要被監禁的，還得一個間諜之名，這是沒有必要的，守法是最好的。各處鄉村各處例，到那裡也要遵守該國的國安法，沒有幸免這一回事。到英美國家，也要不例外遵守當地因針對特別事項而立的國安法。

　　田野調查已四十一年了，轉眼已步入高齡，不知道還能進行多少次深度田野調查。現在能做到的，還會全心全意全靈的去深度調查，方可對得起自己來到這世上進行一次不枉此生的人生學術之旅。

馮國強

二〇二三年五月一日

參考文獻

外文方面

K. L. Kiu (1984). "On Some phonetic charateristics of the Cantonese sub-dialect spoken by the boat people from Pu Tai island. " *Journal of the International Phonetic Association*. Volume 14 / Issue 01. pp.35-37.

McCoy, J. (1965). "The Dialects of Hongkong Boat People": Kau Sai. *Journal of the Hong Kong Branch of the Royal Asiatic Society* Vol 5. pp.46-64.

Sergio Ticozzi, Pime. *Historical documents of the Hong Kong Catholic Church,* Hong Kong Catholic DiocesanArchives, 1997.

古籍方面

梁鼎芬等修、丁仁長等纂：《番禺縣續誌（民國版）》卷十二，臺北：成文出版社，1967年。

專書方面

李史翼、陳湜：《香港：東方的馬爾太》，上海：華通書局，1930年。

科大衛、陸鴻基、吳倫霓霞合編：《香港碑銘彙編》，香港：香港博物館編製，香港市政局出版，1986年3月，第一冊。

香港經濟年鑑社《香港經濟年鑑 1963》，香港：經濟導報社，1963
　　　年，〈第一篇 香港經濟趨勢〉。

張壽祺（1919-2003）：《蛋家人》，香港：中華書局，1991年11月。

張壽祺：《蛋家人》，香港：中華書局，1991年。

梁炳華：《南區風物志》，香港：南區區議會出版，1996年。

深圳農業科學研究中心農牧漁業部深圳辦事組編：《香港漁農處和香
　　　港漁農業》，深圳農業科學研究中心農牧漁業部深圳辦事
　　　組，1987年。

游運明、吉澳村公所值理會、旅歐吉澳同鄉會編：《大鵬明珠吉澳：
　　　滄海遺珠三百年》，香港：吉澳村公所值理會、旅歐吉澳同
　　　鄉會，2001年。

賀　喜、科大衛編：《浮生 水上人的歷史人類學研究》，上海：中西
　　　書局，2021年6月。

馮國強：《珠三角水上族群的語言承傳和文化變遷》，臺北市：萬卷樓
　　　圖書公司，2015年12月。

黃新美（1935- ）：《珠江口水上居民（疍家）的研究》，廣州：中山
　　　大學出版社，1990年。

詹伯慧、張日昇主編：《珠江三角洲方言字音對照》，廣州：廣東人民
　　　出版社，1987年。

廖迪生、張兆和、黃永豪、蕭麗娟編：《大埔傳統與文物》，香港：大
　　　埔區議會，2008年。

漁農自然護理署：《漁農自然護理署年報》，香港：漁農自然護理署，
　　　2014年。

廣州市海珠區地方志編纂委員會編：《廣州市海珠區志》，廣州：廣東
　　　人民出版社，2000年8月。

廣東省三水縣地名委員會編：《三水縣地名志》，廣州：廣東高等教育
　　　出版社，1988年。

廣東省民族研究所編：《廣東蜑民社會調查》，廣州：中山大學出版
　　　社，2001年

饒秉才、歐陽覺亞、周無忌：《廣州話方言詞典》，香港：商務印書館
　　　香港分館，1981年12月。

論文方面

白宛如：〈廣州話元音變化舉例〉，《方言》第二期，北京：中國社會
　　　科學出版社，1984年5月24日。

宗福邦：〈關於廣州話字調變讀問題〉，《武漢大學學報》（社會科學
　　　版）第四期，武漢：武漢大學出版社，1983年。

張日昇：〈香港粵語陰平調及變調問題〉，《中國文化研究所學報》第
　　　二卷第一期，香港：香港中文大學出版部，1969年9月。

陳永豐：〈香港大澳水上方言語音說略〉，《南方語言學》第四期，廣
　　　州：暨南大學出版社，2012年5月。

馮國強：〈廣州黃埔大沙鎮九沙村疍語音系特點〉，《南方語言學》第
　　　四期，廣州：暨南大學出版社，2012年5月。

廖迪生、張兆和、黃永豪、蕭麗娟：《大埔傳統與文物》，香港：大埔
　　　區議會，2008年。

蕭鳳霞、劉志偉（1955-　）：〈宗族、市場、盜寇與蛋民──明以後
　　　珠江三角洲的族群與社會〉《中國社會經濟史研究》，廈門：
　　　廈門大學，2004年，第三期。

網路方面

香港地政總署測繪處，網址：http://www.landsd.gov.hk/mapping/tc/public
　　　ations/map.htm。

畢業論文方面

吳穎欣：《綜論大澳水上方言的地域性特徵》，香港樹仁大學學位論
　　　　文，2007年。
周佩敏：《大澳話語音調查及其與香港粵方言比較》，香港樹仁大學學
　　　　位論文，2003年。
駱嘉禧：《長洲蜑民粵方言的聲韻調探討》，香港樹仁大學學位論文，
　　　　2010年。
羅佩珊：《香港筲箕灣與周邊水上話差異的比較研究》，香港樹仁大學
　　　　學位論文，2015年。

手卷帳簿方面

《漢會眾兄弟宣道行為》：耶穌一千八百五十一年六月一號，咸豐元
　　　　年五月初，香港：香港大學圖書館影印，2012年。

地圖方面

潘桂成等編繪：《香港地理圖集》，香港：地人社，1969年。

內部參考資料方面

中南行政委員會民族事務委員會辦公室編印：《關於珠江流域的蜑
　　　　民》，廣州：中南行政委員會民族事務委員會內部出版，
　　　　1953年。

語言文字叢書 1000022

香港白話漁村語音研究

作　者	馮國強
責任編輯	林以邠
特約校稿	林秋芬

發 行 人	林慶彰
總 經 理	梁錦興
總 編 輯	張晏瑞
編 輯 所	萬卷樓圖書股份有限公司
地址	臺北市羅斯福路二段 41 號 6 樓之 3
電話	(02)23216565
傳真	(02)23218698

發 　 行	萬卷樓圖書股份有限公司
地址	臺北市羅斯福路二段 41 號 6 樓之 3
電話	(02)23216565
傳真	(02)23218698
電郵	SERVICE@WANJUAN.COM.TW
香港經銷	香港聯合書刊物流有限公司
電話	(852)21502100
傳真	(852)23560735

ISBN 978-986-478-992-4

2023 年 9 月初版一刷

定價：新臺幣 600 元

如何購買本書：

1. 劃撥購書，請透過以下郵政劃撥帳號：
   帳號：15624015
   戶名：萬卷樓圖書股份有限公司
2. 轉帳購書，請透過以下帳戶
   合作金庫銀行 古亭分行
   戶名：萬卷樓圖書股份有限公司
   帳號：0877717092596
3. 網路購書，請透過萬卷樓網站
   網址 WWW.WANJUAN.COM.TW

大量購書，請直接聯繫我們，將有專人為您服務。客服：(02)23216565 分機 610

如有缺頁、破損或裝訂錯誤，請寄回更換

國家圖書館出版品預行編目資料

香港白話漁村語音研究/馮國強著. -- 初版. --
臺北市 ： 萬卷樓圖書股份有限公司, 2023.09
　面 ；　公分. -- (語言文字叢書 ; 1000022)
ISBN 978-986-478-992-4(平裝)

1.CST: 粵語　2.CST: 語音學　3.CST: 方言學
4.CST: 香港特別行政區

802.5233　　　　　　　　　112016311